罗亭 烟

[俄]屠格涅夫◎著　耿济之◎译

吉林出版集团股份有限公司

图书在版编目(CIP)数据

罗亭;烟/(俄罗斯)屠格涅夫著;耿济之译.——长春:吉林出版集团股份有限公司,2017.11(2022.5重印)

书名原文:Luo Ting smoke

ISBN 978-7-5581-3080-9

Ⅰ.①罗… Ⅱ.①屠… ②耿… Ⅲ.①长篇小说—俄罗斯—近代 Ⅳ.① I512.44

中国版本图书馆 CIP 数据核字(2017)第 260825 号

罗亭 烟

著　　者	[俄]屠格涅夫
译　　者	耿济之
策划编辑	杜贞霞
责任编辑	滕　林
封面设计	老　刀
开　　本	650mm×960mm　1/16
字　　数	288 千
印　　张	24
版　　次	2018 年 4 月第 1 版
印　　次	2022 年 5 月第 2 次印刷

出版发行　吉林出版集团股份有限公司

电　　话　总编办:010-63109269
　　　　　　发行部:010-63109269

印　　刷　三河市京兰印务有限公司

ISBN 978-7-5581-3080-9　　　　　　定价:59.80 元

版权所有　侵权必究

目 录

罗 亭

英译本序	3
一	17
二	28
三	42
四	56
五	66
六	76
七	95
八	106
九	114
十	122
十一	129
十二	140
尾 声	153

烟

第一章	171

第二章	176
第三章	180
第四章	187
第五章	198
第六章	210
第七章	213
第八章	221
第九章	227
第十章	232
第十一章	245
第十二章	250
第十三章	260
第十四章	267
第十五章	280
第十六章	291
第十七章	298
第十八章	304
第十九章	315
第二十章	327
第二十一章	333
第二十二章	339
第二十三章	345
第二十四章	351
第二十五章	354
第二十六章	363
第二十七章	368
第二十八章	371
后　记	379

罗 亭

Luo Ting

英译本序

一

屠格涅夫已不仅是属于俄国的作家。在他的生涯的最后十五年中赢得了广大的读者之群,最初在法国,继之在德国和美洲,终及于英伦。

在他的葬仪的演说中,欧洲最富于艺术和批评精神的一国的代言人欧讷斯德·列能,颂扬他是我们的时代的最伟大的作家之一:"这巨匠,他的珍贵的作品装饰了我们的世纪,出人头地的成了一整个民族的化身。"因为"一整个的社会生活在他里面,从他的口里说出来。"我们可以添说一句,这不仅是俄罗斯的社会,而是整个斯拉夫社会,得有"被这样伟大的巨匠把它表达出来的荣幸"。

可是,这种认识的发展却很迟缓。并没有像在几年间便使托尔斯泰伯爵一举而蜚声全球的那种倏忽的鸷奇的波澜和奔涌的热狂。屠格涅夫的人格,和他的才华,没有什么可以打动或迷住一般民众的想象的地方。

就他的创造天才的旺盛说,屠格涅夫是站在古往今来的最伟大的作家们中间的。屠格涅夫所介绍给我们的活人的艺术馆,人们,尤其是女人们,各不相同,完全个性化的,但都是实际生活中的人物;他所发现的巨量的心理学上的真实,他所显示给我们的人类感情的微妙的翳影,只有在伟大中之最伟大的方能把他们的艺术的遗产传留给他们的祖国和全世界。

关于他的运用材料,把它形成体型的方法,他更是超人一等的,是一个纯粹的创造者。托尔斯泰是比较柔软易变的,当然也和屠格涅夫一样的深刻、独创,和富于创造力,而陀思妥夫斯基是更强有力、热烈,和戏剧的。但是以一个"艺术家"而论,以一个把细枝小节凑合成一个谐和的整体的匠手而论,以一个想象的作品的建筑师而论,他超过他本国所有的散文写作家,在外国的伟大的小说作家中间也很少有人和他比肩。二十五年前,正当乔治桑声名极盛的时候,读了他的一个短篇《婀斯耶》(Assya),写信给他说:"老师,我们大家都得要到你的门下来学习了。"这是,真的,出诸著名艺术的法国文学的代表者的口,是过甚的恭维,但这并不是谀言。以"艺术家"言,屠格涅夫实际上站在古典文学家的中间,不管题材的本身的意义消失已久,仍然会因了完美的形式而被研究被欣赏。但是好像是因为他的对于艺术和美的忠实,他故意把他创作的范围围住了。

熟谙屠格涅夫全部的作品的人便能了然,他是获得有不论繁复与简单的、高贵与卑俗的一切人类的感情一切人类的情结的秘钥。从他的优越的高处,他望见一切,了解一切。大自然和人在他的平静而犀利的目光中不能有什么隐藏的秘密。在他的晚年,几篇速写如《克莱拉密里奇》(Clara Militch),《胜利的恋歌》(The Song of TriumphantLove),《梦》(The Dreams)和莫与伦比的《幽灵》(Phantoms),他表示出他对于那些纵然不能用理智说明却是隐匿在人类的脑筋的一隅的一切幻想的、恐怖的神秘的不可解的事物的运笔之巧,他是及得上爱伦坡、霍甫曼和陀思妥夫斯基的。

　　但是他是这般地爱好光明、阳光，和活生生的人的诗歌，又这般地憎恶一切丑恶的、粗糙的、不谐和的，他把自己造成一个几乎是专一的倾于人性较温和的一方面的诗人了。在他的绘画的边缘，或在它们的背景中，仅是为了对比的缘故，才示给我们以邪恶的、残忍的，以至于生命的污坑。但是他不能久留在这阴澹的境域中，他赶忙回返到阳光和花的区域，或者到他所最欢喜的悒郁的有诗意的月光下，因为在那里他能够替他自己的伟大的愁苦的心找到表现。

　　甚至于嫉妒，人类的感情中最饶诗意的黑影，温和的艺师连这也避免了。他从来很少描写它，往往只是粗略地一提。但是没有一个小说家能有像他一样的旷达，能够容纳如许纯洁的、晶莹的、永远年青的爱的感情。我们可以说描写爱是屠格涅夫的特长。佛仑西斯哥·柏得拉加①所描写的一种爱——罗曼蒂克，矫揉的，骑侠时代暖室中的爱——屠格涅夫出之以自然的、发乎情的，以各色各样的形式、种类和表示的近代的爱：徐缓的逐渐的爱与突如的猝发的爱；属于灵的、可羡的、发扬奋励的爱与毒害生命的像日久蔓延的疾病传染给别人的可怖的爱。屠格涅夫的洞识世情的慧眼中是有什么异常似的，还有他的把两千年来的小说家取作题材的感情传达出来的无穷匮的富藏，真实和朝气。

　　在著名的加罗林·鲍尔的回忆录里面有一个关于柏格尼尼②的特异的传说。她说这位伟大的蛊人者之所以能够擒纵听众的感情的是仅恃乎一条单独的G弦的独到的运用，凭他的不可思议的弓法，使之高歌，使之低吟，使之呼号，使之怒吼。

---

　　①　佛仑西斯哥·柏得拉加（Francesco Fetrarca，1304—1374）意大利诗人，人道主义者。——译者。
　　②　柏格尼尼（Paganini，1784—1840）意大利提琴圣手。——译者。

罗 亭

屠格涅夫的恋爱描写恰类乎此。在他的竖琴上有许多别的弦，但是拨到这一根时他得到最大的反应。他的故事并不是恋诗。他只是欢喜用这种令人的灵魂把最高的力量聚在一起，像熔化在洪炉里面，呈出渣滓和纯金来一样地熔化了的感情来表演出他的人物。

屠格涅夫以农民生活的速写开始他的文学生涯，在俄国赢得巨大的普遍性。他的《猎人日记》中包含几个最佳的短篇。还有一篇《乡村旅舍》（Country Inn），在过后几年技巧已经成熟的时候写的，是和托尔斯泰的短篇杰作《波里库夏》（Polikusha）一样地佳美的。

他当然能够描写俄国民众的各阶层和情况。但是在他的比较巨大的作品中他独着笔于俄国的一个阶级。这并不似托尔斯泰的包罗万有的画幅，内中有全体的俄罗斯在读者的面前受检阅似地通过。在屠格涅夫的小说中，我们只能够看到有教育的俄罗斯，或者宁可说是他所最熟悉的有进步思想的一部分人，因为他自己也是其中之一。

我们并不如何惋惜这种特殊化。质的本身有时候抵得过量的。虽则人数很少，但是屠格涅夫所表演出来的俄国社会的一角是非常饶有兴趣的，因为这是国家的主脑，唯一地能够感化广大的未成形的群众的活的酵母。他们的国家的命运，是由他们决定的。其次，只是把他的天才集中于如此熟悉的范围内，把他的思想和同情完全专注在这上面，才能把他的作品的艺术价值抬高。他在容量上所失去的，在明确，深刻，不可思议的精微，每一个细枝小节的生动，和全体卓绝的优美诸点上偿得了。他所遗留给我们的艺术的珍宝好像皮藏在艺术馆和博物馆的密室中的国宝，揣摩得愈久，愈增歆羡。但是我们须得认作托尔斯泰的作品是庞然高耸的纪念物，以巨大的花岗石凿成，置于通衢大道，成了四方瞻仰的人们惊奇叹赏的事物。

屠格涅夫不描写民众而仅是描写人们中间的优秀分子（élite）。他在异国人中博得的令誉，和他的读者逐年增加的事实，证明这伟大的艺术是国际的，并且，我可以说，对这艺术的嗜好和了解在各地仍正滋长无已。

二

书本上写着说没有一个人在他的本国内是先知，从荒古无稽的时代起，凡是对于一种事业的失败的努力者都从这句格言中的真理获得了安慰。但是据我所知，这苛刻的限制一向不曾施于艺术家的身上。真的，在表面上看来被他描写的又是为了他们而写的艺术家的本国人，比起外国人来反而不易认识他，这种说法好像是荒谬的。但是在某种特殊的独异的情形之下，最不近情的事有时竟会遇到，屠格涅夫的境遇便证明这一层了。

事实是这样，以"艺术家"的身份，屠格涅夫的身价，是首先受外国人珍视的。过后俄国人才开始了解他，只是在现在，在他的死后，才把他放在应得的地位，而在他的生时，他的艺术的天才是比较很少受人重视，除了少数他私人的朋友们。

这至上的艺术潜移默化地影响及俄国的社会，使一个这样丰富地赋有艺术天性的民族受到影响，也恰尽了它的本分。屠格涅夫是俄国作家中最被广读的，连托尔斯泰也不能例外。托尔斯泰只是在他死后才惹起世人的注意的。但是屠格涅夫没有得到充分的认识，因为他的作品适产生于政治与社会斗争的混乱时期，最有作为的人都专心于别的事业和企图，不能也不想珍视和欣赏纯粹的艺术。这是一个艺术家的苦痛的几乎是悲剧的处境，生于最不艺术的时期，他的至高的企望和至贵的努力，在他献身给他们的切盼替他们效劳的本国人们的中间受了伤受了刺激。

这种失和苦难了屠格涅夫的一生。

在他的文学生涯中的一个危机的时期中，这种冲突竟成为如此激烈，反对他的至上艺术的真实性和客观性的鼓噪是如此喧腾而齐口同声，使他满拟完全放弃文学了。他不能下这决心。但这是浅而易见的问题，敏感而温娴的他，易沦于沮丧和失却自信，假如没有他的许多朋友及赞美者，国外各派的伟大作家如：法国的乔治桑，居斯泰夫·福洛贝尔；德国的奥尔巴哈；美国的W·D·霍威尔斯；英国的乔治·伊里奥德诸人的热情的鼓舞，则能否替他的祖国文学作如许的努力是不得而知的。

当他的作品陆续和读者相见时①，假如篇幅允许的话，我们可以把他苦难的生涯的故事逐一叙述出来。在此间我们只想述及和目前的小说有特殊关系的一二桩他的生平，藉知他在本国人的思想中所占的特殊的地位。

屠格涅夫，生于一八一八年，是属于当时极少数的俄国人的一群，他受有完美的欧洲教育，就是比之于机会最好的德国和英国青年，亦决无逊色。又适逢他的叔父尼古拉·屠格涅夫，那位著名的十二月党，在想用武力求得俄国立宪政体的第一次尝试（一八二五年十二月十四日）失败之后，得能逃出沙皇尼古拉一世的虎口，流寓法国，在那里他用法文印行第一次俄罗斯革命的宣言。

当屠格涅夫在柏林大学研究哲学的时候，闲常到叔父的家里作短期的拜访，他的叔父开始灌输他以自由的思想，此后，在他久长的一生中从未离开自由的道路。

在六十年代，当亚历克山大·赫尔岑，一位我们国家最有天

---

① 指英国本屠格涅夫全集，英国 William Heinmann 公司出版。——译者。

禀的写作家，一位燦灿的、睿智的、善感的和强有力的新闻记者和乔皇瑰丽的论文作家在伦敦开始办《钟》（Kolokol），一种革命的或者毋宁说是过激的报纸的时候，曾予俄国以巨大的影响，屠格涅夫是它的最活跃的撰稿者和顾问之———几乎是编辑委员之一。

这桩事实的发现，我们不得不归功于特拉戈玛诺夫教授（Prof. Dragomanov），他在几年前把屠格涅夫和赫尔岑来往的私人信札发表了。这极饶兴味的小册子在屠格涅夫身上投下了新的光，表示我们的伟大的小说家同时是他的时代中最强有力的一员——也许就是最强有力的——头脑最清晰的政治思想家。这样一位多才多艺的人看来是好像不能置信，但是只要把他的观点、他的态度以及他的预言——有几桩只是在最近才得到证明——和当时各派的政治团体的被人公认的领导者和代言人（连赫尔岑自己也在内），所说的一切比较一下，便可证实了。一如过后的历史的证明，屠格涅夫所想的往往是最有见地的，最准确的，最有远大目光的。

一个这样热烈爱好自由的，有这种激烈的见解的，任是他对纯艺术是如何的忠心，他不能把这种见解逐出文艺作品之外。假使他自己作了这种伤残，他会成了一位可怜的艺术家了，因为无羁的自由，艺术家个性的恳挚诚实的表现，是一切真艺术的生命和灵魂。

屠格涅夫将自己整个的身心，将创造的幻境与思想的精华献给祖国。他同时是一个导师，一个新理想的预言者，一个诗人，和一个艺术家。但是他的同胞们颂赞他的能力，而很久不能体会到他的更伟大的地方。

这样，在我们国史上一个最重要最值得注意的时期，屠格涅夫是自由思想——思想的俄罗斯——的先驱和鼓吹者。虽则这两

罗 亭

个人站在正对的两个极端，屠格涅夫的地位可比之于今日的托尔斯泰伯爵，其间略有不同，而这番我是左祖《德密特里·罗亭》的作者了。在屠格涅夫，思想家和艺术家不会树立了斗争，折耗了并且有时互相抵消了双方的努力。他们手挽手地前进，因为他只给我们以无可非难的艺术的客观存在和某种理想、教义和期望的具体化的生命活跃的男子和女子，却不作何种说教。并且他永不从内在的意识里演释出这些理论和教义，只是从实际生活中，以他万无一失的艺术的天才，在正要成为历史事实的时候把一桩萌发的运动抓住。这样，他的小说是近代俄罗斯思想史的一种艺术的缩图，同时是它的思想进展的强有力的利器。

三

《罗亭》是屠格涅夫社会小说的第一部，是继后诸部的艺术的导言，因为这是述及现在的社会政治运动开始之前的时期。这时期会迅速地被遗忘，假如没有他的小说，我们很难明了它的真相，这是值得研究的，因为在其中我们可以找到未来的成长的萌孽。

这是黑暗的时代。尼古拉一世残暴的专恣，像石棺的盖似的把凡是和他的狭厌的观念不相容的每一字句每一思想压碎。但这还不算顶坏。最坏的是进步的俄罗斯只是被少数人代表着，他们超越过他们的时代环境是如此的远，使他们觉得生活在自己的国内比起在外国人的中间更为寂寞、无助，和生活的实际不相接触。

但是人们总得要替他们的精神能力找到出路，这些人们，不能和他们的周围的人们同流合污，于是便替自己创造了人为的生命，人为的企图和事业。

罗 亭

  他们所处的孤独之境不期而然地把他们促紧拢来。这种类似介乎非正式的团体和辩论会之间的"集团",便成了能使这些渴望的心或思想得到满足的一种形式。这些人们相遇,交谈;这就是他们所能做的一切。

  书中的一节说到一个角色列兹尧夫告诉他所爱的女人关于他自己和罗亭也是其中的一员的小"集团",是涵义最深的历史上的事实。这是指青年学生们的"集团"。但是可作更广泛的应用。这时期中所有的著名人物——如斯丹克维奇,书中采作动人的诗人气派的波罗斯奇的模特儿的;亚历克山大·赫尔岑,和大批评家白林斯基——都有他们的"集团",或者可以说是他们的小小的"私人礼拜堂",这些热心人聚集其中,礼赞"真理、艺术、道德之神"。

  他们是当时最优秀的人物,充满了崇高的企图和学识,他们的没有自私的对真理的探索当然是一种高贵的企求。他们有权利瞧不起辗转在鄙俗和自私的物质主义的泥途中的他们的邻人。但是生活在精神的温暖的梦中,生活在哲学的思考和抽象的理想中,这些人们在实际生活的参预中便完全不适宜了,徒耽溺于理想和他们本国的生活是毫不相关的,只是离得更疏远了。滔滔不断的说话的川流把他们自发的感情的自然的渊源流涸了,这些人们专凭不住地分析他们自己的感情,却反而变成无情的了。

  德密特里·罗亭是这世代中的典型人物,是时代的英雄,又是它的牺牲者。——说话是一个巨人,做事是一个矮汉。他和年青的提摩斯西尼斯①一样的雄辩,一个所向披靡的舌战者,他出现的时候把所知道的一切都搬到他的前面来了。但是当他加入艰苦的行动的试验中时,他是丢尽面子地失败了。但是他并不是一

---

  ① 提摩斯西尼斯(Demosthenes,384—322 B. C)希腊雄辩家,爱国者。——译者。

个骗子。他的热情是有传染性的,因为这是真挚的;他的雄辩是令人悦服的,因为忠于理想是他全神贯注的热好。他可以为了理想而死,并且,尤其难能可贵的,是他从不肯为了世俗的利益有毫发之间离开他的正道,或者是怕什么辛苦。只是他的热情完全是从他的头脑里涌发出来的,心,人类的爱和怜悯的深刻的感情的力,在他的里面瞑睡着。人类,他将流尽他最后的滴血为它效劳的,于他只是一些异邦人——法国人,英国人,德国人——当他在国外做学生或游历的时候在旅馆或避暑浴场中遇见的或在书本中读到的异邦人而已。

一个人对于这种抽象的异国的人类,是不会感到真正的热爱的。纵然在表面上是火热,罗亭在心的底里是和冰一样的冷。他的热情好像北极圈里的极光,只会发光而没有温热。是普惠万方的太阳的可怜的替代物。但是假如极地的长夜连这可怜的替代物也被褫夺时,这块上帝所遗弃的地面将成为怎样呢?罗亭以及和他同一模型的人们——换一句话说,一八四零年代的人们——固然有他们的弱点,但是替他们的国家也尽了英勇的劳绩。他们在这国家中谆谆不倦地宣扬了理想的宗教;他们携来了种子,只是播在他们祖国的温暖的犁沟里面,方能长出将来丰秀的稼禾来。

这些人们的缺点和无力是因为他们和本国没有枝叶的蒂连,在俄国的土地没有生根。他们简直不大了解俄国人,俄国人对他们只是历史上的抽象的东西。他们真的是大同主义者,求进于更善美的可怜的过渡的东西,屠格涅夫把他的英雄铺排得死在法国的街头防堵上,是和忠实于艺术一样地也忠实于生活的。

继后三个世代的过程中这国家内部的完成把这缺点弥补了。但是有否完全弥补了呢?不,不幸,差得很远。依然有几千道的障碍使俄国人不得替他们的同胞做有益的事,和他们融谐无间。心肠最热的人的精神的能力——至少是一部分的——逼得要走上

罗 亭

屠格涅夫小说中所描写的人造的道路。

于是罗亭的典型便永久存在，它将不仅获得一种历史的意义了。

果戈理论及他的一篇伟大的喜剧①中的主角赫里斯得珂夫的性格时，他曾宣称这种典型是几近乎普通的，因为"每一个俄罗斯人"，他说，"是有点赫里斯得珂夫在他身上的。"这句并非过谀的话，由于对果戈理的伟大的权威的尊敬，已被虚心地承认了，而自从那时起屡被复述引证着，虽则表面上微似不近理。赫里斯得珂夫是一种穿着俄国服装的鞑靼人，而朴实和淳厚是举凡俄国人在性格上、态度上、艺术上、文学上的基本性质。但是老老实实地可以说一句，我们的时代中每一个有教育的俄国人都有点德密特里·罗亭的气质在他身上的。

这个人物无疑地是屠格涅夫的艺术陈列馆中最佳美的作品之一，同时是他的艺术笔法最辉煌美丽的一个范型。

屠格涅夫并不给我们一笔勾出从整块的石头上雕凿出来的人像，好似托尔斯泰在书页上移到我们的面前来的。他的艺术，与其说是一个雕刻家，毋宁说他是一个画家，或是音乐作曲家。他有更丰富的色彩，更深的透视，更复杂的光和影——一个比较完全的灵动的人的肖像。托尔斯泰的人物，是这样栩栩如生地具体地挺立着，令我们觉得在街路上可以认识他们。屠格涅夫的则好像那些把密情和私信向人披露，揭开他们精神生活的秘密来的人们。

每一穿插几乎每一行句，展出新的奥邃的天地，在他的人物上投下新的未能预期的光。

这故事中的主人公的异常复杂的和难描的性格，最能表明这

---

① 指果戈理著名喜剧《巡按使》。——译者。

罗　亭

精细的心理的多方面。德密特里·罗亭是建筑在矛盾上面的，但是没有一个瞬刻他好像不是完全真实的，生动的，具体的。

几乎不亚于前者，可注意的是女主人公娜泰雅的性格，娴静的，简朴无华的，实事求是的女孩子，在心的底里是热情的，英雄气质的。她只是一个孩子，还没有长成，对于一切生命的影像都很新鲜。假如用究根到底、分析的方法来描绘她，便会把这美丽的创作毁了。屠格涅夫只用数行洗练之笔，综合地描写一下，便能把她的灵魂的秘密显示给我们；使我们知道假如她在别的环境里面她是什么人，并且会变成怎样的人。

这位角色我们不能在此加以充分详细的叙述。屠格涅夫，像乔治·美列提士①一样，描写女人是一个能手，娜泰雅是近代俄国史中一桩极惊人的事实②的诗意的显现的第一人；具有较当时男子更男性的坚强的思想的女子的出现。在屠格涅夫的前三部小说里，我们可以看到强有力的、热恳的、激烈的女子，站在软弱的、犹疑不决的，虽则智能很高的男子的旁边，领导着行动，而她们自己在思想的领域里却只是谦逊的男子们的学生。直到后来，在《父与子》里，屠格涅夫在巴柴洛夫身上给我们一个异常男性的男子。这种一八四零年至一八六零年间俄国智识界生活情形的饶有趣味的特殊情形，我想在分析屠格涅夫另一部小说的时候更详尽地来说，在那本书里这对照是更显明。

这展开在我们的面前的故事中的次要人物，我不想说什么：列兹尧夫，毕加梭夫，拉苏斯基夫人，柏达列夫斯基，这些都是

---

① 乔治·美列提士（George Meredith, 1828—1909）英国小说家，诗人。——译者。

② 在当时的俄国，具有极坚强的性格的革命女性如薇娜·沙苏利奇、苏菲亚·柏洛夫斯加亚的出现，是"近代俄国史中一桩极惊人的事实"。——译者。

罗　亭

那称作小型描写的最佳的例子。

至于就这小说的整体而言，我在此地只提出一个注意之点，并不想占先读者的印象。

在他严守着实际、真实和自然的意义上看来，屠格涅夫是一个写实主义者。但是在生活的纤毫毕肖的忠实的描写里面，他从不容令人生厌及涩晦难解，一如这学派的最出色的代表作家意为不可少的。他的描写从来不会有过量的细枝小节；他的动作是迅速的；事情的发生从来不会在一百页之前预揣得到；他把读者放在恒常的紧张里面。在我看来，他这样的写法比英法美各国最有天禀的正派的写实主义者表现得更好。生活不是乏味的；生活充满着不可知的预期，充满着紧张。一位小说家，无论怎样写实的论理的，假如他不想只为了表示忠实而牺牲艺术的灵魂，他在小说中不得不要有这些东西。

《德密特里·罗亭》的结构是异常地简单，一个英国的小说读者会说这简直没有结构，屠格涅夫蔑视这种耸人听闻的小说家的花样。但是对一位俄国读者，他们很容易把雨果或仲马的小说在未读完之前放下来，较之于《罗亭》或屠格涅夫的任何部巨大的小说，浪漫派的小说家以出人意料的情节和离奇的境况得来的快感，屠格涅夫以活泼的异常集中的动作，尤其是以小说家最简单最宝贵的天禀——对于他的读者的情绪和同情的擒纵——得之。在这一点他可以喻作一个音乐家，不籍思想的媒介，使听众的灵魂和神经激动；或者，更切近一点，他可以比作一个融合了文字的力量与谐和的魔力的诗人。人们不是在读他们的小说，而是生活在它们中间。

这种美妙的异禀大部分是有赖于屠格涅夫对于我们的丰富的婉转的音乐般的文字的一切资源的运用自如。只有诗人莱蒙托夫写得和屠格涅夫一样美丽的散文。在转译的时候很多的美丽是无

罗 亭

可避免地丧失了。但是我很荣幸地说目前的译本是我所未曾读到过的和原作的优美和诗的风格最相近似的。

一八九四年斯特普尼亚克序于贝特福公园。

一

是静静的夏朝。太阳已高悬在明净的天空,而田野仍闪烁着晓露。一阵凉爽的微风馥郁地从初醒的山谷吹来,群鸟在朝露未霁,阒无声息的森林中快乐地颂着晨歌。在自顶至麓都满布着放花的裸麦的隆起的高原的瓴脊,有一个小小的村落。沿着到这村落去的狭径,一个少妇在走着,她穿着白纱布的长袍,戴一顶圆草帽,手里拿了遮阳伞。离开她的后面不远,尾随着一个僮仆。

她好像在欣赏步行之乐,缓缓地前进。前前后后临风点首的修长的裸麦,以轻柔地沙沙作响的长波摆动着,时而在这边投下一片灰绿色的光影,在那边皱起一道红波;百灵鸟在头顶上流啭。少妇适间从自己的田庄来,这田庄离开她正朝向着走去的小村落约一里许。她的名字叫作亚历克山得拉·巴夫洛夫娜·黎宾。她是一个寡妇,没有孩子,颇有点资产,她和她的兄弟,一个退伍的骑兵队军官,名叫塞尔该·巴夫里奇·服玲萨夫的住在一起。服玲萨夫没有结婚,替他的姊姊管理田产。

亚历克山得拉·巴夫洛夫娜到了这小村,在最后的一所很古旧的很低矮的草舍前面停住了。她喊仆人上前来,叫他跑到里面去问候女主人的健康,他立刻便回出来了,同着一位衰老的白须的农夫。

"嗳,怎样,她好么?"亚历克山得拉·巴夫洛夫娜问。

"唔，她还活着。"老人回答。

"我可以进去么？"

"当然可以，请。"

亚历克山得拉·巴夫洛夫娜走进这草舍。里面很狭小，气闷，满是烟。在充作卧榻的暖炕上有人在蠕动着，开始呻吟起来。亚历克山得拉·巴夫洛夫娜环瞥四周，在半明半暗的当中可以分辨得出这里在棋格子花纹的布巾里面的干皱枯黄的老妇人的脸。一件笨重的外套一直盖到喉头，使她呼吸都感困难。她的无力的手在抽搐着。

亚历克山得拉·巴夫洛夫娜跑到老妇人的身边，用手指探她的额，那是火热的。

"好过么，老婆婆？"她问，身子俯在床上。

"哎唷！"老妇人呻吟着，想把身子伸出来，"坏，很坏，亲爱的！我临终的时刻到了，亲爱的！"

"上帝是慈悲的，老婆婆；也许不久就会好些。你有没有服用我送来的药？"

老妇人痛苦地呻吟着，没有回答。她几乎不曾听到这问句。

"她吃了，"站在门边的老人说。

亚历克山得拉·巴夫洛夫娜转身朝着他。

"除开你便没有别的人陪伴她么？"她问。

"有一个女孩子——她的孙女——但是她老是跑开去。她不肯坐在她的身边；她是一头无缰马。拿一杯水给老婆婆喝于她都嫌太烦累了。而我老了，我有什么用？"

"要不要把她带到我那里去——到医院里去？"

"不，为什么把她搬到医院里去？横竖一样地要死。她活够了一生，现在，这似乎是上帝的旨意。她再也不会起床了。她怎样能够到医院里去呢？假如把她抬一抬起身，她便死了。"

罗　亭

"哦！"病妇人呻吟道，"我的好太太，不要撇弃我的孤儿；我们的主人在远的地方，但是你——"

她继续不下去，她已经用尽了气力来说这几句话了。

"不要愁，"亚历克山得拉·巴夫洛夫娜回答说，"一切都将要照你的意思做。这里有一点茶和糖，是我带来给你的。假如你想喝的话，你应该喝一点。你们有茶炊么？也许？……"她望着老农奴继续地说。

"茶炊？我们没有茶炊，但是可以想法找一个。"

"那么想法找一个，否则我送一只过来。并且要告诉你的孙女，不要像这样地撇开老婆婆，告诉她这是可耻的。"

老人没有回答，只是用双手接过那包茶和糖。

"好，再会，老婆婆，"亚历克山得拉·巴夫洛夫娜说，"我要再来看你；你不要气馁，要按时吃药。"

老妇人抬一抬头，将身子微向亚历克山得拉·巴夫洛夫娜移拢。

"请把你的手给我，亲爱的太太。"她喃喃地说。

亚历克山得拉·巴夫洛夫娜没有伸给她手；她俯身在老妇人的额上吻了一下。

"现在好生照料，"她一面出去一面对老农奴说，"不要忘记给她吃药，照着方单上所写的，并给她喝一点茶。"

老人仍是没有回答，只深深地打了躬。

跑到外边的新鲜空气里，亚历克山得拉·巴夫洛夫娜便觉得呼吸舒畅了。她撑起遮阳伞正想起步回家去，突然在小草舍的角上出现了一个三十岁左右的男子，驾一辆竞赛的轻马车，穿着灰色的亚麻布的旧外套，戴着同质料的军营小便帽。他瞥见亚历克山得拉·巴夫洛夫娜，立刻便勒住马，转向着她。他的阔大的无血色的脸，一对细小的浅灰色的眼睛和几乎斑白的短髭，一切似

19

乎和他的衣服同一色调。

"早晨好！"他开口道，带着懒意的微笑；"你在此地干么！假如容我问一句的话。"

"我正望了一位病妇人……你从哪里来，密哈罗·密啥伊里奇？"那个叫作密哈罗·密哈伊里奇的男子直盯着她的眼睛，又笑了。

"这倒很好，"他说，"来望病人，但是你把她送进医院里去不是更好么？"

"她太衰弱了，不能搬动她。"

"但是你是不是想要放弃你的医院了？"

"放弃，为什么？"

"哦，我这样想。"

"多奇怪的念头！你的脑袋里装着的是一种什么想法？"

"哦，你知道，你现在时常和拉苏斯基夫人一起，好像受了点她的影响。在她的口吻中——医院，学校，以及诸如此类，都只是耗费时间——无补实际的时髦戏。慈善事业应该完全行于私人间的，教育也是一样，这些都是灵魂的工作……这就是她所发表的意见，我相信。她从谁那里摭拾得这些主张呢？我倒想知道。"

亚历克山得拉·巴夫洛夫娜笑了。

"达尔雅·密哈伊洛夫娜是一个精明能干的人，我很欢喜她，很尊敬她，但是她也会有错误的，我并不一概相信她所说的一切。"

"你不一概相信她是很好的，"密哈罗·密哈伊里奇接着说，老是坐在车里不动，"因为她对于自己所说的都不十分信任。我很高兴碰到你。"

"为什么？"

"这真是妙问呢！碰到你岂不总是可高兴的么？今天你看来仿佛和这早晨一样的新鲜、明媚。"

亚历克山得拉·巴夫洛夫娜又笑了。

"你笑什么？"

"笑什么？当真的！假如你自己能够看见你献这番恭维话的一副冰冷和无情的脸！我倒奇怪你说到最后的一句时不曾打呵欠！"

"一副冰冷的脸……你老是需要火；但是火是毫无用处的。闪了一阵，冒一阵烟，便熄了。"

"但是与人温暖……"亚历克山得拉·巴夫洛夫娜插进一句。

"是的……也把人焚毁。"

"就算是，焚毁了算得什么？这并没有大害！无论如何总比……好……"

"好，待有一天烧你一个痛快，那时且看你怎样说，"密哈罗·密哈伊里奇用不耐烦的声调打断她的话，拢一拢缰绳，"再会。"

"密哈罗·密哈伊里奇，等一等，"亚历克山得拉·巴夫洛夫娜喊着说。"你什么时候来看我们？"

"明天，替我望望你的兄弟。"

马车辘辘地滚去了。

亚历克山得拉·巴夫洛夫娜望着密哈罗·密哈伊里奇的背影。

"布袋子！"她想。挤作一团地坐着，灰尘盖满了一身，帽子戴在后脑袋，一堆堆的乱麻似的头发从帽底下钻出来，他是出奇地像一只大面粉袋。

亚历克山得拉·巴夫洛夫娜静静地转身踏上回家去的小径。她走着，眼睛茫然凝视在地上。一阵马蹄声使她停住，抬起头来……她的兄弟骑着马来迎接她了；在他的身边走着一个中等身材的青年，穿着淡颜色的上衣，淡颜色的领带，和淡灰色的帽子，手里拿了一根杖。他早就望着亚历克山得拉·巴夫洛夫娜眯笑了，虽则她沉在思想中，什么都不曾注意，当她脚步停下来时，便跑上前去，以快乐的几乎是热情的声音喊道：

"早晨好，亚历克山得拉·巴夫洛夫娜，早晨好！"

"啊！康斯坦丁·狄渥密地奇！早晨好！"她回答。"你从达尔雅·密哈伊洛夫娜那儿来的不是？"

"一点也不错，一点也不错，"少年带着光彩焕发的脸回答，"从达尔雅·密哈伊洛夫娜那儿来。达尔雅·密哈伊洛夫娜叫我来找你，我倒高兴跑路来……是这样美丽的一个早晨，并且只有三里路，我到的时候，你不在家。你的兄弟告诉我说你到色蒙诺夫卡去了，他也正要去田里，所以你看我和他一起来迎接你了。是哟！是哟！多愉快！"

年青的小伙子俄国话说得很正确很合文理，但是带点客腔，虽则难于辨别是哪一个地方的腔。在他的容貌里有几分亚细亚大陆的风度，长的钩形鼻子，大而缺乏表情的突出的眼，厚的红嘴唇，和低洼的额，以及碧玉般乌黑的头发——这一切都暗示着东方产；但是这年青的伙子自称姓柏达列夫斯基，说奥台萨是他的诞生地，虽则他是在白俄罗斯的某一个地方，一位慈善而有钱的寡妇把他养育大的。

另外一个寡妇替他在政府机关中找得了一个位置。中年的太太们一般都乐于帮助康斯坦丁·狄渥密地奇的；他知道怎样去逢迎她们，博取她们的欢心。目下他是和一位有钱的太太，一个地主，名叫达尔雅·密哈伊洛夫娜·拉苏斯基的住在一起，他的地位是介乎宾客和义子之间。他很有礼貌，殷勤，十分懂事，暗地里示着几分色情。他有可爱的喉咙，钢琴弹得不坏，他有专注地凝视着和他谈话的对方的眼睛的习惯。他打扮得很整洁，衣服穿得很久不用换，很细心地修刮他广阔的下颏，一鬈一鬈地梳剔着头发。

亚历克山得拉·巴夫洛夫娜听完了他的话，翻转头来对她的兄弟说。

"今天我老是碰到熟人，刚才我和列兹尧夫谈了来。"

"哦！列兹尧夫，他赶着车子到什么地方去么？"

"是的，你试闭眼想一想；他坐在跑车里，装扮得像只麻袋，满身都是灰尘……他是多么古怪的家伙！"

"也许是的，但他是一等好人。"

"谁，列兹尧夫君么？"柏达列夫斯基问，好像出惊似的。

"是的，密哈罗·密哈伊里奇·列兹尧夫，"服玲萨夫回答。"好，再会；这是我到田里去的时候了，他们正在替你播种荞麦。柏达列夫斯基先生可以伴送你回家。"服玲萨夫疾驰而去了。

"莫大的欣幸！"康斯坦丁·狄渥密地奇高声说，将手臂递给亚历克山得拉·巴夫洛夫娜。

她挽住了他的手，两人折向回家的路上走去。

和亚历克山得拉·巴夫洛夫娜挽手同行，似乎予康斯坦丁·狄渥密地奇以很大的快乐；他脚步细密地走着，含着微笑，连他的东方味的眼睛也笼上了一层薄薄的湿云了，虽则真的这并不是稀罕；在康斯坦丁·狄渥密地奇，感动了，溶化在眼泪里了，算不了一回事。手里挽了一位美丽的、年青的、彬雅的女人，谁会不露得意之色呢？说到亚历克山得拉·巴夫洛夫娜，在她的整个教区里都齐口同心说她是可爱的，这区里的人没有错。她的端正的梁骨微微拱起的鼻子便尽足令所有的男子神魂颠倒，不消说起她的碧绒般的黑眼珠，金黄的头发，圆胖胖的双颊上的笑涡，和其他的诸般的美丽。但是最可贵的远是她的甜蜜的颜面的表情，

罗 亭

推心置腹的,善良而温蔼。同时使你感动,使你着迷。亚历克山得拉·巴夫洛夫娜有着孩子般的眼波和笑;别的太太们觉得她有点过于单纯……难道还有什么可以加添的么?

"达尔雅·密哈伊洛夫娜叫你来找我的,你说?"她问柏达列夫斯基。

"是;她叫我来的,"他回答,将"是"字的声音说得和英语"th"的咝声一样。"她特别盼望着,告诉我务必请你赏光今天和她一起用晚饭。她等候着一位新来的宾客,特别是要介绍给你。"

"这位宾客是谁?"

"某某缪法先生,一位男爵,一位彼得堡宫廷的侍臣,达尔雅·密哈伊洛夫娜最近在迦林亲王那儿认识的,她极口称赞他是一位够味的有教养的青年。男爵阁下对于文艺,也感到兴趣,更严格地说——呵!多美丽的蝴蝶!你瞧!——更严格地说,对于政治经济学也感到兴趣的。他写了一篇关于一些饶有趣味的问题的论文,要请达尔雅·密哈伊洛夫娜批评指正。"

"关于政治经济的论文?"

"从文体的观点,亚历克山得拉·巴夫洛夫娜,从文体的观点。你知道得很清楚,我想,达尔雅·密哈伊洛夫娜是这方面的权威。楚珂夫斯基①时常要征求她的意见的,还有我的恩公,住在奥台萨的那位仁厚的老人,洛克舍伦·美地亚罗维奇·克桑得里卡——无疑地你知道这名人的姓字罢?"

"不,我从来不曾听见说起他。"

"你从来不曾听到说起这样的人物?奇怪咧!刚才我想说洛克舍伦·美地亚罗维奇是非常佩服达尔雅·密哈伊洛夫娜的关于俄罗斯语的智识的。"

---

① 楚珂夫斯基(Jasilli Zhukovsky,1783—1852)普希金以前俄国大诗人。文词佳美,冠绝一时。——译者。

罗 亭

"这位男爵是炫学之流么？那么？"亚历克山得拉·巴夫洛夫娜问。

"一点也不。达尔雅·密哈伊洛夫娜说，反之，你立刻便可以看得出来他是属于社会最高层的人物。他谈到贝多汶，齿锋的伶俐，令老亲王都显得十分高兴了。这一点我认为，我是欢喜听到的；你知道这是我的本行了。让我献给你这朵可爱的花。"

亚历克山得拉·巴夫洛夫娜拿了这朵花，当她再走了几步远的时候便让它掉在路上了。他们离家约摸还有二百步。屋子是新筑的，新刷上白粉，在老菩提树和槭树的浓密的叶荫里，露出迎人的敞开着的窗户的屋的一角。

"那么你将给我以何种回讯来传达给达尔雅·密哈伊洛夫娜呢？"柏达列夫斯基说，对于他送给她的那朵花的命运，心里微微感到刺伤。"你来赴晚宴么？她也邀请你的兄弟一同去。"

"是的；我们来，准定来。娜泰夏好么？"

"娜泰雅·亚历舍耶夫娜很好，我很高兴地说。但是我们已经走过到达尔雅·密哈伊格夫娜家去的分岔路了。让我给你说声再会。"

亚历克山得拉·巴夫洛夫娜站住了。"你不想进我的家里坐坐么？"她以犹疑说不出口的声音说。

"我当然高兴，真的，但是恐怕时间不早了。达尔雅·密哈伊洛夫娜想听一支泰堡①的新的习曲，我须得练习，准备好。还有一点，我说一句老实话，我怀疑我的访问能否使你高兴。"

"哦！不高兴！为什么？"

柏达列夫斯基微嘘一声，似含深意地低垂了眼睛。

"再会，亚历克山得拉·巴夫洛夫娜！"稍停了一会，他说；

---

① 泰堡（Thalberg，1812—1871）德国音乐家，以弹 Tremolo（颤音）出名。——译者。

于是一鞠躬，翻身走了。

亚历克山得拉·巴夫洛夫娜回转身，走回家去。

康斯坦丁·狄渥密地奇也走回家去。一切的温柔从他的脸上消失了；一种自信的，几乎是冷酷的表情浮上他的脸。连他走路的步法也改变了，他跨得更阔，踏得更重。他走了两里多远，毫不介意地挥舞着手杖，突然间他又笑了：他在路旁望见一个年轻的颇有姿色的农女，从燕麦田里赶出几条小犊去。康斯坦丁·狄渥密地奇像猫一般地轻轻袭到农女的旁边，开始和她说话。起先她没有说什么，只是脸红了一阵，笑了一阵，但是到后来她用衣袖遮住脸背转身去，喃喃地说：

"走开，先生；我说……"

康斯坦丁·狄渥密地奇摇摇手指吓她，叫她替他采几朵矢车菊来。

"你要矢车菊有什么用？拿去做花环么？"少女回答；"嗳，你走罢。"

"听着，我的好宝贝，"康斯坦丁·狄渥密地奇开始说。

"喂，你走罢，"女孩子打断了他的话，"那边有两位小先生走来了。"

康斯坦丁·狄渥密地奇回头一看。真的，是达尔雅·密哈伊洛夫娜的两个儿子，樊耶和贝耶，沿着这条路跑来；在他们的后面走着他们的教师巴西斯它夫，是二十二岁的青年，刚从大学里出来的。巴西斯它夫是很有教养的青年，单纯的脸，大鼻子，厚嘴唇，细小的猪眼睛，朴素而不扬，但是温和、善良、正直。他衣服穿得不整洁，头发很长——不是故意学时髦，只是为了懒；他欢喜吃，欢喜睡，也欢喜好的书本和恳切的谈话，他是切骨地恨着柏达列夫斯基的。

达尔雅·密哈伊洛夫娜的孩子们崇拜巴西斯它夫，但是一点也不怕他；他对这家庭中其余各分子，都亲热得好像自家人，这事使女主人不十分欢喜，虽则她老爱宣言说她没有旧社会诸般的成见的。

"早晨好，亲爱的孩子们，"康斯坦丁·狄渥密地奇开口说，"今天你们散步得多么早！但是我，"他朝着巴西斯它夫，添上一句。"出外边来很有些时光了；这是我的爱好——欣赏自然。"

"我们望见你是怎样在欣赏自然的，"巴西斯它夫喃喃道。

"你是一个俗汉，天知道你在想些什么东西！我知道你的。"每当柏达列夫斯基和巴西斯它夫或类似巴西斯它夫的人们说话的时候，总带点微愠，将"是"的声音发得很清晰，甚至有点咝咝声。

"喂，你是向这女孩子问路的罢。我想？"巴西斯它夫说，眼睛一左一右地溜来溜去。

他觉得柏达列夫斯在直盯着他的脸，这种看法他是极端不高兴的。

"我说，你是一个不折不扣的俗汉，你当然欢喜凡事只从庸俗的方面去观察的。"

"孩子们！"巴西斯它夫突然喊道，"你们看到那只角上的一棵杨柳没有？让我们看谁先跑到那里。一！二！三！跑！"

孩子们以全速力向柳树跑去。巴西斯它夫跟在他们的后面。

"乡下人！"柏达列夫斯基想。"他把孩子们宠坏了。一个十足的田庄汉！"

康斯坦丁·狄渥密地奇很满意地望一望自己的整洁的漂亮的身段，他用手掌在外衣袖子上面拂了两次，整一整硬领，走了。当他回到自己的房里的时候，他披上一件旧的寝衣，带着焦灼不安的脸坐在钢琴的前面。

二

达尔雅·密哈伊洛夫娜的屋子几乎是被视做全省之冠的。这是高大的石筑的巨厦,依照拉斯特雷里的设计,带着旧世纪的风味,筑在一个小山的高顶,一个扼要的位置上,山麓流着中俄罗斯一道主干河流。达尔雅·密哈伊洛夫娜本人是富裕的有名望的贵妇人,皇室枢密顾问官的寡妇。柏达列夫斯基说她认识全欧罗巴,全欧罗巴也都认识她!话虽如此,欧罗巴是很少有人认识她的;就是在彼得堡她也不成为重要的脚色;只是在另一方面,在莫斯科,人们都认识她,来拜访她,她是属于社会的最高层,被称做相当有点乖僻的女人,脾气不很好,但是异常精明能干。在她年轻的时候是很美的。诗人们献诗给她,青年们都爱上她,高贵的男子们都愿意做她的臣仆。但是过了廿五年、三十年,往昔的姿颜丝毫不留了。现在倘使有什么人初次见她,便不禁要自己问自己,难道这女人——皮包骨头,尖鼻子,黄蜡面,虽则年纪不算顶老——曾经是美丽的么?难道她真的是那曾与诗人以灵感的那个女人么?……而他便会暗暗惊于浊世花花草草的无常了。据柏达列夫斯基的发现,说达尔雅·密哈伊洛夫娜还不可思议地保留着一双非凡的眼;这是真的;但是我们都知道柏达列夫斯基还是坚持着全欧罗巴人都认识她的呢!

达尔雅·密哈伊洛夫娜每年夏天都带着她的孩子(她有三个

罗 亭

孩子；十七岁的女儿娜泰雅，还有两个九岁和十岁的男孩）到乡间来。她的乡间住宅是开放着的，这就是说她招待男子们，特别是未结婚的男子们；至于粗俗的乡村姑娘是忍受不了不招待的。但是还施其身的她从那些村姑们那里所得到的待遇是什么呢？据她们说，达尔雅·密哈伊洛夫娜是傲慢的、品行不端的、难堪的暴君，尤其是——她在说话中自由肆漫，是极可厌的！达尔雅·密哈伊洛夫娜当然在乡间并不留心礼节，在她的没有拘检的态度的傲慢中，可以觉得是有几分像都市的母狮莅临她四周的属僚和暗愚的群属似的那种轻蔑的神情。就是在她自己的集群中间，她也有一点不经意带讥讽的样子，只是没有轻蔑的形迹。

顺便说一句，读者，你曾否留心到一个对于下属非常随随便便的人而对于上级的人却永不会随随便便的么？这是什么缘故？但是这种问题也推不出什么结论。

当康斯坦丁·狄渥密地奇于把泰堡的习曲在心头记熟了之后，从他的明净的愉快的室中走到客厅里来，他看见全家人都聚集在那里了。茶话已经开始。女主人歇在一张宽阔的榻上，两脚缩着，手里拿了一本新出版的法兰西小册子；靠窗，在刺绣绷架的后面，一边坐着达尔雅·密哈伊洛夫娜的女儿，一边坐着女教师彭果小姐——一位干瘦的六十多岁的老处女，花花绿绿的帽子底下戴着黑发的假额，耳朵里堵着棉花；靠近门的一角挤缩着巴西斯它夫，在读报纸，贝耶和樊耶在他的身边玩将棋，还有，靠身在壁炉旁边，两手反握在背后，是一位身材低矮的男子，黝黑的面脸簇着灰白的头发，炯炯的黑眼睛——这就是阿菲利加·塞美尼奇·毕加梭夫。

这位毕加梭夫是一位古怪的人物，对于任何事任何人——特别是女人——都十分刻薄，他自晨至暮都恶声不绝，有时骂得很得当，有时是相当傻气的，但总是很有趣。他的坏脾气是几近于

29

罗 亭

稚气了；他的笑，他的说话的声音，他的全部，都好像在毒液里浸过似的。达尔雅·密哈伊洛夫娜亲切地接待他，他的笑料使她快乐。这些笑料自然是再荒谬不过的。他老是欢喜夸张。譬如，假如有人告诉他有什么不幸的事情发生了，或是一个村庄被雷打了，或是一座水碓被大水漂去了，或是一个农夫被斧头劈伤了手指，他便一定要问，带着浓厚的苦涩相说，"她叫什么名字？"这就是说惹起这场灾祸的女人叫什么名字，因为根据他的信条，一切的不幸都是女人的缘故，只要你对这桩事追究到底。他曾有一次跪倒在一个贵妇人的面前，这贵妇人原不过只请他吃一顿小点心，和他并不怎样熟识，而他眼泪汪汪的，脸上露愠怒之色，说是求她发放发放罢，说是他也没有什么得罪她的地方，说是将来将永远不再见她。又有一次一匹马把达尔雅·密哈伊洛夫娜的一个女佣人踢到小沟里去，几乎把她杀死。从那时候起，毕加梭夫一提到那匹马，就连说"好马，好马。"他甚至于把那座小山和这条沟当做特别好景致的地点。毕加梭夫一生蹇淹，所以陷于这怪癖的疯狂了。他生于穷困的家庭。他的父亲曾经当了好几个小差使，简直不会写读，也不愿把儿子教育的问题来麻烦自己；他给他吃，给他穿，便完了。他的母亲是宠他的，但是很早便死了。毕加梭夫自己教育自己，先进区立学校，继进中学，他自己读法文、德文，以至拉丁文，他得了最优等的证书离开中学，跑到道尔伯大学去，在那里，他不断地和贫苦搏斗，但终于给他读完三年的课程。毕加梭夫的才能是不会超过中庸的水平线的，他的优点便是坚忍和耐劳，但是他心中最强有力的感情便是"野心"，不管他的财产不及别人，总想要跻进高等社会里，不肯次人一等。他进了道尔伯大学，努力用功读书，都是为了这野心。贫困激怒了他，使他变成敏于观察而狡猾。他的言语表达都是独创一格；自从他的幼年他便采用了一种刺耳的具挑拨性的一种特

罗亭

别的口才。他的思想也不会超过普通水准，但是他说话的方法使他看来好像不仅是聪明，并且是十分聪明伶俐的人。得了候补的学士位之后，毕加梭夫决心致全力于教学的职业；他知道在别的事业中他是不能和他的同伴们比肩的。他试想从高级人士中选出他的同伴，也知道怎样去讨他们的欢喜，甚至不惜曲意阿谀，虽则老是在辱骂他们。但是要教书他还没有——说得明白点——充分的教材。并不爱读书而读书，毕加梭夫所知道的烂熟的东西很少。他很可怜的在公开的辩论中被打倒了，同时另外一位和他同寝室的同学，常常成为他取笑的题材的，一位才能很有限，但是受过根柢很好的教育的，完全得到成功了。这回的失败使毕加梭夫发火，把所有书籍和抄本都投在火里，到一个政府机关里做事。开头他做得并不坏，他是一个好职员，不很活动，却绝对有自信而勇敢；但是他想钻得更快一点，他失足了，糟了，不得不辞职。他在自己购置的田产中度了三年，突然和一个受过半三不四的教育的有钱的女子结了婚，这女子便是被他那种无礼貌的连讽带刺的态度吊来的。但是毕加梭夫的性质竟成为如此暴戾易怒，家庭生活于他是不堪其疲倦。他的夫人和他一起同居了几年之后，秘密地跑到莫斯科，将地产卖给一位企业家了；毕加梭夫还在那块地皮上刚修好了一座房子。受了这最后的打击，毕加梭夫开始和他的夫人涉讼，什么也没有得到。自此以后他便孤独地住着，他跑去找曾经在背后或当面受过他的辱骂的邻居，因为他也没有什么可怕，他们便都忍住了笑欢迎他。他手里从不拿起书本。他有百来个农奴，他的农奴的境况都还好。

"啊，康斯坦丁！"当柏达列夫斯基走进客厅里来的时候，达尔雅·密哈伊洛夫娜说，"亚历克山得玲纳①来么？"

---

① 亚历克山得玲纳，即亚历克山得拉的爱称。——译者。

罗 亭

"亚历克山得拉·巴夫洛夫娜托我谢谢你,他们非常高兴。"康斯坦丁·狄渥密地奇回答,很和蔼地向四面各方行礼,将指甲修剪成三角形的肥白的手指掠过光洁无疵的头发。

"服玲萨夫也来么?"

"来的。"

"这样,照你的说法,阿菲利加·塞美尼奇,"达尔雅·密哈伊洛夫娜转身向毕加梭夫继续说,"所有的年青女人都是装腔的么?"

毕加梭夫嘴巴一歪,兴奋地搔一搔臂肘。

"我说,"他用慢吞吞的声音说——在他动怒的最激烈的情绪中总是慢慢地明确地说,"我说年青的女人们,一般——至于在座各位,当然,我不说什么。"

"这可并不妨碍你对她们作何想法。"达尔雅·密哈伊洛夫娜插进一句。

"我不是说她们,"毕加梭夫重复道。"所有的年青的妇女们,一般都装腔到极点——在她们的感情的表现上也要装腔。假如一位少妇被惊吓了,比方说,或是什么东西使她高兴,或是失望了,她第一步一定要先摆出一个漂亮的姿态(毕加梭夫张开两手把身子摆成一个不适当的姿势)。然后她喊了出来——啊呀!或者是笑,或者是哭。虽则我也曾有一次(说到这里,毕加梭夫露出得意的笑),居然给我从一位最会装腔作势的少妇身上诱出一个天真的未加掩饰的表情来!"

"你怎样得到的!"

毕加梭夫眼睛发光了。

"我从背后用一根白杨木棒在她的腰边戳了一下,她喊起来了,于是我对她说,'好哪!好哪!这是自然的声音,这是天真的喊叫!将来要常常如此!'"

客厅里的人们都笑了。

"你说什么废话，阿菲利加·塞美尼奇，"达尔雅·密哈伊洛夫娜喊道。"难道我能够相信你敢用木棒在女孩子的腰边戳一下么？"

"是的，真的，用一根木棒，一根很粗的木棒，像守卫堡垒用的那种粗木棍。"

"Mais c'est un horreur ce que vous dites là, Monsieur,"（"你所说的真可怕，先生，"）彭果小姐喊道。怒目睨视着笑得不歇气的孩子们。

"哦，你不要相信他。"达尔雅·密哈伊洛夫娜说，"你难道不认识他么？"

但是惹怒了的法兰西太太很久不能平息下来，尽管自己对自己喃喃着。

"你无须相信我，"毕加梭夫冷冷地说，"但是我可以向你担保我所说的是单纯的真实。除了我还有谁知道？就此你也许不肯相信我们的邻居，爱伦娜·安东诺夫娜·柴沛兹太太，她亲口告诉我——请注意，'亲口'——说她谋害了她的外甥。"

"捏造啊！"

"等一等，等一等！听着，由你们自己去评判。请想一想，我并不想诽谤她，甚至于我也正如一般人爱女人似的爱她。在她的屋子里除了一本日历之外没有别的书，除了高声朗读以外不会看，而这种读书的劳作会使她陷于极度的疲劳，说是眼睛像要爆出额角外面来似的在叫苦……要而言之，她是一个顶等的女人，她的使女们都长得肥了。我为什么要诽谤她？"

"你们看，"达尔雅·密哈伊洛夫娜道，"阿菲利加·塞美尼奇骑上他的癖爱的马了，今晚他不下来。"

"我的癖爱！但是女人们至少有三种！除非在晚上睡觉的时

候，死也撇不开。"

"哪三种癖好？"

"好责难，好诽谤，好反驳。"

"你知道，阿菲利加·塞美尼奇，"达尔雅·密哈伊洛夫娜说，"你不能无缘无因地对女人如此刻薄。一定有什么女人或别的……"

"害了我么，你的意思是？"毕加梭夫打断了她的话。

达尔雅·密哈伊洛夫娜有点为难了；她记起毕加梭夫不幸的结婚，只是点一点头。

"确曾有一位女人害了我，"毕加梭夫说，"虽则她是好的，很好的人。"

"是谁？"

"我的母亲。"毕加梭夫说，放低了声音。

"你的母亲？她害了你什么？"

"她把我生到这人世间来了。"

达尔雅·密哈伊洛夫娜皱一皱眉头。

"我们的谈话，"她说，"好像转向阴暗的方面去了。康斯坦丁，替我们弹一支泰堡的新习曲。我敢说音乐能够安慰阿菲利加·塞美尼奇的。奥菲斯①驯服了野兽。"

康斯坦丁·狄渥密地奇在钢琴前面就坐，曲子奏得相当好。娜泰雅·亚历舍耶夫娜起先很注意地听着，就后又低头到绣花工作上面去。

"Merci, c'est c'harmant,"（"谢谢，这是佳妙的，"）达尔雅·密哈伊洛夫娜说，"我爱泰堡。Il est sid istingué.（它是这般出

---

① 奥菲斯（Orpheus），希腊神话中色拉斯（Thrace）王与女神卡丽奥比（MuseCalliope）之子。爱普罗授之以琴，众女神教之，逐成七弦琴圣手。奏时，岩石、草木、野兽莫不感动。——译者。

色的。）你作何感想，阿菲利加·塞美尼奇？"

"我想，"阿菲利加·塞美尼奇慢慢地说，"世上有三种自我主义者，自己生活着同时也让别人生活着的自我主义者，自己生活着而不让别人生活的自我主义者，和自己不生活着又不肯让别人生活的自我主义者。女人，大部分，是属于第三种。"

"说得多文雅！只有一桩事情使我惊异的，阿菲利加·塞美尼奇，就是你对于自己的信条的信仰；当然你是永不会错误的罢。"

"谁这样说？我也有错误；一个男子，也，也有错误的。但是你知道男子的错误和女子的错误的区别么？你知道么？这就是：一个男子会说，打个譬喻，两个的两个不是四个，而是五个，或者是三个半。但是一个女人会说两个的两个等于一支蜡烛。"

"我好像听到过你从前曾经说过这番话。但是请你允许我问一声，你所说的三种自我主义者的想头和刚才你听的音乐有什么连带关系？"

"一点也没有，我并没有听音乐。"

"罢了，'我看你是无可救药。病根也便在这里。'"达尔雅·密哈伊洛夫娜回答说，引用了格里卜耶陀夫①的诗句，稍微改窜了一下。"你喜欢什么呢？既然你无心于音乐。文艺么？"

"我欢喜文艺，只是不喜欢当代的文艺。"

"为什么？"

"我可以告诉你为什么。最近我和一位大人先生同乘摆渡船过鄂迦河，渡船靠峻壁停泊；这位先生有一辆笨重的四轮车，他

---

① 格里卜耶陀夫（Griboyedov，1795—1829）俄国戏剧作家，他的唯一剧本《聪明误》（Góre ot Uma,）奠定了他在旧俄的剧坛的地位，正如普希金之于俄国诗坛，他成了不朽的一人。——译者。

们必得要用手把马车拉上岸去。当船夫使尽力气把这辆马车拖到岸上去时,这位先生站在渡船里,在那边哼叹,叫别人听了替他可怜!……对啦,我想,这便是分工制度的一张活现的画图!正像我们的现代文艺,别人在做工而他在哼叹。"

达尔雅·密哈伊洛夫娜笑了。

"而这便称做表达现代的生活,"毕加梭夫滔滔不断地继续往下说,"予社会的种种问题以深切的同情等等……哦,我是如何痛恨这些天大的话!"

"可是,你所攻击的女人们——她们至少是没有使用这些大话。"

毕加梭夫耸一耸肩。

"她们不用这些大话,因为她们不知道。"

达尔雅·密哈伊洛夫娜脸微微一红。

"你愈说愈固执起来了,阿菲利加·塞美尼奇!"她说,带着勉强的笑。

室内一片静寂。

"梭罗它诺夏在什么地方?"一个男孩子突然问起巴西斯它夫来。

"在波泰瓦省,亲爱的孩子,"毕加梭夫回答,"在小俄罗斯中部。"(他很高兴有个机会把话锋转过来。)"我们刚才谈到文艺,"他继续说,"假如有钱给我花,我立刻便会成一位小俄罗斯诗人。"

"啊呀呀!你会做一个了不起的诗人呢!"达尔雅·密哈伊洛夫娜讥讽似地说。"你懂得小俄罗斯的话么?"

"一点不懂;但这并不需要。"

"不需要?"

"哦,不,不需要。你只要拿过一张纸,在顶端上写了'短歌'两字,于是便像这样地开始,'哎嗬,嗳啦,我的运命啊!'或者是'哥萨克奈里梵诃坐在小山上,坐在大山上,绿树的荫下鸟儿在唱,嘎喇兮,伐啰啪兮,咯咯!'或者类似这样的东西。便完成了。付印,出版,小俄罗斯人读了它,低下头来埋在掌里,的确地眼泪便汩汩地涌出来,原是善感的灵魂啊!"

"天哪!"巴西斯它夫喊道。"你在说些什么?这是太荒唐得怎也说不过去。我曾经在小俄罗斯住过……我爱它,知道它的语言……'嘎喇兮,嘎喇兮,伐啰啪兮'是绝对地毫无意义。"

"也许是的,但是小俄罗斯人也一样的会流泪,你说到'语言'……有一种小俄罗斯语言么?据你的意见,这是一种'语言'?一种独立的语言?要我同意这句话,就是顶好的朋友,我也要把他放在石臼里捣个稀烂。"

巴西斯它夫正想反驳。

"由他去罢,"达尔雅·密哈伊洛夫娜说。"你知道从他那里除了矛盾的话之外是听不到什么的。"

毕加梭夫解嘲似地笑着。一个仆人走进来通知说亚历克山得拉·巴夫洛夫娜和她的兄弟来了。

达尔雅·密哈伊洛夫娜站起身来迎接她的客人。

"你好,亚历克山得玲纳?"她说,跑上前去,"你是多么好意,光临敝处!……你好么?塞尔该·巴夫里奇?"

服玲萨夫和达尔雅·密哈伊洛夫娜握手,跑到娜泰雅·亚历舍耶夫娜身边。

"但是那位男爵怎样了啦,你的新相知,他今天要来么?"毕加梭夫问。

"是的,他就要来的。"

"他是一位大哲学家,他们说;他满肚子都是黑格尔哲学,我想?"

罗 亭

达尔雅·密哈伊洛夫娜没有回答,请亚历克山得拉·巴夫洛夫娜坐在沙发上,自己也坐在她的旁边。

"哲学,"毕加梭夫继续说,"崇高的观点!这又是我所极憎恶的;这些崇高的观点。从高高的上面你能够看得见什么呢?真的,假如你要买一匹马,你用不到爬到塔尖上去看啊!"

"这位男爵要拿一篇论文来给你么?"亚历克山得拉·巴夫洛夫娜问。

"是的,一篇论文,"达尔雅·密哈伊洛夫娜回答,态度非常冷淡;"《论俄国之商业与工业之关系》……但是不要着慌;我们不在此地宣读它……我请你来并不是为了这个。Le baron est aussi aimable que savant(男爵是和蔼可亲的而又博学。)他的俄国话说得很漂亮!C'est un vraitorrent…il VOUS entraine(真是口若悬河,会把你漂没冲走的。)"

"他俄国话说得很漂亮,"毕加梭夫咕哝道,"值得用法国话去称赞他。"

"你要咕哝便尽自去咕哝好了,阿菲利加·塞美尼奇……恰配你的一头乱发……我奇怪,为什么他不来。你们知道什么把他……Messieurs et mesdames(先生们,太太们,)"达尔雅·密哈伊洛夫娜看一下四周,又说,"我们到花园里去。离吃饭时间差不多还有一个钟头,天气又晴朗。"

大家站起身来,到花园里去。

达尔雅·密哈伊洛夫娜的花园一直伸展到河边。古老的菩提树一行行地排列着,园中充满了阳光、阴影和香气,在小径的尽端,可以望见翠绿的一片,还有许多刺毬花和紫丁香花的园亭。

服玲萨夫伴着娜泰雅和彭果小姐向树荫浓密的地方走去。他默默地在娜泰雅旁边走着,彭果小姐稍为离开一点地跟在后面。

"你今天做点什么事?"终于服玲萨夫开口问了,用手摸一摸他的好看的棕黑色的短髭。

在容貌上他异常像他的姐姐,但是在他的表情中比较缺少生命和活力,他的柔媚美丽的眼睛带着几分忧郁。

"哦,没做什么,"娜泰雅回答。"我听了毕加梭夫的讥刺,在花绷上面绣了几朵花,我读了一点书。"

"你读点什么书?"

"哦,我读了——《十字军战史》,"娜泰雅说,带着犹疑的样子。

服玲萨夫望着她。

"啊!"他终于吐出一句来,"这一定很有趣的。"

他折得一根树枝,在空中挥舞着。他们又走了二十多步。

"你的母亲认识的那位男爵是谁?"服玲萨夫又重新开口。

"一位宫廷的侍臣,一位新客;妈妈极口地褒崇他。"

"你的母亲是很容易把别人想做好得不得了的。"

"这就是表示她的心还年青,"娜泰雅说。

"是的。不久我可以把那匹牝马送来给你了。它现在差不多训练驯熟了。我还要教它奔驰,不要多久便可以教好的。"

"Merci!("谢谢!")……但是我很不好意思,你亲自训练它……他们说这是很辛苦的!"

"只要你欢喜,你知道,娜泰雅·亚历舍耶夫娜,我准备着……我……这点小事算得什么?——"

服玲萨夫渐渐慌张无措了。

带着友谊的鼓励,娜泰雅望着他,重说一遍,"Merci!"

"你知道,"停了好久,塞尔该·巴夫里奇继续道,"这算不得什么……但是我为什么说这话?一切你都明白的,当然。"

在这时候屋内的铃声响了。

"啊!La cloche du diner!(晚饭钟!)"彭果小姐喊道,"rentrons！"（"我们回去罢！"）

"Quel dommage（多可惜），"当她跟在服玲萨夫和娜泰的后面，走上庑廊的沿阶时，老法兰西小姐这样想，"Quel dommaée que cecharmant garcon ait si peu de ressources dans la conversation，（这位漂亮的小伙子讲话这般拙讷，多可惜）。"这句话可以翻译过来说，"你是一个好家伙，我的好孩子，但是相当有点傻。"

男爵没有来吃晚饭。他们又为他等了半点钟。餐桌上谈话是松懈了。塞尔该·巴夫里奇坐在娜泰雅旁边，只是瞧着她，很殷勤地替她在杯子里加水。柏达列夫斯基徒然想讨他的邻座亚历克山得拉·巴夫洛夫娜的欢喜；连珠串地说了许多蜜甜的话，但是她熬不住要打呵欠了。

巴西斯它夫把面包搓成小球，什么也没有想；就是毕加梭夫也沉默着。达尔雅·密哈伊洛夫娜提醒他说他今天不大有礼貌，他莽撞地回答，"什么时候我曾有礼貌的呢？这不是我的本色；"脸上浮起一阵苦笑，又说，"稍微忍耐一下；我不过是麦酒（kvas）你知道，普普通通的（du simple）俄罗斯麦酒；但是你的宫廷贵人——"

"妙极！"达尔雅·密哈伊洛夫娜喊道，"毕加梭夫是嫉妒的，他已经在吃醋了。"

但是毕加梭夫并不给她回答，只斜瞥了一眼。

七点钟响过了，他们又聚焦到会客室里面。

"他不来了，很明显的。"达尔雅·密哈伊洛夫娜说。

但是，听，一阵车轮的辚声听见了，一辆车跑进院子里来，不一会，一个仆人跑进客厅，银碟子上面托着一张字条，递给达尔雅·密哈伊洛夫娜。她在字条上瞥了一眼，回头问仆人说：

"送这信来的那位先生在哪儿呢？"

"他坐在车里，要请他上来么？"

"请上来。"

仆人出去了。

"试想，多讨厌！"达尔雅·密哈伊洛夫娜继续说，"男爵接到了一个召命，要立刻回彼得堡去。他把他的论文叫一位他的朋友罗亭先生送来——男爵非常褒赞他，要把他介绍给我。但是这多讨厌！我原希望男爵在此间住一些时光的。"

"德密特里·尼哥拉伊奇·罗亭。"仆人通报道。

三

一位年约三十五岁的男子进来,身材很高,微微有点佝偻,卷曲的头发,黝黑的皮色,一张不匀称但是有表情的聪颖的脸,水汪汪发亮的活泼的深蓝的眼睛,笔直的广阔的鼻和弧形完整的嘴唇。他的衣服不新,有几分过窄,好像是因为身体长大了,所以不合身。

他迅速地走到达尔雅·密哈伊洛夫娜的前面。略略一鞠躬,告诉她说是他很久便渴慕着得能介绍到她跟前来的荣幸,说是他的朋友男爵不能亲自到她这里来辞行,深引为憾。

罗亭的尖细的声音和他高大的身材以及广阔的胸部似乎不大调和。

"请坐……我很高兴,"达尔雅·密哈伊洛夫娜喃喃地说,在将他介绍给其余的在座的人之后,她问他是否本地人还是作客。

"我的田庄在T省。"罗亭回答,把帽子放在膝上。"我在此地住得不久。我是为了一点事务来的,在你们贵区暂住几天。"

"和什么人一起?"

"和那位医生。他是我大学里的老同窗。"

"哦,那位医生。他是很有名的。他的手术很好,人们说。你认识那位男爵很久了么?"

"我是去年冬天在莫斯科和他碰见的,最近我和他同住过一个礼拜。"

"他是很聪明能干的人，这男爵。"

"是的。"

达尔雅·密哈伊洛夫娜嗅一嗅蘸着 eau de cologne（香水）的褶皱了的小手巾。

"你是在政府机关里服务吗？"她问。

"谁？我么？"

"是。"

"不。我退职了。"

接着是短时间的静默，大家便重又接谈起来。

"假如你不嫌我多嘴，允许我琐屑地问，"毕加梭夫朝着罗亭开始说，"你知道男爵阁下送来的那篇论文的内容么？"

"是的，我知道。"

"这篇论文述及商业的关系……不，我国之商业与工业之关系……这就是你所说的，我想，达尔雅·密哈伊洛夫娜？"

"是的，述及……"达尔雅·密哈伊洛夫娜说，将手按在额上。

"我，当然，对于这问题是劣等的评判者，"毕加梭夫继续说，"但是我须得承认在我看来甚至于这篇论文的题目都好像非凡（我怎样说得文雅一点呢？），非凡涩晦而错综复杂。"

"为什么对你觉得这样？"

毕加梭夫笑了一笑，瞟一眼达尔雅·密哈伊洛夫娜。

"对于你很清楚么？"他说，将狡猾的脸转向着罗亭。

"对于我？是的。"

"呒。无疑地你一定知道得比较详尽。"

"你头痛么？"亚历克山得拉·巴夫洛夫娜问达尔雅·密哈伊洛夫娜。

"不。只是——C'est ne Ⅳ eux（神经不宁）。"

"请容许我问，"毕加梭夫又开始带着鼻音问。"你的朋友缪法男爵阁下，我想这是他的名字罢？"

"一点不错。"

"缪法男爵阁下是否对政治经济有特殊的研究，还是他只在公余和应酬之暇，抽点功夫来研究这饶有兴趣的问题的？"

罗亭目不转睛地直望着毕加梭夫。

"男爵在这方面是一个业余爱好者，"他回答，有点面红，"但是在他的论文里面有很多有趣味的材料和公允的见地。"

"我不能够和你争论；我没有读过这篇论文。但恕我大胆地问——你的朋友缪法男爵的大作无疑地大部分是立论在一般的定理上较之基于事实罢？"

"有事实也有基于事实的定理。"

"是的，是的。我必得告诉你，在我的意见——我当然有权利发表我的意见，只要机会允许；我在道尔伯大学住了三年……这些，所谓一般的定理，假设，这体系——原谅我，我是一个村夫俗汉，我粗鲁地说话毫无掩饰——是绝对毫无价值的。这一切只好讲理论——只好用来骗人。给我们以事实，先生，便尽够了。"

"真的！"罗亭反驳道，"难道不应该找出事实的真义来么？"

"一般的定理，"毕加梭夫继续道，"这些是我最憎恶的东西，这些一般的定理、理论、结论。这些全都是根据在所谓'信仰'上面的；每一个人都说起他的信仰，把它当做了不起，以有了它自骄。哎！"

毕加梭夫向天摇起拳头。柏达列夫斯基笑了。

"妙极！"罗亭插口道，"那么据你说来是没有什么信仰之类的东西了。"

"不，没有。"

"这就是你的信仰么?"

"是的。"

"那么你怎样可以说是没有这东西呢?这里你第一着便先了有一个。"

室内的人都笑了,彼此你看我,我看你。

"等一等,等一等,但是——"毕加梭夫开始……

但是达尔雅·密哈伊洛夫娜拍着两手喊道,"好极,好极,毕加梭夫打倒了!"她轻轻地从罗亭的手里把帽子拿了过去。

"勿忙开心罢,太太;还有很多的时间!"毕加梭夫带着厌烦的神气说。"说了一句俏皮话,摆出超然的神气,这可不够;还得要证明,辩驳。我们话岔到讨论的问题外去了。"

"对不起,"罗亭冷冷地说,"事情是很简单的。你不相信一般定理的价值——你也不相信'信仰'么?"

"我不相信,我什么都不相信。"

"很好,你是一个怀疑主义者。"

"我看没有引用这种专门字眼的必要,无论如何——"

"不要停止,往下说!"达尔雅·密哈伊洛夫娜插口道。

"向他反驳哪,老狗!"柏达列夫斯基同时在肚子里说,向大家笑一笑。

"这传达意义的字眼,"罗亭接着说。"你懂得的;为什么不能用?你什么也不相信,为何要相信事实呢?"

"为何,问得好!事实是经验的事物,任何人都知道事实是什么。我凭经验去评判它,凭我自己的感觉去评判它。"

"但是你的感觉便不会骗了你么?你的感觉告诉说太阳是绕着地球转的……也许你不同意于哥白尼克斯①罢?你连他都不相

---

① 哥白尼克斯(copemicus 1473—1543)波兰天文学家,地动学说之始创者。——译者。

信么？"

又是一阵微笑掠过各人的脸，所有的眼睛都凝集在罗亭的身上。"他并不是傻子，"每人都这样想。

"你欢喜开玩笑。"毕加梭夫说。"当然这是很独创的，但这并不是我们所要讨论的一点。"

"直到此刻我所说的，"罗亭回答，"可惜是，很少独创的，一切在很久以前便早知道了的，都是说过一千遍了的。但是问题的关键不在这里。"

"那么是什么？"毕加梭夫问，未免有几分无礼。

在辩论中他时常要先把对手揶揄一番，然后渐渐说不通了，终至于发怒，默不出声。

"这就是，"罗亭继续道，"我不能不，我承认，觉得疚心的歉仄，当我听到明理人也在攻击——"

"这些体系么？"毕加梭夫插进一句。

"是的，随便你说，就是体系罢。在这个字眼里什么东西吓怕了你？每一种体系都是建设在基本定律的智识上的，生命的原则——"

"但是没有人知道这基本定律，也没有人去发现。"

"且住。无疑地要每一个人去懂得这些定律是不易的，错误是人类的天性。可是，你当然也和我同意，比方说，牛顿，至少也发现几条基本定律罢？他是一位天才，我们得承认；但是天才的发明的伟大处就是因为这发明成了大众的遗产。在森罗万象中去发现宇宙的原则的努力是人类思想的特征，我们一切的文化——"

"你想说的便是这句话！"毕加梭夫懒洋洋地插嘴道。"我是一个实际的人，所有这些形而上学的玄虚我不参加讨论，也不想参加讨论。"

罗 亭

"很好！这是随你高兴。但是请你注意，你要成一个真正老牌的实际的人的那种愿望的本身就是你的体系——你的理论。"

"你说到'文化'么！"毕加梭夫突然说；"这又是你的另一种可赞美的观念！这吹擂得很响的文化，用处是很大的。我可不肯花一个铜子来买你的文化！"

"多么拙劣的强辩啊，阿菲利加·塞美尼奇！"达尔雅·密哈伊洛夫娜说，心里很高兴她的新朋友十分优雅的态度和镇静。"c'est unhomme comme il faut"（"这是有身份的人"），她想，怀着善意的窥察，望一望罗亭。"我们要好好儿招待他。"这最后的一句话是用俄文暗暗藏在脑子里面说的。

"我并不拥护文化，"停了一会，罗亭继续说。"它也无须我的拥护。你不欢喜，那也各有各的趣味。而且，我们说得太远了。让我只是向你提起一句古话罢，'周彼得，你发怒了；所以你错了。'我的意思是说这些对于一般的定理的体系的抨击是非常可悯的，因为随着这些体系，他们把一般的智识，一切的科学和信念都一齐摈弃了，随之也摈弃了他们对自己的自信，对自己的能力的自信，但是这种自信于人是不可少的；人们不能够单靠五官感觉生存；他们惧怕理想，不信理想，他们是错了。怀疑主义常常是无知识和无能力的特征。"

"这都是掉文弄字啊！"毕加梭夫喃喃说。

"也许是的。但是让我指出来给你，当我们说'这都是掉文弄字啊！'的时候，便是想要避免说一些比文字更实际的东西。"

"什么？"毕加梭夫说，霎一霎眼睛。

"你知道我所说的意思。"罗亭反讥道，带着不由自主的但又立刻抑制住的不耐烦。"我说，假如人没有可以信赖的坚牢的原则，没有可以站得稳定的立脚点，他怎样能够对他的国家的需要、趋势和将来作正确的估计？他怎样能够知道他应该怎样做？

罗 亭

假使——"

"由你去说罢。"毕加梭夫突然说了一句,打一个躬,什么人也不看便翻身走了。

罗亭凝望着他,微微一笑,不说什么。

"呵!他逃走了!"达尔雅·密哈伊洛夫娜说。"不要紧,德密特里……对不起。"她加上一句,带着真心的微笑,"你的父名叫什么?"

"尼哥拉伊奇。"

"不要紧,亲爱的德密特里·尼哥拉伊奇,他瞒不过我们的。他只是表示不'愿'再争论罢了。他体会到他'不能'和你争辩。但是你最好坐得和我们靠近一点,让我们谈一谈好么?"

罗亭把凳子移近前去。

"怎样直到现在才相识?"达尔雅·密哈伊洛夫娜说。"这真是意料不到的机缘。你读过这本书么?C'est de Tocqueville, VOUS savez?(这是托克维①写的,你知道么?)"

达尔雅·密哈伊洛夫娜将法文的小册子递给罗亭。

罗亭把薄薄的书本接在手中,翻了几页,放在桌子上,回答说他不曾读过托克维先生这部作品,但是他对于他所研究的问题是时常会加以思索的。谈话开始了。罗亭开始好像游移不定,不敢放胆自由地说出来;他的话句不很流畅,但是到后来渐渐热烈起来开始说话了。在一刻钟之后,客厅里只听见他的声音。大家都挤做一圈围绕着他。

只有毕加梭夫远远地撇留在一边,在靠壁炉的一只角上。罗亭口齿伶俐地,热情地,果断地谈着;他夸示出很有学问,书读得很多。谁也不曾料到他是一位了不起的人物。他的衣服如此破

---

① 托克维(Alexis – Charles – Henri de Tocqueville, 1805—1859)法国政治家及政论家。——译者。

旧，名声也没有。这样一位伶俐的人突然会在这乡间出现，人人都觉得惊奇而不可解。他一步强似一步地令人惊奇，简直可以说，他把他们都迷住了，打头从达尔雅·密哈伊洛夫娜数起。她正自诩能够发现他，而这样早日便在梦想着如何将罗亭介绍到社会里去了。虽则这般年纪，在很易接受别人的印象这一点看来，她是很有点孩子气的。亚历克山得拉·巴夫洛夫娜，说老实话，她很少懂得罗亭所说的，但是充满了惊奇和喜悦；她的兄弟也羡慕他。柏达列夫基望着达尔雅·密哈伊洛夫娜，满怀了嫉妒。毕加梭夫在想，"假如我有五百卢布，我买一只夜莺来，唱得比他好听些呢！"但是在这集群中影象最深刻的是巴西斯它夫和娜泰雅。巴西斯它夫连呼吸都屏住；整个时间坐在那里，口张开，睁着圆眼听着——听着，他生平从不曾这般地听别人讲话——娜泰雅脸上浮散起一阵红晕，她的眼睛，不移动地注视着罗亭，同时有点迷糊而又发光。

"他的眼睛多光彩？"服玲萨夫在她的耳边轻轻地说。

"是的，它们是。"

"只可惜双手太大，而且发红。"

娜泰雅没有回答。

茶端上来。大家随便谈着，但是罗亭一开口，大家便突然不约而同地一声不响，由此也不难推断他给人的印象之深了。达尔雅·密哈伊洛夫娜突然想要挖苦一下毕加梭夫。她跑到他的前面，低声地向他说，"为什么你不说话而只是轻蔑地笑着？"不等到他的回答，便招呼罗亭道。

"他还有一桩事你不知道。"她说，向毕加梭夫做一个手势，"他是痛恨女人者，他时常攻击她们；请你，指示他以正路。"

罗亭不由自主地望一眼毕加梭夫，他比他高过一头一肩。毕加梭夫几乎气得僵了，他的难堪的脸发白。

"达尔雅·密哈伊洛夫娜错了,"他以不坚定的声音说,"我不只攻击女人;对于整个人类我也不大赞美。"

"为什么你这样地蔑视人类呢?"罗亭问。

毕加梭夫直望着他的脸。

"研究自己的心的结果,无疑地,我发现自己的心一天不如一天地更其可鄙。我将自己来推度别人。也许这也是错误的罢,也许我比别人坏得多,但是我有什么办法?这已成了习惯了。"

"我了解你,同情你,"罗亭的回答,"凡是宽大的灵魂谁不曾体验到需要自谦呢?但是人不应该滞留于这种情况里面,这样是打不开出路的。"

"我深深感谢你给我的灵魂以宽厚的证明。"毕加梭夫反驳说。"至于我的情况,并没有什么不对,所以就是有了一条出路,让鬼去走罢,我不想找它!"

"但是这就是说——原谅我这样说法——你宁愿在自己的骄傲里得到喜悦与满足,而不希求真理或是生活在真理里面。"

"无疑的,"毕加梭夫喊道,"骄傲——这我是懂得的,你,我想,也是懂得的,任何人都懂得的;但是真理,真理是什么?在哪里?这真理!"

"你又在说老话了,让我提醒你。"达尔雅·密哈伊洛夫娜说。

毕加梭夫耸一耸肩。

"就算是,说几句老话打什么紧?我问:真理在哪里?就是哲学家也不知道这是什么。康德说是这样的东西;但是黑格尔说——不,你错了,这是另一回事。"

"你知道黑格尔怎样说么?"罗亭问,不曾提高声音。

"我再说一遍,"毕加梭夫继续道,有点动火了,"我不懂真理的意义是什么。照我的意思,世界上根本没有这样东西的存在，这就是说，这两个字是有的，但是本身没有。"

"呸，呸，"达尔雅·密哈伊洛夫娜喊道，"我奇怪你这样说竟不以为可耻，你这老囚徒！没有真理么？果真如此，那么生活在这世上还有什么意义？"

"好啦，我简直想说一句，达尔雅·密哈伊洛夫娜，"毕加梭夫反驳道，带着不耐烦的声调，"无论如何，在你，没有真理的生活总比没有厨子斯蒂芬——他烧汤是拿手——的生活过得要舒适些。你要真理做什么用？请你告诉我，又不能把它来装饰帽边子！"

"开玩笑算不得正论，"达尔雅·密哈伊洛夫娜说，"尤其是你涉及侮辱个人的方面。"

"我不知道真理，但是我看再谈下去也得不到什么答案。"毕加梭夫咕噜道，他带怒地转过身子去了。

于是罗亭开始说到"骄傲"，他说得很好。他指出人假使没有骄傲便是无价值的，骄傲是可以把地球从它的基础上移动的杠杆①，同时他又说，只有能够制驭骄傲，如骑师制驭他的马一样，献出自己的人格，为普遍的利益牺牲的人，才配得上称为人。

"自我主义，"他结束道，"是自杀。自我主义者将如孤独的不结果实的果树般枯萎；但是骄傲，野心，是臻于完善的动力，一切伟大事业的渊源。……是的！一个人应该剔除去他的人格上的顽固的自我主义而使之能自由地表达自己。"

"你借给我一支铅笔好么？"毕加梭夫问巴西斯它夫。

巴西斯它夫一时不懂毕加梭夫问他的用意。

"你要一支铅笔做什么？"他终于问。

"我想把罗亭先生最后的一句话写下来。假如不抄录下来是

---

① 这是科学之父迦里罗（Galileo Galilei, 1564—1642）的话。"假如给我以立足点，我可以用杠杆把地球移动。"——译者。

罗 亭

会忘记了的,我担心。但是你知道,类似这种的句子是一大堆的花言巧语。"

"对于有些事情取笑胡闹是可耻的,阿菲利加·塞美尼奇!"巴西斯它夫带着热情地说,背向毕加梭夫扭转身去。

当这时候罗亭跑近娜泰雅。她站了起来,她的脸色有点迷惘。服玲萨夫,坐在她的旁边的,也站了起来。

"我看这架钢琴,"罗亭说,带着出外旅行的皇子般的大方的礼貌,"你弹这琴么?"

"是的,我弹,"娜泰雅回答。"但是不大好。这位是康斯坦丁·狄渥密地奇先生,弹得比我好得多。"

柏达列夫斯基迎上前来,带着假装的笑。

"你不应这样说,娜泰雅·亚历舍耶夫娜;你弹得并不比我坏。"

"你知道修贝尔的《骁王歌》①么?"罗亭问。

"他知道的,他知道的,"达尔雅·密哈伊洛夫娜打插道。"坐下来,康斯坦丁。你爱音乐么,德密特里·尼哥拉伊奇?"

罗亭只是微微点一点头,用手掠一掠头发,好像准备听似的,柏达列夫斯基开始弹。

娜泰雅站在钢琴旁边,而正对着罗亭。乐曲开始的时候,他的脸便变容了。他的深蓝的眼睛徐徐转着,时时移到娜泰雅的身上。柏达列夫斯基奏完了。

罗亭没说什么,跑到敞开着的窗口。带香的薄雾好像轻纱般的笼罩着花园;一阵醉人的香气从就近的树丛送来。星星洒漏下柔媚的光辉。夏夜是温柔的——把一切都软化了。罗亭凝睇着暗黑的花园,又望一望四周。

---

① 修贝尔(Schubert, 1797—1828)奥地利音乐家。《骁王歌》(Erlkönig)系歌德作故事诗,由修贝尔配谱制成歌曲者。——译者。

罗 亭

"这音乐和夜,"他说了,"令我记起我在德国时的学生生活;我们的集会,我们的夜的歌。"

"你曾经在德国么,那么?"达尔雅·密哈伊洛夫娜问。

"我在汉德堡过了一年,在柏林差不多也有一年。"

"你穿着学生的装束吗?听说他们穿的是很特别的服装。"

"在汉德堡我穿着带马距的长统靴,和轻骑兵的绣着花瓣的短上衣,头发长得披到肩膊。在柏林,学生的装束和普通人是一样的。"

"告诉我们一些你的学生生活吧,"亚历克山得拉·巴夫洛夫娜说。

罗亭照做了。但是他对于叙事很少成功。在他的描写里没有声色。他不知道怎样插诨打趣。可是,从他自己在国外的故事说起,不久又转到一般的题目上来,教育和科学的特殊价值,大学和一般的大学生活,他用粗健的笔触描了一个范围广泛内涵复杂的图略。大家都非常注意地听着他。他谈吐风生,娓娓动听,不十分清楚,但是这点不大清楚的地方,却替他的语句增添了一种特殊的魅力。

罗亭思想之丰盛使他不能有条理地准确地表现自己。一番幻想过后又是幻想,一个比喻之后又是一个比喻——一会儿惊人地大胆,一会儿又异常真实。这不是练习有素的演说家的可喜的努力的结果,而是按捺不住的随兴所之的灵感的嘘息。他并没有思索字句;字句是左右逢源地自发地流到唇边,每一个字都像从他的灵魂的底里迸涌出来,燃烧着信仰的热火。罗亭是最大的秘藏——辩才的音乐——的得主。他知道怎样去拨一条心的弦而使一切的人都莫明所以地颤动着共鸣着。也许很多的听众不确切地明白他讲点什么;但是他们的胸头为之叹息,好像在他们的眼前揭起了一层帷幕,有什么光辉灿烂的东西在远处遥遥闪耀。

罗 亭

　　罗亭的一切思想都集中在未来上面。这把他装成青年热情奔放的样子……站在窗口前面,没有望着任何人,他谈着,受了普遍的同情和注意,青年少女和夜的美丽所触发的灵感,逐着自己的情感的浪潮,达到雄辩滔滔的高点,诗的极致……他说话的声音,热烈而柔和,增加了幻想的成分;好像有什么更有力量的灵动在他的唇边流吐,他自己也吃惊了……罗亭谈到流逝的人生永久的意义何在。

　　"我记得一个北欧的故事,"他下结论道,"一个皇帝同着他的战士围坐在火的边旁,在一个暗黑的小屋子里面。是夜里。是冬天。突然一只小鸟从打开着的窗户飞进来,又从另一个窗户飞了出去。皇帝说这鸟好像世上的人,从黑暗飞进来,又向黑暗飞去,温暖与光明是短暂啊……'陛下,'最老的战士回答,'就是在黑暗中小鸟也不致迷失,它找到了它的巢。'这样,虽则我们的生命是短暂而无形迹,但是伟大的一切都是人类造成。要成为这种高等职务的执行者的一种自觉,衡诸乎其他的个人的享乐,当比较为重;就在死亡中,他也找得到他的生命,他的巢。"

　　罗亭停止了,低垂下眼睛,带着一脉无奈的略有难色的微笑。

　　"vous êtes un poète,"("你是一个诗人,")这是达尔雅·密哈伊洛夫娜轻声的注释。

　　其余的人都暗暗地和她同意——除了毕加梭夫。不等到罗亭长篇议论的终结,他一声不响地拿了他的帽子,跑了出去,向站在门边的柏达列夫斯基带恶意地咬耳朵说:

　　"不!我倒反欢喜傻子。"

　　可是没有一个人想留住他,甚至也没有人注意到他。

　　仆人端上夜点心来,一点半钟之后,大家散了,各自回去。达尔雅·密哈伊洛夫娜留罗亭过夜。亚历克山得拉·巴夫洛夫娜在和她的兄弟一起回家去的车中，有好几次高声称赞，惊佩罗亭异乎寻常的敏慧。服玲萨夫也和她同意，虽则在他们看来有时候罗亭所表达的有几分涩晦。"这就是说，不很容易领会。"他添上一句。无疑地他想把自己的意思弄得清楚一点，但是他的脸色沮丧，眼睛凝视着车中的角落，好像比平时更忧郁。

柏达列夫斯基走到卧室里去，当他解下华丽的绣花的吊带时，大声地说，"一个玲珑的伙子！"突然，凶暴地向他的仆人一瞥，叫他走出房外去。巴西斯它夫整夜没有睡觉，没有脱衣服——他写信给他的一个在莫斯科的朋友，直到天明；娜泰雅呢，也，虽则脱了衣服躺在床上，她一刻都没有睡，眼睛不曾交睫。她的头支在手上，目光不移地望着黑暗处；她的脉管在热狂地跳动，她的胸口时时嘘出深深的叹息来。

四

第二天早晨罗亭梳洗刚毕，一位仆人跑进来说达尔雅·密哈伊洛夫娜请他到她的闺房里一起用茶。罗亭看见房里只有她一个人。她很诚恳地欢迎他，问他晚上睡得好么，亲手替他倒一杯茶，问他茶里的糖够不够，递给他一支纸烟，并且重复了两遍说恨不早认识他。罗亭正想在离她稍远的座位上坐下；但是达尔雅·密哈伊洛夫娜请他坐在自己的沙发旁边的一把安乐椅上，她身子向着他稍微前俯，开始问起他的家世、他的计划，和他的旨趣。达尔雅·密哈伊洛夫娜说话随随便便，听话也没精打采似的；但是罗亭十分清楚地知道她在想法使他高兴，甚至于恭维他。这早晨的晤面是费了一番安排的，她打扮得非凡朴素却又高雅，à la Madame Récamier（列加美夫人式）!① 但是达尔雅·密哈伊洛夫娜不久便停止了向他问长问短。她开始把自己的事情说给他听，说到她的青年时代，她认识的朋友。罗亭同情地倾听她的煞费心思的饶舌，但是———一桩奇异的事实——不论她谈论到什么人物，她自己总是独自个儿站在主要的地位，而其余的人物好像都被抹消，在背景中隐没不见了。但是抵补这缺点，罗亭也能精确地十分详尽地知道达尔雅·密哈伊洛夫娜对某某显官说过

---

① Madame Récamier（1777—1849），法国拿破仑时代著名贵妇人。——译者。

什么话，和她曾经予某某著名诗人以什么影响。照达尔雅·密哈伊洛夫娜的说法判断起来，好像最近二十五年中的所有知名之士都只是如何在希求和她认识，博得她的好评似的。她随便地提起他们，不带特殊的热情和尊敬，好像他们都是她日常的老朋友，其中有几个她叫做"荒唐的家伙"，当她说起他们的时候，好像华丽的嵌镶围绕着一块无价的宝石，他们的名字排列成珠宝气的一圈，环绕着这主要的名字——环绕着达尔雅·密哈伊洛夫娜的名字。

罗亭听着，抽着纸烟，很少开口。他说得好，也欢喜说话；接谈对话却非他的擅长；他是一位知趣的听者。任何人——只要开头不感到他的威胁——会在他的面前把他们的心信赖地打开；他便会跟随着别人的谈述的丝缕，容易感动而富于同情的。他的性情很好——那种觉得自己比别人高一等的只瞧自己不看别人的特殊的好性情。在辩论中他可是很有少容他的对方得完全表现自己，他以迫不及待的躁急而热情的对辩压倒他。

达尔雅·密哈伊洛夫娜说的是俄国话。她颇以自己本国语言的知识自骄，虽则法语也常常脱出口来。她故意采用平常俚俗的名词，但不是时常得到成功。罗亭的耳朵倒并不觉得达尔雅·密哈伊洛夫娜唇边流吐的夹杂的语言的难受，真的他简直不曾听它。

达尔雅·密哈伊洛夫娜终于说得累了，把头放在安乐椅的垫子上，眼睛盯着罗亭，一声不响。

"现在我懂得了，"罗亭开始慢慢地说，"我懂得你为什么每个夏天都到乡间来。这短期的休息于你是必需的；在你过了都市生活之后，这乡村的和平会使你恢复疲劳和增进健康。我相信你是深深地感到大自然之美的。"

达尔雅·密哈伊洛夫娜把罗亭盯了一眼。

"大自然……是的……是的……当然哪……我热烈地爱好它；但是你知道么，德密特里·尼哥拉伊奇，就是在乡间也不能没有朋友。而此间是一个都没有。这些人中间毕加梭夫算是顶有机智的了。"

"昨晚在此地的那一位执拗的老先生么？"罗亭问。

"是的……在乡间，就是他也有一点用——他有时叫人喜笑。"

"他并不笨，"罗亭回答说，"但是他走错了路了。我不知道你是否和我同意，达尔雅·密哈伊洛夫娜，在否定——完全的，对于一般的否定——中没有得救之道。否认了一切而你便会把他当做一位有才能的人，这是尽人皆知的狡计。心地单纯的人们很容易下这样的结论说你比被你自己所否认的总高过一等。而这时常是错了。第一点，你可以挑剔任何事件的破绽；第二点，就算你所说的很对，这于你更不好；你的才智，随着简单否定的引导，会渐渐失去光彩而枯萎。当你快意于虚浮的骄傲的时候，你是被褫夺去思想的真正的慰藉了；生命——生命的本质——自会避开你的不足道的嫉妒的评论，而你终于愤骂而成为可笑的人。只是爱人的人才有权利责备和寻找错误。"

"Voilà Monsieur Pigasov enterré，（这样，毕加梭夫先生完了，）"达尔雅·密哈伊洛夫娜说。"你是有何等的天才品评人物啊！但是毕加梭夫当然不了解你的。他除了自己个人而外什么都不爱。"

"他在自己个人身上发现缺点，便以为有权利去找别人的缺点了，"罗亭添进一句。

达尔雅·密哈伊洛夫娜笑了。

"'他把好人，'正如老话所说的，'把好人当做病人看。'暂且丢开不谈罢，你想男爵怎样？"

罗　亭

"男爵？他是顶呱呱的人物，心地很好，学问也很好……但是他没有个性……终他的一生，将成为半个学者，半个要人，这就是说一个多才多艺的人，这就是说，说得明白一点——不像这，也不像那……多可惜！"

"我也这样想，"达尔雅·密哈伊洛夫娜说。"我读了他的论文……Entre nous……cela a assex peu de fond。（在我们彼此间，可以说，不够根底。）"

"你此地还有什么人？"停了一会，罗亭问。

达尔雅·密哈伊洛夫娜用小指弹去烟灰。

"哦，简直没有什么人。黎宾夫人，亚历克山得拉·巴夫洛夫娜，昨天你看到过的；她是温和妩媚的—但别无足取。她的兄弟也是一个好家伙——un parfait honnete homme。（一个完全老好的人。）还有你知道的加林亲王。便是这几个人。除此之上还有两三位邻居，但是他们真是毫无用处的。他们有的神气十足，有的不可接近，或者是十分不合身份的优游潇洒的。至于太太们，如你所知，我一个都看不上眼。还有一位邻居，听说很有教养，学问也很好的男子，但是一个离奇得可怕的人，性情非常古怪。亚历克山得玲纳认识他……我想她对他并非无心的……真的是，你应当和她谈一谈，德密特里·尼哥拉伊奇；她是温和的，她只要再加以开导。"

"我也很欢喜她。"罗亭说。

"完全是个孩子，德密特里·尼哥拉伊奇，绝对是一个小宝宝。她结过婚，Mais c'est tout comme……（但这完全好像……）假如我是一个男子，我一定爱上像她那样的女人。"

"真的？"

"当然。这类女子至少是新鲜活泼，而活泼并不能假装得像的。"

罗 亭

"别的也可以假装的么?"罗亭问,他笑了——在他是难得笑的。当他笑的时候,脸孔有一种奇异的几乎是老人相,他的眼睛不见了,鼻子皱了起来。

"那位你叫做古怪的人是谁,黎宾夫人对他表示好意的那一位?"他问。

"一位姓列兹尧夫的先生,密哈伊罗·密哈伊里奇,本地的一位地主。"

罗亭好像有点惊异,他抬起头来。

"列兹尧夫——密哈伊罗·密哈伊里奇?"他问。"他是你的邻居么?"

"是的。你认识他么?"

罗亭一会儿没有回答。

"我在很早以前曾认识他。他有钱的,我想?"他接上一句,拉一拉椅披的边。

"是的,他有钱,虽则他打扮得很怕人,好像衙差一样地驾一辆竞赛的轻马车。我很希望请他到此地来,人们说他很有才学的,我找他有点事要商量……你知道我是自己管理田产的。"

罗亭点头表示知道的。

"是的,我亲自管理的,"达尔雅·密哈伊洛夫娜继续说。"我并不采用什么外国的花样,只欢喜我们自己的,俄国的东西,你看,事情好像也不坏。"她又说,扬一扬手。

"我始终以为,"罗亭和蔼地说,"那些不肯承认女子有实际生活的智能的人们的是绝对的错误。"

达尔雅·密哈伊洛夫娜蔼然可亲地笑了。

"你对我们女子很好。"她下注释道。"刚才我们说的什么?哦,是的,列兹尧夫!我和他有一点关于界址的事情。我有好几次请他到此地来;今天我也等着他来,但是来不来不知道……他

罗 亭

是这样奇怪的东西。"

门前的帐幔轻轻地被拉到一边,一个仆人进来,高个子,灰白的头发,秃顶,穿着黑衣服,白颈巾,白背心。

"什么事?"达尔雅·密哈伊洛夫娜问,把头稍微转向罗亭,低声地说,"n'est ce pas, comme il ressemble à Canning?(对么,他多么地像梗宁?①)"

"密哈伊罗·密哈伊里奇·列兹尧夫来了,"仆人通知说,"你要接见他么?"

"天啊!"达尔雅·密哈伊洛夫娜喊起来道,"真是说到神鬼,神鬼就到——请上来。"

仆人出去。

"他真是一位古怪的人。现在他来了,时间不凑巧,他把我们的谈话打断了。"

罗亭从座位上立起身来,但是达尔雅·密哈伊洛夫娜止住他。

"你到哪里去?我们可以在你的面前讨论。我要你也把他分析一下,如同对毕加梭夫一般。你说话的时候,vous gravez comme avec unburin(好像刻在书版上一样)。住罢。"罗亭想要分辩,但是想了一想依旧坐下。

密哈伊罗·密哈伊里奇,读者已经认识的,走进室内。他仍旧穿着那套灰色外套,在太阳晒黑了的手里拿着老样子的军营便帽,他静静地向达尔雅·密哈伊洛夫娜一鞠躬,走到茶桌前面。

"终于,你光临了,列兹尧夫先生!"达尔雅·密哈伊洛夫娜开口道。"请坐。我听说你们已经相识。"她继续说,做个手势指罗亭。

---

① 梗宁系指 Viscount Stratford de Redcliffc Canning(1786—1880),英国著名外交家,有"东方英吉利喉舌"之称。——译者。

列兹尧夫望一望罗亭，带着奇怪的笑。

"我认识罗亭先生。"他颔首示意，微微一鞠躬。

"我们一起在大学里。"罗亭轻轻地说，垂下眼睛。

"以后我们也见过面。"列兹尧夫冷冷地说。

达尔雅·密哈伊洛夫娜摸不着头脑地望着两个人，请列兹尧夫坐下。他坐下来。

"你要见我，"他开口道，"是为了界址的问题么？"

"是的，关于界址的问题。但是我不论怎样也想看看你。我们是近邻，你知道，只不过不是亲戚罢了。"

"我很承你的情，"列兹尧夫回答，"至于界址，我已经和你的管理人完全商妥了，我统统同意于他的建议。"

"我知道。"

"但是他告诉我说没有和你亲口谈过，合同是不能签订的。"

"是的，这是我的规则。带说一句，假如我可以问：你的所有的农奴，我相信都是缴租的罢？"

"正是。"

"而你自己劳心去管理界址的事情！这是值得钦佩的。"

列兹尧夫停一下没有回答。

"好啦，我总算亲自来和你谈过了。"他最后说出一句。

达尔雅·密哈伊洛夫娜微笑着。

"我看到你来了。你说话用这样腔调。……你不大高兴来看我罢。"

"我什么地方都不去。"列兹尧夫慢吞吞地回答。

"什么地方都不去？但是你去看亚历克山得拉·巴夫洛夫娜的。"

"我是她兄弟的老朋友。"

"她兄弟的！……可是，我从来也不勉强别人……但是，原

罗 亭

谅我,密哈伊罗·密哈伊里奇,我年纪比你大,容许我贡献给你一点意见罢;像你这样的不和人来往地生活着究竟觉得有何兴趣?还是我的家里特别使你不高兴?你讨厌我么?"

"我不了解你,达尔雅·密哈伊洛夫娜,所以我也不能讨厌你。你有华美的房子,但是我得向你坦白地承认我并不欢喜礼节。我没有像样的衣服,我没有手套,我是不属于你们队里的。"

"出身,教育,你都是属于这一队的,密哈伊罗·密哈伊里奇!Vous êtes des nôtres(你是我们队里的)。"

"出身和教育都很好,达尔雅·密哈伊洛夫娜;问题不在这里。"

"一个人应当和他的淘伴生活在一起,密哈伊罗·密哈伊里奇!像狄奥基尼斯①坐在桶子里,有什么愉快?"

"第一点,他坐在那里很舒服,第二点,你怎样知道我不和我的淘伴们一起过生活呢?"

达尔雅·密哈伊洛夫娜咬一咬嘴唇。

"这是另一回事!我只是表示我没有算是你的朋友中之一的荣幸的一点歉意而已。"

"列兹尧夫先生"罗亭插嘴道,"似乎把爱自由的感情——这感情的本身当然值得赞扬的——看得太重一点。"

列兹尧夫没有回答,只望了罗亭一眼。接着是片时的静寂。

"就是这样,"列兹尧夫站起身来说,"我们的事情就算是这样决定,告诉你的管理人把契纸送到我这里来。"

"好的……纵然我得承认你这样的不给面子,我真的该得拒绝你才对。"

---

① 狄奥基尼斯(Diogenes,412?—323? B.C)希腊淡泊派哲学家。故事中说他住在桶子里。亚历山大王来看他,他说,"请站开些,别遮住我的太阳。"——译者。

罗 亭

"但是你知道这回的重勘界址,你的利益比我的多。"

达尔雅·密哈伊洛夫娜耸一耸肩。

"难道你在这里吃早点都不行么?"她问。

"谢谢你,我一向不吃早点的,我忙着要回家去。"

达尔雅·密哈伊洛夫娜站起来。

"我不留你,"她说,跑到窗口旁边,"我不敢留你。"

列兹尧夫开始告辞。

"再会,列兹尧夫先生!对不起,麻烦了你。"

"哦,不要客气!"列兹尧夫说,他走了。

"嗳,对他,你怎么说?"达尔雅·密哈伊洛夫娜问罗亭。"我曾经听说他有点怪癖的,真的那是不可理解的!"

"他犯的也是和毕加梭夫同样的毛病,"罗亭说,"想立奇好异。其一想做曼费斯多斐里斯,① 另一个成了愤世嫉俗者。这内中原因,都由于太多自我主义,太多浮夸,而太缺少真实,缺少爱。真的,甚至于其中还有利害的打算。一个人带上了事事不关痛痒的闲散疏懒的面具,人们便一定会这样想:'看这人,大好的才干埋没了!'但是你近前去细看一下,什么才干也没有。"

"Et de deux(这是第二个)!"达尔雅·密哈伊洛夫娜下了一句注脚。"攻击起人来你真是可怕。在你的前面什么也掩饰不住了。"

"你这样想么?"罗亭说……"可是,"他继续道,"我真的不该说起列兹尧夫;我爱他,朋友般地爱他……但是后来,一番两番的误会……"

"你们吵了架么?"

"不。但是我们离开了,离开了,好像是,永远的。"

---

① 曼费斯多斐里斯(Mephistopheles)歌德名剧《浮士德》中恶魔名。喻对凡事加以冷讥。乐灾喜祸的人。——译者

"呵，我注意到在他来访的整个时间中你是在不安……但是今天早晨你给我的受益很多，时间过得真十分舒畅，但是一个人要知可则止。你请便罢，早餐的时候再见，我也要去料理一下我自己的事情。我的秘书，你见过他的——Constantin，c'est lui qui est mon sécretaire（康斯坦丁，他就是我的秘书）——现在在等我了。我把他推荐给你；他是一位顶等的挚恳的青年，很热心地关心你。Au revoir, cher DmitriNikolaitch！（再见，亲爱的德密特里·尼哥拉伊奇！）我多么地感激那位男爵使我得和你相识！"

达尔雅·密哈伊洛夫娜把手伸给罗亭。他先紧握一下，然后拿到唇边，然后走出客室，从客室走到悬廊。在悬廊上他遇见娜泰雅。

五

达尔雅·密哈伊洛夫娜的女儿娜泰雅·亚历舍耶夫在初眼看来也许不觉得可爱。她还没有完全发育；她是瘦的，皮色浅黑，身子微微有点驼曲。但是她的面貌是秀丽的、匀称的，虽则在一个十七岁的女孩子是略大了一点。特别美丽的是在她的修细的弯弯的眉黛上配上一张纯洁平直的额。她少说话，只是听着，不转眼地望着别人，好像她在拟定自己的结论。她时常站在一边，两手闲空地垂着，一动也不动，深深地在思索；她的脸在这时候表现出她的脑筋是在内部活动着的……一丝几难察觉的微笑会突然浮上她的唇边而旋复消失；于是她徐徐地抬起她的大的深蓝的眼睛。"Qu'avez vous（你怎么啦）?" 彭果小姐便会这样问，于是便开始责备她，说是一个少女想得出神了好像失魂失魄似的是不对的。但是娜泰雅并不失魂失魄；反之，她求学很勤勉，读书工作都很努力。她的感情是强烈而深刻的，但是不露出来；就是在做小孩子的时候，她很少哭，现在连叹息也很少听到了，每逢有什么事使她苦恼的时候，只是脸色变得苍白一点。她的母亲当做她是聪明听话的好女孩子，开玩笑地叫她"mon honnête homme de fillde（我的好女男儿）"，但是并不十分看重她的智力。"我的娜泰雅幸而冷静的，"她时常说，"不像我——这样倒好些。她将是幸福的。"达尔雅·密哈伊洛夫娜是错了。但是很少母亲了解她们的女儿的。

娜泰雅爱达尔雅·密哈伊洛夫娜,但是并不完全信任她。

"你没有什么瞒过我,"达尔雅·密哈伊洛夫娜有一次对她说,"否则你会十分秘密地保藏起来的;你是一个不漏气的小东西。"

娜泰雅望着母亲的脸,想,"为什么我不可以保藏起来?"

当罗亭在走廊遇见她的时候,她正和彭果小姐跑进屋子里去戴上帽子,要到花园里去。她的早课是完毕了。

娜泰雅现在已经不是当做女塾里的孩子看待。彭果小姐很久没有教给她神话和地理了;但是娜泰雅每天早晨都读历史书籍、游记,或别种有教益的作品。书是达尔雅·密哈伊洛夫娜选给她的,她自以为有她特殊的系统。其实她只不过把法文书籍商人从彼得堡寄来的一切拿给娜泰雅罢了,当然除了杜玛父子公司出版的小说。这些小说她留给自己读。当娜泰雅读历史书籍的时候,彭果小姐特别严峻地带着不愉之色从眼镜里望着;依这位老法兰西小姐的意见,一切历史里都载有"看不得"的东西,虽则因某种或别种理由,她所知道的古代的伟人只有一个——康比西斯①——近代的——路易十四和她所厌恶的拿破仑。但是娜泰雅也读别的书,这些书的存在彭果小姐并没有疑心到,她在心头把全部普希金的诗都记熟了。

碰见罗亭,娜泰雅脸微微一红。

"你们去散步吗?"他问。

"是的,我们正要到花园里去。"

"我可以奉陪么?"

娜泰雅望着彭果小姐。

---

① 康比西斯(Cambyses,528?—522B.C.)波斯国王。——译者。

罗 亭

"Mais certainement, monsieur, avec plaisir,"("当然，先生，很高兴，")老小姐口快地说。

罗亭拿了帽子和她们一起走去。

在这狭径上和罗亭并靠着走，娜泰雅起始觉得有点局促；过后她觉得舒松了些。他开始问她做点什么事，欢喜不欢喜乡间。她回答他的问句，多少带点生怯，但是并没有人们惯常误作温娴文静的那种不自然的羞赧。她的心在跳着。

"你在乡间不觉得无聊么？"罗亭问，斜瞟了她一眼。

"怎样在乡间会觉得无聊呢？我很高兴我们能够在此地。在此地我很快乐。"

"你很快乐——这是一个大字眼。可是，这是容易明白的；你是年青。"

罗亭说最后一句话的声音颇有点异样，不知是妒羡娜泰雅呢还是在怜恤她。

"是的！年青！"他继续说，"科学的全部目的就是要意识地求得年青时候不费任何代价得来的一切。"

娜泰雅注视着罗亭，她不懂。

"今天我和你的母亲谈了一整个早晨，"他继续往下说；"她是一个了不起的人。我懂得为何所有的诗人们都在觅取她的交谊了。你欢喜诗么？"他停了一停又加上一句。

"他在考我呢，"娜泰雅想，于是高声地说，"是的，我很欢喜诗。"

"诗是上帝的语言。我自己也欢喜诗。但是诗不仅是在诗句里面；到处都浮散着，在我们的四周。看这树、这天——无论在哪一方都有美和生命的嘘息，有生命和美的所在，便有诗。"

"让我们坐在这凳子上罢，"他说。"这里——这样就好。我想，假如你和我更相熟一点（他微笑地望着她的脸），我们做个

罗 亭

朋友，你和我。你想怎样？"

"他把我当做女学生看待呢！"娜泰雅又这样想，不知道说些什么好，她便问他是否想在乡间久住。

"整个夏天和秋天，也许再加上冬天。我是一个很可怜的人，你知道；我的事情糟得一塌糊涂，其次，我从一个地方漂流到另一个地方，现在觉得疲倦了，是休息的时候了。"

娜泰雅惊讶了。

"难道你觉得这是你休息的时候么？"她怯生生地问。

罗亭转过头来，面对着娜泰雅。

"这是什么意思？"

"我意为，"她带着几分为难的口吻回答，"别人是可以休息；但是你……你应该工作，要做个有用的人，假如你不……还有谁？"

"我谢谢你的过奖的意见，"罗亭打断她，"要做个有用……说说是容易的！"（他用手抹他的脸）"要做个有用……"他又重复道。"就是我有坚固的信仰，我怎样能成为有用——就是我信任我自己的能力，到哪里去找真实的同情的灵魂？"

罗亭失望地挥一挥手，忧郁地让头歪倒下去，使娜泰雅不禁自己问自己，难道那些真的是他所说的话——昨晚她曾经听到的充满着希望的气息的那些话么？

"但是不，"他说，突然把他的狮鬣般的头发向后一掠，"这些都是傻气，你是对的。我谢谢你，娜泰雅·亚历舍耶夫娜，我真心地谢谢你。"（娜泰雅完全不懂得他向她谢些什么。）"你的一句话令我重新记省起我的责任，指出我的途径……是的，我要干。我不应该埋藏起我的才能，假如我多少有一点的话；我不应该把精力浪费在说话——空洞的，无补实际的话——上面。"于是他的话像川流般泻出来。他说得高贵地，热情地，有坚信地，说到怯懦和闲懒的罪恶,行动的需要。他把自己责备了一大顿,说是事先把你想要做的事加以讨论是不智的,正像拿一枚针去刺一只胀得烂熟的水果,只是耗费精力与浆汁而已。他说没有一桩高尚的理想是赢不得同情的,说那些始终不被人了解的人们,或是因为他们自己不明白他们要做些什么,或者是值不得去了解。他说了一长套,向娜泰雅·亚历舍耶夫娜再谢了一番作结尾,复突然出其不意地握住她的手,喊道,"你是高贵的,宽大的!"

这热情的奔放使彭果小姐吃惊,她纵然在俄国住了四十多年,听俄国话仍然费力,她只惊羡罗亭唇边滔滔不断的字句惊人的速力。在她的眼中,罗亭大概是艺术家或音乐家之流;照她的观念,这一类人是不能以严格的礼度相苛求的。

她站起身来,在裙子的四边拉一拉,整一整,对娜泰雅说这是进去的时候了,特别为了服玲莎夫(她这样地叫服玲萨夫的)要在那儿用早点。

"说到他,他就来了,"她加上一句,望着通到屋子里去的一条路上,真的,服玲萨夫在不远的地方出现了。

他带着踌躇的脚步跑上前来,远远地向他们招呼,脸上带着痛苦的表情,回头向娜泰雅说:

"哦,你们在散步吗?"

"是的,"娜泰雅回答,"我们正要回家去。"

"啊!"服玲萨夫的回答。"好,我们一道走罢。"他们一起走向屋子去。

"你的姊姊好么?"罗亭问,带着特别亲切的声调。昨天晚上,他对服玲萨夫也是非凡和蔼的。

"谢谢你;她很好。今天她也许要来……我来的时候你们正在讨论些什么罢?我想。"

"是的,我和娜泰雅谈话。她说了一桩事情令我非常感动。"

罗 亭

服玲萨夫并不追问这桩事是什么,在深深的沉默中他们回到达尔雅·密哈伊洛夫娜的屋子里。

在晚宴之前这小小集群复聚在客室里面。只有毕加梭夫没有来。罗亭没有显出他的本领;他只是逼着柏达列夫斯基弹贝多芬的乐曲,其余一点也没做什么。服玲萨夫默默地望着地板。娜泰雅不曾离开她母亲的身旁,有时沉入思想里,于是复专心做她的刺绣。巴西斯它夫眼睛不离罗亭,时常在警备着他会说出什么警惕的话。三个钟头便这样单调地过去了。亚历克山得拉·巴夫洛夫娜没有来吃饭。当他们从餐桌上站起身来的时候,服玲萨夫即刻吩咐套起他的马车,没有对任何人说一声"再会",便溜走了。

他的心是沉重的。他很久便爱着娜泰雅,三番两次决定想向她求婚……她待他很好。——但是心仍然没有动,他清楚地看到。他并不希望挑逗起她心中的更温柔的感情,只在等着有一个时候她能够十分和他相熟,和他亲热。是什么扰了他?这两天来他可留意到有什么改变?娜泰雅还是和从前完全一样地待他。……

或者是他脑筋中来了什么想头说是他也许一点都不了解娜泰雅的性格——她之于他是想不到的生疏——或者是嫉妒已经在他的心头作祟,或者是他有了不幸的模糊的预感……总之,他苦痛着,虽则他试想用理智来克服自己。

当他跑进他姊姊的房中的时候,列兹尧夫和她坐在一起。

"为什么你这样早便回来?"亚历克山得拉·巴夫洛夫娜问。

"哦,我受不了。"

"罗亭在么?"

"是。"

服玲萨夫把帽子一抛坐下来,亚历克山得拉·巴夫洛夫娜兴奋地朝着他。

罗 亭

"请你，塞莱夏（服玲萨夫的爱称），帮我说服这固执的人（指列兹尧夫），说罗亭是非常有才干而口齿流利的。"

服玲萨夫喃喃地说了几句。

"但是我不和你争辩，"列兹尧夫说，"我并不怀疑罗亭先生的才干和雄辩；我只是说我不欢喜他。"

"但是你见过他么？"服玲萨夫问。

"今天早晨我在达尔雅·密哈伊洛夫娜的家里遇见他。你知道他现在是她的宠客了。有一天她会和他离开的——柏达列夫斯基才是她的唯一的永远离不开的人——但是现在罗亭是至尊无上的，我看到他，真的！他坐在那里——她把我夸示给他，'看哪，好朋友，我们这里有一位多么古怪的家伙！'但是我不是夺锦标的马，在竞赛场中跑给人看的，所以我抽身走了。"

"你怎样到她那里去的？"

"关于界址的事，但是这些都是托故的废话；她只是要瞧瞧我的面相罢了。她是个漂亮的贵妇人——这解释便够了。"

"罗亭的盛气自负冒犯了你——这就是！……"亚历克山得拉·巴夫洛夫娜温婉地说，"这就是你所不肯原谅的。但是我相信除了他的才干以外他一定还有一颗同样很优尚的心。你应该望一望他的眼睛，当他——"

"'侈谈崇高的纯洁哪'。"① 列兹尧夫引一句诗。

"你使我生气，我要叫起来了。我真心地可惜我没有到达尔雅·密哈伊洛夫娜那儿去，和你缠了许久。你不配。不要惹恼我，"她带着恳求的声调说，"你还是把罗亭的青年时代告诉我倒好些。"

"罗亭的青年时代？"

---

① Griboyedov 的诗句。——1873 年出版 Henry Holt 英译本文中所载。

罗 亭

"是的,当然。你不是告诉过我你很知道他么,很早便认识他么?"

列兹尧夫站起身来在室内走来走去。

"是的,"他开始说,"我很知道他。你要我告诉你他的青年时代么?很好。他生在T省,一个穷地主的儿子,父亲不久便死了,留下他和他的母亲。她是很好的人,把他当做宝贝似的;她只是吃燕麦粉挨饿过日子,每一个铜子都花在他的身上。他在莫斯科受教育,起先用他一个叔父的钱,后来,当他长大了羽毛丰满了的时候,拍上了一位有钱的亲王,供给他各项费用——对不起,我不再这样说了——他和亲王做了朋友。于是他进了大学。我是在大学里认识他的,并且成了契友。过几天我可以把我们在那些已往的日子中所过的生活告诉你,现在我可不能够。于是他到外国去。……"

列兹尧夫继续在室内走来走去,亚历克山得拉·巴夫洛夫娜用眼睛跟着他。

"当他在国外的时候,"他接着说,"罗亭很少写信给他的母亲,只有回国望过她一次,而且仅住了十天……老妇人在陌生人的照料中死了,没有见到他。但是直到死的时候,她眼睛还离不开他的画像。当我住在T省的时候,我跑去看过她。她是和善慈蔼的女人;她时常请我吃樱桃酱。她爱她的密且耶(罗亭的爱称)是愚诚的。彼周林①典型的人物告诉我们说,我们时常偏会去爱那种他自身丝毫不会感到爱的人们;但是我的意思是所有的母亲都爱她们的孩子,特别是当他们不在的时候。此后我在外国碰到罗亭。那时他和一位女人发生关系,一位我们的本国人,一

---

① 彼周林 Petchorin,莱尔蒙它夫(Lermontoff)小说中的主人公。——HenryHolt 英译本泞。

罗 亭

只蓝袜子①，年纪已不轻，不好看，活像一只蓝袜子。他和她同住了好久，终于丢弃了她——或者，不，请原谅——她丢弃了他。就在这时候我也丢弃了他。完了。"

列兹尧夫停止说话，把手掠一掠额角，身子一仰倒在椅子上，好像疲乏了似的。

"你知道么？密哈伊罗·密哈伊里奇，"亚历克山得拉·巴夫洛夫娜说，"我看你是处处怀着恶意的一个人，真的，你不比毕加梭夫好多少。我相信你所告诉我的一切是真实的，你并没有添加进什么，但是你把一切都说到坏的一方面去！可怜的老母亲，她的愚爱，她的孤独的死，那一个女人——这些是什么意思？你知道把一个最好的人加上这种每个人都会听得怕起来的色彩是容易的——并且不用加添什么，你看——但这也是一种诽谤！"

列兹尧夫又站起来在室内走着。

"我并不要你听得怕，亚历克山得拉·巴夫洛夫娜，"他终于说出来，"我并不诽谤。可是，"他想了一会继续说，"真的，你所说的也有至理。我不想诽谤罗亭；但是——谁知道！很可能地他自从那时候起有时间转变过来——也许我错怪了他。"

"啊！你看。所以你要答应我和他重复旧交，想法完全了解他，然后把你的最后的意见来报告给我。"

"遵命。但是你为何这样一声不响，塞尔该·巴夫里奇？"

服玲萨夫一怔，抬起头来，好像他刚醒过来一样。

"我有什么可说？我不认识他。其次，我今天头痛。"

"是的，今晚你脸色好像有点发青，"亚历克山得拉·巴夫洛

---

① 蓝袜会（Blue Stocking Society 意即不穿晚礼服者的集会）是 1750 年间在蒙泰琪夫人家中举行的一种文艺谈话会。后人即借"蓝袜子"（Blue—stocking）的名词来称有文学造诣的或爱好文学的妇女，微含讥讽的意思。——译者

夫娜说：“你不舒适么？”

"我头痛，"服玲萨夫回答，他走了。

亚历克山得拉·巴夫洛夫娜和列兹尧夫望着他的背后，彼此交换了一眼，虽则他们不说什么。在服玲萨夫心头掠过些什么，在他们两人中间都并不费解。

六

两个多月过去了；在这整个时期中罗亭几乎不曾离开过达尔雅·密哈伊洛夫娜的家。她没有他便过不了。和他谈谈自己，听听他的雄辩，于她已成了必需。有一次罗亭说要离开，说是他所有的钱都用完了；她给了他五百卢布。他又向服玲萨夫借了两百卢布。毕加梭夫来望达尔雅·密哈伊洛夫娜的次数也比先前少了；罗亭的在场压倒了他。真的也不仅毕加梭夫一人感到一种威压。

"我不欢喜这自命不凡者，"毕加梭夫时常这样说，"他把自己说得来像煞传奇里的英雄。假如他说'我，'他便停住，极力推崇一番，'我，是的，我！'一套老话便和盘搬出来了；假如你打喷嚏，他立刻便会很正确地解释给你听为何你要打喷嚏而不咳嗽。假如他称赞你，便把你捧到九天高，假如他骂自己，便谦卑到尘土之不如——叫别人想来他将没脸再见天日了。可是一点儿都不！反而更快活些，好像灌了一杯酒。"

柏达列夫斯基有点怕罗亭，小心翼翼地试想赢得他的欢心。服玲萨夫和他结了奇怪的交情。罗亭把他叫做"游侠武士"，当面背后都吹捧他；但是服玲萨夫总近不拢去欢喜他，并且当罗亭在他的跟前卖气力把他的美点铺张扬厉开来的时候，他总觉得一种不由自主的不耐烦和讨厌。"他是和我开玩笑罢，"他想，于是

罗 亭

心中便感到一腔妒恨。他想把感情抑制住，但是无效；他是因了娜泰雅的缘故在妒恨他。罗亭自己呢，虽则热情洋溢地欢迎服玲萨夫，虽则叫他"游侠武士"，向他借钱，对他也并不觉得真真亲热。当他们像真的朋友般地互相握手道好，眼睛彼此对望着的时候，他们两人中间的感情是很难解释的。

巴西斯它夫继续崇拜罗亭，他所说的每一个字眼，都专注地听取。罗亭却很少注意到他。有一次和他谈了一整个早晨，讨论着生命的最烦重的问题，唤醒他的最恳切的热情，但是后来他再也没有注意到他。很明显地，他说要寻找纯洁的、献身的灵魂只不过是一句话罢了。列兹尧夫，他近来也常常来的，罗亭和他很少谈论；好像在规避他。在列兹尧夫的一方面，对罗亭也冷淡。他可是并没有把他关于罗亭最后的结论报告给亚历克山得拉·巴夫洛夫娜，这层使她有几分不安。她着迷于罗亭，但是她信任列兹尧夫，达尔雅·密哈伊洛夫娜家中的每一个人都顺着罗亭的好恶；他的极微细的爱好都照做了。他决定一天的计划。没有一个同乐会（Partie de plaisir）不经他的合作而布置的。可是他并不很欢喜偶然随兴（impromptu）的郊游或野宴，好像大人参加孩子们的游戏一样，带着一种温和的但是倦累的友谊的神气。他对不论什么事都发生兴趣，达尔雅·密哈伊洛夫娜和他讨论起她的田庄的计划，孩子教育的计划，家务的处理，和一般的事情；他听着她的计划，并不以这琐屑的事情为苦，并且，在他的方面，他建议了许多改革，提出许多意见。达尔雅·密哈伊洛夫娜在口头上都赞成他的意见，但只是口头赞成而已。在事务上她实在是以她的管理人——一位年老的、独眼的小俄罗斯人，一位好脾气、富于机智的老家伙——的意见为依归的。"旧的肥，新的瘦，"他时常说，安详地一笑，眨着孤独的眼睛。

次于达尔雅·密哈伊洛夫娜，罗亭和娜泰雅谈得顶多，顶

77

罗 亭

长。他时常私自借书给她，把他的计划密告给她，把他在脑筋中所想的论文或其他作品的头几页念给她听。娜泰雅时常不能完全捉摸到其中的意义的。但是罗亭好像并不在乎她的懂不懂，只要她听着便好。他和娜泰雅的亲密在达尔雅·密哈伊洛夫娜并不欢喜。"暂且，"她想，"在乡间让她和他去谈罢。现在她还是像一个小姑娘和他逗着玩。这没有大害处，并且，倒反，还能够改进她的思想。到彼得堡我便立刻可以阻止它。"

达尔雅·密哈伊洛夫娜错了。娜泰雅并不像学校的女孩子般地和罗亭胡扯着；她渴饮着他的字句；想探索它的完全的意义；她把她的思想、她的怀疑都交托给罗亭；他成了她的首领，她的导师。直到那时止，她只是头脑受了扰乱，但是年青人不会单单脑筋被扰乱的。（心不久也会被扰乱的啊！）当，有时候，在花园的凳子上，在菩提树叶透明的阴影底下，罗亭开始把哥德的《浮士德》，霍甫曼①或贝蒂娜②的书简或诺伐里斯③读给她听，屡屡停止着替她解释对她费解的地方，娜泰雅过的是多么甜美的时刻。像大部分的俄国女孩子们一样，她德语说得不行，但是很能听得，而罗亭是熟谙德国的诗歌，德国的浪漫主义作品和哲学的，他把娜泰雅带引到这禁苑中来了。从罗亭摊开在膝上的书页中，想象不到的壮丽显示在她的有所期待的眼睛之前；神圣的憧憬，新的、光辉灿烂的思想的川流以韵律的乐曲流入她的灵魂，在她的心中，受崇高的感情的无上的喜悦所感动，缓缓地燃起圣洁的热情的星火而扇成了巨焰。

---

① 霍甫曼（Ernst Theodor Wilhelm Hoffmann 1776—1822），德国小说家。——译者。

② 贝蒂娜（Bettina d'Amim, 1785—1859），德国女散文作家。——译者。

③ 诺伐里斯（Novalis 1772—1801），德诗人 Friedrich von Hardenburg 之笔名。——译者。

罗 亭

"告诉我，德密特里·尼哥拉伊奇，"有一天她说，坐在靠窗口绣花架的旁边，"冬天，你要到彼得堡去么？"

"我不知道，"罗亭回答，让正在浏览的书本跌在膝上。"假如找到钱，我要去。"

他沮丧地说；他觉得疲倦，但是一整天并没有做什么事。

"我想你一定找得到的。"

罗亭摇摇头。

"你这样想么？"

他瞅头望着别处，似含无限深意。

娜泰雅正想回答，但又耐一下。

"看罢，"罗亭说，做个手势指着窗口，"你看到这苹果树么？被它自己的丰富的果实的重量压断了。天才的真实的象征。"

"因为没有支持的东西，所以断了。"娜泰雅回答。

"我懂得你，娜泰雅·亚历舍耶夫娜，但是一个男子要找这种支持是不容易的。"

"我想别人的同情……无论如何，孤独总是……"

娜泰雅有点迷惘了，脸孔微微一红。

"冬天你在乡间做什么事？"她急遽地问。

"做什么？我将完成我的长篇论文——你知道的——论'人生与艺术的悲剧'。前天我把大纲对你说过了的，我要把这篇论文送给你。"

"要付印出版么？"

"不。"

"不？那么你为谁而工作呢？"

"假使为了你？"

娜泰雅低下眼睛。

"对我太高深了。"

罗 亭

"我可以问么？论文的题目叫什么？"巴西斯它夫谦和地问。他坐在稍远的所在。

"'人生与艺术的悲剧'。"罗亭重述了一遍。"巴西斯它夫先生也将读它。但是我还没有十分决定论文的基本要旨。现在我还没有把'爱的悲剧的意义'弄出来。"

罗亭欢喜谈到爱，时常这样。起先讲到"爱"的字眼，彭果小姐便会跳起来，好像老战马听到号角的声音便尖起耳朵；但是到后来她渐渐听惯了，而现在，只是撇一撇嘴唇，不时吸着鼻烟罢了。

"在我看来，"娜泰雅胆怯地说，"爱的悲剧便是无酬报的爱。"

"并不然！"罗亭回答；"这倒是爱的喜剧的一方面……这问题应当用完全另外一种看法——应当更深奥地去探求……爱！"他继续说，"爱的一切都是神秘的；怎样产生；怎样发展；怎样消灭。有时它突然来了，毫不犹豫的，像白昼那样光明愉快；有时它好像稿灰底下的余烬在那儿冒烟，在事过境迁之后在心中突然爆发出烈焰来；有时它如一条蛇弯弯曲曲地爬进你的心，又突然溜了出去……是的，是的；这是大问题。但是在我们现在，有谁在爱？谁是这样勇敢地去爱？"

罗亭沉思了。

"为什么我们这许久没有看见塞尔该·巴夫里奇呢？"他突然问。

娜泰雅脸孔一红，把头低到绣花架上面。

"我不知道，"她喃喃地说。

"他是一个多么漂亮仁厚的家伙！"罗亭发言道，站了起来。"这是俄罗斯绅士的最佳的典型之一。"

彭果小姐用她的细小的法兰西眼睛斜看了他一眼。

罗亭在室内走来走去。

"你注意到么,"他说,顿起脚跟急速地转过身,"在老槲树上——槲树是坚强的树——旧叶子只是在新叶子开始萌发的时候才脱落的么?"

"是的,"娜泰雅慢慢地回答,"我注意到。"

"在坚强的心中旧的爱就是这样;已经枯死了,但仍牢系着;只等到新的爱来方能把它赶走。"

娜泰雅没有回答。

"这是什么意思?"她想了。

罗亭站住不动,把头发望脑后一掠,走开去了。

娜泰雅回到自己的房间。她困惑地坐在床上好久,思索着罗亭最后的一句话。突然捏紧了双手,很辛酸地哭起来。她哭的什么,谁能够说。她自己也不知道眼泪为何如此迅速地淌下来。她拭干了;但又重新流出来,好像久壅顿开的泉水。

同一天,亚历克山得拉·巴夫洛夫娜和列兹尧夫谈起罗亭。起始他默默地忍受住她一切的进攻。但是终于被挑拨起来谈着。

"我看到,"她对他说。"你不欢喜罗亭,和从前一样。我是故意熬到现在不来问你的,但是现在你已有时间来打定主意他究竟有否改变,我想知道你为何不欢喜他。"

"很好,"列兹尧夫回答,带着他的惯常的冷峻,"既然你已经忍耐不得,听着,要不生气。"

"你说,开始,开始。"

"要让我说完。"

"当然,当然,说呀!"

"很好,"列兹尧夫说,懒洋洋地倒在沙发上;"我承认我确是不欢喜罗亭。他是聪明人。"

"我也这样想。"

罗 亭

"他是异常聪明的人,虽则实际上非常浅薄。"

"说这话是容易的。"

"虽则非常浅薄,"列兹尧夫重复一句,"但是这还没有多大害处;我们都是浅薄的。甚至我也不想求全责备,他内心是暴君,懒惰者,学识谫陋!"

亚历克山得拉·巴夫洛夫娜互握着两手。

"罗亭,学识谫陋!"她喊道。

"学识谫陋!"列兹尧夫用完全同样的声调复述一句,"他欢喜吃别人用别人的,装面子,如此等等——这也够平常。但错处是,他冷得和冰一样。"

"他冷!这狂热的灵魂冷!"亚历克山得拉·巴夫洛夫娜截断他的话。

"是的,和冰一样的冷,他自己知道,装做狂热的样子。坏的是,"列兹尧夫接着说,渐渐兴奋起来,"他在玩危险的把戏——对他自己没有危险,当然的;他不费一文钱,不损一毛。——但是别人把灵魂孤注一掷地押在里面了。"

"你说的是什么?指谁?我不懂,"亚历克山得拉·巴夫洛夫娜问。

"坏的是,他不忠实。他是一个聪明人,当然的;他应该知道他自己的话的无价值,但是说出来的时候好像都含有重大的意义似的。我并不争辩他是一个说话能手,但这不是俄罗斯式的。真的,说完了一句,说漂亮话在一个孩子是可以原谅的,但是在他这般年纪,说话只是为了自己听了好听,炫本领,这是可耻的!"

"我想,密哈伊罗·密哈伊里奇,不管炫本领不炫本领,别人听了还是一样。"

"请原谅,亚历克山得拉·巴夫洛夫娜,并不完全一样。有

罗 亭

人说了一句话，使我整个身心感动，另一个人说了同样的话，或许更漂亮些——而我耳朵都尖不起，这是什么缘故？"

"'你'不，也许，"亚历克山得拉·巴夫洛夫娜插口道。

"我不，"列兹尧夫反驳道，"虽则我的耳朵也许相当长。主要点是在这里，罗亭的话好像始终是话，永远不会成为事实——而同时话也会扰乱一个年青的心，会把它毁了。"

"但是你指谁，密哈伊罗·密哈伊里奇？"

列兹尧夫停了一下。

"你要知道我的意思是指谁，要不是指娜泰雅·亚历舍耶夫娜？"

亚历克山得拉·巴夫洛夫娜一怔。但是一会儿后又笑起来。

"当真！"她说，"你的想头真古怪！娜泰雅还是一个孩子；其次，如果真如你所说，你想达尔雅·密哈伊洛夫娜——"

"第一点，达尔雅·密哈伊洛夫娜是一个自我主义者，她只顾自己的生活；第二点，她相信自己教育孩子的本领，为他们感到不安连想也没有想到。胡说！这怎样可能：只要她一点头，威严地一眨眼，一切——便了结了，一切又服从了。这就是这位太太所想的；她自以为是女梅西纳斯①一个有学问的妇女，天晓得，事实上她不过是一个愚笨的庸俗的老妇人。但是娜泰雅不是一个孩子；请相信我，她比你我想得更多，更深刻。她的真挚的、善感的、热烈的性质偏会碰到这样一位戏角，

一位浮薄少年。但是世界上这类事情并无足奇。"

"一位浮薄少年！你意下以为他是浮薄少年？"

"当然是的。请你自己告诉我，亚历克山得拉·巴夫洛夫娜，他在达尔雅·密哈伊洛夫娜的家里处的是什么地位？成了偶像；

---

① 梅西纳斯（Caius Clinius Maecenas），罗马政治家，文艺保护者。——译者。

罗 亭

家庭的巫师，一切的布置、一切的闲谈琐屑都插一手——这是男子身份所配处的地位么？"

亚历克山得拉·巴夫洛夫娜愕然望着列兹尧夫。

"我不知道，密哈伊罗·密哈伊里奇，"她开始说。"你面都涨红了，兴奋了。我相信其中还有别的隐情。"

"哦，对了！告诉给女人一桩确信的真实，除非她捏造出一些和本题离得很远的不相干的琐屑的原因，来解释你为何要这样说而不是另一说法，她们是永远不会放心的。"

亚历克山得拉·巴夫洛夫娜生气了。

"好啦，列兹尧夫先生！你开始和毕加梭夫先生一样苛刻地攻击女人了；但是你要说，尽说便是，虽则说得透切，我总难得能够相信你了解每一个人、每一桩事。我想你错了。照你的意见，罗亭是泰尔杜夫①一流人物。"

"不，要点是在，他连泰尔杜夫都够不上。泰尔杜夫至少知道他所向的目标是什么；但是这个家伙，他的满肚才干——"

"好，好，他的什么？把你的话说完，你这不公平的、可怕的人！"

列兹尧夫站起来。

"听着，亚历克山得拉·巴夫洛夫娜，"他说，"是你不公平，不是我。你为了我的对罗亭粗暴的评语动气；我有权利很粗暴地说他！我付过相当高的代价，也许便是为了这特权的。我很知道他，我和他住过一个长时间。你记得我曾经应许你有一天要把我们在莫斯科的生活告诉给你。你明白地我现在必得这样做了，但是你有没有耐性听我说完？"

"告诉我，告诉我。"

---

① 泰尔杜夫 Tartuffe，莫利哀作喜剧 Tartumffe 中主角。似是而非的信仰家、伪善者。——译者。

罗 亭

"很好，那么。"

列兹尧夫开始用方步在室内走来走去，有时站住一会，低着头。

"你知道也许，"他说，"也许你不知道，我早岁便是一个孤儿，在十七岁的时候便没人管束我了。我住在莫斯科姑母的家里，欢喜怎样便怎样做。在童年时代我是相当愚而自负地欢喜说大话、夸本事。进了大学之后我像一个正式学生一样的生活着，所以便吃瘪了。我不想告诉你这一切；这值不得说起。但是其中我只要提起一桩，我说了一句谎话，一句相当可耻的谎话。事情拆穿了，我受到公开的羞辱。我昏了，像孩子般地哭了起来。这正在一位朋友的房间里，当着一大群同学的面。他们都笑我，只有一个同学，他，请你注意，在我坚不吐实的当儿他是比任何人都还要气愤的。也许是他怜了我；不管怎样，总之，他牵了我的臂，带我到他的房间里去。"

"这是罗亭么？"亚历克山得拉·巴夫洛夫娜问。

"不，这不是罗亭……这是另一个人……他现在死了……他是一个非常的人。他的名字叫做波珂尔斯基。要在几句话中描写他是我的能力所不及，但是一开始说到他，便不高兴再提起别人了。他具有高贵的纯洁的心，和我从来不曾遇到过的聪颖。波珂尔斯基住在一间小小的、屋顶很低的房间里，一间木屋的顶楼里。他很穷，好像靠教课维持生活。有时茶都没有一杯来请朋友们喝。他的唯一的沙发摇摇落落的。坐在里面好像在船里一样。但是不管这些不安适，很多的人时常去看他。大家都爱他，他牵住了每条心。你会不相信坐在他的贫陋的小室中是多么的甜蜜和快乐！就是在他的房里我遇见罗亭。那时候他已经离开他的亲王了。"

"在这位波珂尔斯基的身上有什么异乎常人的地方？"亚历克

罗 亭

山得拉·巴夫洛夫娜问。

"我怎样告诉你呢？诗和真实，这便是把我们吸引到他那儿去的力量。不仅他头脑清楚，知识广博，他还和孩子一样的甜蜜单纯，就是现在我耳朵里尚鸣响着他的欢忻的朗笑，同时他

    在圣洁和真实的座前
    燃了他夜半的灯

一如一位亲爱的半痴半颠的家伙，我们淘里的诗人，所说的。"

"他谈吐怎样？"亚历克山得拉·巴夫洛夫娜又问。

"他在高兴谈的时候谈得很好，但并不怎样出色。罗亭就是在那个时候，口才比他好上二十倍。"

列兹尧夫站住不动，交叠插着双手。

"波珂尔斯基和罗亭完全不同。罗亭是光芒毕露，言语流畅，也许更热狂。表面看来他的天资好像比波珂尔斯基高，但是两相比较起来他便是可怜的小动物了。发扬某种理想，罗亭是最好不过，他在辩论中是一等，但是他的理想不是从他自己的脑筋中发出来的；他借取于别人，尤其是借波珂尔斯基，波珂尔斯基是恬静温和的——就是面貌也有几分文弱——他欢喜女人欢喜得入迷，欢喜寻开心消遣，从来不肯受人家的讥辱。罗亭好像充满了火、果敢和生命，但内心是冷的，几乎是懦弱的，除非冒犯了他的自尊心，他什么都忍受。他老想高人一等，但是他只凭着一般的原理和理想的名词达到这目的，当然对很多人也有巨大的影响；说老实话，没有人爱他；也许我是唯一的一个依恋着他的。他们忍受着他的支配，但是大家都忠心于波珂尔斯基。罗亭从来不拒绝和他所遇见的任何人争辩讨论。他书读得不多，虽则远超于波珂尔斯基和我们其余的人；其次，他有一个有条不紊的头

脑，还有异常的记忆力，这些对于青年是有何等的影响啊！他们需要纲要，结论，错不错由你，也许是，但总得是结论！一个完全诚实无欺的人永不配他们的胃口。试想对青年说你不能给他们以一个完好无缺的真理，他们是不来听你的。但是你也不能骗他们。你要一半相信你自己是得到了真理。这就是为什么罗亭对我们有强有力的影响的缘故了。刚才我告诉过你，你知道，他书读得不多。但是读些哲学书籍，他的脑筋又是天生就的能够把读过的概括的原则抽取出来，看透凡事的根底，于是向各方演绎开去——连贯的，光明的，坚实的理想，给灵魂展开广阔的天地。我们的集团——只能这样说——是一群孩子们组织成的，学识浅陋的孩子们。哲学，艺术，科学，以至生命的本身于我们只是一大堆字汇——你要说是概念也随你的便，是迷幻的，富丽堂皇的概念，但是不连贯的、断续的。这些理想的总网络、宇宙的总原则，我们一点也不知道，也没有接触过，虽则我们泛泛地讨论着，想替我们自己形成一种概念。我们听了罗亭的话，初次地我们觉得终于把这总网络握得了，好像一层帷幕被揭开了一样！就算他所说的是撷拾别人的，这又有什么关系！在我们所认识的事物中确立了秩序与和谐；一切没有连络的都合成整体，在我们的眼前成了定形，像一座房子般地撑竖起来，一切充满了光明，到处都有兴感。……再也没有一样东西是没有意义的没有计划的，每样事物都明显地有巧智的设计和美，每一种事物都有了清晰的但仍是神秘的意义；每一桩游离的生活的事故都融入和谐，我们怀着一种神圣的畏惧和虔敬，怀着愉快的情绪，觉得我们自己是永久的真理的有生命的神器，宿命注定要为什么伟大的……这些在你看来不是很可笑的么？"

"一点也不！"亚历克山得拉·巴夫洛夫娜缓慢地回答；"为什么你这样想？我没有完全听懂你的意思，但是我并不以为这是可笑的。"

"自从那时之后我们有时间变得聪明点了，当然，"列兹尧夫继续道，"现在，这一切都好像孩子气……但是，我得重说一句，在当时我们大家受罗亭的赐益是不浅的；波珂尔斯基是无俦匹地比他高贵得多，这毫无疑义。波珂尔斯基把火和力嘘渡给我们大家；但是他自己是常常抑郁的，沉默的。他是神经质，体格不强壮；但是当他展开翅翼来的时候——天啊！是何等的冲飞！一直到蓝天的高处！在罗亭有许多卑微小器的地方，虽则外表漂亮，相貌魁梧；真的，他是一个侈谈者，他事事都欢喜插一手，事事要他布置、解释。他的细节的活动力是无穷竭的——他是天生的政略家。我所说的是我在那时认识的他。不幸他没有改变。在另一方面，到了三十五岁他的理想还没有改变！这不是任何人所能自说自道的！"

"坐下来，"亚历克山得拉·巴夫洛夫娜说，"为什么你像一只钟摆一样地尽动着？"

"我欢喜这样，"列兹尧夫回答。"且说，自从我加入了波珂尔斯基的小集团中之后，我可以告诉你，亚历克山得拉·巴夫洛夫娜，我完全改变了；我谦虚起来，热心想要学习；我读书，我觉得幸福而虔敬——换一句话说，我觉得好像走进了一个圣庙里面去一样。真的，当我回忆起我们的集会，我敢发誓，其中是有很多优美的感人的记忆的。试想一群五六个的孩子聚在一起，燃着一支蜡烛。茶是非常的苦，饼子是走了味的；但是你得看看我们的脸，听听我们的谈话！眼睛为着热情发光，两颊红了，心跳了，我们谈着上帝、真理、人类的将来、诗……我们所说的时常是错误的，我们狂悦于这些废话；但废话又何足为病？……波珂尔斯基叠起腿子坐着，苍白的脸托在手里，眼睛好像迸射出光辉。罗亭站在房间的中央说着，说得非常漂亮，一模一样地好像

罗 亭

年青的提摩斯西尼斯①在澎湃的海滨;我们的诗人,蓬头乱发的苏波丁,不时好像从梦中飞出不意的断句,而薛勒尔,四十岁的老学生,一位德国牧师的儿子,多谢他的永久打不破的沉默,在我们中间有深刻的思想家的称誉的,带着一心不乱的庄严比平时愈守沉默;就是天真活泼的契托夫,我们团体中的亚里斯多芬尼斯②也帖服了,而仅有微笑;同时两三个新来的人怀着尊敬的欢愉倾听着。夜好像驾着轻翼似的飞过去。在我们分手的时候,已经是灰白的早朝了,怀着一种甘美的灵魂的疲倦感动的,快乐的,无限希望的,陶然如有几分醉意(在这时候,我们中间是决不喝酒的)……甚至于仰睇天星都有一种信赖,好像它们是更近更可亲的了。啊,这欢乐的时间,我不能相信这是完全白费的!这并没有白费——就是对于此后过着鄙吝的生活的人们。有多少次我凑巧碰到这辈我大学里的老同窗!你会相信他全然失却人性的了,但是只要你在他的面前提起波珂尔斯基的名字,高贵的感情便会纤介不遗地立刻在他的心头搅动起来;好像在什么暗黑肮脏的室内打开被遗忘了的香水瓶的栓塞。"

列兹尧夫停止了,他的无血色的脸泛红了。

"你和罗亭闹翻的是什么原因呢?"亚历克山得拉·巴夫洛夫娜说,奇异地望着列兹尧夫。

"我并没有和他闹翻,当我在国外全盘知道了他的底蕴时,遂和他疏离了。但是在莫斯科,我真可能和他吵架的,在那里我吃了他的大亏。"

"怎样一回事?"

---

① 提摩斯西尼斯(Demosthenes 384—322 B.C.),希腊雄辩家,政治家,战士。——译者。

② 亚里斯多芬尼斯(Aristophanes 444?—380? B.C.),雅典最早戏剧作家,诗人。——译者。

罗 亭

"就是这样。我——怎样告诉你呢？——和我的外表似乎不大相称，但是我时常有陷入恋爱的倾向的。"

"你！"

"是的，我，真的。这是奇怪的想头，对么？但是不管如何，确是这样。对啦，当时我爱上了一位很美丽的少女……但是你为什么这样眈眈地望着我，我可以告诉你比这事更奇特得多多的我的轶事呢！"

"是些什么事，假如我可以知道？"

"哦，就是这样。在莫斯科的时候我每晚都有约会——和谁，你猜？和花园尽头的一株小菩提树。我时常去抱它的苗条美丽的树干，我觉得好像拥抱了整个的自然，我的心溶化了膨胀了，恍如将万汇纳入怀中。那个时候我便是这个样子。你想，也许会，我写过诗么？……怎么不，我简直写过一个完整的剧本，模仿《曼斐列特》①的。在人物中有一个幽灵，胸前染着热血，并不是他自己的血请注意，而是'全人类'的血……是的，是的，你用不着奇怪这一些。但是我要开始把我的恋爱事件说给你听。我和一个女孩子相熟了——"

"你放弃了你和菩提树的夜会么？"亚历克山得拉·巴夫洛夫娜问。

"是的，我放弃了。这个女孩子是温柔的良善的宝宝，明湛活泼的眼睛和铃般的声音。"

"你把她描写得很不坏，"亚历克山得拉·巴夫洛夫娜添一下注释，带着微笑。

"你是这样苛刻的批评者，"列兹尧夫反辩说。"好啦，这位女孩子和她的父亲住在一起……但是我不详说；我只要告诉你说

---

① 屠格涅夫在圣彼得堡大学学生时代，曾写过一篇诗剧 Stenic)模仿拜仑长诗《曼斐列特》（Manfred）的。——译者。

罗 亭

这位女孩子的心地是这样的良善,假如你向她要半杯茶,她会给你满满的一杯!在和她会见的两天之后,我是发狂地爱上她了,在第七天我便再也隐藏不住,底底细细地吐露给罗亭。在那时候我是完全受他的影响的,他的影响,我要说一句平心话,在许多事情上面是有裨益的。他是第一个人不轻视我,想把我培植成材。我热情地爱波珂尔斯基,在他的纯洁的灵魂的前面我感觉到一种敬畏,但罗亭是更可亲的。当他听到我的恋爱的时候,他便说不出来的欣喜,庆贺我,拥抱我,立刻便把我新处的地位的可贵加以讨论加以铺张。我尖起耳朵来听……你知道他是怎样能够说话的。他的话对我有非常的影响。我立刻觉得自己是相当了不起,装作正经的样子,笑着走开了。我记得我在那时候走路惯是大模大样安步徐行的,好像肚皮里放着一个宝瓶,里面满装着无价的液体,怕敢把它倾溢出来……我很幸福,尤其是我在她的眼睛里发现欢喜我的时候。罗亭想和我的爱人认识,我自己也坚执着要替他介绍。"

"啊,我看出来了,现在我看到这是怎样一回事,"亚历克山得拉·巴夫洛夫娜插嘴道。"罗亭夺去了你的情人,所以你永远不能原谅他……我简直可以赌东道说我是对的。"

"你赌输了,亚历克山得拉·巴夫洛夫娜;你错了。罗亭并没有夺去我的爱人,甚至于连想也不曾想;但是,还是一样,他把我的幸福断送了;虽则,冷静地观察起来,我现在还要感激他。但是在当时我几乎神经失常了。罗亭一点也没有想伤害我之意——倒相反;但是由于他的把不论什么感情——他自己的和别人的——都要用话句来钉一钉——好像把蝴蝶钉在标本箱里一样——的可咒诅的习惯,他开始替我们剖析我们彼此的关系,我们应该怎样互相接待,硬要我们调查考察我们的感情和思想,称赞我们,责备我们,甚至于我们往来的信札,他都要参加意见——

罗 亭

你相信么？好，他结果把我们弄得完全失和了！就是在那时候，我是不容易和这位少女结婚的，（我多少还有点常识）但是至少我们可以幸福地过几个月 àla Paul et Virginie① （波儿与维齐尼式）的生活，但是目前来了硬拉的关系，各色各样的误解。这桩事是罗亭结束了的，一天晴和的早晨，他自信这是他做朋友的神圣义务，把一切的事情都去告诉她的老父亲——他这样做了。"

"这是可能的么？" 亚历克山得拉·巴夫洛夫娜喊道。

"是的，而且他是得到我的同意做的，请注意。妙便妙在这儿！……就是现在我还记得当时我头脑浑沌昏乱；一切都上下颠倒了，事情好像在摄影机的暗箱里面一样——白的像黑，黑的像白；假的当做真的，妄想当做义务……啊，就是现在回忆起来都觉得可耻！罗亭——他永不认输的——点都不觉得！他从一切的误解和困恼的上面飞越过去，好像燕子掠过池塘。"

"你就这样离开那位女孩子么？" 亚历克山得拉·巴夫洛夫娜问，很天真地把头歪在一边，掀一掀眉毛。

"我们离开了——这是可怕的离别——异常出丑的，公开的，完全不必要的公开……我哭了，她也哭了，不知道是怎样的一回事……好像一个'戈登结'②，割是割断了，但是痛苦的！可是，世界上的事情都是铺排得顶好不过。她嫁给一个极体贴的男子，现在很幸福。"

"但是，请你承认，你是永远不会原谅罗亭的，不管怎样。" 亚历克山得拉·巴夫洛夫娜说。

---

① 《波儿与维齐尼》（Paul et Virgine），法国贝那廷·圣彼得（Bernadin de SaintPierre. 1737—1814）作恋爱小说。——译者。

② 希腊神话：菲里基（Phrygian）国王戈登（Gordius）作一固结，并预言能解此结者，将为全亚细亚君主。后亚历山大拔剑斩之，遂应此预言。——译者。

"并不尽然!"列兹尧夫打断她的话,"反之,当他到外国去的时候,我哭得像一个孩子。说真话,我心头不高兴他的种子,就是在那时候埋种下来的。后来在外国碰见他的时候,我长大了些了……罗亭的本相也给我看出来了。"

"你在他身上确确实实地发现些什么?"

"不是么,刚才不是统统告诉了你么。但是说他说得够了。也许事情会变好的。我只要向你表明一句,假如我批评他过于苛刻,这并不是因为不了解他……至于关于娜泰雅·亚历舍耶夫娜,我不想多说,但是你应该留心你的兄弟。"

"我的兄弟!为什么?"

"为什么,望着他罢!难道你真的不曾留意到什么?"

亚历克山得拉·巴夫洛夫娜眼睛望着地上。

"你说的对,"她同意了。"当然——我的兄弟——好几天来他便和从前判若两人了。……但是你真的以为……"

"住口!我想他来了,"列兹尧夫轻声说。"但是娜泰雅不是一个小孩子,请相信我,虽则不幸和小孩子一样的没有经验。你将会看到,这女孩子会使你我惊异的。"

"怎样呢?"

"哦,这样……你知道正是这样的女孩子才会去投水,服毒,如此等等!……不要因为她貌似平静而看错了。她的感情是强烈的,她的性格——天啊!"

"来了!我看你现在想入非非了。在你那样忧郁的人看来,也许连我都像是一座火山么?"

"哦,不!"列兹尧夫回答带着微笑。"谈到个性——你根本没有个性,谢谢上帝!"

"这是何等无礼!"

"这,这是最高的赞美,请相信我。"

罗 亭

　　服玲萨夫跑进来,怀疑地望着列兹尧夫和他的姊姊。他近来瘦了。他们开始和他谈话,但是他对于他们的谐谑连笑都懒得笑,看来,正如毕加梭夫有一次说他的,好像一只忧郁的兔子。但是一生中没有某一个时期看来像一只忧郁的兔子似的人,在世界上恐怕永不会有。服玲萨夫觉得娜泰雅从他这里漂浮开去。随同着她,好像脚底下的土地也要滑走了。

七

　　翌晨是星期，娜泰雅起身很迟，昨天她缄默了一整天；她暗自惭愧自己的眼泪，她睡得很不好。衣服只披了一半，坐在她的小钢琴前面，间或弹了几声，声音是微弱得几乎听不见的，怕惊醒了彭果小姐。于是把前额靠在冰冷的键盘上，一动也不动地凭在那儿好久。她想着，并不是想罗亭本人，是想他所说的几句话，她完全陷入沉思中了。有时她记起了服玲萨夫，她知道他爱她的。但是这种对他的关怀一瞬即逝了……她觉得一种异样的激动。朝日初上时，她匆匆忙忙地穿好衣服跑下来，和她的母亲说了早安之后，找一个机会便跑到园子里去了。……这是热天，空际明朗，阳光熙和，虽则时有阵雨。微薄的烟般的浮云静静地掠过湛净的天空，好容易遮住一片太阳，偶时倾盆似的注下一阵急雨，复很快地收住了。粗而密的雨点，像钻石般的耀眼，迅速地以沉重的声音打在地上；阳光透过它的闪烁的颗粒；草在风中瑟瑟作响的，也静了，渴饮着雨后的水分；淋湿了的树木无力地摇动它的叶子；鸟不住地唱着，这流啭的啁啾夹和着新流的雨水的潺谖，听来是悦耳的。灰尘厚密的道路被急骤的粗雨点打得飞扬起来，成了点点的浅斑。于是云收了，微风开始拂来，草开始显出翠绿和金黄的颜色。潮湿的树叶子黏贴在一起，好像更成为透明了。四周发出一股浓厚的香味。

当娜泰雅走到园里来的时候,天空几无一片云。园中充满着芬芳与和平——那种与人慰藉的吉祥的和平,人处其间,心中便会被难以说明的情欲和秘密的感情的柔美的憔思激动了。

娜泰雅沿着池旁一行白杨走去;突然,好像从地底下钻出来似的,罗亭站在她的前面。她迷乱了。他望着她的脸。

"你独自个儿么?"

"是的,我一个人,"娜泰雅回答,"但是我立刻就要回去。这是回家的时候了。"

"我和你一道走。"

他在她的旁边走着。

"你好像有点忧郁,"他说。

"我——我正想说你好像失神似的。"

"也许是的——我时常是这样。在我,比起你来总更可原谅些。"

"你以为我没有什么可以忧郁的么?"

"在你的年龄,你应当寻求生命的快乐。"

娜泰雅没有出声地走了几步。

"德密特里·尼哥拉伊奇!"她说。

"嗯?"

"你记得么——昨天你所说的比喻——你记得么——说那槲树?"

"是的,我记得,怎样?"

娜泰雅偷瞥了他一眼。

"为什么你——你说的比喻是什么意思?"

罗亭低了头,眼睛望着远处。

"娜泰雅·亚历舍耶夫娜!"他用一种他所特具的,热烈的,意味深长的声调说,这种声调时常会使听者信以为罗亭还没有表示出他心里蕴藏着的感情的十分之一来的——"娜泰雅·亚历舍耶夫娜！你也许注意到我很少说起我的过去。那儿是几条我从来不曾去拨动过的琴弦。我的心——谁需要知道在它的里面有什么闪过呢？把它披露出来在我总觉得是一种冒渎。但是对你我把这矜持撇在一边了。你赢得我的信任……我不能欺瞒你，我也和一切的人们一样有爱也有痛苦……什么时候，怎样的？这些说也无用；但是我的心是认识很多的幸福和很多的痛苦的……"

罗亭略停了一下。

"昨天我对你所说的，"他继续道，"在某种程度可以应用到我目前的处境。但是这些说了又是无用的。这一方面的生活现在于我已成过去了。留下来给我的是烦累的疲劳的旅途，沿着灼热的尘封的道路从一处到另一处……什么时候才走得到——是否走得到——天知道……还是让我们谈你的事罢。"

"这是可能的么，德密特里·尼哥拉伊奇，"娜泰雅打断他的话，"在生命中你不希望些什么？"

"哦，不！我希望得很多，但不是为自己的。……要成为有用之身，从活动中得到的满足，我将永不放弃；但是我把幸福放弃了。我的希望，我的梦想和我自己的幸福二者不可得兼。爱"——说到这个字，他耸一耸肩膀——"爱不是为我存在的；我消受不起；一个女人爱男子，她有权利要求他的整体，而我不能献出我的全部来的。其次，青年们才会赢得爱，我是太老了。我怎样能叫别人回头向我呢？谢谢上帝，我把我自己的头放在自己的肩上。"

"我懂得了，"娜泰雅说，"一个志在崇高的目标的人不应该想到自己；但是难道一个女子便不能够契重这样的男子么？反之，我倒想，一个女子是不久便会拒绝一个自私者的……所有的青年——你所说的青年——都是自私者，他们只顾自己，甚至于

罗 亭

他们恋爱的时候。请相信我,一个女子不单能够重视牺牲的价值,并且她也能牺牲自己。"

娜泰雅的双颊微微红了,眼睛发光。在她没有和罗亭结识之前,她是从来不曾说过这样冗长的热烈的话的。

"你曾经不止一次地听到我对一个女子的使命的见解,"罗亭回答,带着谦逊的微笑。"你知道,我认为只有贞德①一人能拯救法国的……但是要点不在这里。我要说的是你。你正站在人生的门槛上……讨论到你的将来是饶有兴味的而同时不是无益的事……听着:你知道我是你的朋友;我如兄弟般的关心你,所以我希望你不要想作我所问的问题是欠审慎的;请告诉我,你的心是从来不曾感动过么?"

娜泰雅浑身发热起来,什么也没有说。罗亭站住了,她也站住。

"你不对我生气么?"他问。

"不,"她回答,"但是我没有想到——"

"可是,"他继续说,"你不用回答我。我知道你的秘密。"

娜泰雅几乎惊愕地望着他。

"是的,是的,我知道什么人赢得了你的心。我应当说你是不能有更好的选择了。他是极好的人;他知道怎样尊重你;他不曾受过人生的磨折——他是单纯的,灵魂高洁的……他将使你快乐。……"

"你指谁,德密特里·尼哥拉伊奇?"

"难道你还不懂么?指服玲萨夫,当然。怎样?对么?"

娜泰雅向罗亭背过身去,跑开一点,她是完全失却主意了。

---

① 贞德(Joan of Arc, 1412—1431)被称作"奥伦之女"(Maid of Orlean)的法国女烈。英法战争时奋解奥伦之围,拯法国于濒亡。后被捕为英军焚死。——译者

"你想他不爱你么？谬想！他眼睛不离开你，紧盯着你的每一个动作；真的，爱是瞒得住的么？你自己不也是欢喜地望着他么？据我所观察得到的，你的母亲也高兴他。……你的选择——"

"德密特里·尼哥拉伊奇，"娜泰雅插口道，在迷乱中把双手向近身的一株小树伸去，"真的这很难，要我说这话；但是我向你保证……你错了。"

"我锗了！"罗亭复说一句。"我想不会的。我认识你不很久，但是我已经很知道你。我眼见你心中起了改变，这什么意思？我看得很清楚。你是不是和我初次遇见你的时候——六星期之前，完全一样呢？不，娜泰雅·亚历舍耶夫娜，你的心是不自由的。"

"也许不，"娜泰雅回答，几乎轻得听不见了，"但是还是一样，你是错了。"

"怎样？"罗亭问。

"让我去罢！不要问我！"娜泰雅回答，用急速的脚步朝屋子走去。

她是被自己突然意识到的感情惊住了。

罗亭赶上她，把她留住。

"娜泰雅·亚达舍耶夫娜，"他说，"这谈话不能像这样了结啊；这对我是太重要了……我怎样得了解你？"

"让我去罢！"娜泰雅重复道。

"娜泰雅·亚历舍耶夫娜，只是为了怜悯！"

罗亭的脸表示出他的激动不安来了。他苍白起来。

"你事事都懂得，一定也懂得我！"娜泰雅说；她挣脱他的手向前跑去，头也不回。

"只要一句话！"罗亭在她的后面喊。

她站住了，但并不回头来。

"你问我昨天的比喻是什么意思,让我来告诉你,我不想骗你。我说到我自己,我的过去——和你。"

"怎样,说我?"

"是的,说你;我再重复一句,我不骗你。现在你知道这感情是什么,我说过的新的感情……直到今天我尚不敢……"

娜泰雅突然把脸埋在手里,向屋子奔去。

她是被这和罗亭的谈话中的意料不到的结论迷乱了,甚至于跑过服玲萨夫的身边都没有注意到他。他一动不动地站着,背子靠在树上。他是一刻钟之前来到这屋子里的,在客室里遇见达尔雅·密哈伊洛夫娜;和她谈了几句话之后,在别人不注意中溜出来找娜泰雅,被爱的本能的导引,他一直跑到园子里,正巧碰见娜泰雅挣脱开罗亭的手。他眼前似乎起一阵黑。凝视着娜泰雅的背影,他离开树踱了两步,不知道到哪里去好,也不知道为了什么。罗亭跑上前来的时候看到他。大家面对面望了一望,一点头,默默地离开。

"这样不是结束。"两人都在想。

服玲萨夫跑到园子的尽头,他觉得悲哀而病了;他的心头如荷重负,他的血液奔腾起来,一阵阵感到突如的刺痛。雨又下了。罗亭回到自己的房间。他也激动了;他的思想是在旋涡里。真挚地出乎意外地年青的心的接触对任何人都会起激动的。

餐桌上情形有几分不对了。娜泰雅,苍白的,坐也不安的,不曾抬起眼睛来。服玲萨夫和平时一样地坐在她的旁边,有时候很勉强地和她谈了几句。这一天恰值毕加梭夫也在达尔雅·密哈伊洛夫娜家里吃饭。在桌上他比任何人都谈得多。在许多别的谈话中他说起人,好像狗,可以分成长尾巴的和短尾巴的两类。短尾巴的人们,他说,或是生来短尾或者是自作之孽。短尾巴的人们处境都是悲惨的;他们什么都没有成就——对自己也没有自信。但是有了毛茸茸的长尾巴的人是幸福的。他也许比短尾巴的差一些，弱一些；但是他自己相信自己；他把他的尾巴展开来，人人都称赞他。这真是不可解的一回事啦；尾巴，当然，是完全没有用的身体的一部分，你得承认；尾巴有什么用呢？但是大家都凭尾巴判断他们的能力。"我自己呢，"他叹了一声下结论道，"是属于短尾巴一类的，最讨厌的是，是我自己把我的尾巴弄断了。"

"你所说的，"罗亭随口下注解道，"在你之前很早拉霍雪甫戈①便说过了：先信任你自己，然后别人也会信任你。为什么扯到尾巴上去，我不懂。"

"让每一个人，"服玲萨夫尖刺地说，眼睛在发光，"让每一个人随他的高兴来表达自己。谈谈专横压制罢！……我以为没有比所谓聪明能干的人的专横压制更坏的；天罚他们罢！"

从服玲萨夫的口中突然吐出这样的话，大家都愕然了；大家默然地接受了这句话。罗亭试想望他一眼，但是他的眼睛不肯听命，他转过头去，嘴唇不开动地苦笑了一下。

"啊哈！你也失去你的尾巴了！"毕加梭夫想；娜泰雅的心陷入恐怖里。达尔雅·密哈伊洛夫娜茫然不解地久长地凝视着服玲萨夫，终于第一个开口说话；她开始描写一只异常珍贵的某某大臣的狗。

饭后不久服玲萨夫便跑开了。当他向娜泰雅告别的时候，他禁不住向她说：

"为什么你迷惘失神了，好像做了错事一样？你是不会错待任何人的！"

娜泰雅一点也不懂，只在背后呆望着他。在喝茶前，罗亭跑

---

① 拉霍雪甫戈（La Rochefoucauld，1613—1680），法国讽刺诗作家。——译者。

罗 亭

到她前面，身子俯在桌面上，好像在察看什么报纸一样，低声说：

"一切都像梦般，是么？我绝对地要你单独地给我一面，就是一分钟也好。"他转向彭果小姐，"这里，"他对她说，"这就是你所要找的一篇，"于是又转向娜泰雅，轻轻地加上一句，"请于十点钟左右到紫丁香花亭子附近，我等你。"

毕加梭夫是今晚的英雄。罗亭把地盘让给他占据了。他给达尔雅·密哈伊洛夫娜以很多的娱乐；起先他说起他的一个邻人的故事，说他三十年来被他的老婆弄怕了，性情变成女性似的，有一天他涉过一个水潭的时候，毕加梭夫恰在那里，他用手撩起他的衣裾，正像女人撩起裙子一样。于是又转到另一个人的身上，他起先是共济会①会员，后来成为忧郁病患者，最后又想做一个银行家。

"你怎样做共济会会员，腓立普·斯蒂普尼奇？"毕加梭夫问他。

"你知道怎样做，我把小指的指甲留得很长。"

但是最使得达尔雅·密哈伊洛夫娜乐意的是毕加梭夫开始讨论到恋爱的时候，坚持着说就是他也曾经被人仰慕追求过的，说是一位热情的德国妇人甚至于替他起了绰号叫做她的"小阿菲利加宝贝"，她的"嘎声的小乌鸦"。达尔雅·密哈伊洛夫娜笑了，但是毕加梭夫说的倒是老实话；他真的是有可以骄傲的地方的。他坚持说没有比要使你选定的女人爱上你的一桩事更容易的了；你只要接连地向她说了十天，说天堂在她的嘴唇上，幸福在她的

---

① 共济会（Freemasons）为 Free and Accepted Masons（自由石工及参加石工）之略，创立于中古。原先为石工所组织的秘密结社，目的在互相救济。迨十八世纪初叶，始邀石工以外职业者参加。在旧俄，十八、十九世纪之间，此种秘密结社之风极盛，一时成为社会改革之先声。——译者

罗 亭

眼睛中，其余的女人和她比起来便是一些破布袋子；在第十一天她自己便会说，天堂在她的嘴唇上，幸福在她的眼睛中，便会爱上你。世界上什么事都能发生；所以谁知道，也许毕加梭夫的话是对的。

九点半①的时候，罗亭已经在亭子里了。星星从苍白的天空的辽远的深处出现；在太阳沉下去的西方，红色的残辉尚未消尽，地平线上显得更明亮更清湛了；半圆的月亮从如泣如诉的白杨枝叶交错的黑网里露出金黄的脸。一些树木好似狰狞的巨人站着，枝叶的罅隙好像几千百双的小眼睛，或者错叠成一堆堆密集的黑影。没有一片树叶在动着；紫丁香花和刺槐花的最高枝在温暖的空气中向上伸展着，好像在探听什么。房屋成了一团黑影了；一小块一小块的红光示出点着灯火的长窗；这是温柔而和平的夜，在这平和里微微觉得秘密的热情的呼息。

罗亭站着，双手交叉叠在胸口，以紧张的注意倾听着。他的心跳得厉害，他不由自主地把呼吸屏住了。终于他听到了轻轻的急促的脚步的声音，娜泰雅到亭子里来了。

罗亭迎上前去握住她的手。它们是冷得和冰一样。

"娜泰雅·亚历舍耶夫娜！"他以激动的低声说，"我要看你……我不能等到明天。我一定要告诉你我自己都没有想到的——就是在今天早晨都曾觉察到的。我爱你。"

娜泰雅的手在他的掌里微微颤动了。

"我爱你！"他重复说，"怎样会这许久我自己瞒着自己？为什么很早以前我不曾猜到我爱你？你呢？娜泰雅·亚历舍耶夫娜，告诉我！"

娜泰雅几乎呼吸都透不过来了。

---

① 在北半球，愈近北方则夏天的白昼愈长，冬天的白昼愈短。所以俄国的夏天，到夜里九点半的时候地平线上还有落日的余晖的。——译者。

"你看我跑到此地来了。"她终于说。

"不,说,你爱我!"

"我想——是的。"她轻轻地说。

罗亭更热情地紧握着她的手,想把她拉到他身边来。

娜泰雅很快地向四周一看。

"让我去罢——我怕……我想有人在偷听我们……看上帝面上,你小心点。服玲萨夫疑心着。"

"不要管他!你看今天我简直没有回答他的问话。……啊!娜泰雅·亚历舍耶夫娜,我多么幸福!现在将没有什么能够把我们分开!"

娜泰雅望着他的眼睛。

"让我去罢,"她低声地说;"时候到了。"

"再等一刻。"罗亭说。

"不,让我去,让我去罢。"

"你好像在怕我。"

"不,但是时候到了。"

"再说,至少再说一次。……"

"你说你是幸福的么?"娜泰雅说。

"我?世界上没有人比我更幸福的了!你还不相信么?"

娜泰雅抬起她的头。她的苍白的高贵的稚嫩的脸,因热情而变形,在这神秘的亭子的影下,在这从暮空返映下来的微弱的光辉中,是很美丽的。

"那么我告诉你,"她说,"我是你的。"

"哦,天哪!"罗亭喊。

但是娜泰雅跑开了,去了。

罗亭又站了一会儿,于是慢慢地走出亭子来。月光照在他的脸;他的唇上有一丝微笑。

"我是幸福的，"他轻轻地说。"是的，我是幸福。"他又重说了一句，好像他要使自己相信。

他伸一伸高长的身子，摇一摇头发，很快地跑进园子里，两手做着快乐的姿势。

同时紫丁香亭的矮树丛分开了，柏达列夫斯基出现。他小心地向四周看了一看，摇摇头，皱一皱嘴唇，郑重地说，"原来是这样。应该告诉达尔雅·密哈伊洛夫娜让她知道。"他隐没了。

八

　　服玲萨夫回到家中，非常忧郁、沮丧，没精打采地回答他姊姊的问话，复很快地把自己锁在房里，于是她决定差人通知列兹尧夫。在困难的时候，她时常求助于列兹尧夫的。列兹尧夫回报她说第二天来。

　　第二天早晨服玲萨夫仍然不见得高兴。早茶过后他原要出去监督田庄的工作的，但是他留在家里，躺在沙发上，手里拿起一本书——这是不常有的事。服玲萨夫对文学没有趣味，诗只会使他吃惊。"这是和诗般的不可解，"他时常这样说。为要证实他的话，他时常引下面的一位俄国诗人的句子：

　　　　等到他的惨澹的有生完时，
　　　　理智和骄傲的折磨，
　　　　将不会碾碎和揉皱，
　　　　血染的命运的莫忘我花。

亚历克山得拉·巴夫洛夫娜不安地望着她的兄弟，但是并不用许多问话来使他烦忧。一辆马车跑近门口了。

　　"呵！"她想，"列兹尧夫，谢天谢地！"

　　一个仆人进来报知说罗亭来了。

罗 亭

服玲萨夫把书抛在地板上,抬起头来。"谁来了?"他问。

"罗亭,德密待里·尼哥拉伊奇。"仆人重复一句。服玲萨夫站起来。

"请他进来,"他说,"你,姊姊,"他回头向亚历山得拉·巴夫洛夫娜添一句,"请你避开,单让我们两人。"

"为什么?"她问。

"我自有很充分的理由,"他打断她的话,热情地说。"我请你避开。"

罗亭进来。服玲萨夫站在房间的当中,冷冷地点一点头招呼他,没有向他伸手。

"请你承认,你料想不到我会来这里罢。"罗亭开言说,把帽子放在窗口旁边。他的嘴唇微微有一点痉挛,他有点不自在,但是想把他的局促不安隐藏住。

"我并没有料到你,当然的,"服玲萨夫回答,"在昨天的事情发生了之后。我倒是等着会有什么人把你的特殊消息告知我的。"

"我懂得你的意思,"罗亭说,坐了下来,"我很感激你的爽直。这样是比较好得多。我想你是有身份的人,所以亲自跑来谒见。"

"我们可不可以省些客套呢?"服玲萨夫说。

"我要向你解释我为什么要来。"

"我们是相熟的,为什么你不可以来?再者,你也并不是初次光临。"

"我来,一如有身份的人拜见另一位有身份的人,"罗亭重复说,"现在我要拜求你的公正的理性……我完全信任你。"

"什么事?"服玲萨夫说,他一直站在原处,悻悻然凝视着罗亭,有时捻一捻他的短髭。

"假如承你好意……我来此是要解释,当然,还是同样地不是几句话说得明白的。"

"为什么不?"

"事情牵连到第三者。"

"谁是第三者?"

"塞尔该·巴夫里奇,你懂得我么?"

"德密特里·尼哥拉伊奇,我一点都不懂得你。"

"你欢喜——"

"我欢喜明明白白地说!"服玲萨夫插进一句。

他焦急得开始发怒了。

罗亭皱一皱眉。

"允许我……目前只有你我两人……我得告诉你——虽则你一定早就注意到的(服玲萨夫不耐烦地耸一耸肩膀)——我须得告诉你我爱娜泰雅·亚历舍耶夫娜,而我并且有权利可以相信她也爱我。"

服玲萨夫脸发白了,但是没有回答。他走到窗口旁边,背朝着里面。

"你懂得,塞尔该·巴夫里奇,"罗亭继续说,"假如我没有这种自信……"

"我起誓!"服玲萨夫打断他的话,"我一点也不怀疑……好!这样就是!祝你幸运!我只是奇怪什么鬼主意引你把这消息送来给我。这消息对我有什么用?你所爱的人或爱你的人和我有什么相干?这真是超乎我的理解。"

服玲萨夫继续地凝视着窗外。他的声音似乎有点哽塞。

罗亭站起来。

"我要告诉你,塞尔该·巴夫里奇,为什么我决定来你这里,为什么我想我没有权利把我们的——她和我的——互爱的感情瞒住你。我对你的尊敬是太深了——这就是为什么我要来的缘故；我不要……我们俩都不愿在你的面前要把戏。你对于娜泰雅·亚历舍耶夫娜的感情我是知道的。……相信我，我自己并没有妄想；我知道我是多么不配地在她的心中占据了你的地位的，但是如果命运如此，这样说明了不是比虚饰、作伪、欺骗要好一些么？比把我们弄成误会，甚至于弄成如同昨天晚餐桌上那种场幕要好一些么？塞尔该·巴夫里奇，请你自己告诉我，这对么？"

服玲萨夫把手抱在胸前，好像要按捺住自己似的。

"塞尔该·巴夫里奇！"罗亭继续道，"我给了你痛苦，我觉到——但是请了解我们——了解我们没有别的方法来表示我们对你的尊敬，来证明我们是知道怎样尊重你的信誉和正直。公开，完全的公开，对别的人们也许不适用；但是对你这形成了一种义务。我们很高兴地想做我们的秘密都在你的手中。"

服玲萨夫吐出一声强笑。

"谢谢你对我的信任！"他喊道，"虽则，请你注意，我并不希望知道你的秘密，也不想把我的秘密告诉你——纵然你把它们当做自己的私产一般——但是原谅我，你说来好像代表两个人。那么我可以猜想娜泰雅·亚历舍耶夫娜知道你到这里来和此来的目的罢？"

罗亭有点失惊了。

"不，我没有把我的主张告知娜泰雅·亚历舍耶夫娜；但是我知道她会赞成我的意见的。"

"这统统很好，真的！"服玲萨夫停了一会说，用手指播着窗扇，"虽则我得承认假如你对我少有几分尊敬这倒好些。说句老实话，我并不稀罕你的尊敬；但是现在你要我做什么？"

"我不要什么——或者——不！我只要一件；我要你不把我看做一个口是心非的伪善者，要了解我……我希望现在你总不至于怀疑我的诚意……我要我们，塞尔该·巴夫里奇，像朋友般地离开……你要和从前一样地把手伸给我。"

罗亭跑到服玲萨夫的前面。

"原谅我，我的好先生，"服玲萨夫说，回转身来向后退了几步，"我准备完全平心接受你的好意，我承认这些都是很好的，很高超的，但是我们是平平常常的人，我们不会把姜饼上镀上黄金，我们跟不上像你那样的大思想家的迅飞疾展……你意下以为忠实的，我们看作是无礼的，不智的，和欠审慎的……对你很清楚很简单的，对我们是错综的隐晦的……我们要守秘密的而你要吹擂开来……我们怎样了解你！原谅我，我也不能把你看作一位朋友，也不伸手给你……这是很小器的，但是我只是一个小器的人。"

罗亭从窗边椅上拿起帽子。

"塞尔该·巴夫里奇！"他很悲愁地说，"再会；我的料想错了。我的拜访原不近情……但是我希望你……（服玲萨夫做着不耐烦的动作）原谅我，我不再提起这些了。从各方面想一想，真的我看你是对的，你只好这样做。再会，容许我至少再说一次，最后的一次，向你保证我的来意是真纯的……我相信你会保守秘密。"

"尽够了！"服玲萨夫喊到，气得发抖，"我从来没有要求过你的信任；这样你便没有任何权利来打算到我替你保守秘密！"

罗亭还想说些什么，但是他只摇一摇手，一鞠躬，去了，服玲萨夫身子一倒，躺在沙发上，脸朝着墙壁。

"我可以进来么？"门边亚历克山得拉·巴夫洛夫娜的声音。

服玲萨夫没有即时回答，偷偷地把手拭过脸。"不，莎夏，"他说，声音有点改变，"再等一会。"

半点钟后亚历克山得拉·巴夫洛夫娜又来门边。

"密哈伊罗·密哈伊里奇在这里,"她说,"你要见他么?"

"好,"服玲萨夫回答,"请他上来。"

列兹尧夫进来。

"什么事,你不舒适么?"他问,在沙发旁边的一张椅子上坐下。

服玲萨夫欠身起来,斜靠在肘上,在他的朋友的脸上久久地望了一眼,于是一字不漏地把他和罗亭的对话全部告诉给列兹尧夫。他以前从来不曾对列兹尧夫提起对于娜泰雅的感情,虽则他猜想这于他并不是秘密。

"好,兄弟,你惊了我!"当服玲萨夫说完这故事时,列兹尧夫说。"我盼待着他有什么出奇的事做出来,但是这未免——然而在这里面我仍旧看得他出来。"

"凭我的信誉起誓!"服玲萨夫喊道,非常奋兴,"这实在是一种侮辱!怎的不,我几乎要把他掼出窗口去。他是向我夸口呢,还是他怕?这是什么目的?怎样他会起了这样的主意跑到一个人——?"

服玲萨夫把手抱在头上,不说话了。

"不,兄弟,这不是的,"列兹尧夫很平静地回答;"你会不相信,但是真的,他的动机是好的。是的,真的。你看得出来么?无疑地,这样才是宽大、亢直,才能给他一个讲话的机会,显出他的漂亮的言词,当然,这就是他所需要的,没有它便不能生活。呵,他的口舌便是他的仇敌,虽则也是他的得力的仆人。"

"他进来说话的时候是多么严重的神气,你想不到!"

"对,不是这样他便什么都不能做。他把他的外套扣得整整齐齐的好像要尽一桩神圣的义务一样。我真想把他放在一个荒岛上,躲在一只角里看他怎样动作。而他是大谈其单纯朴素的。"

"但是告诉我,亲爱的朋友,"服玲萨夫问,"这是什么?是

罗 亭

哲理还是什么？"

"我怎样告诉你？一方面这是哲理，我敢说，在另一方面又是完全不同的东西。把什么傻劲儿都当做哲理，这是不对的。"

服玲萨夫望着他。

"那么他撒谎么？你想？"

"不，我的孩子，他没有撒谎。但是，你知道，关于他我们已经说得够了。让我们点起烟斗，叫亚历克山得拉·巴夫洛夫娜进来。她和我们一起的时候，我们说话要容易些，要静默也容易些。她可以替我们预备一点茶。"

"很好，"服玲萨夫回答。"莎夏，请进来，"他高声地喊。

亚历克山得拉·巴夫洛夫娜进来，他握住她的手，很热情地压放在自己的唇上。

罗亭回去，脑筋在奇异的紊乱的状态中。他对自己发恼了，他责备自己，责备他的不可原谅的鲁莽，孩子气的冲动。有人说得好：没有比自己意识到做了什么傻事更痛苦的了。

罗亭被悔恨吞噬着。

"什么鬼主意骗使我，"他在齿缝间喃喃道，"去会见这家伙！这是什么想头！只是自求侮辱！"

但是在达尔雅·密哈伊洛夫娜的家中有什么异常的事情发生了。女主人整个早晨都没见，也没有来吃晚餐；她头痛，柏达列夫斯基传言说，只有他一个人被允许进她的房间里去。娜泰雅呢，罗亭也很难得见她一面；她和彭果小姐一起坐在自己的房里。当她在晚餐席上遇见罗亭时，慎然望了他一眼，他的心都沉下去了。她的脸改变了，好像自从昨天起有一种悲哀的重负压着她。罗亭也为了将有什么变故发生的模糊的预感开始感到悲戚。为要排遣他的愁思，他便去找巴西斯它夫，和他谈了很多，发现他是一个热情的恳切的孩子，满怀着热情的希望和不渝的信仰。

罗 亭

晚上,达尔雅·密哈伊洛夫娜在客室里出现了几个钟头。她对罗亭很客气,但是有几分和他疏远,笑着,皱着眉头,打鼻孔里说话,比平时更富暗示。处处她都有社交场中宫廷贵妇人的神气。最近她似乎对罗亭冷淡了。"这秘密是什么?"他想,斜眼望着她骄傲地抬着的头。

他等不了多久便得到这谜的答案,当他晚上十二点回到房里的时候,有什么人突然把一张字条摔在他的手里。他向四周一望,一个女孩子在远处急急地跑过去,娜泰雅的女用人,他猜。他跑到房间里,把仆人喊出去,撕开信,读着娜泰雅手书的几行字:——

请你明天早晨七点钟,不要太迟,到阿夫杜馨池来,在槲树林的那边。别的时候是不可能的。这是我们最后的会面,什么都完了,除非……来罢,我们必得决定。

又及:假如我不来,这意思便是说我们将不能再见了。那时我会通知你。

罗亭把这信在手里翻来覆去,默默地想着,于是把它放在枕头底下,脱了衣服,睡下去。很久他没有睡着,于是微微的一忽,他醒来的时候,还不到五点钟。

九

　　阿夫杜馨池，娜泰雅指定那儿附近做约会的地点的，很久便不成其为一个池了。三十年前，堤岸崩了，水流出去，从此便被废弃。只有原先一片淤泥结成平坦的池底的洼穴，和依稀可辨的堤岸的痕迹，令人想起这曾经是一个池子。池的附近原有一所田庄，也在很久以前便坍毁了。仅有巨松两株，留存一些记忆而已。风永远在松树的修长苍绿的高枝凄其地悲啸着。流传于人们中间的神秘传说，说是在这松树的底下曾做过可怕的罪恶；他们时常说，假如其中有一株树倒下来，一定要杀死什么人的；从前还有第三株，被一阵暴风吹倒，压死了一个女孩子。这古池附近的一带说是常常有鬼灵出现；这里青草不生，满片荒凉，就是天气好的时候，也暗黑阴惨——附近一座年代古远满是枯死的槲树的森林，衬得更加阴暗惨淡了，几株大树从低矮的灌木丛中好像疲乏了的巨灵抬起它的灰色的头脸。光景凶恶怕人，有如阴险的老人，聚在一起商量什么恶魔的计划。一条几乎难辨的狭径在这近旁迤逦通过，假如没有紧急的事由，人们是不会到阿夫杜馨池附近去的。这池离达尔雅·密哈伊洛夫娜的家约有一英里半远。

　　罗亭到阿夫杜馨池附近的时候，太阳已经出来有好一会儿了。这并不是晴朗的早晨。乳色的浓云遮满了天空，被呼啸的悲号的风驱逐着。罗亭沿着长满牵裳缀襟的牛蒡草和斑黑的野荨麻的堤岸走来走去，心在忐忑不安。这些晤谈，这些新的感情于他有几分喜悦，但又恼了他，尤其是读了昨晚那封信之后。他预感到末日临近了，精神上暗暗在烦恼，虽则看他双手抱在胸前，望着四周，带着凝神集虑的坚决的样子，想不到他有这种心事。毕加梭夫有一次说得真对，说他像一个中国的塑像，头总是太大了，因之失却全身的平衡。但是一个人只凭着头脑，无论它如何厉害，是连自己曾经想过什么东西都难知道的……罗亭，明敏聪慧的罗亭也不能肯定说他是否真爱娜泰雅，是否在痛苦着，是否将会感到痛苦，假如离开了她。既然他一点也没有玩玩恋爱把戏的初意——这一层是相信得过的——那么为什么他去逗动那可怜的女孩子的心呢？为什么他怀着秘密的战栗等待着她？对于这些问题唯一的解答便是没有比薄情的人更容易失去主意的了。

他在堤上走来走去，同时娜泰雅踏着润湿的草，一直穿过田野，急急地向他跑来。

"娜泰雅·亚历舍耶夫娜，你的脚会弄湿了！"她的女仆说，几乎赶不上她。

娜泰雅没有听，也没看四周，向前跑着。

"呵，假如他们看见我们！"马夏（女仆的名字）喊道；"真的，真奇怪的我们怎样会从屋子里跑了出来！……彭果小姐也许会醒来。……谢谢天，亏得还不远……呵，先生已经在等着了，"她接着说，突然看到罗亭长大的身躯，宛如入画地站在堤上；"他站在这高墩上做什么——他应该隐藏在池洼里。"

娜泰雅站住了。

"在此地等一等，马夏，在这松树旁边。"她说，跑到池旁去。

罗亭迎上她；他突然惊愕地站住。在她的脸上他从来没有看到过这样的表情。她的眉蹙拢来，嘴唇紧闭着，眼睛坚定地一直望着前面。

"德密特里·尼哥拉伊奇,"她说,"我们没有时间可浪费。我来只能有五分钟。我须得告诉你我的母亲什么都知道了。前天柏达列夫斯基看到我们,把我们的约会告诉了她。他时常是妈妈的侦探。昨天她叫了我去。"

"天哪!"罗亭喊道,"这是可怕的……你的母亲说些什么?"

"她并没有对我生气,她没有骂我,但是她责备我缺少审慎。"

"就是这样么?"

"是的,她宣称宁愿看到我死而不愿看到我做你的妻子!"

"她这样说是可能的么?"

"是的;她还说你自己也不想要和我结婚,你只是和我调情,因为你无聊,说是她不曾料到你会这样;但这都是她自己不好,让我和你见面得太多……说是她相信我聪明懂事,说是我这番使她惊异了……还有,我现在不记得她对我所说的一切。"

娜泰雅用一种平的、几乎没有表情的声音说这些话。

"你,娜泰雅·亚历舍耶夫娜,你回答些什么呢?"罗亭问。

"我回答什么?"娜泰雅重复一句,"现在你想怎样办呢?"

"天哪!天哪!"罗亭回答,"这是残酷的!这样快……这突然的打击!……你的母亲是这般生气么?"

"是的,是的,她听都不要听到谈起你。"

"这是可怕的!你以为没有希望了么。"

"没有。"

"为什么我们这样不幸!这可憎的柏达列夫斯基!………你问我,娜泰雅·亚历舍耶夫娜,我怎样办?我的头在打转了——我什么都想不通……我只感觉到我的不幸……我很奇怪你能够这样地保持镇定!"

"你想我心里是好过的么?"娜泰雅说。

罗亭开始在堤岸上走。娜泰雅眼睛不离开他。

"你的母亲没有问你?"他终于说。

"她问我是否爱你。"

"唔……你呢?"

娜泰雅静默了一刻。"我说了真话。"

罗亭握住她的手。

"永远是,不论什么事情上面,都是宽厚、心地高洁的,哦,女孩子的心——这是纯金!但是你的母亲真的是这般绝对地声明我们的结婚的不可能性的决心么?"

"是的,绝对的。我已经对你说过;她相信是你自己不想和我结婚。"

"那么她把我看做一个负义的人!我做了些什么,配受这猜疑呢?"罗亭把他的头抱在手里。

"德密特里·尼哥拉伊奇!"娜泰雅说,"我们把时间耽误了。记得,这是我最后一次见你。我来这里不是为了哭,不是为了诉苦——你看我并没有流泪啊——我是来征求你的意见。"

"我有什么意见可以给你,娜泰雅·亚历舍耶夫娜?"

"什么意见?你是男子;我一向信任你,我要信任你到底。告诉我,你的计划是什么?"

"我的计划……你的母亲当然要把我赶出去。"

"也许是的。昨天她告我她要和你断绝一切来往……但是你不回答我的问题么?"

"什么问题?"

"你想我们现在应该怎样做?"

"我们应该怎样做?"罗亭回答,"当然服从。"

"服从,"娜泰雅慢慢地复一句,她的嘴唇变白了。

罗 亭

"服从命运,"罗亭继续说。"此外还能够做些什么呢?我很知道这是多么酸辛,多么痛苦,多么难忍。但是你自己想一想,娜泰雅·亚历舍耶夫娜,我是穷的。固然我可以做工,但是就算我是一个有钱的人,你能够忍受和你的家庭破裂,忍受你母亲的怒么?……不,娜泰雅·亚历舍耶夫娜,简直连想都用不着想。这是很明显的,我们是命里注定不能生活在一起,我所梦想的幸福是非我所有的!"

突然娜泰雅把脸藏在手里,开始哭起来。罗亭跑近她。

"娜泰雅·亚历舍耶夫娜!亲爱的娜泰雅!"他带着温情说,"不要哭,看上帝面上,不要磨折我,宽心些罢。"

娜泰雅抬起头来。

"你要我宽心些,"她说,她的眼睛在泪中发光;"我并不是为了如你所设想的那些理由而哭——对这我一点也不悲哀;我悲哀的是我受了你的骗……什么!我是来求你的意见的,在这个时候!而你的第一句话是服从!服从!这就是你所谈的独立、牺牲的解释么,这些……"

她的声音咽住了。

"但是,娜泰雅·亚历舍耶夫娜,"罗亭不知所措地说,"记得——我并不是不忠于我的话——只是——"

"你问我,"她以新的力量继续说道,"我用什么话来回答我的母亲,当她声明说是她宁愿我死而不同意我和你结婚的时候;我回答说是我宁愿死而不愿另嫁给别人……而你说'服从'!她一定是对的了;你一定,因为没有事做,因为无聊,和我来闹玩意儿。"

"我向你发誓,娜泰雅·亚历舍耶夫娜——我向你保证。"罗亭分辩说。

但是她没有听。

罗 亭

"为什么你不阻止住我？为什么你自己也不——或者你是没有料想到阻碍么？我说这话很惭愧——但是我看现在一切都成过去了。"

"你得静一静，娜泰雅·亚历舍耶夫娜，"罗亭说，"我们须得共同商量一下有什么方法——"

"你时常说牺牲自己，"她插口道，"但是你知道么，假使你今天立刻对我说'我爱你，但是我不能和你结婚，我不担保将来，把你的手给我，跟我来罢。'你知道么？我会跟你来，你知道么？我会冒一切危险！但是说话和行为是这样大不相同，现在你是害怕了，正如前天在晚餐席上怕服玲萨夫一样。"

红潮上了罗亭的面颊。娜泰雅的出乎意料的力量惊了他，但是她最后的一句话伤了他的虚荣心。

"现在你是太愤怒了，娜泰雅·亚历舍耶夫娜，"他说，"你想不到你如何尖酸地伤了我。我希望时间过后你会了解我；你会懂得我放弃了这你自己承认于我并无任何义务的幸福是费了如何代价。你的平安比世上的一切于我更形宝贵，我将成为人类中最卑贱的人，假如我利用机会——"

"也许是的，也许是的，"娜泰雅打断了他的话，"也许你是对的；我不知道我在说些什么。但是直到现在我是相信你，相信你所说的每一句话。……将来，请你守住你的话罢，不要随随便便地任意地瞎说。当我对你说'我爱你'的时候，我知道这句话的意义；我准备一切。……现在，我只谢谢你给了我一个教训——和你说声再会。"

"住罢，看上帝面上，娜泰雅·亚历舍耶夫娜，我恳求你。我不该受你的侮蔑，我向你发誓。试把你自己处在我的地位想一想。我要对你和我自己负责任。假如我不以至忠诚的爱来爱你——天哪！我应该立刻便怂恿你和我逃走……迟早有一天你的母亲会原谅我们——那时候……但是在打算到我自己的幸福之前……"

他住口了。娜泰雅的眼睛一直盯住他，使他迷乱了。

"你想对我证明你是有信谊的人，德密特里·尼哥拉伊奇，"她说，"我并不怀疑。你是不能不盘算利害而做事的；但是我需要相信这些么？我是为这而来的么？"

"我没料到，娜泰雅·亚历舍耶夫娜——"

"啊！终究你说出来了！是的，这些你都不曾料到——你不认识我。不要不安……你不爱我，我再也不强迫我自己去爱任何人。"

"我爱你的！"罗亭喊道。

娜泰雅身子挺一挺。

"也许是的；但是你怎样爱我呢？记住你所说的一切话，德密特里·尼哥拉伊奇。你告诉我：'没有完全平等便没有爱。'……你之于我是太高超了，我配不上你……我罚有应受。在你的面前还有许多更有价值的义务。我将不会忘记今天……再会。"

"娜泰雅·亚历舍耶夫娜，你去了么？难道我们就像这样地分开么？"

他伸手向她。她站住了。他的求恳的声音使她犹豫了。

"不，"她终于说了出来，"我觉得在我的心里有什么东西碎了……我来这里，我好像疯狂了的一样和你说话；我必得定神想一下。这是不可能的，你自己说过，这一定不可能的。天哪，我出来到此地的时候，我心中暗暗已和我的家庭告别，和我的过去告别——什么？我在此地遇见了什么人？——一位懦夫。……你怎样知道我不能忍受和我的家庭脱离呢？'你的母亲将不答应……这是可怕的！'这就是我从你的口里所听到的一切，是你，你，罗亭？——不！再会……呵！假如你爱我，我将会在'此刻'感到，在这一刻……不，不，再会！"

她很快地转身向马夏跑去，马夏已经开始不安起来，很早便在向她做手势了。

"是'你'怕，不是我！"罗亭在娜泰雅背后喊。

她没有理他，穿过田野赶快地跑回家去。她回到自己的卧室，但是一跨进门槛，便气力不加，昏倒在马夏的臂上。

但是罗亭仍旧在堤岸上站了好久。终于他浑身打了一个寒噤，以迟缓的脚步踏上那条小径，静静地沿着它走。他是深深地羞赧了……受伤了。……"何等的女孩子！"他想，"十七岁！……不，我不了解她！……她是一个特异的女孩子。何等强的意志！……她是对的！她配受较之我对她所感到的另一种爱。我对她感到？……"他自己问自己。"我已经感到不爱她，这是可能的么？那么事情就这样结束了！在她的旁边我是一个多么可怜的流氓！"

一辆竞赛马车的轻微的辚辚的声音使罗亭抬起头来。列兹尧夫赶着他的永不更换的竞赛小马迎面而来。罗亭没有开口，向他点一点头，好像突如来了一个想念，他折向路的一边，急急地向达尔雅·密哈伊洛夫娜的家的方向走去。

列兹尧夫让他过去，望着他的背影，想了一想，拨转马头，赶回服玲萨夫的家。他昨晚就在那里过夜的。他见他还睡着，吩咐不要把他惊醒，自己坐在走廊上等茶喝，吸着烟斗。

十

服玲萨夫十点钟起身。听到列兹尧夫坐在走廊上,他很惊讶,叫人把他请进房里来。

"碰到什么事情?"他问。"我想你是赶着车子回家去了。"

"是的,我这样想,但是我遇见罗亭……他带着失神的脸色在田野中徜来徜去,所以我立刻折回来了。"

"因为你碰到罗亭所以便回来么?"

"这就是说——说真话,我自己也不知道为什么跑回来,我想是因为惦记起你;我要和你在一起,在我需要回家之前我还有很多的时间。"

服玲萨夫酸苦地一笑。

"是哟,人们不能想起罗亭而不想到我……仆欧!"他粗鲁地喊,"拿茶来。"

两位朋友开始喝茶。列兹尧夫讲到农业上的事情——用纸料来盖造谷仓的新方法……

突然服玲萨夫从椅子上跳起来,用力打着桌子,打得杯子碟子都玲琅响起来。

"不!"他喊到,"我不能再容忍了!我要把这位聪明人喊出来,让他拿枪来打我——至少我要试试送一颗子弹到他的有学问的脑子里去!"

"你说些什么?"列兹尧夫咕哝道,"你怎样能够喊得这样?我烟斗掉了……什么事啦!"

"事情是这样,我听到他的名字便要冒火;这使我的血液都沸腾了!"

"住口,亲爱的朋友,住口,你不羞么?"列兹尧夫接着说,从地上拾起烟斗。"由他!让他去罢!"

"他侮辱了我,"服玲萨夫在室内走来走去,继续道,"是的,他侮辱了我。你也得承认。起先我没有觉察到,他是出其不意地来,谁能够料得到这层呢?但是我要给他看看他不能把我当做傻子……我要枪杀他,这该死的哲学家,好像枪杀一只鹧鸪。"

"这样有什么上算,真的!我现在姑且撇开你的姊姊不谈……我看你是兴奋了……你想你的姊姊怎样办呢!至于和另一个人的关系——什么!你以为你把哲学家杀死了,你就能把你的机会改善一些?"

服玲萨夫把身子倒在椅子上。

"那么我须得到什么地方跑一跑!在此地我的心简直被苦痛压毁了;只是我找不到地方去。"

"跑开去……这是另一回事!我倒赞成。你知道我还有什么提议么?让我们一同去——到高加索,或者简直就到小俄罗斯去吃团子。这是顶好的想头,亲爱的朋友!"

"是的,但是谁留在这里陪我的姊姊呢?"

"为什么亚历克山得拉·巴夫洛夫娜不可以和我们一同去?天哪!这将是愉快的。至于照料她——是的,我来担任!一定不会缺少什么;假如她高兴的话,我每天晚上可以在她的窗下预备一支夜歌;我用香水洒在马车夫的背上,用花撒满道路。而你我都成了单纯的新的人,亲爱的孩子;我们将娱乐自己,我们回来的时候,体胖心怡,抵御得住爱情的冷箭了!"

"你惯会说笑,密夏!"

"我并不说笑。这是你的绝妙的想头。"

"不,废话!"服玲萨夫又喊起来。"我要和他决斗,我要和他决斗!……"

"又来了!多么地发怒啊!"

一个仆人进来,手里拿着一封信。

"谁寄来的?"列兹尧夫问。

"罗亭,德密特里·尼哥拉伊奇,拉苏斯基的仆人送来的。"

"罗亭?"服玲萨夫重说一句,"给谁?"

"给你。"

"给我!……拿来。"

服玲萨夫拿了这封信,很快地扯开,开始读。列兹尧夫很注意地望着他;一种奇异的,几乎是快乐的惊讶浮上服玲萨夫的脸;他双手一放,垂在身旁。

"什么?"列兹尧夫问。

"读它。"服玲萨夫低声地说,把信递给他。

列兹尧夫开始读。这就是罗亭所写的。

先生——

　　今天我要离开达尔雅·密哈伊洛夫娜的家,永远离开。这当然会使你惊奇,尤其是在昨天经过的事情之后。我不能向你解释为什么我必得要这样做的正确的原因;但是在我想来是有几分理由应该让你知道我的离开。你不欢喜我,甚至于把我当做坏人,我并不想替自己分辨;时间会替我分辨的。在我的意见,要向一个怀有成见的人证明他的成见的不公允,在一个男子是不屑为而且是无益的。想要了解我的人不会责备我,不想了

罗 亭

解我或不能了解我的,他的咒诅不会使我痛苦。我看错了你了。在我的眼里你依然是和从前一样的一位高贵的可敬的人,但是我以为你也许会比你长育其间的环境高出一头。我错了。这算什么?在我的经验中,这不是初次也不是最后一次。我再向你说一遍,我去了。我祝你快乐。请承认这祷祝是完全没有自私的,我希望现在你将能快乐。也许时间过后,你会把你对我的观念转变。我们是否再得遇见,我不知道,但是不管怎样我仍是你的忠实的幸福祝愿者。

罗亭

又及,我欠你的两百卢布,等我到了T省田庄的时候直接寄来还你。还有我请求你不要对达尔雅·密哈伊洛夫娜说起这封信。

又又及,还有一个最后的,但是重要的要求;既然我就要离开,我希望你在娜泰雅·亚历舍耶夫娜的前面不要提起我来拜访过你的一回事。

"好啦!你怎么说?"列兹尧夫读完信之后,服玲萨夫跟着便问。

"叫人怎么说?"列兹尧夫回答,"像回教徒一样喊'阿拉!阿拉!'① 张口结舌地惊奇地坐着,这便是所能做的一切……好,走得真好!但是,奇怪;你看,他想这是他的'义务'要写这封信来给你,他来看你也是为了'义务'的观念……这些先生们每步都不忘'义务',他们总是负着什么'义务'!……或者负着债务!"列兹尧夫说,带着微笑指着信后的附言。

---

① 阿拉(Allah),回教的"神"。——译者。

"他的词句多么婉转！"服玲萨夫喊道，"他把我看错了。他希望我能够比我的环境高出一头。何等的谵语！天哪！这比诗还要坏！"

列兹尧夫没有回答，但是他的眼睛在眯笑着。服玲萨夫站起来。

"我要到达尔雅·密哈伊洛夫娜的家去，"他声明道，"我要去找出这是什么意思。"

"等一等，亲爱的孩子，给他时间起身。又跑去和他冲突起来有什么好处，他去隐起来了，好像是。你还要怎样？还是进去躺一躺，稍为睡一睡的好；昨晚你辗转了一整夜，我想。但以后百事都一帆风顺了。"

"你从何得到这结论？"

"哦，我这样想。去睡一睡，我去看你的姊姊，我陪她。"

"我一点也不想睡。要我到床上去是什么目的？我宁愿出外到田野里去。"服玲萨夫说，披上他的外衣。

"好，这也是很好的一回事。去罢，看一看田野！……"

列兹尧夫自己跑到亚历克山得拉·巴夫洛夫娜的房里去。他在客室里遇见她。她欢天喜地地欢迎他。他来的时候她总是高兴的，但是她的脸色有点忧愁。她为了昨天罗亭的拜访感到不安。

"你看到我的兄弟么？"她问列兹尧夫，"今天他怎样？"

"很好，他到田野里去了。"

亚历克山得拉·巴夫洛夫娜一会子没有说话。

"请你告诉我，"她开始说，恳切地凝望着衣袋里手帕的角，"你知不知道为什么……"

"为什么罗亭到此地来？"列兹尧夫接上去，"我知道，他是来道别的。"

亚历克山得拉·巴夫洛夫娜抬起她的头。

罗亭

"什么？来道别！"

"是的。你听到么？他要离开达尔雅·密哈伊洛夫娜的家了。"

"他要离开？"

"永远离开，至少他这样说。"

"但是，请你说，这终究？怎样解释……"

"哦，这是另一回事！要解释是不可能的，但事情是这样。他们中间一定有什么事故发生了。他把弓弦拉得太紧，断了。"

"密哈伊罗·密哈伊里奇！"亚历克山得拉·巴夫洛夫娜说，"我不懂；你在和我开玩笑，我想。"

"不，真的！我告诉你他走了，甚至写信让他的朋友们知道。我敢说这是好的，从某一个观点看来；但是他的离开把我刚和你的兄弟谈起的一个惊人的计划阻住不能实现了。"

"你说的是什么意思？什么计划？"

"什么，我建议给你的兄弟说我们旅行去，散散他的心，你也要一道去。特别来照顾你的是我自己负……！"

"这是一等！"亚历克山得拉·巴夫洛夫娜喊道。"我可以猜想到你怎样来照顾我。好啦，你会让我饿死的。"

"你这样说，亚历克山得拉·巴夫洛夫娜，因为你不知道我。你想我是一个完全的笨伯，一块木头么？但是你知不知道我也会像糖一般地溶化了，跪在膝盖上过一整天呢？"

"我倒欢喜看看这样，我真想说！"

列兹尧夫突然站起来，"好，嫁给我，亚历克山得拉·巴夫洛夫娜，你便可以看到了。"

亚历克山得拉·巴夫洛夫娜脸红到耳朵根。

"你说什么？密哈伊罗·密哈伊里奇？"她在昏乱中喃喃地说。

罗 亭

"我说这很久我就想说的，"列兹尧夫回答，"在我的舌尖上说了一千遍了。终于给我说了出来，假如你想来这样顶好，你便这样做。但是现在我要跑开去，这样省得你为难。假使你愿意做我的妻子……我要跑开去了……假使你并不欢喜这个意见，你只要叫人来喊我进来；我会懂得的……"

亚历克山得拉·巴夫洛夫娜想把列兹尧夫留住，但是他很快地跑开去了，跑到园子里去，帽子都没戴，他斜靠在一扇小门上，眼睛向四周望着。

"密哈伊罗·密哈伊里奇！"他后面的女佣人的声音，"请你到我的太太这里来。她叫我来喊你。"

密哈伊罗·密哈伊里奇回过头来，出其不意地双手捧住女孩子的脸，吻一下她的前额，于是跑到亚历克山得拉·巴夫洛夫娜那里去。

十一

　　罗亭回家来——在碰见列兹尧夫之后——把自己关在房里，写了两封信；一封给服玲萨夫（读者已经知道的），另一封给娜泰雅，他在第二封信上费了不少时间，涂了很多，窜改了很多，然后仔仔细细地抄在一张精美的信筏纸上，褶得很小很小，把它放在衣袋里。脸上带着苦痛的样子，他在房间里来来往往地走了好几趟，坐在窗前的一张椅子上，用手臂支着身子；一滴眼泪从他的眼眶里慢慢地淌出来。突然他站起来，把衣钮扣好，喊仆人上来，叫他去问一问达尔雅·密哈伊洛夫娜，他能不能去看她。

　　仆人很快地回来，回答说达尔雅·密哈伊洛夫娜很高兴见他。罗亭便到她那里去。

　　她在闺房里接见他，正是两个月以前，第一次接见他的地方。但是现在她不是一个人；柏达列夫斯基坐在她的旁边，永远是谦逊的，潇洒的，整洁的，态度娴雅的。

　　达尔雅·密哈伊洛夫娜和蔼地接见罗亭，罗亭也很谦和地向她行礼；但是一瞥眼看到他们两个人的笑脸，就是缺少经验的人也会懂得在他们中间是有什么不快的事情发生过的，即使没有表示出来。罗亭知道达尔雅·密哈伊洛夫娜在恼他。达尔雅·密哈伊洛夫娜也猜疑他现在对一切曾经发生过的事情都知道了罢。

　　柏达列夫斯基的告密使她大大不安。这一点触犯了她的浮俗的骄傲。罗亭，一个没有爵位的穷汉子，直到现在也没有什么名望，竟敢妄想和她的女儿——达尔雅·密哈伊洛夫娜的女儿——作秘密的约会。

"作算他是聪明人，是一个才子！"她说，"这算得什么？要是这样，那么不论什么人都可以做我的女婿了。"

"很久的工夫我不相信我自己的眼睛，"柏达列夫斯基说，"我很奇怪他不明白他自己的地位！"

达尔雅·密哈伊洛夫娜很激动，娜泰雅因此受罪着。

她请罗亭坐下。他坐下来，但是不像往日的几乎是屋子里的主人的罗亭，甚至于也不像一个老朋友，而是一位客人，一位不很亲密的客人。这些都在一霎时间发生的……水是突然变成固体的冰了。

"我来，达尔雅·密哈伊洛夫娜，"罗亭开始说，"是为了谢谢你款待的盛意。今天我接到从我的小小的田庄发来的一点消息，是绝对地需要我在今天即刻动身。"

达尔雅·密哈伊洛夫娜注意地望着罗亭。

"他先摸到我的心思了；这一定是因为他起了什么疑心，"她想。"他避免了一个不快的解释。最好也没有。呵！永远是聪明人！"

"真的？"她高声地回答。"啊！多使人失望！好，我想这也无法。我希望今冬在莫斯科能看到你。我们不久便要离开此地。"

"我不知道，达尔雅·密哈伊洛夫娜，我能不能到莫斯科，但是，假如我做得到，我将视做是一种应尽的义务来拜见你。"

"啊哈，我的好先生！"柏达列夫斯基在想，"不久之前你在此间的行为举止像煞一个主人，现在你是在怎样说啊！"

"那么我猜想也许你从你庄子得到了一个不满意的消息？"他说，带着习惯的轻易。

罗 亭

"是的。"罗亭干涩地回答。

"田稼收成不好么,我猜?"

"不是,别的事。相信我,达尔雅·密哈伊洛夫娜,"罗亭继续说,"我将永不忘记在你的家里所过的日子。"

"我,德密特里·尼哥拉伊奇,也将时常快乐地回忆起我们的友谊。你什么时候动身呢?"

"今天,晚餐后。"

"这样忽促!……好,我祝你一路平安。但是,假使你的事务不勾住你,也许你可以在此地再见我们。"

"我将难得有时间。"罗亭回答,站起来。"原谅我,"他又说一句,"我不能立刻偿还你的借款,但是我一到家——"

"废话,德密特里·尼哥拉伊奇!"达尔雅·密哈伊洛夫娜直截打断他的话。"我很奇怪你说这话不害羞!……现在几点钟了?"她问。

柏达列夫斯基从背心袋子里掏出一只瓷面的金表,把玫瑰色的下巴在他的坚挺的雪白的硬领上弯下来,仔细地看了一下。

"两点三十三分。"他报告。

"是梳妆的时候了,"达尔雅·密哈伊洛夫娜说,"目下,暂时再见,德密特里·尼哥拉伊奇!"

罗亭站起来。他和达尔雅·密哈伊洛夫娜谈话的全部都有一种特殊的性质。一般无二的好像戏子在复习他们的剧词,又好像外交官在交换他们的择字谨严的句子。

罗亭跑开了。他现在由经验知道交际场中的男子们和女子们就是和对于他们再也没有什么用处了的人也不曾破脸,只是让他掉了下去,好像跳舞会后的手套,好像包糖果的纸片,好像不中彩的奖券。

他很快地把行李收拾起来,不耐烦地等着动身的时刻。听到

罗 亭

他打主意要离开,一家人个个都惊讶了;连仆人们也以迷惑的神气望着他。巴西斯它夫隐不住他的悲伤了。娜泰雅明显地在避开罗亭。她试想不去碰见他的眼睛。可是他终于把信送到她的手里。晚餐后达尔雅·密哈伊洛夫娜重申一遍说她希望在她们未去莫斯科之前能够再看到他,罗亭没有回答。柏达列夫斯基对他比任何人都谈得多。有好几次罗亭真想要扑上去,在他的玫瑰色的得意洋洋的脸上掴一下耳光。彭果小姐时常用一种她眼睛里的特别的偷偷的表情瞥着他,在一只老猎狗的脸上有时可以看到这同样的表情。

"啊哈!"她好像对她自己在说,"你被捉住了!"

终于六点钟响了,罗亭的车子到了门口。他开始和大家匆匆地告别。他心里觉得一种透心的嫌恶。他不曾料到会这样地离开这屋子,好像他们把他赶出去似的。"是何等样的走法!这样匆忙的目的是什么?可是,还是这样比较好。"当他带着勉强的笑向着各方打躬的时候他这样想着。最后一次他望见娜泰雅,他的心悸动了;她的眼睛落在他的身上,以一种悲哀的、责备的告别。

他急速地走下石阶,跳进车子里,巴西斯它夫要求陪他到第二个车站,他坐在他的身边。

"你记得么,"马车从庭院中出到杉木夹道的大路上的时候,罗亭开始说,"你记得唐吉诃德离开公爵夫人的宫殿的时候对他的仆人怎样说?'自由,'他说'我的朋友桑佐,自由是人的最宝贵的财产,能不仰赖别人而有上帝赐他一片面包的人是幸福了!'唐吉诃德在那时所感到的,现在我也感到了……愿上帝赐恩,我的亲爱的巴西斯它夫,你也有一天会体验到这感觉!"

巴西斯它夫紧压着罗亭的手,这位诚实的孩子的心是因了感情强烈地跳动着。他们一路谈着到了车站,罗亭说起人的尊严,

罗 亭

真实的独立自由的意识。他说得高尚地、热情地、公正地，在分手的当儿，巴西斯它夫禁不住扑倒在他身上，挽住他的头颈呜咽起来。罗亭自己也落泪了，但是他并不是因为要离开巴西斯它夫而落泪。他的眼泪是为了受伤的自尊心而流的。

娜泰雅跑回她自己的房间，读着罗亭的信。

"亲爱的娜泰雅·亚历舍耶夫娜，"他写，

我决定离开了。更没有别的路可走。我决定在未曾明明白白被逐之前离开，我离开后，所有的困难将会终结，也不会有人来惋惜我。我还期待些什么呢？……老是这样，但是为什么我要写信给你？

我也许就此永远离开你，在你的心上留下一个较我所应受的更恶劣的记忆，这于我是太痛苦了。这就是我为什么要写给你的原因。我并不想替自己辩解，也不想除了自己之外埋怨任何别人；我只想，在可能范围内，解释我自己……前几天的事情是这样地出乎意料，这样地突然……

我们今天的谈话对我是一课不忘的教训。是的，你是对的；我并没有了解你，而自作是了解你！在我的一生中我曾经遇见各色各样的人。我认识许多妇人，许多年青的女孩子，但是在你的身上，我初次遇见一个绝对真实的、正直的灵魂。这是我不常见的事，所以我不知道怎样合度地来尊重你。第一天和你相识，我觉得被你吸引住了；你也会觉察到的。我和你一起过了一个钟头又是一个钟头，而不了解你；甚至于不想来了解你——而我竟以为我爱你！为了这罪尊，我现在是受罚了。

曾有一次我爱上了一个女子，她也爱我。我对她的感情是错综复杂的,和她对我的一样;但是,因为她自己也不单纯,这于她倒好些。在那时候,"真实"不曾显示给我,现在"真实"呈献在我的面前,我不能认识它了。……终于我认识了,已是太迟。……已往的事是不能召回的。……我们的生命也许能够融合在一起,而现在将永不能融合了。我怎样向你证明说我也许是用真的爱——衷心的爱而不是一时的欢喜——来爱你的呢?当我自己还不知道我能不能有这一种爱的时候?

自然禀赋给我的很多。我知道,我不欲以虚伪的谦逊,来向你隐瞒,尤其在我是这样难堪这样屈辱的时候。……是的,自然禀赋给我的很多,但是我将碌碌而死,没有做一桩我的能力值得做的事,在身后不留一丝痕迹。我的所有的富藏将落空地耗散,我看不到我所播的种子的果实。我是缺少了什么。我自己不能确实地说我是缺少了什么。……当然的,我是缺少了什么,没有这便不能打动男子的心,或者整个地赢得女子的爱;率领人们的思想是浮移难定的,犹如率领地上的皇国也落不得好处。奇异的,几近乎滑稽的是我的命运;我想献出我自己——切望地,整个地,为了某种事业——而我不能献出我自己。我将为了什么连我自己都不大相信的傻事或别的把自己牺牲作为了结……可怜!到了三十五岁还要做某种的准备!……

我以前从来不曾对什么人这样赤裸裸地披露过自己——这是我的招供。

但是把我说得够了。我将要说起你,贡献你一些意见;我对你是再也不能效劳了。……你是年青;但是尽你的一生,要顺随你的感情的冲动,不要受你的理智或别人的理智的钳驭。相信我，生活过得愈简单，范围愈狭，愈好；不要到新的方面去找伟大的事业，而生命各个阶段都要在一定的时间内臻于完整。'在青年时年青的人有福了。'但是我看到这个劝告应用到我自己的身上比你倒更恰当些。

我承认，娜泰雅·亚历舍耶夫娜，我是很不幸。对于我在达尔雅·密哈伊洛夫娜心中所引起的感情的本质，我从来不信我的观察会有错误；我是希望着我至少找到一个暂时的家。……现在我又要听凭崎岖的世界的机遇的簸弄了。代替了你的谈话，你的亲身，你的注意而睿智的脸的将是什么？……我自己才该责备；但是请承认命运好像都是取给于我而来计划就这恶作剧的。一星期之前连我自己也一点也没有疑心到我在爱你。前天，在园里的夜晚，我第一次从你的唇上……但是为什么要使你记起你那时所说的话？既然我今天要走了。我含辱地走开，在和你作了一番残酷的解释之后，并没有携着希望……你不知道我负疚是如何的深，为了你。……我是这样糊涂而缺少涵养，有对人动辄吐露腹心的不良的习惯。但是为何要说这话？我既然要永远地和你离开！

写到这里，罗亭把他去会见服玲萨夫的事陈述给娜泰雅，但是一转念他把这段都擦去了，在给服玲萨夫的信上添了第二个附注。

世上只有我留着要献身于比我更有价值的别人的利益，像你今天早晨以尖刻的讥讽向我说的。可怜！……

假使我真的得能为这些利益献身,假使我终于能克服我的惰性。但是不!我将到底仍然是一个充满缺陷的和从前一样的人……第一个阻碍……我便完全失败了;我和你的经过便把我表示出来。假如我是为了将来的事业和我的使命牺牲爱情,那也聊可自慰;而我却只是为了落在我身上的责任,畏难胆怯,所以我是真的配不上你的。我不配受你为了我和你的环境脱离……这一切,真的也许是最好的。从这经验,我也许会变成更坚强些更纯洁些。

愿一切幸福归你。再会!偶时想到我罢。我希望你仍能够听到我的消息。

罗亭。

娜泰雅让这信掉在膝上,很久地坐着不动,眼睛望着地面。这封信比什么话都清楚,证明她的话是对的。当今天早晨和罗亭分别的时候,她不由自主地喊出来说"他是不爱她的",但这并不会使她宽慰些。她完全不动地坐着;好像没有一线光明的黑暗的波涛笼罩了她的头顶,而她冰冷而噤哑地沉到深底里去了。初度的幻象消失对于任何人都是痛苦的;但是对于一个诚实的心,极端厌恶自欺的,不解轻佻和夸大的心,这几乎是难堪了。娜泰雅记起她的儿时,怎样地,当她在傍晚散步的时候,她总是朝落日的方向走去,那边的天空有着光明;而不向另一半黑暗的天空,现在,生命是站在黑暗的面前,她把背朝向着光明了,永远地……

眼泪涌自娜泰雅的眼睛。眼泪不是时常携来安慰的。当,眼泪,在胸口中抽汲了许久之后,终于得流了出来,开始是急骤地,于是比较容易地,更柔和地,这种眼泪是能慰安的,有益的,哀愁的喑哑的痛楚因眼泪得减轻了……但是有一种冷的眼泪,很吝惜地流出来的眼泪,被推移不动的累坠的苦痛的重量从心头绞出来的一滴一滴的眼泪,它们不会安慰,不会消愁。可怜人便流这种眼泪,没有流过这种眼泪的人们还不能算是不幸的。娜泰雅今天懂得了。

两个钟头过去。娜泰雅重新打起精神,站起来,拭干眼泪,点起一枝蜡烛,把罗亭的信放在火中烧了,将纸灰抛出窗外。于是她随手翻开普希金的诗,读着最初入眼来的几行(她时常这样来占卜休咎的)。这就是她所看到的:

> 当他认识了他的痛苦,
> 旧日缠人的鬼灵便将不再临,
> 于他将不再有幻影,仅有悔恨
> 与记忆的蛇噬着他的心。

她停止了,带着冷峻的笑,在镜子里望一望自己,微微点一点头,跑到客室里去。

达尔雅·密哈伊洛夫娜看到她,叫她到闺房里去,将她坐在身边,爱抚地摸着她的颊。同时她注意地,几乎是带着奇异地,望着她的眼睛。达尔雅·密哈伊洛夫娜暗暗地困恼了,第一次她觉到她真的不了解她的女儿。当她从柏达列夫斯基口里听到她和罗亭约会的时候,以她的贤慧的女儿竟会取决这种步骤,她倒不见得怎样不高兴而比较惊异。但是当她将她喊来,开始责骂她——并不像我们所期想的一个欧洲有声望的贵妇人的说法,而是一种高声的俚俗的辱骂——的时候,娜泰雅坚决的回答,和她的眼光中以及动作中的决心,使她惘然不知所措而甚至于感到胁迫了。

罗亭的突然的完全不加解释的离开使她的心卸去重负，但是她希望会有眼泪，精神失常……娜泰雅表面的镇静又使她算料不着了。

"好，孩子，"达尔雅·密哈伊洛夫娜说，"今天你好么？"娜泰雅望着她的母亲。"他去了，你看……你的英雄。你知道他为什么这样快地决定离开么？"

"妈妈！"娜泰雅低声地说，"我说，假使你不提起他，你将永远不会从我口里听到他的名字。"

"那么你承认你是怎样错误地怪我么？"

娜泰雅低了眼睛复述一句：

"你将永远不会从我口里听到他的名字。"

"好，好，"达尔雅·密哈伊洛夫娜微笑地回答。"我相信你。但是前天，你记得，怎样地——啊，我们别提罢。一切过去了，埋葬了，遗忘了罢。对么？现在我又认识你了；但是在那时候我完全迷惑不解；好，吻我，像一个乖女儿！"

娜泰雅把达尔雅·密哈伊洛夫娜的手拿到唇边，达尔雅·密哈伊洛夫娜吻着她的低垂的前额。

"要常常听我的话。不要忘记你是姓拉苏斯基，是我的女儿，"她又说，"你将快乐。现在你去好了。"

娜泰雅默默地跑开。达尔雅·密哈伊洛夫娜望着她的背影，想："她像我——她也会被感情带走的；mais elle aura moins d'abandon（但是她比较不放纵）。"于是达尔雅·密哈伊洛夫娜想起了她的过去……远久的过去。

于是她请了彭果小姐来，和她密谈了好久。当她辞去之后，又叫了柏达列夫斯基来。她想用各种方法去找出罗亭离开的真正原因……柏达列夫斯基终于完全地满足了她。这便是他的用处。

第二天服玲萨夫和他的姊姊来吃晚餐。达尔雅·密哈伊洛夫娜对他总是很和蔼的,但是这一次特别恳挚地欢迎他。娜泰雅觉得难堪的悲苦;但是服玲萨夫是这样的敬重她,这样低声下气地向她说话,使她在心中不得不感激他。那一天过得很平静,宁可说是烦厌的,但是在分手的时候大家都觉得他们都回复了旧秩序;这便是说很好,够好了。

是的,大家都回复到旧秩序——大家,除了娜泰雅。等到别人散后撇下她独自个儿的时候,她很困难地把自己拽到床上,疲倦而乏力地,倒下去,脸埋在枕头里。生命好像这样地残酷,这样地可憎,这样地鄙吝,为了她自己,为了她的爱,和她的哀愁,她是这样地可耻,在这个时候她真高兴去死。……以后还有许多的忧郁的日子,无眠的夜,和折磨的感情在伫候着她;但是她是年青——生命在她刚是开始,迟早些,生命的创伤自会平复的。不管是何种打击落在一个人的身上,他一定——恕用一句粗鲁的说法——要咽下去当天的日子或是至少第二天,这就是安慰的第一步。

娜泰雅可怕地苦痛着,她第一次苦痛着……但是第一个的悲哀,一如第一次的爱恋,不会再度来的—这该是,谢谢上帝罢!

十二

　　两年过去,又是五月初旬。亚历克山得拉·巴夫洛夫娜,不再姓黎宾而是姓列兹尧夫了,坐在屋前的走廊上;她和密哈伊罗·密哈伊里奇结婚已经一年有余。她依然是这般的可爱,近来只长得更结实了些。在走廊的前面,有一个梯级通到园子里去的,一个保姆在散步,手里抱着一个两颊玫瑰红的孩子,披着白斗篷,头上戴着白帽。亚历克山得拉·巴夫洛夫娜眼睛不住地望着他。孩子没有哭,只是很庄严地吮着指头,望望四周。他已经表示他是密哈伊罗·密哈伊里奇的肖子了。

　　在走廊上,靠近亚历克山得拉·巴夫洛夫娜,坐着我们的老朋友毕加梭夫。自从我们别开他后,他明显地长得苍老了,身子佝偻而瘦削,说话有点含糊;他的一个门牙掉了;这点含糊更增加了他的语气的粗重……他的怨怼并不曾随年龄减少,但是他的诙谐比较不生动,他时常自己复诵自己的话。密哈伊罗·密哈伊里奇不在家,他们在等他回来喝茶。太阳已经沉下去了。日没的一方,一道金黄色和柠檬色的辉光延展开在地平线上;对面的天空的一角,上边是浅灰色的,下面是紫红色的几条光彩。浮云在头上渐渐消散。一切都预示着好的天气。

　　突然,毕加梭夫喷出笑声来了。

　　"笑什么,阿菲利加·塞美尼奇?"亚历克山得拉·巴夫洛夫娜问。

"哦,昨天我听到一个农夫对他的妻子说——她正在喋喋不休——'不要啼!'我非常欢喜这句话。说完了一句,女人能谈点什么呢?我从来不,你知道,讲眼前的人的。我们的祖先是比我们聪明得多。他们的故事里的美人总是坐在窗前,额角上饰着一颗星星,一句话也不说的。真应该是如此的。想一想!前天,我们的族长夫人——她也许会送一颗弹子到我的脑壳里去的!——对我说她不欢喜我的'倾向!''倾向!'假如有什么仁惠的自然的法令把她的口舌的运用突然褫夺去,这不是更好些么?"

"哦,你老是这样,阿菲利加·塞美尼奇,你老是攻击我们可怜的……你知道这是一种不幸吗?真的,我替你可惜。"

"一种不幸!为什么你这样说?第一点,在我的意见,世上只有三种不幸:冬天住冷寓所,夏天穿紧靴子,和在有不能用扑粉使他安静的小孩子的叫哭声的房间中过夜;第二点,我现在是最平安的人。不消说,我是一个标准人物!你知道我的行为多合理!"

"好行为!真的!只是昨天伊里娜·安它诺夫娜对我诉苦。"

"好!她对你说些什么,假如我可以知道?"

"她告诉我说你一整个早晨都不回答她的问话,只是'什么?''什么?',老是同样的'啼'声!"

毕加梭夫笑了。

"这倒是一个好主意,你容我说,亚历克山得拉·巴夫洛夫娜,嗳?"

"好极啦,真的!真的你能够这样粗暴地对待一个女太太么,阿菲利加·塞美尼奇?"

"什么!你把伊里娜·安它诺夫娜看做一位女太太么?"

"那么你把她看做什么?"

"一枚鼓,我说,一枚普通的拿槌子来敲的鼓。"

"哦,"亚历克山得拉·巴夫洛夫娜很想把话锋转过来,"他们告诉我应该庆贺你的一回事。"

"贺什么?"

"你的诉讼结束了。格林诺夫斯奇牧场是你的。"

"是的,是我的。"毕加梭夫黯然地说。

"好多年来你想得到它,而现在你好像不满意。"

"我向你保证,亚历克山得拉·巴夫洛夫娜,"毕加梭夫慢慢地说,"没有比来得太迟了的幸运更坏更有害的。它不能予以你快乐,而把你的鸣不平的咒天骂地的权利——宝贵的权利——褫夺了。是的,太太,这是残忍而侮辱的恶作剧——迟暮的幸福。"

亚历克山得拉·巴夫洛夫娜只耸一耸肩膀。

"保妈,"她说,"我想这是密夏睡的时候了。把他给我。"

当亚历克山得拉·马夫洛夫娜忙于料理孩子的时候,毕加梭夫跑开去,在走廊的另一只角上喃喃着。

突然间,在不远的沿着园子的大路上,密哈伊罗·密哈伊里奇赶着他的跑车出现了。两只大的守望狗跑在马的前面,一只黄的,一只灰的。这两条都是新近买来的狗。它们不时地互咬着,是分不开的伴侣。一只老猎犬从门里跑出来迎接它们。它把口一张,好像要吠的样子,但结果是打了一个呵欠。翻过头来,亲昵地摇着尾巴。

"看这里,莎夏。"列兹尧夫老远便对他的妻子喊,"看我把谁带来见你了。"

亚历克山得拉·巴夫洛夫娜一时认不出坐在她丈夫背后的人。

"啊!巴西斯它夫先生!"她终于喊出来了。

"是他,"列兹尧夫回答,"他带了这样好的消息来。等一会,你立刻便会知道。"

他把马车赶进院子里。

几分钟之后,他和巴西斯它夫一道跑到走廊上来。

"哈啦!"他喊道,抱住他的妻子,"塞莱夏要结婚了。"

"和谁?"亚历克山得拉·巴夫洛夫娜夫问,很激动地。

"和娜泰雅,当然。我们的朋友从莫斯科带这消息来,这是给你的一封信。"

"你听到么,密夏,"他把儿子抢在手里,继续说,"你的舅舅要结婚了?多该死的冷淡!还眯着眼睛伴作不知呢!"

"他要睡了。"保姆说。

"是的,"巴西斯它夫说,跑到亚历克山提拉·巴夫洛夫娜的前面,"我今天从莫斯科来,替达尔雅·密哈伊洛夫娜料理一点事——审核一下田庄的账项。这是他的信。"

亚历克山得拉·巴夫洛夫娜急急地拆开她兄弟寄来的信。里面只有很少的几行字。在初度的狂喜中他告诉他的姊姊说他对于娜泰雅作了一个要求,得到她和达尔雅·密哈伊洛夫娜的同意;他答应在下一次信里多写给她一些,并向各人遥寄他的拥抱和吻。很明白地,他是在狂喜状态中写这信的。

茶端上来,巴西斯它夫坐下了。问题急雨般落在他身上。每一个人,连毕加梭夫也在内,都高兴地听他带来的消息。

"请告诉我,"在许多问题中列兹尧夫说,"流言说是有一位某某珂尔查瑾先生。这是完全无稽的罢,我想?"

珂尔查瑾是一位美少年,社会的猛狮,非常自负而骄傲的;他的行状非常尊严,好像他不是活着的一个人,但是他的雕像是由群众集资竖立起来的。

"不,不是完全无稽,"巴西斯它夫带笑地回答,"达尔雅·

密哈伊洛夫娜很欢喜他；但是娜泰雅·亚历舍耶夫娜听都不高兴听到他。"

"我知道他。"毕加梭夫插口道，"他是双料的笨伯，有名声的笨伯！假如你愿意这样说！假如人们都像他这样，要想人答应活在这世界上就非需要大批的钱去劝动他不可——我敢担保！"

"很对啦！"巴西斯它夫回答，"但是他在社会上占有重要的地位。"

"好，不管他罢！"亚历克山得拉·巴夫洛夫娜喊道。"不要说起他罢！啊，我多么地替我的兄弟高兴！娜泰雅呢，她是活泼而快乐么？"

"是的。她是娴静的，像往常一样。你知道她——但是她好像满意的。"

黄昏在活泼的友爱的谈话中过去了。他们坐下来吃晚饭。

"哦，"列兹尧夫问巴西斯它夫，替他注了一杯红葡萄酒，"你知道罗亭在什么地方么？"

"现在我不确实知道他。去年冬天他在莫斯科住了一个短时期，于是和同伴到莘比尔斯克去。我和他通了一时期的信；在他最后的信里说他要离开莘比尔斯克了——他没有说到什么地方去——以后我就没有听到他的消息。"

"他是好的！"毕加梭夫插口说。"他是住在什么地方在说教。这位先生到处总会找到两个三个附和的人，张口听着他的话，借钱给他。你将来可以看到他会在什么无人知的辽远的一角，死在一位带假发的老妇女的臂上，而她会相信他是世界上最伟大的天才。"

"你说得他很苛刻。"巴西斯它夫不高兴地轻声地说。

"一点也不苛刻，"毕加梭夫回答，"而是十分公允的。在我的意见，他只不过是一条寄生虫。我忘记了告诉你，"他转朝着

罗 亭

列兹尧夫继续说,"我认识了一位岱尔拉霍夫,罗亭在外国和他一起旅行过的。是的!是的!他告诉我罗亭的事,你们想都想不到——说起来令人绝倒!这是可注意的事实,所有罗亭的朋友和敬慕者迟早都会成了他的敌人。"

"我请求你在这些朋友中间把我除开!"巴西斯它夫热情地插口道。

"哦,你——这是另一回事!我并不说你。"

"但是岱尔霍夫告诉你一些什么?"亚历克山得拉·巴夫洛夫娜问。

"哦,他告诉我很多,我不完全记得。但是其中最有趣的是罗亭的一段轶事。当他不住地发展着(别人只是吃和睡;这些先生们总是在发展的;他们是在发展的余暇中调整他们的吃和睡,对么,巴西斯它夫先生?)"(巴西斯它夫没有回答。)"这样,当他继续地在发展,罗亭得了一个结论,根据着他的哲理,说是他应当恋爱了。他开始寻找一个配得上他的可惊的结论的爱人。幸运笑临着他。他认识了一位很美丽的法国女裁缝。这整个的故事都发生在莱茵河畔的一个德国小城中,请注意。他开始跑去看她,拿各种各样的书给她,和她谈论些自然和黑格尔。你猜这位女裁缝心里怎样想?她把他当做一个天文学家。不管怎样,你知道他的样子生得不坏——一位外国人,一位俄国人,当然——他得到她的喜爱了。终于他请她去赴一个约会,一个饶有诗意的约会,在河上的小船里。法国女人答应了;打扮得漂漂亮亮的,和他一起上船去。他们过了两个钟头。你想他在这全部时间内干点什么?他拍拍女裁缝的头,好像想什么似的望着天,三番两次说他对她觉得父亲般的温爱。法国女人气得发昏地回到家中,后来她自己把这个故事告诉岱尔拉霍夫!他是这样的一个人!"

毕加梭夫高声大笑了。

罗 亭

"你这老恨世者!"亚历克山得拉·巴夫洛夫娜带着烦厌的语调说,"但是我益发愈加相信就是攻击罗亭的人们也找不出他的什么坏处。"

"没有坏处?我敢担保!他的永久的靠别人生活,他的借钱……密哈伊罗·密哈伊里奇,他也向你借过钱罢,无疑地,他不曾么?"

"听着,阿菲利加·塞美尼奇!"列兹尧夫说,脸上摆出严重正经的表情,"听着;你知道,我的妻子也知道,直到最后一次和罗亭见面,我并不觉得对他有什么特别的好感情,甚至时常责备他。不管这一些,(列兹尧夫把各个的杯子都斟满了酒)这就是我现在想要向你们提议的,刚才我们曾经祝了我的兄弟和他的将来的新夫人的健康,现在我提议你们饮一杯来祝罗亭的健康!"

亚历克山得拉·巴夫洛夫娜和毕加梭夫,惊奇地望着列兹尧夫,但是巴西斯它夫笑着,眼睛长得很大,快乐得浑身都震颤起来,红着脸。

"我很知道他,"列兹尧夫继续说,"我洞悉他的缺点。这些缺点因为他本身被人注意的目标不小,所以更显而易见。"

"罗亭有个性,有天才!"巴西斯它夫喊道。

"天才,很对,他是有的!"列兹尧夫回答,"但是至于个性……这正是他的不幸,他没有个性……但问题的要点不在这里。我想说他的好的难得的地方是什么。他有热情;请相信我——我是一个够悒郁冷淡的人——这是我们的时代最可宝贵的性质。我们大家都变成难堪的有理智,冷淡,而懒惰了;我们是睡着的,冷的,谁能够喊醒我们温暖我们的是该感谢的!这是千钧一发的时代。你记得么?莎夏,有一次我和你谈起他,我责备他的冷静?我的话是对的,同时也是错了。冷静是在他的血液里面——这不是他的错处——并不在他的头脑里。他不是一个戏子,如我所称他的,不是欺伪者,也不是一个无赖;是的,他靠别人生活,但不是像骗子,而是像一个孩子……无疑的他将会在什么地方因穷困与贫乏而死去,但是我们能因此向他下井投石么?他自己永远不能确切地干出什么事业,他没有生机蓬勃的力,没有血;但是谁有权利说他是没有用处?说他的话不曾在青年——青年们,大自然没有拒绝(如对罗亭那样)赋予他们以行动的力量,和实现他们的理想的才能——的心中播下良好的种子?真的,我自己,第一个,都从他那里得来的……莎夏知道罗亭在我的幼年时代所给予我的影响。我也曾坚持说,我记得,罗亭的话不能对'人'发生什么影响;但是我是指像我自己那样的'成人',像我这般年纪,已经生活过的和受过生活的驯豢的'成人'。在人的舌辩中有一个错误的音符,在我们听来整个的谐和便毁坏了;但是青年的耳朵,很侥幸的,没有这样的过分精微,没有这样的熟练。假如他觉得他所听见的东西投他的所好,他还管什么声调!声调他们自己会添补进去的!"

"好极!好极!"巴西斯它夫喊道,"这说得公允,至于说到罗亭给别人的影响,我向你们发誓,这个人不但知道怎样来打动你,他还要把你举起来,不让你安静地站着,他一直搅扰到你的灵魂深处而把你燃烧起来!"

"你听见么?"列兹尧夫继续地说,朝着毕加梭夫,"你还要什么更进一步的证明?你攻击哲学;谈谈哲学罢,你也不能找出轻蔑哲学的理由。我自己对它不十分专心研究,我知道得很少;但是我们的主要的不幸并不由于哲学!俄国人从来不会受到哲学的剖微析缕的议论和无意义的空谈的影响的;他们的常识是太丰富了;但是我们不应该让追求智识和真理的挚恳的努力在哲学的名义下受到攻击。罗亭的不幸就是他不了解俄罗斯,这当然的,是一个大大的不幸。俄罗斯可以没有我们中间的任何人,但是我们不能没有俄罗斯！谁想可以没有俄罗斯的人有祸了，谁是真的不要俄罗斯的双倍有祸了！世界大同主义都是谵语，世界大同是乌有——或更坏于乌有；没有民族便没有艺术，没有真理，也没有生命，什么都没有。你不能有一个没有个性表情的理想的脸，只有平凡粗俗的脸才没有个性。但是我再说一遍，这不是罗亭的错误；这是他的命运——个残酷而不幸的命运——对这我们不能责备他。假如我们要追迹为什么罗亭能在我们中间崛起的原由，这是说得太远了。但是他身上的优点，让我们感谢他罢。这样比曲解他总要愉快些，而我们曾经是曲解他的。去责罚他不是我们的事，也不需要；他自己已经远过于他所应受的更残酷地责罚过自己了。愿上帝能借颠沛流离的不幸把他身上的坏处抹消，而只留下优美的！我祝饮罗亭的健康！我祝饮我的最美丽的童年时代的老友，祝饮我们的青年，和那时的希望、努力、信仰、真纯，以及二十岁时我们的心为之鼓动的一切；我们所知道的，我们将要知道的，一生中没有什么比这更可贵……我祝饮这黄金时代——祝饮罗亭的健康！"

大家和列兹尧夫碰杯。巴西斯它夫，在热狂中，几乎把杯子碰碎了，一口饮干。亚历克山得拉·巴夫洛夫娜握住列兹尧夫的手。

"怎么，密哈伊罗·密哈伊里奇，我想不到你是一个演说家，"毕加梭夫说，"和罗亭先生自己没有上下，连我也感动了。"

"我并不是演说家，"列兹尧夫回答，有几分讨厌，"但是要感动你，我想是很难的。但是说罗亭说得够了，让我们谈别的事情罢。什么——他叫什么名字——柏达列夫斯基？他还是住在达尔雅·密哈伊洛夫娜的家里么？"他作结语问，转向着巴西斯它夫。

"哦，是的，他仍在那里。她替他设法了一个很好的位置。"

列兹尧夫笑了。

"这就是不会穷困而死的一个人，可以担保。"

晚餐过了。宾客们散去。当亚历克山得拉·巴夫洛夫娜和她的丈夫独自个在一起的时候，她微笑地望着他的脸。

"今晚你多漂亮，密夏，"她说，抚着他的额，"你说得多流畅多高贵！但是请承认，你把罗亭过奖了一点，正如你往日过分地责备他一样。"

"我不能让他们去攻击一个倒下去了的人。在以前的日子呢，我怕他会转移你的念头。"

"不，"亚历克山得拉·巴夫洛夫娜率直地说，"他在我看来总是学问太高。我怕他，在他的面前从来不知道怎样说。但是今晚毕加梭夫对他的嘲谑不是太恶毒了一点么？"

"毕加梭夫？"列兹尧夫回答。"这就是我为什么要这样热烈地袒护罗亭的理由，因为毕加梭夫在此地。他胆敢叫罗亭寄生虫，真的！什么，我认为他所做的角色——我指毕加梭夫——是更坏一百倍！他有自给的财产，而他鄙夷任何人，再看他怎样对有钱的和有地位的人阿谀逢迎！你知道么，这种人，对任何人都藐视，任何事都辱骂，攻击哲学和女人，你知道不知道他在做事的时候，便会受贿和做出种种的事！吁！他就是这种人！"

"这是可能的么？"亚历克山得拉·巴夫洛夫娜喊道，"我从来不曾想到这层！密夏，"她停了一停又说，"我要问你——"

"什么？"

"你怎样想，我的兄弟和娜泰雅一起会快乐么？"

"我怎能告诉你？……从各方面种种看来，这是很可能的。她会占上风……在我们中间是没有理由掩饰这事实的……她比他能干；但是他是一等的好人，整个灵魂都爱着她。你还要什么呢？你看我和你，彼此相爱而幸福的，不是么？"

罗 亭

亚历克山得拉·巴夫洛夫娜微笑着压紧他的手。

同一天,就是刚才描写的在亚历克山得拉·巴夫洛夫娜家中经过了这许多事的一天,在俄罗斯僻远的一个边区,有一辆破烂的有篷小马车,由三只耕马拖着,在熬灼的炎热底下徐徐地沿大路蠕行。车的前座踞着一个头发斑白的农人,穿着褴褛的外衣,两只脚斜挂在车轴上;他不住地抖动着缰绳——这是一根普通的绳——挥着鞭子。车里面,一位高大的男子坐在行囊的上面,戴一顶便帽,穿一件旧外衣。这就是罗亭。他坐着,低了头,帽舌拉到眼际。车子的震动把他抛到这边又那边;但是他好像一点也没有觉得,恍如睡着了的一样。终于他挺一挺身子。

"我们什么时候才到车站?"他问坐在前面的农人。

"过山便是,小伯伯,"农人说,更强烈地抖动缰绳。"还得走一英里半……不会再多了……呃!留神呵!……我来教训你。"他以尖锐的声音加上一句,打右边的一只马。

"你好像不会赶车子,"罗亭说,"我们一清早便上路了,而我们还没到那里。你唱点什么歌儿罢。"

"你有什么办法,小伯伯?你自己可以看到,马匹是过劳了……又是大热天;而我不会唱。我不是马车夫……喂,你这头小羊子!"农人突然朝着一个迎面走来的穿着棕褐色的外衣和后跟都踏平了的草鞋的人喊道。"让开!"

"好一个赶车的!"那人在他的后面喃喃地说,站着不动。"你这坏蛋的莫斯科佬。"他带着十分轻蔑的声音说,摇摇头,一拐一拐地走开了。

"你跑到哪里去?"农人不时地叱着,拢一拢领队的马。"啊!你这恶鬼!走啊!"

疲乏了的马匹终于也一步一捱地到了车站了。罗亭从马车里爬出来,付了钱(农人没有向他鞠躬道谢,把钱留在手掌中摇了

罗 亭

好久——显然酒钱是太少了),他自己提着行囊走进车站。

一位当时在俄国旅行得很多的我的朋友告诉我说,假使车站墙壁上挂着《高加索的囚人》①的几幅插画或者是俄罗斯将军们的肖像画的,你就不久可以得到马匹;但是假如图画中描写的是著名的赌棍乔治·达·日耳曼的生活的,旅行者便用不着希望很快地离开了;他尽有时间去全部细细鉴赏鹦尾式(àla cookafoo)的头发,白的开襟的背心,以及这位赌棍年青时候穿的非常短而窄小的裤子,和他的在老年的时候,在一间屋顶窄斜的草屋中,挥起椅子打死他的儿子的怒冲冲的面部表情。罗亭走进去的屋子恰正是挂着"人生三十年,又名赌徒生活"的图画的。应了他的喊声,一位管理员出现了,他是刚睡醒起来的(带说一句,曾有人看到不瞌睡的管理员么?),便不待罗亭的动问,用带睡的声音告诉他说没有马匹。

"你怎么可以说是没有马匹呢?"罗亭说,"连我要到什么地方去你都还不知道!我是赶着耕马来的。"

"不论到什么地方我们都没有马匹,"管理人回答,"但是你要到哪里去?"

"到S——"

"我们没有马匹。"管理人重说一句,跑开去了。

罗亭有点着恼地跑到窗边,把帽子抛在桌上。他改变得不很多,但是两年来他苍黄了些:银丝这边一根那边一根地显露在他的发鬓上了;他的眼睛,依然光彩焕发的,好像有一点迷糊了;细纤的皱纹,辛苦和劳思的痕迹,已经刻上了他的嘴唇和前额。他的衣服旧损而破烂,看不到有衬里。他的最佳日子是显明地过去了:正如园丁所说,他要结子了。

---

① 《高加索的囚人》普希金作长诗。——译者。

罗 亭

他开始读着墙壁上的文字——这是疲乏的旅人的通常的消遣;突然门咭咭地响了,管理人跑进来。

"没有马匹到 S——去,很久都不会有,"他说,"但是此地有几位准备到 V——去。"

"到 V——?"罗亭说。"什么,这完全不在我的路线上。我要到彭柴去,V——是坐落在,我想,到泰卜夫去的方向上的。"

"这算什么?你可以从泰卜夫到那里去,再从 V——你并不绕远路。"

罗亭想了一会。

"好,就算,"他终于说出来,"告诉他们把马配起来。对我是一样的,我就到泰卜夫去。"

马匹不久便驾好了。罗亭拿了自己的行囊,爬上车子,坐下去,和先前一样低垂了头。在他低俯着的姿态上有一点什么无可告助的可怜的恭顺的神情……在单调的铃声中三匹马以慢慢的脚步动身跑了。

尾　声

过了几年。

秋凉的一天。一辆旅行马车跑近县厅所在地 C——城的头等旅馆的阶前；一位绅士打着呵欠伸着懒腰从车里跑出来。他年纪并不老，但是身段已经长得往往令人望而生敬的魁岸。他走上扶梯，到了二层楼，在宽阔的走廊的入口站住。看见没有人在，便高声地喊说要一个房间。什么地方门响了，一个高大的侍者从低矮的幕后闪出，侧着身子急步地跑上前来，有光泽的背后，捲起的衣袖，在半暗的走廊中隐现着。旅客走进房间之后，立刻便抛去肩巾和外衣，坐在沙发上，两拳挂在膝头，好像刚睡醒似的先向四周瞥了一眼，然后吩咐把仆人喊上来。旅馆侍者一鞠躬便不见了。这位旅客并非别人，就是列兹尧夫。他从乡间到 C——来，为了征兵的事情。

列兹尧夫的仆人，一个卷头发、两颊绯红的青年，穿一件鼠灰色的外衣，腰上束着蓝带，着一双软毡鞋，跑进房里来。

"好了，孩子，我们到了，"列兹尧夫说，"你还时时刻刻怕车轮子掉下来呢。"

"我们到了，"仆人回答，在外衣的高领子上试想笑一笑，"但是为什么缘故轮子不掉下来——"

"这里没有人么？"走廊上一个人的声音。

列兹尧夫吓了一跳,听着。

"喂?有人么?"又喊了一声。

列兹尧夫站起来,走到门边,很快地打开门。

在他的前面站着一个高大的,佝偻的,头发几乎完全灰白了的男子,穿了一件缀有青铜纽扣的绒外套。

"罗亭。"他用一种惊奇的声音喊。

罗亭转过身来。他认不出列兹尧夫的形貌,因为他是背光站着的,他迷惑地望着他。

"你不认识我么?"列兹尧夫说。

"密哈伊罗·密哈伊里奇!"罗亭喊道,伸出手来,但又不知所措地缩了回去。列兹尧夫赶快地抓住它,握在自己的双手里。

"进来,请进来!"他对罗亭说,把他拖到房里。

"你多么改变了!"静默了一会之后,列兹尧夫说,不由自主地放低了声音。

"是的,他们也这样说。"罗亭回答,眼睛漫视着室内。"岁月催人……你改变得并不多。你的妻子亚历克山得拉——好么?"

"她很好,谢谢你。但是哪一阵风吹得你来的?"

"故事太长了。简截些说,我是偶然来到此间的。我来找一个朋友……但是我很高兴……"

"你到哪里去吃晚饭呢?"

"哦,我不知道。到什么饭店里。我今天一定要离开此地。"

"你一定?"

罗亭含意深长地微微一笑。

"是的,一定。他们把我送回我自己的老家了。"

"和我一起吃晚饭。"

罗亭还是第一次直望着列兹尧夫的脸。

"你请我和你一起吃晚饭么?"他说。

罗 亭

"是的，罗亭，为了往日和旧谊。你高兴么？我想不到碰到你，只有上帝知道我们将来是否再得相见。我不能像这样地离开你。"

"很好，我同意！"

列兹尧夫压紧罗亭的手，喊他的仆人进来，盼咐预备晚餐，告诉他说要一瓶冰冻的香槟。

吃晚餐的时候，列兹尧夫和罗亭，不约而同地，谈着他们的学生时代，回忆起许多事和许多朋友——死了的和活着的。开始罗亭很少兴趣地说着，但是喝了几杯酒之后，他的血液渐渐温热起来了。等到仆人撤去最后的一碟菜时，列兹尧夫站起来，关上门，又回到桌上，面对着罗亭坐下来，安静地把下巴托在两手里。

"现在，那么，"他说，"请把你所经过的一切事情都告诉我，自从我最末一次和你见面之后。"

罗亭望着列兹尧夫。

"天哪，"列兹尧夫想，"他多么改变了，可怜的人！"

罗亭的容貌和我们上一次在车站上遇见他的时候改变得并不多，虽则逐步逼近的老年添印了不少衰痕；他的表情是不同了。他的眼睛的神色也迥异从前；他的全身，一时缓慢一时又猝然而断续的动作，他的颓丧的讷讷的说话的样子，一切都表示着极端的疲乏，一种默受的暗暗的沮丧，和他从前曾有一时故意装着青年们在充满了希望和怀着自信自尊的时候惯装的那种假设的忧郁是不同了。

"把所碰到的事情统统告诉你？"他说，"我不能统统告诉你，这也不值得。我是疲累了，我漂流得很远——肉体和精神一样。我结识了多少的朋友——天哪！多少事多少人令我失去信仰！是的，多多少少！"罗亭复述一句，注意到列兹尧夫带着一种特别的同情在望着他的脸。"有多少次我自己的话对我自己成了可恨！我不是说我自己唇边的话，而是采纳我的主张者的唇边的话！有多少次我从孩子般的使性易怒递变到像一匹抽上鞭子都不会拂一拂尾巴的驽马一样的鲁钝无感觉！……有多少次我是幸福而有希望的，但是无缘无故结了仇敌，屈辱了自己！有多少次我像鹰般地疾扬高飞——而像一个碎了壳的蜗牛似的蠕行回来……什么地方我不曾住过！什么路不曾走过！……而路，往往是脏的。"罗亭添上一句，稍稍回转头。"你知道……"他继续说……

"听着，"列兹尧夫插口道，"我们曾有一时惯常彼此称着'德密特里和密哈伊'的。让我们恢复了旧习惯罢……你愿意？让我们祝饮这已往的日子！"

罗亭一怔，身子挺一挺，在他的眼睛中有一种非言语所能表达的光辉。

"让我们祝饮这往日罢，"他说，"谢谢你，兄弟，让我们祝饮这往日！"

列兹尧夫和罗亭干了杯。

"你知道，密哈伊。"罗亭带着微笑开始说，把名字说得特别重。"在我的肚子里有一条虫在啮着我，磨折着我，永远不让我休息，除非到了生命完时。这虫使我和人们撞击——起先是他们受了我的影响，但到后来……"

罗亭在空中挥他的手。

"自从离开了你，密哈伊，我见得很多，经验得很多……我曾经重新开始生活，创办过二十几桩新的事业——而现在，你看！"

"你没有恒心。"列兹尧夫说，好像对自己说话的一样。

"正如你所说，我没有恒心。我永远不能建设什么，这是很难的，兄弟，要建设什么事业而复得先建筑自己脚下的基础，要

罗 亭

先替自己建筑基础！我的所有的尝试——准确地说，我的所有的失败，我不想多描写了。我只告诉你两三件事——在我的一生中觉得有成功的微笑临着我的或者说我希望成功（成功不成功又是另一回事）的几桩事。"

罗亭把他的灰白的已经稀疏的头发往后一掠，一如往时惯把他的厚密的浓厚的发鬓往后掠的姿势一样。

"好，告诉你，密哈伊。"他开始说。"在莫斯科我碰到一个相当古怪的人。他很有钱，是很大的土地的所有者。他的主要的唯一的爱好便是欢喜科学，一般的科学。我永远也想不通怎样他会发生这种爱好。这种爱好之适合于他，正如马鞍之适合于牛背脊。他困难地把自己维持在这样的智力的水平线上，他几乎没有说话的能力，只是带着表情地滚着眼珠，含意深长地摇一摇头。我从来不曾，兄弟，碰到比他脑筋更笨，天资更钝的……在斯摩伦斯克省，有些地方，除了黄沙和几簇没有动物要啮食的草以外什么都没有。正是像他，在他的手里什么也没有成就；凡事好像都从他的手里滑开了，但是他仍疯狂似的把平易的事情弄成复杂。假如依照他的计划，人们便得倒竖在头顶上吃饭了。他作工，他写，不倦地读书。他以一种固执的不折不挠的精神，一种可怕的忍耐致心于科学；他的虚荣心是大的，他有铁般的意志。他孤独地住着，怪僻得出名。我和他结了朋友……他欢喜我。我得承认，我很快地便把他看透了；但是他的热诚吸引了我。其次，他是拥有如许资源的主人；靠了他，可以做许多有益的事，许多真正有用的事……我就寄住在他的家里，和他一起到乡间去。我的计划，兄弟，规模是很大的；我梦想了许多的改善，许多的革新……"

"正如在拉苏斯基家里一样，你记得么，德密特里？"列兹尧夫回答，带着宽容的笑。

罗 亭

"啊，但是在那时候我心里知道我的话是不能成为事实的；而这一次……一种全然不同的活动的范围展开在我的面前……我搜集了许多农业书籍……说老实话，我一本都没有读完。……好，我开始工作。起先是一点也没有进步，正如我自己所预期的；但是后来渐渐得有点进展了。我的新朋友袖手旁观着，什么也不说；他不干预我，至少也没有到显明的程度。他接受我的意见，将它们实行起来，但是带着固执的悻悻之色，暗中缺少信心；他什么事都照自己的方法去做。他把自己的每一种理想都称赞得不得了。好像一只瓢虫，好容易爬上一片草叶，它坐着，坐着，虽则在剔剔它的鞘翅，预备起飞的样子，而突然间复坠下来。又开始匍匐着了……请不要惊异于这种比喻，当时我老是这样取譬的。这样，我在那儿挣扎了两年。无论我多少努力，工作仍无进步。我开始疲倦了。我的朋友折磨了我；我讥笑他，他好像羽毛的褥子般把我闷死了；他的缺乏信心变成了一种不出声的怨恨；一种敌意起自我们中间两人；我们简直不能说什么话；他静静地但是无间歇地试想表示给我看说他是没有受到我的影响的，我的计划或者是撒在一边，或者是完全改变了。终于，我觉察到，我是在一个显贵的地主的家里扮演一个用智慧的娱乐来讨好他的脚色。无谓地耗费了我的时间和精力，这对我很痛苦，更痛苦的是我觉得我的期望是一次再次地被骗了。我很知道假如我跑开了去我是蒙如何的损失；但是我自己抑制不住自己，有一天，在一场痛苦的可嫌恶的争论里，我自己是在场证人之一，我发现了友人的劣点，我终于和他闹翻了，跑开去，撇下了这新奇的学究，这俄罗斯麦粉掺和着德意志糖浆搓捏就的奇异的混合物。"

"这就是，你抛弃了你每天的面包了，德密特里。"列兹尧夫说，把双手放在罗亭的肩上。

"是的，我又漂流了，两手空空，不名一文，愿意到什么地方便飞向何方。啊！让我们喝一杯罢！"

"祝你健康！"列兹尧夫说，站起来吻着罗亭的前额。"祝你的健康和记念波珂尔斯基，他，也知道怎样安贫的。"

"这是我的第一个故事。"罗亭稍停了一刻说，"要再说下去么？"

"说下去，请你。"

"啊！我不想说话。我说得疲倦了，兄弟……可是，就说一说罢。在到处碰碰之后——说到这里，我本该告诉你，我怎样地成了一位仁慈的显宦的秘书，后来又怎样，但是说来太长……在各处碰碰之后，我终于决定要做一个商人——不要笑，我求你——一个务实的商人。机会来了。我结识了一位——有一个时期他是被人盛道着的——叫做库尔比叶夫的人。"

"哦，我从来不曾听到过他。但是，真的，德密特里，以你的聪明，你怎样不想到营商不是你的项业呢？"

"我知道的，兄弟，这不是我的项业；但是，那么，有什么项业给我呢？只要你见一见库尔比叶夫！请你，不要把他想做是一个头脑空空的侈谈者。他们都说我是会说话的人。在他的身边我便算不得什么了。他是一个非常有智识有学问的人——一个天才，兄弟，一个对于商业和投机事业有创造力的天才，他的脑筋腾涌着最勇敢最出人意料的计划。我遇见了他，我们决定要把我们的能力转移到公众利益的工作上去。"

"什么工作，假如我可以知道？"

罗亭低下眼睛。

"你要笑的，密哈伊。"

"为什么我要笑？不，我不笑。"

"我们决定在K——省开一条供航行用的运河。"罗亭说，带着说不出口似的微笑。

"真的！这位库尔比叶夫是一位资本家，那么？"

"他比我还穷。"罗亭回答,他的灰色的头沉到胸际。

列兹尧夫开始笑了,但又突然停止,握住罗亭的手。

"请原谅!兄弟,请你,"他说,"但是我并没有料到那类事情。这样,我想你们的企业没有比纸上更进展一步罢。"

"并不如此。做了一个开头。我们雇了工人,着手工作了。但是当时就碰到种种的困难。第一点磨坊主人便根本不赞成我们;更困难的,我们不能没有机械使水流改道,而我们没有足够的钱购买机械。六个月来我们住在泥泞的草屋中。库尔比叶夫吃着干面包,我也没有多东西可吃。可是,我们并不埋怨;那里的风景是非常壮丽的。我们努力着,努力着,向商人们呼吁,写信,写传单。在把我的最后一文钱用完了之后告了结束。"

"唔!"列兹尧夫说,"我想把你的最后一文钱花完,德密特里,这不是难事罢?"

"当然不难。"

罗亭望着窗外。

"但是这计划真的是不坏的,也许有绝大的用途。"

"那么库尔比叶夫到哪儿去了呢?"列兹尧夫问。

"哦,现在他在西伯利亚,做了一个淘金者。你可以看到他会替自己造成一个地位;他会发财的。"

"也许是的,但是那么你好像是,是不会替自己造地位发财的罢。"

"对啦!这没有办法!但是我知道我在你的眼睛里永远是一个轻佻的人物。"

"莫说,兄弟;当然有一个时候,当我看到你的弱点的时候;但是现在,请相信我,我学习得了如何来尊重你。你不替你自己造一个地位捞钱。而我爱你,德密特里,就是为了这一点,真的我爱你。"

罗 亭

罗亭淡然地一笑。

"真的?"

"我为了这一点敬你!"列兹尧夫重复说,"你懂得我么?"

两人都沉默了一会。

"好,我要不要往下说第三件事?"罗亭问。

"请说。"

"第三,最后的一件。我刚把这第三件事交代清楚。但是我不累了你么?密哈伊?"

"说下去,说下去。"

"好,"罗亭说,"有一次在闲空的时候——我时常有许多闲空的——我来了一个理想;我有学问的,我的本心是好的。我想就是你也不会否认我的本心是好的罢?"

"我想不会!"

"在别的各方面我多少都失败了……为什么我不做一个讲师,或者简单地说做一个教书匠……不比浪费我的生命好些么?"

罗亭停住了叹一口气。

"与其浪费我的生命,把我所知道的授给人家还不是更好些么;也许他们至少能从我的学问里面汲出一点用处来。我的能力无论如何比普通人高,语言方面我是拿手。所以我决定把我自己献身于新的工作了。找一个位置,可不容易;我不想教授私人;在低级里面我也没有什么可做。终于,给我找到此地一所中学校的一个教员的位置。"

"什么教员?"列兹尧夫问。

"国文教员。我可以告诉你我从来没有像这番一样热心地来开始做工作的。想到会对青年发生一种影响的念头鼓舞了我。为了开头的一篇讲义,我花了三星期的工夫。"

"这篇讲义还在么?德密特里?"列兹尧夫插口问。

罗 亭

"不！遗失在什么地方了。讲得很不坏，是受了欢迎的。现在我还仿佛看到听众们的脸——良善的青年们的脸，带着灵魂纯洁的注意和同情的表情，几乎是怀着几分惊异的。我踏上讲台，狂热地读我的讲义，我原先想是够讲一点多钟的，但是在二十分钟之内读完了。学校的视察员坐在那里———位戴银边眼镜和短假发的枯干的老人——他时常把头朝着我看。当我讲完了的时候，他从座位上跳了起来，对我说，'很好，但是超过他们的理解力，意义不大明了，关于本题说得太少一点。'但是学生们的眼光中表示尊敬地望着我——真的，他们是这样。啊！这就是青年们是如何可贵的地方！我讲了第二次事先写就的演说稿，又来了一个第三次。自此之后我开始作临时的讲演。"

"你得到成功么？"列兹尧夫问。

"我博得极大的成功。我把我灵魂中的所有的一切献给听众。他们中间有两三个真的是难得的孩子；其余的不很了解我。我还得承认就是这几位了解我的人有时也用问题来难倒我，但是我并没有灰心。他们都爱我的，在考试的时候我都给了他们一百分。于是反对我的阴谋来了——不！并不算是阴谋；只是我不守本分罢了。我成了别人的障碍，别人也成了我的障碍。我对中学生所讲演的，就是在大学生中间也不是常有的；他们从我的讲演中得到很少的进益……我自己不大知道这些事实。再者，我不满意于指定给我的限定的范围——你知道这往往是我的弱点。我要求根本的改革，我可以向你起誓这些改革同时是合理的又是易于实行的。我希望靠校长的力量可以实行起来，他是一位正直的良善的人，起先曾受到我的影响的。他的夫人帮助我。我不曾，兄弟，在我的一生中不曾遇见像她那样的妇女。她年纪四十左右；她有信善之心，以十五岁的女孩子的热诚爱着一切佳美的事物，毫不胆怯地在任何人的前面说出她的信仰。我将永远不会忘却她的宽

罗 亭

容大度的热情和温善。接受她的意见，我拟了一个计划……但是就在这时候有人在暗算我了，在她的面前进了谗言。我的主要的敌人是数学教师，一位性情乖戾胆汁质的矮小的人，什么都不相信，像毕加梭夫那样的人物，但是比他能干得多……说到这点，毕加梭夫怎样？他还活着么？"

"哦，活着的；只要想一想，他和一位乡下婆娘结了婚，他们说，她打他。"

"该打！娜泰雅·亚历舍耶夫娜呢——她好么？"

"是的。"

"幸福么？"

"是的。"

罗亭静默了一刻。

"我谈到什么地方！……哦，是的！谈到数学教师。他十分恨我；他把我的讲演比作烟火，抓住我的不大清楚的每一句子，有一次为了一个什么十六世纪的纪念碑把我弄得糊涂了。……但是最重要的事，是他怀疑我的主张；我的最后的肥皂泡好像碰上了尖钉一样地碰上了他，破了。这位视察员，开头就和我不投机的，唆动校长反对我。一场冲突发生了。我并不预备让步；我愤慨起来；这桩事传扬到当局的手里了；我逼得要辞职。我不肯就此甘休，我想要证明他们是不能这样地对待我的。……但是他们正得随他们的高兴对待我。……现在我逼得要离开这城市。"

接着是一阵静默，两位朋友都低了头，坐着。

罗亭先开口。

"是啊兄弟，"他说，"现在我可以说，引用珂尔佐夫①的话，'你把我导入迷途了，我的青春，竟使我无路可走了'……难道

---

① 珂尔佐夫（Koltsov，1808—1843），俄国著名农民诗人。——译者。

罗 亭

我竟是什么事都不适宜，在地上没有我可以做的工作么？我时常把这问题反问自己，但是无论如何我试想把自己看得低微一点，我总觉得我有一种别人所不曾赋有的才能！为什么我的才能不会开花结实？让我再说一遍，密哈伊，当我和你在外国的时候，我是自负的而充满了错误的思想……当然我没有清晰地觉察到我所需要的是什么；我生活在空谈中，相信着空中楼阁。但是现在，我向你起誓，我可以在人前说出我所感到的种种愿望。我绝对没有什么隐瞒的东西；我是绝对的照着字面上不折不扣的释义，是一个有'良好的意志'的人。我是谦虚，我准备适应任何环境；我需要很少；我要做最就近的有益的事，甚至于很少益处的事。但是不！我永远失败。这是什么意思？什么东西阻碍了我不能和别人一样地生活，一样地做工？……现在我只是梦想着。我刚得到什么固定的位置，而命运复会来簸弄我。我开始怕它了——我的命运……为什么这样？请为我解释这谜！"

"谜！"列兹尧夫重复一句道。"是的，真的；你之于我永远是一个谜。就是在你的少年时，当在无关紧要的戏谑之后，你会突然好像被刺透了心一样地吐出惊心夺魄的话，于是你又……你知道我说的意思……就在那时候我已经不了解你。这就是我为什么要离开你。……你有这许多能力，这种不倦地对于理想的追求。"

"空话，一切都是空话！什么都没有做！"罗亭插口道。

"什么没有做！有什么可做？"

"有什么可做！靠一己的工作来养活一个盲目的老妇人和她的一家，正如，你记得的，密哈伊，普里雅岑佐夫这样做了。……这就是做了点什么。"

"是的，但是一句有益的话——也是做了点事。"

罗亭望着列兹尧夫，不说话，没精打采地微微摇头。

列兹尧夫还想说些什么，但是他把手抹过脸孔。

罗 亭

"这样,你所以回到你的乡间去么?"他终于问。

"是的。"

"你还有一点财产留在那儿么?"

"有一点。两个半灵魂。① 这是坐以待死的一只角落了。也许此时你仍在想:'就是到现在他还是少不了漂亮话!''话'真是毁了我;它们把我消损了,而到头来我还撤不了它。这些白发,这些皱纹,这褴褛的衣肘——这可不是只是空话。你对我的批评总是严峻的,密哈伊,你是对的;但是现在不是严峻的时候了,当一切都是完了,当灯里的油干了,而灯的本身也已经破碎,灯芯在那里冒烟熄灭了的时候。死,兄弟啊,终会把我们重归和好……"

列兹尧夫跳起来。

"罗亭,"他喊道,"为什么你对我说这样的话?我怎样受当得起?我是这样的一个批评者,我是这样的一个人么?假如我看到你的低陷的两颊和皱纹,'只是空话'的念头会进入我的脑筋里来么?你要不要知道我对你作如何想,德密特里?好!我想:这里有一个人——以他的能力什么事会达不到,哪一种世上的利益会得不到,只要他愿意!……而我遇见他饥饿而无家……"

"我引起你的怜悯了。"罗亭喃喃地说,声音有点哽塞。

"不,你错了,你引起我的尊敬——这是我所感觉到的。谁能够阻止你在地主的家里一年又是一年地住下去,他,是你的朋友,他,我纯然相信,会替你预备将来,假使你愿意供他说笑的话?为什么你不能谐和地在中学校里生活下去,为什么你——奇异的人!——不论对某桩事业上的任何理想,结果总是无可避免地牺牲了自己私人的利益,而拒绝了在肥美土地上生根,不管它是如何的有利?"

---

① "灵魂"是农奴的代名词,帝俄时代称农奴为灵魂的。——译者。

罗 亭

"我生来就是无根的萍草，"罗亭说，带着忧郁的笑，"自己也停留不住。"

"这是真的；但是你不能停止，不是因为有虫在啮着你，像你最初对我所说的……这不是虫，不是无谓的好动——这是爱真理的烈火在你的心中燃烧着，明显地，纵然你屡次失败；这火在你的心中燃烧着，也许比许多自命为不是自私者竟敢于把你叫做骗子的人们要热烈得多。假如我处在你的地位，很早便会把这条虫安静下来，和一切的事情妥协了；而你简直并不以为苦，德密特里。你是准备就了，我相信，就在今天，会像一个孩子一样地重新开始新的工作。"

"不，兄弟，现在我是疲倦了，"罗亭说，"我受得够了。"

"疲倦了！在别的人便早就会死了。你说死将会把我们重归和好；但是活着，你想，不会和好么？一个活了一生不曾宽恕过别人的人是不配受别人的宽恕的。但是谁能够说他是不需要宽恕呢？你尽了你的所能做了，德密特里……你尽你的所能长时间地奋斗了……还要怎样？我们的路是不同的……"

"你和我全然不同。"罗亭说，吐出一声叹。

"我们的路是不同的，"列兹尧夫继续说，"也许正是因此，多谢我的地位，我的冷血，和诸般幸运的环境，没有什么来阻止我坐在家里，做一个袖手旁观的人；但是你须得要跑到世界上去，卷起袖子，要劳苦，要作工。我们的路是不同的—但是请看我们是如何的接近。我们说的是几乎同样的话。只要半句暗示，我们便互相了解，我们是在同一的理想中长大的。同道的人已是不多，兄弟，我们是摩希庚①最后的孑遗了！在往时，当生命在

---

① 摩希庚（Mohicans），北美洲土著 Algokin 人种之一。美国小说家 James Cooper（1789—1851）著有 The Lvst of Mohicans（1826）一书。故文中引用该语。——译者。

我们的面前留着很多的时候，我们意见尽可不同，甚至于闹架；但是现在，我们这一辈人渐渐减少了，新的一辈越上我们，怀着和我们不同的目的，我们应当彼此偎近！让我们碰杯痛饮罢，德密特里，唱一曲往日的 Gaudeamus isitur!（起来，大家欢乐罢）"

两位朋友碰了杯子，以不合拍的真正的俄罗斯的土风，低声地唱着从前学生时代的歌。

"这样，现在你要回到你的乡间去了。"列兹尧夫又开始说。"我想你不会在那儿久住，我也想不到你在什么地方以及怎样地结束你的一生。……但是请记得，不管你受到如何的遭遇，你总是有一个地方，一个你可以藏身的窝，这就是我的家——你听见么？老伙计？思想，也有它的衰老之年；它们也要一个家。"

罗亭站起来。

"谢谢你，兄弟，"他说，"谢谢！我将不会忘记你的话。只是我不配有一个家。我浪费了我的生命，没有实行我的思想，如我所应该做的。"

"别提！"列兹尧夫说。"各人听天由命罢，不能强求！你曾称你自己是一个'漂泊的犹太人'……但是你怎么知道——也许你这样永久的漂流是对的，也许就是这样你在完成你自己尚不知道的更高的使命呢；俗慧说我们是在上帝的手中，是有几分真理的。你去了，德密特里，"列兹尧夫继续说，看到罗亭在拿他的帽子，"你不在此地过夜么？"

"是的，我去了！再会。谢谢你……我将会有坏的收场。"

"只有上帝知道。……你决意要去的么？"

"是的，我要去了。再会。不要记着我的坏处。"

"好，也不要记着我的坏处——不要忘记我对你所说的话。再会……"

两位朋友互相拥抱。罗亭很快地跑开了。

罗 亭

列兹尧夫在室内来来往往走了好久，站在窗的前面想，喃喃地说。"可怜的人！"于是他坐在桌前，开始写一封给他的妻子的信。

但是外面起风了，带着不吉的预兆在长嚎，盛怒似地摇撼着格格作响的窗叶。长的秋夜开始了。在这种夜里，能有家庭的庇荫，坐在安全的温暖的一只角上的人是有福了……愿上帝帮助所有的无家可归的流落的人！

一八四八年七月二十六日的一个酷热的下午，在巴黎，当赤色共和党（ateliers nationaux）的革命几乎完全敉平了的时候，主战队中的一大队在圣安东尼近郊的一条窄巷里攻取一个防垒。几发的炮弹已经把它击毁；残余的守御者都只顾自己的安全把它抛弃了，突然间在防垒的高顶，一辆翻身的公共马车的箱架上，出现一个穿着一件旧外套的高大的汉子，束着一条红腰带，灰白的蓬乱的头发上戴着一顶草帽。他一手握着红旗，另一只手一把缺锋的弯形大刀，当他扒上来的时候，口里喊着一声尖锐的声音，挥舞着旗帜和大刀。一个维赛尼斯的枪手瞄准他，放了。这个高大汉子掉下了红旗——像一只布袋似的面孔朝地翻下来，好像他仆倒在什么人的脚前致最敬的礼一样。弹子贯了他的心脏。

"Tiens!"（"瞧！"）一位逃走的革命党对另一个人说，"on vient de tuer le polonais！（啊！波兰人打死了。）"

"Bigre!"（"妈的"）另一个人回答，两个人一同跑进屋子的地窖里面，这屋子的窗户都是关着的，墙壁上满是子弹和炸药的斑痕。

这位波兰人便是德密特里·罗亭。

烟

Yan

第一章

　　1862年8月10日下午四点钟,巴登著名的"寒暄厅"前面,群聚着很多人。连日来天气晴和,周围的一切——葱茏的林木、这欢乐的城市的明洁的舍宇和蜿蜒起伏的群山——都在和煦的阳光下,洋溢着喜气;一切好像微笑着,带着悠然自适的迎人欲语的情态;人们的脸上也浮现着同样的描画不出的快乐的笑颜,不论老的、少的、俊的、丑的,都没有两样。就连那些巴黎娟女们的涂满了铅华和脂粉的脸,也没有使这生机勃勃的大千气象减色,她们五颜六色的飘带和羽饰,帽子上和面纱上闪烁着的金黄的钢花般的星点,令人不禁联想起春雨中姹紫嫣红的花朵和翔舞着彩虹般羽翼的群鸟。但是那些从四面八方飘送过来的干涩的、带喉音的法兰西语,可够不上鸟儿的歌声,连比也不能比。

　　一切如往常那样进行着。天幕底下的乐队,最先奏着(《茶花女》①歌剧里的一支杂曲,接着是施特劳斯②的华尔兹,继后是一首俄罗斯歌,歌名《告诉她》),是一位热心的乐队长把它谱入管弦乐中的。赌厅里,围绕着绿色的台面,拥挤着总是同样的

---

① 《茶花女》(迷途者)是意大利三幕歌剧,取材于小仲马之《茶花女》。1853年3月6日在威尼斯凤凰剧院初次上演。——译者注
② 施特劳斯(1825—1899),奥地利作曲家,有"华尔兹之王"之称。作品二百五十余篇,以华尔兹(一种圆舞曲)占多数。——译者注

烟

几张熟悉的面孔,带着同样愚钝的、贪婪的、三分惊呆四分气恼的、完全贪得无厌的表情,他们都赌得入了迷,各人弄成一副尴尬相,就连最贵族气的也免不了。这里坐着我们的老赌客,那位胖胖的服装非常时髦的从坦波夫来的俄罗斯地主,圆睁着眼睛,胸口贴靠在桌边,以莫名其妙的痉挛似的匆促,在收赌注者们高声大喊"什么也不行了"的当儿,也不顾他们的冷笑,用汗湿的手把金路易①一大堆一大堆地押在轮盘的四角上,这一来,纵使他运气顶好,也莫想赢钱了。这样的滥赌可丝毫没有妨碍到他在当天晚上,以无偏颇的激愤,极口奉承科珂公爵的意见。这位科珂公爵是在野党贵族著名领袖之一,有一次,他在巴黎玛蒂尔德公主的客厅里,很自豪地当着皇帝的面说:"夫人,财产私有的原则在俄罗斯是连根动摇了(此句原文为法文)。"靠近"俄罗斯树",我们亲爱的俄罗斯男同胞们和女同胞们都照着往常的习惯聚集在那里。他们傲岸地、轻慢地、风度翩翩地走拢来,大模大样地、温文尔雅地互相招呼,俨然是当代文化最高层的人物。但是当他们碰面了,坐下来了,他们便完全不知所措,彼此找不着话说。他们只得拿一些可怜无聊的胡扯或者是从一位迂腐不堪的法兰西没落文人口里听来的一些极下流、极平淡的笑话来满足自己。这位法兰西佬曾做过新闻记者,是一个多嘴的小丑角,不成样的小脚板套着一双犹太式的靴子,卑贱相的瘦脸上留了一抹可厌的老鼠须。他把《喧嚣》②和《提塔玛》③的老旧文章当中的一些胡诌说给他们——说给这些俄罗斯公爵王孙们听,而他们,

---

　　① 金路易,法国古金币,始铸于1641年路易十三在位时,1795年废止。——译者注

　　② 《喧嚣》是1832年创刊的法国杂志。原为政治评论刊物,后来言论被压制,乃流为漫画讽刺刊物,类皆取笑小市民阶级的。——译者注

　　③ 《提塔玛》是1840年创办于法国巴黎的漫画讽刺周刊。——译者注

烟

这些俄罗斯公爵王孙们,轩然喷出感激的大笑,好像不由得他们不承认异国的诙谐到底是要高明得多,而他们自己是绝对没有本领创造出什么有趣的笑话儿来的。可是这儿的人物几乎都是我们社会的"精华","全是上流人物和时尚之镜"。这一位是 x 伯爵,我们的举世无双的多才多艺者,一个深有音乐天赋的人,他常常煞有介事地坐在钢琴前面,"吟诵"着什么歌曲,但是事实上没有一次不是手指在键盘上瞎摸一通,连两个不同的音符都分辨不清楚,他唱的词儿,有几分像落魄的吉卜赛人,又有几分像巴黎的理发匠。这一位是迷人的 Z 男爵,不论在哪一方面,文学、政治、演说、偷牌,都很拿手。这一位,乃是 Y 亲王,宗教与人民之友,他在酒精专卖的黄金时代,曾用颠茄汁掺"伏特加"①,冒充上等酒出卖,因此趁机发了一笔财。还有这位威声赫赫的O.O.将军,他曾经镇压过什么乱子,又曾平定过什么案件,但是归根结底仍是一无所长的家伙,他自己不知道该如何安置自己。还有一位非常有趣的大胖子 R.R.,他认为自己是一个患了重病的病人和了不起的聪明人,而实际,他健壮得像一头公牛,而笨得像一段木头……这位 R.R. 可说是当时硕果仅存的仍然保留着四十年代——《当代英雄》②的时代和沃罗滕斯卡娅伯爵夫人的时代——纨绔子弟旧风习的唯一人物。他仍旧保持着走路摇摇摆摆的特别步法和装腔作势——这句话简直不能用俄国话表示——以及那种不自然的对动作的讲究,那种打瞌睡似的严肃的表情,那种不苟言笑好像谁冒犯了他似的面色,那种张开大口打哈欠打断别人说话,望望自己的指甲,从鼻孔里哼出冷笑,突然把帽子从脑后扒到眉峰的习惯,如此等等。这儿也有的是政府机关里的官员、外交家,在欧洲负有盛誉的要人,有计谋、有见识的

---

① 伏特加是一种烈性酒。——译者注
② 《当代英雄》是莱蒙托夫的小说。——译者注

烟

人物，他们以为"金玺诏书"① 是教皇的敕命，以为英国的"贫穷税"是课征在贫民身上的。这儿，还有狂热的，但脸皮却太薄了一点，说话假装正经的茶花女②的崇拜者，年纪轻轻的花花公子，头发梳得挺讲究，从前额一直到脑后，两边分开，嘴角拖着两绺很漂亮的胡须，身上穿着真正伦敦出品的衣服。这些豪门子弟们，处处难免叫人想起他们和刚才说过的鼎鼎大名的巴黎没落文人一样粗浅庸俗。但是啊，我们的国产好像不大流行，那位 S 伯爵夫人，著名的"时尚"和"气派"的女裁判员，嘴头刁钻点儿的人给她起了个绰号叫作"胡蜂皇后"或者是"带头巾的美杜莎"③。她当巴黎文士不在之际，宁愿结交些在当时多如过江之鲫的意大利人、摩尔达维亚人、美利坚招魂术士、乖巧伶俐的外国公使馆的书记官和长相女人气的却一脸小心谨慎的德国人，而不喜欢结交本国人。跟随着伯爵夫人的样的，便有一位芭贝特公主，据说，肖邦④枕在她的臂膀上断了气（总计说肖邦在她们的臂上断气的女子，在欧洲不下几千）。还有安妮特公主，倘使她那藏在骨子里的粗鲁的乡下洗衣妇气质，不像烂白菜的气味透过名贵的琥珀香似的经常流露出来，她可算是能颠倒一切男子的。再有帕切特公主，她遭逢着这样的不幸：她的丈夫有一个好差使了，忽然，天知道为什么他殴伤了市长，偷了两万卢布公款，携款潜逃。还有一位善笑的公主琪琪，一位爱哭的公主佐佐。她们

---

① "金玺诏书"是 1356 年查理四世所下之敕命，规定皇帝之选举法。——译者注
② 茶花女是小仲马的小说及剧本《茶花女》中主人公。此处指一般娼妓。——译者注
③ 美杜莎是希腊神话中的蛇发女怪。人看见她，便立即化成石头。——译者注
④ 肖邦（1810—1849），波兰极有天才之钢琴家，名作有《夜曲》等。——译者注

都把本国人撇在一边，对他们不予理睬。让我们也把她们撇在一边吧，撇开这些美丽的太太小姐们，让我们离开俄罗斯树，离开傍它坐着的穿了华贵却毫无风韵的衣服的仕女们。愿上帝去解救她们，引她们脱离这消损她们的无聊的哀愁吧。

第二章

离"俄罗斯树"几步远，在韦伯咖啡馆前面的一张桌子旁边，坐着一个清秀的男子，年龄三十左右，中等身材，躯体单薄，皮肤微黑，有着一副器宇轩昂的面孔。他上身向前屈，双手靠压在手杖上坐着，看他那副宁静自然的神气，好像他从来不曾想到有旁人在注意他、留心他似的。他那大而富有表情的棕黄色的眼睛悠然不迫地凝视着周围，偶尔为了避免阳光的逼射，便眯成一条缝，却忽然又定睛察看在他身边走过的什么奇装怪服的人物，同时一丝孩子般的微笑轻轻掀动他美丽的口髭、嘴唇和翘起的短下巴。他穿着一件宽大的德国裁制的外衣，灰色的软呢帽把他高广的额角遮住了半截。第一眼看来，他给人的印象便是一个正直诚实、聪明练达、颇有自信的青年，正如世界上许多青年一样。他好像是在久长的工作之后来休息一番，好像要从这展开在他眼前的闹景中寻取一点最纯朴天真的娱乐，因为他的思想在很远很远的地方，而这思想，也在移动着，在和目前完全不同的一个世界里。他是一个俄国人，他的名字叫作格里戈里·米哈伊洛维奇·利特维诺夫。

我们既然迟早要和他相识，那么把他的并不怎样复杂和有趣的过去借一言数语来叙说一下，也是需要的吧。

他是一个勤勉尽职的平民出身的退职官吏的儿子，一般人必料想他在都市中受教育，却并不然，他是在乡村间培植的。他的母亲是个名门贵胄，皇家女塾的学生。她是一个心地良善的热情的女子，可并不是没有性格。虽则比她丈夫年纪小二十岁，她却尽可能地把他改造过来，把他从小官僚的生活轨道中拖出来，叫他过着地主的生活，把他的暴戾固执的性格化得柔和，化得优雅。全靠她，他服装开始穿得整洁了，行动举止也彬彬有礼起来；他开始尊敬读书人，看重学问——虽则，不用说，他手里是从不拿起书本的——他丢弃了骂人恶习，多方努力不贬低自己。他终于也做到了走路也走得步履安详，说话也低声和气，并且只限于谈些高尚的题材，这些是费了他不少气力的。"啊！这浑蛋东西真该揍一顿！"有时他心里这样想，但是口头上他却大声说："是，是，这样……当然……这值得考虑。"利特维诺夫的母亲照着欧洲风习管理家政，她使唤婢仆，不用亲热的"您"，而用复数的"你们"，从来不准任何人在桌上吃得过饱以至于倦怠。至于管理地产的方面呢，那便不是她和她的丈夫力所能及的了，她有一块土地，很久以来便一任荒废。这块土地面积很广，还有各色各样的有用的附属，有森林也有湖沼，湖沼的边沿从前还有一座工厂，是一个热心的可没有经营能力的地主建的，曾经在一个奸刁的商人手里兴旺过一时，而在一个良善的德国经理的监督管理之下完全亏折。利特维诺夫夫人倒很知足，只要不把地产落到别人手里，不欠账，便引为满意了。不幸她缺乏一点儿健康，在她的儿子进莫斯科大学的那一年便因肺痨症死了。因为一场风波（读者以后便会知道），利特维诺夫没有修完大学的课程，便跑回乡下的老家，在那儿，不做事，不交游，没有朋友，闲荡了一些

烟

时候。多谢当地的乡绅,他们并没有懂得西欧的"在外地主经济制"①理论的弊害,仅是为了土生土长的信念——"自己的衬衫贴肉"②,而对利特维诺夫白眼相加,所以他在1855年被征去当兵了,克里米亚之役,他在腐海③边上泥屋中驻留了六个月,没见过"联军"半个影子。害了一场伤寒症,险些儿把性命送掉。这之后,他在贵族议院里服务了一段时间,当然不是没有不愉快的经验的。当他回到乡间小住之后,他爱好起耕种来了。他发现母亲的地产在他老耄病弱的父亲的疏忽无力的管理之下,一年中收获不到十分之一的应有的出产,倘若交给有经验有技术的人手中,是可以把它完全变成一个黄金窟的。但是他也发现,他所缺少的正是经验和技术——于是他跑到外国去学农业和工艺,从初步入门学起。他在梅克伦堡、西里西亚、卡尔斯鲁厄度过了四年多的时日,他游历了比利时和英格兰。他一心一意地用功学习,搜罗各方面的知识,这知识的获得太不容易,但是他始终不懈,克服了困难,而现在,他信任自己,信任他的将来,他相信,他将对乡里邻人有所贡献,也许对整个地方能有所效劳,他预备回家了。因为,他的父亲,为了农奴解放、地产重新分配、农奴赎身,总而言之,为了一切新的制度发愁,被弄得完全莫名其妙,在寄给他的每一封信里都带着绝望的恳请和祈求,要他的儿子赶快回来。但是他为什么滞留在巴登?

---

① 这里指地主终年在外游历,不得不找人代管田地。这种情况弊害很多。第一,土地的租期不长,整理施肥都只顾目前;地主又对土地忽略不加改良,以致土地渐渐瘦瘠,出产减低。第二,经理人只知居间牟利,剥削农民。原来供给地主和佃农两户的粮食,现在却要供给第三户了。——译者注

② 这句话大概是"自己的子女贴心",他们不肯让自己的儿子去当兵,所以便把利特维诺夫弄去入伍了——译者注

③ 腐海(Putrid Sea),即锡瓦什湖,在黑海北部的亚速海西岸,湖底有厚厚的淤泥,经常散发腐败的气味,因此得名"腐臭之海",简称"腐海"。——编者注

他滞留在巴登，因为抚育塔吉亚娜长大的姑妈卡皮托莉娜·马尔科夫娜·舍斯托娃，一位五十五岁未出嫁的老处女，一位心地良善、正直诚实而有点儿孤傲的灵魂，极容易燃起舍己献身的热火的自由主义者，一位意志坚强者——她读过施特劳斯的作品，虽然她把这桩事瞒着自己的侄女——一位民主思想者，贵族政治和上流社会的死对头，可是她，抑不住诱惑，想在比如如巴登这样时髦的地方瞧一瞧贵族的社会……卡皮托莉娜·马尔科夫娜不穿硬裙子，斑白的头发剪成短短的一圈，但是对奢侈和华丽却暗暗地爱好着，拿这些来嘲骂一顿或者表示对它们的轻蔑便是她顶欢喜的消遣。谁能够拒绝这位好老太太，不让她开开心呢？但是利特维诺夫是这样宁静从容，这样地怀着自信凝视着他的周围，因为他的生活是这样清楚地呈现在他的面前，因为他的前程是确定的，因为他以自己的前程为傲，并且以这亲手制造出来的事业而欣然得意。

第三章

"哈！哈！他在这儿！"利特维诺夫突然在耳边听到一阵尖急的声音，一只肥满的手落在他的肩膀上。他抬起头来，发现原来是他寥寥可数的莫斯科旧友中的一个，姓巴姆巴耶夫，一位老好人，一点没有脾气，同时一点也没有用的家伙。他不再是青年了，那软绵绵的鼻子和松弛的颊肉好像放在开水里泡过似的，头发油污蓬乱，身材矮胖。老是没有钱，老是不论在什么事情上面都大惊小怪。罗斯季斯拉夫·巴姆巴耶夫没有目标地、哄哄闹闹地在我们忍辱负重的万物之母的地球表面上，漂泊来去。

"真是他乡遇故知啦！"他又说，瞪着肥得没缝的细眼睛，嘟出两片肥厚的嘴唇，在这上面，几根疏疏落落的染色的胡子生得怪难看的。"啊，巴登，全天下的人都像蟑螂般地奔集到这儿来了！你是怎样来的，格里沙①？"

巴姆巴耶夫不论对什么人都用教名②称呼的。

"我到这里三天了。"

"从哪儿来？"

"你问它干吗？"

---

① 格里沙是格里戈里的昵称。——译者注
② 俄国人的名字可分三部分。第一字是教名，第二字是父称，最后是姓。直称教名是不客气的。——译者注

烟

"说得真好,问它干吗?但是等一等,等一等,格里沙,也许你没有留心到刚才谁来到这里啦!古巴廖夫本人来到这里啦!他亲自到这里来!昨天从海德堡来的。你当然知道他吧。"

"我听到过别人说起他。"

"竟没有一面之缘吗?天!立刻,就在这一分钟内我非拉你一道儿去见见他不可。不认识这样的一个人!啊,碰巧……这一位是伏罗希洛夫……且慢,格里沙,恐怕你连他也不认识,我很荣幸替你们彼此介绍。两位都是有学问的人!他是一个奇才,真的!大家抱吻吧!"

说了这话,巴姆巴耶夫向着站在他身边的一位神清气爽、双颊绯红,但是脸相带有几分早熟的假正经的漂亮青年转过身去。利特维诺夫站起来,当然不会和奇才抱吻,只是和他交换了一个简慢的鞠躬。那奇才,瞧他那副生硬笔挺的样子,可知他对于这出乎意料的介绍,并不见得怎样高兴。

"我说他是一个奇才,我并不撤回我的话。"巴姆巴耶夫接着说,"跑到彼得堡军官学校里去看一看那金榜,谁的名字挂在头里?不是谢苗·亚科夫列维奇·伏罗希洛夫还有谁!但是,亲爱的老伙计,我们要飞到古巴廖夫那里去,古巴廖夫,古巴廖夫,我绝对地崇拜这个人!也不单只我一个,任何人,不论贤愚贵贱,都拜倒在他的脚下!啊,他正在执笔中的著作是多么……哦——哦——哦!"

"哪一方面的著作?"利特维诺夫问。

"不论哪方面,我亲爱的孩子,仿巴克尔①的笔法……只是更深刻,更深刻……在这部著作里面百事都好像解决了,阐明了。"

"你读过这部作品没有?"

---

① 巴克尔(1821—1862),英国历史学家。——译者注

烟

"不，我没有读过。这真是一桩传扬不得的秘密，但是从古巴廖夫那儿可以得到一切你所期待的，是的，一切！"巴姆巴耶夫紧握着两手叹了口气。"啊，假使俄罗斯多产生两三个像他那样的天才，啊，我们所见到的将是怎样的另一番面目！天哪！让我告诉你一桩事，格里沙，无论你近来从事于何项事业——我可不知道你大致在干什么事业——无论你有何种信仰——我也不知道你的信仰——从古巴廖夫那儿，总有点什么可以给你指示的。可惜他不在此地久住。时机不可失，我们必得去。去他那儿，去他那儿！"

一个路过的红鬈发阔少，低矮的帽冠上饰着一条天蓝色的丝带，回过头来，带着讥嘲的微笑，从眼镜底下朝巴姆巴耶夫盯了一眼，利特维诺夫因此恼了。

"你哇啦哇啦喊什么？"他说，"别人当你在赶猎狗追猎物呢，我晚饭都还没吃呢！"

"这算得什么！我们马上可以到韦伯去……三个人一起……好极了！"他又轻轻地添问了一句，"你有钱替我付账吗？"

"有，有，只是，我不晓得——"

"请你不要多说，你得谢谢我，他一定高兴去的。啊，天哪！"巴姆巴耶夫自己打断了自己的话。"他们在奏《埃尔纳尼》① 最后的一段了。多么美！说来见笑，我是怎样的一个人，一下子就会流泪了。喂，谢苗·亚科夫列维奇，我们一道去吗，哎？"

一直站着没动仍旧装着刚才那副笔挺庄严样子的伏罗希洛夫，会意地垂下眼皮，皱一皱眉头，从牙齿缝里嗫嚅地漏出几句话……但是没有拒绝。利特维诺夫想：算了吧，去也无妨，好在

---

① 《埃尔纳尼》是意大利四幕歌剧，取材于雨果的剧本《埃尔纳尼》。——译者注

我尽有时间。巴姆巴耶夫揽上他的臂。在转身到咖啡馆去之前,他向骑术会俱乐部的著名卖花女郎伊莎贝尔招呼,他想向她买一束花。但是这高贵的卖花女睬也不睬他,真的,凭什么能够引她走近一位不戴手套、穿一件肮脏的斜纹布短上衣、系条花领带、皮鞋后跟都磨平了的在巴黎素未见过的男子呢?于是伏罗希洛夫朝她招呼,她跑过来了,他从她的花篮里拣了一束小小的紫罗兰,投下一枚银币。他想他的豪爽会给她一惊,可是她眼皮眨都不眨,而在他转过头来的时候,她反而轻蔑地噘一噘嘴唇。伏罗希洛夫衣服穿得很时髦,可说是很华贵的,但是在有经验的巴黎姑娘眼里,从他的态度上,从他的举止和走路的姿势上——带着几分受过早期军事训练的痕迹——便立刻可以看出他是缺少真正的、纯正的"式克"① 的。

当我们的朋友们在韦伯的正厅餐室拣了个位置坐下来,点了菜之后,他们便开始谈话了。巴姆巴耶夫谈起古巴廖夫所占的极大的重要性,说得很响亮,很热烈,但是一下子停止说话了,只是喘息着格格作声地咀嚼着。酒,干过一杯又是一杯。伏罗希洛夫吃喝得很少,好像勉强应酬似的。他问起利特维诺夫的工作是什么性质,接着便发表他自己的意见,这些意见,和刚才所问的利特维诺夫的工作性质倒很少关联,是对其他各式各样的问题发的……突然他热情起来了,好像一匹野性发作的奔马,勇敢大胆地,刚毅果决地,把每一个字每一个音节都咬得结结实实,给它一个应有的分量,好像一个有把握的应最后一场考试的见习军官,带着一种急迫的不得体的架势说着。因为没有人去拦阻,他便急切地越说越流利,越说越起劲了,好像在宣读一篇论文或一篇演讲。最近的几位科学界权威的名字——连同他们的生死年月

---

① "式克"意为时髦,摩登,风雅。——译者注

烟

——刚出版的小册子的标题,以及许多名字……从他的舌尖上骤雨般倾泻下来,予他以极大的满足,这在他发光的眼睛中反映出来。伏罗希洛夫好像是鄙视一切古老的、陈旧的东西,只有现代文化的精华,最新近、最高深的科学理论的要点,才值得评断。他提起,虽则有点牛头不对马嘴,一位叫作索尔宾格尔的博士写的关于美国宾夕法尼亚州牢狱生活的书,或者是昨天《亚洲杂志》上刊载的关于《吠陀经》》和印度《往世书》的文章(他把Journal这个字读成英国音,虽则他对英语确是一点儿也不懂),好像这于他是一种真心的喜悦,一种愉快。利特维诺夫听着、听着,可分辨不出究竟哪一项是他的专长。一会儿他谈到凯尔特民族①在历史上的地位;一会儿又说到古代世界,讲到埃伊纳石刻②,又不厌其烦地反复谈论到菲狄亚斯③以前的雕刻家奥纳塔斯④,可是这位雕刻家到他的嘴里又变成了约拿单⑤,弄得全部的谈话像《圣经》故事又带点美国史的味儿;接着他又一跳,跳到政治经济学,称巴斯夏⑥为笨蛋、蠢货,和亚当·斯密⑦以及其他重农主义者一样的浑蛋。"重农主义,"巴姆巴耶夫紧跟着低声问,"是不是贵族政治?……"伏罗希洛夫又一下子把巴姆巴耶夫弄得莫名其妙,害他作出一副迷惑的脸相,就是因为他在许

---

① 凯尔特民族是欧洲古民族之一,今其后裔散布于爱尔兰、威尔士、苏格兰高原及法国北境。——译者注
② 埃伊纳石刻是在希腊发现的石刻,为公元前5世纪的古代雕刻物。——译者注
③ 菲狄亚斯,古希腊雕刻家。——译者注
④ 奥纳塔斯,希腊埃伊纳岛雕刻家。——译者注
⑤ 约拿单,古代以色列民族之王扫罗的儿子,大卫王之保护者。死于基利波战役,事见《旧约·撒母耳记》。——译者注
⑥ 巴斯夏(1801—1850),法国古典自由主义理论家、政治经济学家。——译者注
⑦ 亚当·斯密(1723—1790),苏格兰经济学家。——译者注

烟

多谈话中间无意中对麦考莱①下了一句批评，说他是一个旧式的作家，他的地位应该是被现代历史科学取而代之；至于格奈斯特和黎耳②，他宣称说，那不值得一提，于是耸一耸肩膀。巴姆巴耶夫也耸一耸肩膀。"这一切，没根由的，在陌生人的面前一股脑儿搬出来，在咖啡店中……"利特维诺夫望着他新朋友美丽的头发、明湛的眼睛和雪白的牙齿想着（尤其是看了那糖块般洁白的阔牙齿和不合拍地挥舞着的手，他觉得非常不顺眼）。"而他，笑都不曾笑过一次。纵然如此，他好像还是一个好人，只是完全不懂人情世故似的。"伏罗希洛夫终于平静下来，他的年轻响亮而尖锐的小公鸡似的声音有点儿嘶哑了……巴姆巴耶夫抓住这机会来诵一首诗，又是险些儿迸出眼泪来了。这副哭丧脸和哭腔，使得靠他们近旁的一张桌子上坐着的一家英国人脸上露出轻蔑的神色，而在另一张桌上坐着的两个巴黎娼女和戴着紫丁香花式假发的男子却吃吃地笑了。侍者递上账单来，朋友们付了钱。

"好啦，"巴姆巴耶夫吃力地从椅上站起来，"现在，喝了这杯咖啡，赶快走。"他又在大门口站住，几乎是乐不可支地用柔软发红的手指指着伏罗希洛夫和利特维诺夫说道："那儿，是我们的俄罗斯！你们对她作何感想？"

"俄罗斯，是的。"利特维诺夫想。这时候伏罗希洛夫脸上已经恢复刚才那副一心专注的表情了，又是谦逊地微笑一下，两只皮鞋后跟轻轻地啪地碰了一下。

五分钟后他们三个人一同奔上斯捷潘·尼古拉伊奇·古巴廖夫下榻的一家旅馆的楼梯。一位戴一顶黑色帽子的修长苗条的贵妇人，从楼梯上匆促地跑下来，她一瞥见利特维诺夫，突然回过

---

① 麦考莱（1800—1859），英国历史学家，政治家。——译者注

② 格奈斯特，德国自由主义派政治家。黎耳，德国作家，关于政治经济史的著作甚多。——译者注

烟

头来朝他看了看,好像着魔似的站住了。她的隐遮在面纱细密的网眼底下的脸不由得泛起一阵红晕,接着很快苍白了,但是利特维诺夫并没有注意到她。贵妇人比适才的脚步更来得急促地跑下宽阔的楼梯。

第四章

"这位是格里戈里·利特维诺夫,好青年,纯正的俄罗斯魂。我来推荐给你!"巴姆巴耶夫喊着说,引利特维诺夫见一个身材矮短、乡下地主模样的男子。这男子的硬领没加扣,穿一件短外套,一条灰色的睡裤,一双拖鞋,站在光线充足、家具非常讲究的旅馆房间的中央。"这一位,"巴姆巴耶夫回头向利特维诺夫说,"便是他,便是他本人,懂吗?那么,一句话,古巴廖夫。"

利特维诺夫好奇地望着"他本人"。初眼看来这人的身上并没有什么异乎常人的地方。他所见到的是一位外表有几分粗蠢相的体面绅士:前额广阔,大眼睛,厚嘴唇,浓胡子,粗脖颈,眼光斜着只往地上瞧。这位绅士敷衍地笑了笑说:"哦……啊……很好……我非常高兴……"伸手捻一捻胡须,顿时转过身,把屁股朝着利特维诺夫,以舒缓而奇怪的摇摆步子在地毯上踱了几步,好像怕人瞧见似的偷偷闪闪地走着。古巴廖夫有一种习惯,总爱走来走去,用他长而坚硬的指甲捻一捻和捋一捋胡须。在这房间里除了古巴廖夫,还有一位年纪在五十岁左右的老妇人,穿一身破旧的丝质长袍,黄得和柠檬一样的非常灵活的脸,上唇生着黑髭毛,眼睛滴溜溜地转,好像要爆出来;另外还有一位矮胖男子,驼着背坐在角落里。

"喂,敬爱的马特廖娜·谢苗诺夫娜,"古巴廖夫转身朝向老妇人，显然他认为没有替她介绍利特维诺夫的必要，开口问她说，"你刚才讲的什么？"

这位妇人（她的名字叫马特廖娜·谢苗诺夫娜·苏赫契科娃——她是一个寡妇，没有孩子，也没有钱，两年来只是东漂西泊，从一个地方到另一个地方）立刻开始以异样的义愤填膺的激昂说："于是他求见那位公爵，对他说：'阁下，以你这样的官职和地位，来从轻发落我的命运，难道要花费什么吗？你可不能不尊敬我理想的纯洁性！'他又说，'在这时代，还能够迫害一个人，只是因为他的理想吗？'你们想，这位公爵，这位受过高等教育的居高位的权贵会怎样处置？"

"他怎样处置呢？"古巴廖夫问，带着思索的神气，点燃一根纸烟。

老妇人挺一挺腰杆，伸出皮包骨头的手，跷起一个食指。

"他喊了听差来，对他说：'马上替我剥下这家伙的外衣，剥下来的衣服你拿走就是，我赏给你。'"

"听差把他的外衣剥下了吗？"巴姆巴耶夫抱着手臂问。

"剥下来了，拿走了。这便是巴尔纳乌洛夫公爵所做的事，这位炙手可热的著名富豪，政府的代表！这之后，我们还有什么可指望的！"

苏赫契科娃夫人整个脆弱的身体都因愤怒而震颤了，她脸上起了痉挛，干瘪的胸脯在紧身衣下剧烈地起伏着，她的眼珠，那不消说，差点儿爆出来。它们老是像要跳出来似的，不论她说些什么。

"必得昭雪的耻辱啊，必得昭雪的奇耻大辱啊！"巴姆巴耶夫喊道，"没有一种刑罚能够及得上！"

"嗯……嗯……从头到脚都腐烂了，"古巴廖夫说，并没有提高声音，"在这种情形之下刑罚是不……这需要另一种手段。"

"但是且慢,这确是真的吗?"利特维诺夫问。

"真的,"苏赫契科娃夫人连忙分辩,"绝对没有怀疑的余地……简直不——该——怀——疑。"她说话时的那一股大劲,连身子都扭动起来了。"这是一个诚实可靠的人告诉我的。你,斯捷潘·尼古拉伊奇,你认识他吧,埃利斯得拉塔夫·科比顿。他又是从一个当场目击这桩丑剧的人那儿听来的。"

"哪一个埃利斯得拉塔夫·科比顿?"古巴廖夫问,"住在喀山的那家伙吗?"

"就是他。我知道,斯捷潘·尼古拉伊奇,有个流言说他从承包工程的或酿酒精的或别的什么人手里受了一笔贿赂。但这句话是谁说的?佩利卡诺夫说的!怎能够相信佩利卡诺夫呢?谁都知道他只是一个——侦探。"

"不,对不起,马特廖娜·谢苗诺夫娜,"巴姆巴耶夫插话,"佩利卡诺夫是我的朋友,他并不是侦探。"

"是的,是的,他的确是一个侦探!"

"请你听我说——"

"一个侦探,一个侦探!"苏赫契科娃夫人尖声喊叫着。

"不,不,等一等,让我告诉你!"巴姆巴耶夫也尖叫着。

"一个侦探,一个侦探!"苏赫契科娃夫人坚持。

"不,不!你可是指田捷列耶夫?那又是另一回事!"巴姆巴耶夫用全部的音量吼。

苏赫契科娃夫人静默了一会儿。

"我知道关于他的一桩事实,"巴姆巴耶夫用平常说话的声调低声说,"当他被秘密警察传讯的时候,他匍匐在布拉津科拉普伯爵夫人的脚前哀求道:'救救我,替我说说情吧!'但是佩利卡诺夫绝不会卑鄙到这地步。"

"嗯……田捷列耶夫……"古巴廖夫喃喃地说,"这……这种

烟

人我们应该注意。"

苏赫契科娃夫人轻蔑地耸一耸肩膀。

"都是一丘之貉,"她说,"但是我还有一个更妙的关于田捷列耶夫的故事。谁都知道的,他对付起农奴来是一个魔王,但是他自称是农奴解放者。却说有一次,他坐在巴黎的一位朋友家里,突然间进来了斯托夫人①——你知道《汤姆叔叔的小屋》吗?田捷列耶夫是一个异常喜欢出风头的人,他要求主人给他介绍。但是这位斯托夫人一听到他的名字。'什么?'她说,'他想到《汤姆叔叔的小屋》的作者面前来自荐吗?'于是啪地在他的颊上打了一个耳光!'滚吧!'她说,'马上滚!'你想他怎样?田捷列耶夫拿了帽子,垂头丧气地溜走了。"

"我想这种说法未免夸张,"巴姆巴耶夫说,"滚吧,她当然说过,这是事实,但是她不会打他耳光!"

"她打了他耳光,打了他耳光!"苏赫契科娃夫人带着痉挛似的紧张说,"我并不捕风捉影,凭空造谣。而你却和这些人做朋友!"

"对不起,对不起,马特廖娜·谢苗诺夫娜,我从来不曾说过田捷列耶夫是我的朋友,我是说佩利卡诺夫。"

"即使田捷列耶夫不是你的朋友,那么另一个,比如,米哈耶夫,总是你的朋友吧。"

"他做了什么呢?"巴姆巴耶夫问,预先露出吃惊的样子来了。

"什么?难道你还不知道?他在沃兹涅先斯基大街公然在大庭广众之下大声疾呼,说凡是自由主义者都该坐班房才对。更有甚者,他的一个老同学—当然是穷的——来见他说:'我可以和

---

① 斯托夫人(1811—1896),美国作家,《汤姆叔叔的小屋》的作者。——译者注

烟

你一起用晚餐吗？'而他这样回答：'不，不行，今天有两位伯爵和我一道用餐……你独个儿去吃吧！'"

"但这是一种造谣中伤，我敢相信！"巴姆巴耶夫高声说。

"造谣中伤……中伤？……第一点，瓦赫鲁什金公爵，也在你的米哈耶夫家里用餐。"

"瓦赫鲁什金公爵，"古巴廖夫严厉地插话，"是我的表兄弟，但是我拒绝他来我家里……所以简直没有提起他的必要。"

"第二点，"苏赫契科娃夫人向古巴廖夫表示服从地点点头继续往下说，"这是普拉斯科菲娅·亚科夫列夫娜亲口告诉我的。"

"你引得个好证人！她和萨尔基佐夫是头等造谣专家。"

"我请你原谅，萨尔基佐夫是个撒谎专家，这是真的。他甚至把他亡父棺材上的缎罩偷走，我一向不否认。但是普拉斯科菲娅·亚科夫列夫娜——这不能相提并论的啊！记得她多么豁达大方地离开她的丈夫！但是你，我知道，总是准备着……"

"算了吧！够了，够了，马特廖娜·谢苗诺夫娜，"巴姆巴耶夫打断她的话，"让我们丢开这种无聊的废话，让我们聊得高远点儿吧。我是一个食古不化的人，你知道。你读过《坎蒂尼小姐》①吗？这书真美！同你的主张不谋而合！"

"我久已不读小说了。"苏赫契科娃夫人干涩粗忽地回答。

"为什么？"

"因为我现在没有时间。我只想着一桩事，缝纫机。"

"什么机？"利特维诺夫问。

"缝纫机，缝纫机，每一个女子都得购置一台缝纫机，大家来组织一个团体，这样就可以赚得各人的衣食，立刻就能够自立了。否则没有别的办法可以得到解放的。这是一个非常重要的社

---

① 乔治·桑的小说，是宣传自由思想胜利的作品。——译者注

烟

会问题。我曾经拿这问题和鲍列斯拉夫·斯塔德尼茨基辩论过。鲍列斯拉夫·斯塔德尼茨基颇有几分特异的天分,但是他把这桩事情看得无足轻重,他什么也不说,只是笑。呆虫!"

"时辰到了大家都得起来清算,以彼所施,还施其身。"古巴廖夫半教训半预言似的从容不迫地说。

"是啊,是啊,"巴姆巴耶夫承着他的口气,"以彼所施,还施其身,一点儿也不错,还施其身。但是,斯捷潘·尼古拉伊奇,"他放低声音添了一句,"你的伟大作品进行得怎样了?"

"我正在搜集材料。"古巴廖夫皱一皱眉头回答道。他转脸朝着利特维诺夫——这时候他正被这些杂七杂八的不熟识的名字和背后毁谤的疯狂行为弄得头昏了——问起他的志趣是在哪一方面。

利特维诺夫满足了他的好奇心。

"啊!这是说,自然科学。当作一种进修,这是很有用的,但只能当作进修,不能作为最终目标。眼前的目标应该是……嗯……应该是另一回事。容许我问你的见解吗?"

"什么见解?"

"是的,这就是,说得确切点,你有什么政治见解?"

利特维诺夫微笑了。

"严格地说,我没有政治见解。"

坐在角落里的矮胖男子听到这句话便急速地抬起头来,注意地望着利特维诺夫。

"这怎么行?"古巴廖夫带着一种特殊的、和颜悦色的神态说,"你是仍旧没有思索到这问题呢,还是觉得厌倦了?"

"我得怎么说呢?我以为,我们俄国人要有什么政治见解或者假定自以为有什么政治见解,还嫌太早了点儿。请注意我所指的'政治'是照法定的意义而言的,至于——"

烟

"啊!您是属于思想没有成熟的那一群吧。"古巴廖夫以同样和颜悦色的神态打断利特维诺夫的话,又走近伏罗希洛夫,问他读过自己赠送给他的小册子没有。

伏罗希洛夫自进门后不曾说过一句话,只是皱一皱眉头,翻一翻白眼,这使得利特维诺夫很奇怪(照例,他或者演说一番,或者绝对不开口的),现在他像兵士一样挺一挺胸脯,靴后跟碰了一下,点头表示读过了。

"那么,怎么样?你喜欢它吗?"

"关于那些原则,我喜欢它,但是我不同意那些推论。"

"哦……可是安德列·伊凡内奇对这本小册子很赞赏。等一会儿你把你的疑点讲给我听。"

"你要我写成一篇文章给你吗?"

古巴廖夫显然惊异了,他没料到这句话;可是随后想了想,回答道:"是的,写成文章。顺便,我要求你也把你的意见解释给我听……关于……关于组合的。"

"你是指拉萨尔式的组合,还是舒尔茨—德利奇式①?"

"哦……两个都写。你知道对于我们俄罗斯人来说,一桩事业的财务方面是特别重要的。是的,以劳工同盟为核心……我们得缜密地研究一番。我们必得深进一步。还有计口授田的问题……"

"你呢,斯捷潘·尼古拉伊奇,你对于每人应得的田亩数量的意见怎样?"伏罗希洛夫以尊敬的殷勤的声音问道。

"嗯……还有土地共同耕作制度。"古巴廖夫说,他深深思索着,咬着一撮胡子,眼睛盯在桌脚上。"土地共同耕作制度!你懂得吗?这是一个大字眼儿!那么那些燎原的火势的意义何在

---

① 拉萨尔(1825—1864),德国劳工运动领袖。舒尔茨—德利奇(1808—1883),德国手工业合作社的创始人。——译者注

烟

呢？那些……那些……政府对于主日学校①、阅读处、报章杂志施加的手段和拒绝农民在保障他们将来地位的宪章上签字呢？说到底一句话，波兰发生了什么事变啦？你看到了吗？嗯……嗯……我们……我们要和民众联合起来……找出……找出他们的意见——"突然间好像一种沉重得几乎是愤怒的情绪占据了他，他脸色发青，呼吸急促起来，但是眼睛仍旧不离地面，继续咬着胡须，"难道你没看见——"

"叶夫谢耶夫是个浑蛋！"苏赫契科娃夫人突然高声地喊。原来巴姆巴耶夫在低声地和她说些什么话，没有顾到这里的主人。古巴廖夫急速地转过脚跟，又开始在室内拐着。

新的宾客到来了，在黄昏垂尽的时分聚集了相当多的人。在这些人中间，也来了叶夫谢耶夫先生，就是刚才被苏赫契科娃夫人那样恶毒地臭骂过的。她却立刻眉开眼笑地和他谈话了，并且要他伴送她回家。这儿也来了一位姓皮夏尔金的，一个理想的农事调停局②局员，这种人，也许正是俄罗斯眼前所急需的——这就是说，一位肤浅的、没有学问、没有大天才，但是有良心、忍耐、正直的人，在他管理之下的农区里的农民简直崇拜他，而他也把自己看得很尊贵，好像真是值得尊敬的人一样。这儿，也来了好几位军官，他们利用短短的假期溜到欧洲来，偷闲地享受一下和知识分子——甚至于相当危险的人物——扯淡几句的机会，虽则当然是小心翼翼的，脑子里却总忘不了他们的司令官。两个精瘦的从海德堡来的学生匆匆忙忙地跑进来，一个很轻蔑地望一望四周，另一个却间歇地吃吃地笑……两副尴尬样子。跟在他们

---

① 主日学校是星期日的劳工补习学校，内容多侧重于宗教。——英译本注

② 农奴解放时专为调解地主和农奴间的纷争而设的主管机关。——英译本注

烟

后面，一个叫作小夫子的法国人闯进来，态度猥亵，傻头傻脑，一副可怜样儿……他在他们这些江湖客商中间颇有点小名气，说是俄国的伯爵夫人们都爱上了他，至于他自己，他的念头都集中在怎样可以揩油吃一顿白食。最后出现的便是迪特·平达索夫，外貌像个爱胡闹的德国大学生，实际是个守财奴，说话像恐怖党，职业是警官，俄罗斯商人妇和巴黎娼女们的老相好，秃顶、无牙、酗酒，他到来时脸孔红扑扑的，喝得烂醉，硬说他把最后的几个戈比都输给恶棍贝纳泽了，实际上他倒赢了十六个盾……总而言之，这里聚着很多人。可注意的——真值得注意的——便是这些人都把古巴廖夫看作导师、领袖，对他表示尊敬。他们把自己的意见都呈在他的面前，交给他评判，而他只是喃喃地，捋一捋胡子，翻一翻眼眼珠，说一些断续的、无意义的语句，却立刻被他们视作拥有至高智慧的谈吐。古巴廖夫自己很少参加讨论，但是别人却尽量提起喉咙使得他听见。有好多次，三四个人一起，喊了十来分钟，结果大家都满意地开窍了。谈话一直持续到半夜，这谈话和普通谈话不同的就是它照例有各色各样无数的问题。苏赫契科娃夫人谈到加里波第①，谈到曾被自己家里的农奴毒打一顿的某某卡尔·伊万诺维奇；谈到拿破仑三世；谈到妇女的工作；谈到一位名叫普列斯卡切夫的商人，他存心害死了十二个女工，而他得到一块奖章，文曰"急公好义"；谈到劳动阶级；谈到用大炮轰死自己妻子的格鲁吉亚公爵丘克切乌利泽夫；又谈到俄罗斯的将来。皮夏尔金也谈到俄罗斯的将来，谈到酒精专卖，谈到民族主义的重要性，谈到他如何憎恶一切卑俗的东西。伏罗希洛夫又突然爆发了，他，一口气，几乎噎住了自己，提起了德雷珀、魏尔啸、舍尔古诺夫、比沙、赫尔姆霍茨、斯塔

---

① 加里波第（1807—1882），意大利爱国主义者，复兴三杰之一。——译者注

烟

尔、圣·雷蒙、生理学家约翰·缪勒和历史学家约翰·缪勒——显然把他们弄混了——泰纳、勒南、夏波夫；于是托马斯·纳什、皮尔、格林①……"这一批是什么东西？"巴姆巴耶夫莫名其妙地嘟嚷着。"莎士比亚的前辈们之于莎士比亚，犹如阿尔卑斯山脉之于勃朗峰②也。"伏罗希洛夫扼要地说了一句，接着也谈起了俄罗斯的将来。巴姆巴耶夫也说起俄罗斯的将来，甚至于给它涂上了如火如荼的颜色。但是他一想到音乐，就像瞧见了一些什么似的，便兴奋鼓舞得不得了。"啊！真伟大！"为要证明这一层他便开始哼一支瓦尔拉莫夫的歌，可是立刻便被普遍的嘈喊打断了，"他在唱《游唱诗人》歌剧中的赞美歌③呢！唱得真难听。"一位少年军官在这闹得不可开交的时候，辱骂着俄罗斯的文学；另一个军官引了《火花》杂志中的几首诗；但是迪特·平达索夫更进一步，他宣称说这些骗子们都得敲落他们的门牙才对……可也只是一句话而已，他并没有明白指出谁是"骗子"。室中雪茄烟雾令人窒息，大家发热而疲乏，每个人的喉咙都哑了，眼睛迷糊，脸上渗出颗颗汗珠。一瓶瓶的冰啤酒拿进来，立刻便喝干了。"我说什么啦？"一个人问。"我在和谁争论，争论些什么啊？"另一个人说。但是在这喧哗和烟雾当中，古巴廖夫毫不

---

① 这里，屠格涅夫把伏罗希洛夫写成一个"以耳代目"的自诩博学的典型。这典型，古今中外是屡见不鲜的。试就伏罗希洛夫口中所引的人物加以分析：德雷珀（1811—1882）是美国的化学家和生理学家；魏尔啸（1821—1902）是德国病理学家；赫尔姆霍茨（1821—1894）是德国物理学家、生理学家；泰纳（1828—1883）和勒南（1823—1892）是法国文学批评家；托马斯·纳什（1567—1601）、皮尔（1558—1597）、格林（1560—1592）三人则都是英国16世纪的戏剧家。这些上下古今的人物，并没有相联系的关系，而他，在一口气中说了出来。——译者注

② 勃朗峰是阿尔卑斯山脉的最高峰。——译者注

③ 《游唱诗人》是意大利歌剧。歌剧中的几首颂歌最脍炙人口。——译者注

疲倦地和原先一样走来走去，摇到这边，摆到那边，捻一捻胡须；一会儿倾听着，把耳朵侧向一个什么争论，一会儿插进他自己的几句话；而每个人都不由自主地感觉到，他，古巴廖夫，是一切的中心，他是此间的主人，最主要的人物……

　　利特维诺夫在十点钟左右开始感觉头痛得厉害，趁着大家都在兴奋地喧闹，在无人注意时悄悄地走了出来。苏赫契科娃夫人又记起了巴尔纳乌洛夫公爵一桩新的无道行为，说他吩咐把一个人的耳朵咬掉。

　　沁凉的夜气柔抚地裹住利特维诺夫发烧的脸，芬芳的微风拂过他枯干的嘴唇。他沿着暗黑的大道走着，心想：这是什么？我碰见了些什么人？他们为什么聚在一起？他们叫喊、詈骂、吵闹些什么？为了什么？利特维诺夫耸了耸肩膀，走进韦伯咖啡店，他随手抓起一张报纸，喊了一份冰。报纸上讨论的是罗马问题，冰又很难吃。他预备动身回寓所了，突然一个戴着阔边帽子素不相识的男子跑了上来，用俄国话说："我希望我没打扰到你吧？"就在他的桌边坐下。利特维诺夫逼近地仔细一瞧，才认出这位生客便是古巴廖夫寓所中躲在一个角落里的矮胖男子，在他说到政治见解的时候曾经那么注意地望过他一眼。这位男子整夜不曾开口，现在，坐在利特维诺夫的旁边，摘下了帽子，以和善可亲又带几分为难的神色望着他。

第五章

"古巴廖夫先生,就是今天在他的寓所里我有幸见到你的,"他说道,"并没有把我向你介绍,所以,倘使你不嫌冒昧,我来介绍我自己吧——波图金,退职的咨议官,原在圣彼得堡财政部里服务。我希望你不会觉得这来得太突兀……我平素并没有这样贸然和别人攀朋友的习惯……但是和你……"

说到这里波图金有点儿木讷了,他喊侍者替他来一小杯樱桃酒。"给我一点勇气。"他微笑着说。

利特维诺夫备感兴味地望着这为机缘所牵引、在今天碰到的一些新人物中最末后的一个人。他顿时就想:他和那批人是不同的。

其实,波图金是不同的。坐在利特维诺夫前面,用瘦长的手指搔着桌的边缘的是一个肩胛粗阔的男子,短短的两条腿上擎着一座庞大的躯干,低垂着头发鬈曲蓬松的头,浓眉底下一双慧敏的忧郁的眼睛,嘴巴端正,牙齿不大齐整,一个正好叫作"蒜头"的纯正的俄罗斯鼻子,外貌不扬,甚至有几分怪相,但是却也不俗气。他衣服穿得很随便,旧式的外套披在他身上好像一只布袋,领结也歪斜得怪难看。他突如其来的友谊在利特维诺夫看来并不嫌唐突,倒因为受了恭维而暗里觉得十分舒畅。要说是看不出来这男子不惯和陌生人亲近的,那也不见得。他给利特维诺

烟

夫一个奇异的印象,他唤起他的尊敬与喜爱,还有一种油然而生的可悯之情。

"我没有打扰到你吧?"他用一种柔和而又幽微无力的声音重复着,这声音和他整个的气质异常调和。

"不,真的,"利特维诺夫回答,"倒相反,我很高兴。"

"真的?那么,我也很高兴。关于你的事我听到了许多,我知道你在从事什么工作和你的计划,这是有意义的工作,所以你今晚上缄默着吗?"

"是的,我看你也谈得很少。"利特维诺夫说。

波图金"唉"了一声:"别人说得够多了。我听着。怎样?"他停了停,掀一掀眉毛,带着一种突兀的表情,又接着说,"你喜欢我们的巴别塔①吗?"

"你说得妙极了。正是一座巴别塔。我一直想问问这些大人先生们究竟在闹些什么。"

波图金又叹气,说:"主要在于他们不认识自己。早些日子,他们将得到一句这样的批评:他们是崇高目的的盲目的工具;而目前,我们常常引用尖辣一点的形容词。请注意我并没有丝毫诋毁他们的意思。我还得添一句,他们都是……这是说,几乎全体的,都是心地顶好的人。比如说苏赫契科娃夫人,我确实知道她有几处好的地方:她把她财产的最后一文钱都给了她两个穷困的侄女。就算她故意要耸人视听,沽名钓誉——这对她当然不是没有影响的——你还得承认对一个并非富有的妇人来说这是一桩难能可贵的牺牲自己的行为!关于皮夏尔金,更用不着说,他的属区里的农民无疑会有一天献给他一个西瓜大的银樽,或者替他绘起一张祥云呵护的圣

---

① 《圣经·旧约》里埃及人在示拿平原议筑登天的高塔,上帝变乱了他们的口音,使他们彼此言语不通,于是喧嚷了一阵之后便停工了。——译者注

像来长生供养，虽则他会在他感激的言辞中对他们说他不配受这荣宠，但是他说的倒不是真的，他配受。你的朋友巴姆巴耶夫先生，他有一副好心肠，正如人们所说的诗人亚济科夫，坐在书本上，喝着冷水而歌颂酒，这话在巴姆巴耶夫先生身上也挺适合。他的热情完全没有目的，可还得是热情。还有伏罗希洛夫先生，也是性情挺温厚的人，如同他们一样，都是在学校里得头等奖章的人。他是科学的传令官。纵使他说话喜欢引古证今，但他年纪还轻！是的，是的，他们都是好人，但是他们相加的总和等于零。肴馔的作料都是头等货色，而烧出来的菜并不可口。"

利特维诺夫越来越惊奇地听着波图金，他舒缓而自信的辞令中每一字句、每一转承都泄露出他说话的口才和要说话的愿望。

事实上，波图金喜欢说话，也说得好，只是，正如一个生命已经受过琢磨、浮夸去尽了的人，他以哲人的雍容，等待着一个好的机会，等待一个和他投契的知音。

"是的，是的，"他带着他特具的一种沮丧而不露悻悻之色的神气接着说，"一切都是很奇怪的。我请你注意几桩事情：比如说，让一打英国人聚在一起，他们立刻便会谈到海底电信、纸税或者鞣制老鼠皮的方法——总之，是一些实用的具体的事情；一打德国人在一起，当然，他们会把石勒苏益格—荷尔斯泰因和德意志统一的问题全部搬上场来；一打法国人呢，谈话则无疑是一些偷香窃玉的勾当，无论你怎样逗开他们，莫想叫他们不谈这些。但是让一打俄国人集合在一起，大家就会即刻扯到了——今晚，你有机会见证了这一回事——严重的问题和俄罗斯的重要性及其将来，而范围如此广泛，一直从开天辟地说起，没有事实，也没有结论。他们嚼着这倒霉的问题，好像小孩子嚼一块橡皮，正如老话所说，没有味儿也没有益处。当然啦，这些问题当中，腐败的西欧少不得有它的份儿。说也奇怪，这西欧不论在哪一点上都针砭着我们的短处，而我们偏说它腐败了！倘使我们出于真心地轻蔑西欧，那犹有可说，"波图金继续道，"而这不过是一句口头禅，一些老调。我们痛骂西欧原不妨事，但是我们所唯一尊重的却又是西欧的意见，这就是说巴黎游荡少年的意见……我认识一个人——我想他是一个好人——一个家庭的父亲，年纪也不轻了，他曾有好几天心里老大不舒服，为了有一次他在一个巴黎菜馆里喊了句'一份牛肉加点马铃薯'，当时一个地道的巴黎人随即接着喊'服务生，牛肉马铃薯'，我的朋友羞死了，之后，他到处喊'牛肉马铃薯'，也教别人这样喊。我们的年轻鞑子们走进巴黎妓女不名誉的客厅中时，那种拘拘束束的举止和张皇失措的态度，也使她们吃惊。他们想：'难道我真来到了这样的地方，在安娜·黛丝里昂家里？'"

"请告诉我，"利特维诺夫接着问，"你认为古巴廖夫凭什么毫不容疑地对他周围的一切人有这般影响？是他的天分呢，还是他的才干？"

"不，不，他身上没有这类东西……"

"那么是他的人格？"

"也不是，但是他有坚强的意志。我们斯拉夫人，大部分，据我们所知，便是缺乏这一套货色，于是投顺在他的跟前了。古巴廖夫先生立意要做一个首领，而每个人也承认他是个首领，你有什么办法呢？政府把我们从奴隶制度解放出来了——千恩万谢！但是奴隶的习性在我们中间是根深蒂固的，一时不易把它除去。我们随时随地都需要一个主子，照例这主子是一个活人，有时则是一种渐渐统治了我们的思想所谓'趋向'啊什么的……比如说，目前我们都是自然科学的奴隶了……为什么？凭什么理由，我们要把枷锁加在我们自己的身上呢？这是猜不透的。这好像是我们的天性，但是，重要的就是我们一定要有一个主子。好

烟

了，主子来到我们中间了，这是说他是我们的了，于是我们可以瞧不起一切别的东西！纯然奴性而已，我们的骄傲是奴性的，我们的谦恭也是奴性的。新的主子出现了，旧的便一脚踢开。从前是亚科夫，现在是西多尔了，我们打了亚科夫的耳光，跪倒在西多尔的脚下！请回想一下在我们中间这类把戏玩过多少次了！有人说怀疑否定是我们的特殊性质，然而就是运用我们的怀疑否定，我们也不是像一个自由人挥刀作战，而是像一个豪仆来拳打脚踢，并且多半是受主人的唆使的。这样看来，我们也是优柔的民族，在我们颈上套个箍儿是不难的。就是这样，古巴廖夫在我们中间成了首领了，他埋头在一点上，研究而又研究，终于达到目的。人们认为他是有伟大主张、有自信、能指挥别人的人。重要的就在于他能够指挥，因之断定他是对的，我们当然要服从他的了。我们所有的一切教派，我们的奥努夫里派和阿库里那派①就恰是这样创设起来的。谁握着兵符，谁便是元帅。

波图金的两颊泛红，眼睛迷糊了，但是，说也奇怪，他的言辞，虽则看来是辛辣的、怀恶意的，但是一点也不尖酸刻毒，毋宁说是纯真恳切的悲哀。

"你怎样认识古巴廖夫的？"利特维诺夫问。

"我认识他有好久了。听我说啦，在我们中间还有一桩奇闻。一位作家，他致毕生的精力于写作，在文章和诗歌中痛诋饮酒之害，攻击酒精专卖制度。但是你瞧！他盘下了两所酿酒厂，分设了一百家酒店——而恬不知耻！要是换作另一个人，也许会被别人把他从地面上消除了，而对他半句闲话都不提。再看这位古巴廖夫先生：他是一位斯拉夫主义者、德谟克拉西②主义者、社会

---

① 奥努夫里派是旧教仪典派的分支，不立牧师，为奥努夫里所倡。阿库里那派是被视作一种邪教的。——英译本注

② 德谟克拉西是"民主"一词的译音。——译者注

烟

主义者,你爱怎么说便怎么说,但是他的财产一向而且仍旧是在他的兄长管理之下,一位旧式的地主,是以拳脚闻名的打手。而这位硬说斯托夫人打田捷列耶夫耳光的苏赫契科娃夫人,简直是拜倒在他的脚下。你知道他唯一的长处便是读了些精辟的书,并且老是能够钻进书眼子里。至于他说话的本领,你今天亲眼看见,一望便知了。谢天谢地,亏他说得很少,缩在壳子里。因为当他精神好、情感奔放的时候,这就不是我——像我这样忍耐的人——所能消受了的。他就会开始粗鲁地调笑,说些猥亵的故事……是的,当真,我们庄严的古巴廖夫先生会说猥亵的故事,并且老是狂笑得令人非常厌恶。

"你是这样忍耐的吗?"利特维诺夫说,"我想这倒是相反。但是我可以请教你的名字和你的父名吗?"

波图金啜了一口樱桃酒。

"我的名字叫作索宗特……索宗特·伊凡内奇。他们替我取了这样漂亮的名字是为了尊敬我的一位亲戚,一位大主教,除了这名字之外我也没有托过他的福。我是——假如我敢这样说——我是教门出身,至于你对我的忍耐的怀疑,那是毫无根据的:我是很能忍耐的。我在我自己的叔父,一位堂堂的政府机关参事,伊里纳尔赫·波图金的手下服务了二十二个年头。你不认识他吗?"

"不认识。"

"我为你庆贺。不,我是忍耐的。但是言归正传吧,像我尊敬的道友,在几世纪前被活活烧死的大司祭阿瓦库姆①惯常说的。我亲爱的先生,我的同胞们使我惊奇。他们都是意气消沉的,跑

---

① 阿瓦库姆是旧教仪典派的热烈拥护者。当彼得大帝之父在位的时候,因拒绝修改《圣经》及赞美诗祈祷文被黜为僧侣,流放至西伯利亚,随又解回,囚禁于莫斯科,复徙至博罗夫斯克,终以其执迷不悟,于1682年与其徒同被活焚而死。——英译本注

烟

路低着头，但同时他们却又充满着希望，一桩小小的差强人意的事，便能使他们头脑糊涂起来，欣喜欲狂。瞧瞧这批斯拉夫主义者吧——古巴廖夫把自己也算在里面——他们都是有心人，但同样是忽而失望，忽而狂喜，他们都生活在将来。一切都处于将要状态，实际上什么也没有做。在整整十个世纪的悠长岁月中，俄罗斯什么也没有创设，没有自己的政治、法律、科学、艺术，甚至于手工艺……什么也没有……但是再等一回，忍耐点吧，一切都要到来的。至于为什么要到来，让我们问，为什么要到来呢？因为，当然啦，我们受过教育的知识分子固然一钱不值，但是民众……哦，伟大的民众！你看到农民的粗布大褂吗？这就是一切要到来的渊源。一切的偶像都打倒了，让我们信仰粗布大褂。然而，倘使这粗布大褂使我们失望呢？不，不会使我们失望的。读一读科哈诺夫斯卡娅的作品吧，眼睛要朝天上看！真的，如果我是一个画家，我要画一幅这样的图画。一个受过教育的人站在一个农民的面前，向他敬礼说：'医治我吧，亲爱的农民先生，我病得要死了。'而农民也一面向受教育的人回敬，一面说：'教导我吧，亲爱的读书先生，我愚昧得要死了。'当然，双方都站在老地方，寸步不移。说到底，我们所需要的便是一点真正的谦虚——不单是空字眼儿——要从我们的大哥那儿借取一些胜于我们，早于我们的东西！服务生，再来一杯樱桃酒！你不要把我当作一个酒鬼，但是酒能松开舌头。"

"听了你这番话，"利特维诺夫微笑说，"我也用不着问你是属于哪一派和你对欧洲的意见了。但是让我来提醒你一句，你说我们应该借取我们大哥的，但是怎么可以不顾气候风土的情况、地方和民族的特性，贸然借取呢？我记得，当初我的父亲曾向布捷诺普订购了一架极受推崇的铸铁的打谷机，机械当然很好——但是结果怎样？五年来它只搁在仓库里，不曾动用，直到后来一

烟

架美国制造的木质的打谷机代替了它——照例,美国的机械和我们的习惯方法要适合得多。我们不能胡乱借啊!索宗特·伊凡内奇。"

波图金抬起头。

"我没有料到你会下这样的批评,我最尊敬的格里戈里·利特维诺夫,"他顿了顿说,"谁说我们要胡乱地借取呢?当然你剽窃别人的东西,并不是因为它是属于别人的,而是因为它适合于你。所以你得考虑,你得选择。至于结果,请不要徒自纷扰,那些地方的风土和你说过的诸般情形尽会有它的特性,只要你把优美的食品放在它的面前,自然有胃口有方法消化的。久而久之,这机体长得茁壮了,自己便能生精长液。拿我们的语文作例子吧。彼得大帝洪水般地搬进了成千的外来字眼。荷兰的、法兰西的、德意志的,这些字眼表示着俄罗斯人民不熟习而硬得熟习的观念,彼得大帝毫不顾虑毫不客气地大批大批地往我们头上倾。开头,当然,这结果是有点畸形,但是后来便开始正像我所说的那种消化程序了。观念接受了同化,外来的形式渐渐消失了,在语文的本身中产生了来代替的东西,现在,就是你出身微贱的仆人,最凡庸的写作者,也能够翻译你随便翻开来的一页黑格尔①的文章——是的,真的,黑格尔的文章——而不用一个非斯拉夫的字眼。语文上的过程如此,在别的方面也是一样。一切都归结到这个问题上面:要看本质是否健壮,富有生命力。而我们的本质——是耐得住这试炼的,比这更大的试炼也曾经过来了。只有神经不健全的国民,柔弱的民族,才会替他们的健康和独立解放担忧,正如只有智力薄弱的人才会为了'我们是俄罗斯人'一语而欣狂。我很注意我的健康,但我并不因享有健康而得意忘形,

---

① 黑格尔(1770—1831),德国哲学家。——译者注

那是我引为羞耻的。"

"说得都很对,索宗特·伊凡内奇,"这回是利特维诺夫说话了,"但是为什么一定要把我们自己供作试验的牺牲呢?你亲口说过最先的结果是畸形的!倘使这畸形永久存在呢?真的这已经永久存在了,正如你知道的。"

"不仅是语文——还有很多的问题啦!而这是我们的大众,不是我要这样做,他们命定要经过这种洗炼,这我可不能承担其咎。'日耳曼人正常地发展了,'斯拉夫主义者说,'让我们也来一个正常发展吧!'但是你怎样能得到正常发展,当我们的民族历史开头的第一步——从海外召请一位王公来统治我们自己——便是不规则的、悖常的,而且直到现在我们仍在循环反复着这悖常的行为呢?我们每个人,在一生中至少有过一次,曾对着一种什么外来的、非俄罗斯的思想或人物说:'来吧,来统治管理我们吧!'当然,我随时都可承认说我们把一样外来的物质移植到我们体内,我们不能确定地预先知道我们所移植的是一些什么东西,食物呢,毒药呢?但是从'坏'进到'好'的过程,并不是经过'稍好'而老是经过'更坏'的过渡时期的,这是尽人皆知的事实,既是毒药,也能治病。只有愚人和坏蛋才振振有词地举出农奴解放后的农奴贫苦状态和废除酒精专卖后酗酒者增加的例子加以指摘……要从'更坏'进到'好'!"

"你曾问我对于欧洲有什么意见,"波图金用手抹一抹脸又开始说,"我赞美她,我五体投地地皈依她的主张原则,而且丝毫也没有把这桩事实瞒起的意思。我很久以来——不,并不很久——很有一些时候便不再有把我的信仰全部表达出来的惶愧了——我也看到你毫无踌躇地把你的想法告诉了古巴廖夫。谢天谢地,如今我再也不用顾忌谈对方的观念和见解了,真的,我觉得没有比那全然多余的怯懦、那种讨人欢喜的迎合心理更可鄙的了。你可以看到我们中间的身居要职的大官员也会对一个在他眼中无足轻重的小学生讨好,用各色各样的哄骗和玩意儿,逗他开心。姑且算他是一位官员,为了博取民心才这样做的吧,在我们平民百姓,为何要附和随从,贬低自己身份呢?是哟,是哟,我是一个西欧主义者,我皈依欧洲。这就是,说得正确点,我皈依文化——在我们中间被他们拿来那样可笑地曲解了的文化——皈依文明——是的,是的,这两个字眼比较好些——我以整个的心来爱它、信仰它,我没有其他的信仰,将来也永不会有。这两个字,文……化(波图金把每一个字说得很重很着力)是不含糊的、纯洁的、神圣的,而其他的一切观念,民族、光荣、诸如此类——这些都有点血腥臭……滚他的吧,这些观念!"

"那么,索宗特·伊凡内奇,俄罗斯,你的祖国——你爱她吗?"

波图金抹一抹脸说:"我热烈地爱她,热烈地恨她。"

利特维诺夫耸一耸肩膀。

"这是旧调,索宗特·伊凡内奇,这是老生常谈。"

"老生常谈打什么紧?你就怕它吗!老生常谈!我知道不少顶好的老生常谈。比如说,法纪和自由便是人人知道的老生常谈。怎样,你以为这些不比不法、苛政好一些吗?此外,还有一些把多少青年迷醉了的句子:寡廉鲜耻的布尔乔亚①,民权,劳动权利,这些不也都是老生常谈吗?至于爱,和恨是分不开的……"

"拜伦主义,"利特维诺夫插话,"三十年代的浪漫主义。"

"对不起,你错了,这两种感情的交缠是卡图卢斯第一个说起的,两千年前的罗马诗人卡图卢斯。我读过他的作品,因为我

---

① 布尔乔亚是"有产者"一词的译音。——译者注

烟

懂得一点拉丁文，我敢于说这句话，还得谢谢我的教士出身。是的，我又爱又恨我的俄罗斯，我的古怪的、亲爱的、污浊的、宝贵的祖国。我刚离开她不久。我在政府机关里书记员的高凳上坐了二十年，我需要一点点新鲜空气，我离开了俄罗斯，来到这里，我满足而快乐。但是我不久就要回国的——我感到。这是一块美丽的园地——但我们的野莓不在这里生长。"

"你快乐而满足，我也喜欢这个地方，"利特维诺夫说，"我是来求学的，但是把这些看在眼里，不能视若无睹。"

他指一指两个在他身边走过的妓女，一群马术团团员跟在她们后面，嬉皮笑脸地搭讪着，又指一指那赌厅，虽然夜深，但仍然挤满人。

"谁告诉你我是瞎了眼的呢？"波图金插嘴说，"但是原谅我这样说，你的话使我想起在克里米亚战争的时候，我们倒霉的新闻记者对（《泰晤士报》发表的指摘英国军部弱点的那些洋洋得意的样子。我本人不是一个乐观主义者，一切人间世事，一切我们的生活，一切以悲剧终了的喜剧，呈现在我面前的并不是玫瑰色的：你为什么拿这些许是牢牢生根在人的本性里的事情来非难西欧呢？这赌厅诚然可憎，但是我们国产的赌博难道更可爱些吗？不，我亲爱的格里戈里·米哈伊洛维奇，让我们更谦虚些，更涵藏些吧。一个好学生看到他教师的缺点，但是仍旧保持着默默的尊敬，这些过失对他是有用的，领他走上正确的道路。但是如果你总是不满意要来诋毁西欧，那儿，科珂公爵疾驰而来了，他很可能于一刻钟内在绿台面上输去了从一百五十个家庭榨出来的租金，他精神失常了，因为我今天在马尔克斯咖啡馆看到他在翻一本维里奥的小册子……你可以和他谈谈，他是一个超等人物！"

"但是请你，请你，"利特维诺夫看到波图金站起来便赶忙说，"我不大熟识科珂公爵，再者，不用说，我是宁愿和你谈谈的。"

"谢谢你，"波图金打断他的话，站起来一鞠躬，"我已经和你谈得很多了，这就是说，真的，我一个人在说话，你也许已注意到一个单只自己说话的人总觉有点不好意思和不安，尤其是初次会面，好像替自己吹嘘似的。再会吧。让我再说一句，我很高兴和你相识。"

"但是等一等，索宗特·伊凡内奇，至少你得告诉我你住在什么地方，以及你是否在这里久住。"

波图金好像有点为难。

"我在巴登大约住一个星期。我们仍旧在这儿会面，在韦伯或马尔克斯，或者我来看你。"

"我还得要知道你的住址。"

"是的，但是你晓得我不是自己单独住的。"

"你结婚了吗？"利特维诺夫突然问。

"没有，天哪！……多可笑的想法！只是有一个女孩子和我一起。"

"哦！"利特维诺夫装出一副不自然的客气样子说，好像要向他道歉似的，垂下了眼睛。

"她只有六岁，"波图金接着说，"她是一个孤女……一个贵妇人——我的一个好朋友——的女儿。所以我们顶好在这里见面。再会。"

他把帽子套在他那鬈发蓬松的头上，很快消失了。在暗淡地照着通到李希顿泰勒林荫道去的一条街道的煤气灯光底下，还隐约地瞥见他两次。

第六章

"一个奇特的人！"当利特维诺夫回到他住宿的旅馆里去的时候，一路上这样想，"一个奇特的人！我一定得再找他谈谈！"他走进自己的房间，看见桌上放着一封信。"啊！塔妮亚寄来的！"他想，心里便立刻非常高兴，但这封信是他的父亲从家乡寄来的。利特维诺夫拆开坚厚的盖着家族纹章的漆印，正要开始读它……一阵强烈、愉快而又熟稔的香气扑进他的鼻子，他向四下望了望，看见窗台上一杯清水里插着一束新摘下来的金盏花。利特维诺夫惊奇地俯身在它上面，碰碰它、闻闻它……好像有什么触动他的记忆，一些什么，遥远的……但是些什么呢，他又想不起来。他按铃喊了侍仆进来，问他哪儿来的花。仆人回答说是一位贵妇人送来的，没有留下姓名，只是说先生凭这花一定会猜到她是谁。于是又有什么东西触动利特维诺夫的记忆。他问仆人这贵妇人是什么模样，仆人告诉他说她身材很高，服装华美，脸上罩着面纱。"大概是一个俄罗斯伯爵夫人。"仆人临后添了一句。

"你怎么知道她是伯爵夫人？"利特维诺夫问。

"她给了我两个银币。"仆人笑嘻嘻地说。

利特维诺夫打发仆人出去，久久地站在窗前深深地思索，终于无奈地摆了摆手，重又开始读从家乡寄来的信。他的父亲在信中照常地抱怨着，总是说现在即使不要钱也没人要他们的粮食啦，人们也完全和往常不同，不听话了，也许，地球的末日真的要到了吧。"你想想看吧，"在许多事情中间他夹叙着，"我最后雇的马车夫，那个小卡尔梅克，你记得吗？他被鬼迷住了，眼见得这个人就要丧命，那么便没有人替我赶车了，但是，谢天谢地，有几个善心人提醒我，劝我把病人送到里亚赞，一个以治蛊著名的教士那里去。真的，病完全给治好了，为了证实这桩事情，我把那好神父的原信当作一种证件附寄给你。"利特维诺夫怀着好奇心读了一遍这证件。这里面写着："贵仆尼卡诺尔·德米特里耶夫为病魔所困，该病系妖人所致，非药石所能疗，然尼卡诺尔本人实属咎由自取，缘彼对某一女郎负心，不守信誓，伊乃借巫者之力咒彼起居不适。此际若我不加以援手，则彼必如虫豸死灭无疑，我今凭无所不见之慧眼，作彼保障，至于我如何能无所不见则是一种天机不可泄漏也。敬祈您切勿纵容以邪术祟人之女子，即或加以恐吓，亦属无妨，否则伊或仍将加害于彼也。"

利特维诺夫反复端详着这证件，这给他带来了一阵荒漠、原野的气息，生命在那里自生自灭，这是一种愚昧的黑暗。他好生诧异，竟会在巴登这地方读到这样的一封信。时钟早打过夜半十二点了，利特维诺夫吹熄了灯火，上床就睡。但是他不能合眼：他所看见的面孔，他所听到的谈话，不住地来回旋转，在他发烧的、被雪茄烟薰得疼痛的头脑中奇异地交织着、纠缠着。一会儿他好像听到古巴廖夫的牛喘般的声音，想起了他鲁钝的、板滞的、老是盯在地上的一双眼睛，突然间这双眼睛发亮了，跳起来，这才又认出这是苏赫契科娃夫人的，遂又隐约听到她尖锐的声音，不知不觉地跟着她幽幽地重复着……"她打了他的耳光，她打了他的耳光……"于是笨拙的波图金的姿形在他面前掠过。他十遍二十遍地重复了他说过的每一个字。接着，好像纸匣里的弹簧人儿，伏罗希洛夫跳了出来，服装齐挺，如同一袭新军服套

烟

在他身上，还有皮夏尔金庄重地聪颖地在点着他梳得光洁的真正怀着善意的头颅，于是平达索夫叫喊了、咒骂了，巴姆巴耶夫涕泗纵横地激动着……但是，凌驾这一切的，这香气，这凝聚不散的芬芳的沉压的香气使他不能安睡，并且在黑暗中愈来愈强有力地、愈来愈固执地使他忆起了什么，却又是抓不住的一些什么……利特维诺夫忽然想起夜里室内的花香也许是对身体有害的，他起身来，摸索到花束旁边，把它拿到邻室去。但是就在那儿，这压抑的香气仍旧从他的枕头和褥单底下透上来，他苦恼地辗转着。一种轻度的精神错乱已经侵袭到他身上来了。那位教士，治蛊的名师，化身成为一只有触须有尾巴的极狡猾的兔子在他脚前溜过两次。还有伏罗希洛夫，坐在一项巨大的插着羽毛的大将军的高帽子里面，好像躲在树林里的夜莺，在他的面前啼啭……突然，他从床上跳了起来，握着双手，喊道："难道是她吗？这是不可能的！"

要解释利特维诺夫的惊叫，我们得请宽容的读者随着我们退回几个年头。

第七章

　　50年代初,莫斯科住着一家人口众多的奥西宁公爵的家族,境况非常拮据,差不多是艰难度日的。他们是真正的皇族——不是鞑靼公爵或格鲁吉亚公爵,而是嫡派的留里克后裔。他们的姓氏,自从统一俄罗斯的开国大公爵以来,在我们的史籍里面是时常看到的。他们拥有着广大的土地和许多世袭的封地。很多次他们为"忠勤、流血、负伤"而荣膺过褒奖。他们列席在波雅尔会议上。他们中间的一位甚至在名字的末尾写上"维奇"的字样。但是他们受了政敌的阴谋谗间,以"巫术和媚药"失宠而被放逐,他们是"伤心不堪回首"地衰退了。他们被褫去了爵位,流戍到远方。奥西宁一败如灰,再也不能抬头,再也不能当权了。过后这放逐令取消了,他们莫斯科的房屋和财产也给发还了,但这已经无济于事。他们的家族是贫穷了,"豆熟荚落"了。在彼得大帝时期不曾复兴,在叶卡捷琳娜统治下也没有翻身,只是每况愈下地萎缩了、低微了,现在,在他的支派中间,充当私人管家的,做酒吧间掌柜和警长的,也屈指可数了。上文所述的奥西宁家庭,共计一夫一妇和五个子女。他们住在狗广场附近一座木造的狭小的平房内,斑驳的门廊开向大街,大门上绘着绿狮和其他贵族的空衔头,虽则他们是饔飧不继,老是欠着伙食店的账,冬天没有炉火也没有蜡烛地待在屋子里。公爵本人是一个鲁钝而

烟

懒惰的人，从前他曾经是一个阔少爷、美男子，但是完全"豆熟荚落"了。他对他的姓氏，远不如对他的妻子——也曾经是个宫廷命妇——敬重，所以他讨得了一个薪俸很低的差使，名义蛮好听，什么责任也没有。他从来不管闲事，一天到晚只是抽烟，沉重地唉声叹气，老是裹在一袭浴衣里面。他的妻子是一个多病的性情焦急的女人，永远担心着家常琐事，担心着怎样把孩子们安置在政府设立的学校里，怎样维系着和彼得堡亲友来往，她始终不能安于目前的地位以及与宫廷的疏远。

利特维诺夫的父亲在莫斯科逗留的时候认识了奥西宁一家，曾有一次替他们帮了一些忙，还有一次借给他们三百卢布。碰巧他的寓所又离他们不远，所以他的儿子还是大学生的时候便时常去他们那里。但是他并不是因为他们是近邻才去的，也不是他们无欢的生活方式引起他的兴趣。他是自从爱上了他们的大女儿伊莲娜之后，才常常到他们家里做客的。

那时她刚满十七岁，刚刚离开学校。因为她母亲和女校校长发生龃龉，所以中途退学。这不和的起因是这样的：在学校举行开学典礼的时候，为了欢迎督学，学校当局原定要伊莲娜诵读一篇法文诗词，但是正在典礼开始之前，这席次被另一个女孩子——一个承包酒税的富商的女儿——替代了。公爵夫人咽不下这口气——真的，在伊莲娜自己，也永远不会原谅这校长不公平的行为的。她曾事先梦想着，怎样在众目环视之下站了起来，吸引住观众的注意，从容不迫地诵她的诗词，过后莫斯科会怎样地谈论到她！……真的，莫斯科过后确乎谈论到她。她是一个修长的、苗条的女子，有几分单薄的胸部和未达成年的狭小肩胛，肌肤是在她那样年龄少有的雪白，光洁如细瓷，头发美丽繁密，浅色的鬈束未加梳栉地混合着深色的鬈束。她的姿态——高贵的，几乎是太完美，太匀称了——还没有失去童年时代的天真表情。

她美丽的颈项柔和的曲线和她的若许冷峻若许哀愁的笑颜暗地里透露出这爱娇的姑娘的神经质气质，而在那薄薄的难得破颜微笑的嘴唇和那细小的稍稍窄了一点的鹰嘴形的鼻子的线条里却有着一些泼野的、热情的、对她自己对别人都有点危险的成分。惊异的，真的可惊异的是她的眼睛，浓灰颜色，发着淡绿光辉，慵困的，像埃及女神般的杏仁样，光彩熠熠的睫毛和一勾浓抹的眉黛。这双眼睛望得也很奇异，好像无尽含意地、深思地望着，从什么不可知的深处和远处望出来。在学校里，她是有名的聪明能干的高材生，但是性格不平常，好胜、强势。一位女教师预言说她的热情会毁了她——"你的热情会毁了你"；在另一方面，另一位教师责难她的冷酷和缺乏情感，叫她"没心肝的小姑娘"。伊莲娜的女友们则认为她是骄傲的、矜持的；她的兄弟姊妹们有几分怕她；她的母亲不大信任她；她的父亲呢，当她把她谜般的眼睛落在他身上的时候便觉得有点不安。但是她引起了她父亲和母亲双方的不由自主的尊敬，这并不是由于她的品质，而是由于他们对她的一种特殊的空茫的期待。

"你将会看到，普拉斯科维娅·丹尼洛芙娜，"一天，老公爵这样说，从嘴里抽出烟斗，"我们的毛丫头伊莲娜会使我们一家人超升呢。"

公爵夫人生气了，她对她的丈夫说他用了难堪之语。可是，过后，她反复推敲着他的话，她在牙齿缝里说了又说："也好……假使我们得超升，也是很好的事。"

伊莲娜在她父母的家中享受着无限的自由。他们并没娇宠她，甚至于有点疏远她，但是不去管束她，这就是她所需要的……有时候——当着太过意不去的场面——有什么店伙计来了，叫嚣着，吵闹着，弄得全院子人都听见，说是为了这几个钱跑得累死了。或者是他们自己的仆人也开始当面侮辱他们的主人说：

烟

"像你们这样漂亮的公子王孙,当然,你们可以吹口哨当饭吃,空肚子上床。"伊莲娜眉头也不皱一下,她只是一动不动地坐着,阴沉的脸上露着恶意的微笑。光是这微笑,对她的父母来说就比任何责备还要尖刻,而他们觉得他们自身是有罪了——有罪了,虽则是无辜的——好像是,这个娃儿,自从落地之后,便有天赐的权利享受人间富贵荣华,享受千万人的崇敬的。

利特维诺夫自从见了她后便爱上了她(他比她只大三岁)。但是很长一段时间他没有得到反应,简直理睬都不理睬。她对他的态度里好像有一种什么类乎敌意的痕迹。事实上他伤了她的自尊心,她隐藏起这创伤,永远也不宽恕。在那时候,他是太年轻太温良无法了解隐藏在这敌意的几乎是轻蔑的严肃底下的是些什么。他时常忘了功课和习题,坐在奥西宁无欢的客室里,他坐着,偷偷地望着伊莲娜,他的心缓慢地、痛苦地折磨着,令人窒息。而她好像生气或无聊似的,站起来在室内走来走去,冷冷地瞅他一眼,好像他是一张桌子、一把椅子,抖一抖肩膀,交叠着双手。或者,整个夜晚,就在她和利特维诺夫说话的时候,也故意把眼光避开他,好像连这点情面都不给似的。或者,她终于拿起了一本书,望着它,却不读,只是皱皱眉头,咬着嘴唇。或者是她突然高声地问她的兄弟或父亲:"德文的忍耐是怎样念的?"

他想把自己从这蛊惑的圈儿中拖出来,在那儿他像一只关在笼里的鸟,拼命地挣扎着、痛苦着。他离开莫斯科一个星期,就几乎被烦闷和忧愁折磨得发狂了。他消瘦了,带病回到奥西宁的家……说也奇怪,在这几天之内伊莲娜也显见得消损了。她的脸变得憔悴,双颊苍白……但是她以更大的冷峻接见他,几乎是带着毒意的冷淡,好像他把曾经损害她的自尊心的隐秘的创伤加深了……她这样折磨了他两个月。然而有一天一切都转变了。好像爱情因了热度爆发成火焰了,或者如密云凝成骤雨了。一天——

烟

他总记得那一天——他又坐在奥西宁的客室里,靠近窗子,机械地凝视着街道。他心里有一种苦恼和烦闷,他鄙夷他自己,然而他不能离开这个地方……他想,倘使窗下流过一道河,他便要投身进去,带着一种恐惧的战栗,但没有懊悔。伊莲娜坐在离他不远处,保持着一种奇异的缄默,一动也不动。几天来她简直不和他说话,也不和任何人说话。她尽坐着,支着肘,好像烦恼的样子,很难得地慢慢地回过头来向周围望了望。这种冷淡的折磨终于使利特维诺夫受不住了,他站起来,也不告别,开始找他的帽子。"再坐一坐吧。"突然的声音,一种柔和的轻语。利特维诺夫心悸了,他一时间辨不出这是伊莲娜的声音,在这句话里好像含着什么从来不曾有过的震响。他抬起头来,呆了。伊莲娜爱抚地望着——是的,爱抚地望着他。"再坐一会儿吧,"她再说一遍,"不要走,我要你陪我。"她的声音更低了,"你不要走……我希望……",不解是怎样的一回事,也不完全明白他做了些什么,他跑近她,伸出他的两只手……她立刻也把她的双手递给他,微笑着,脸一直红到耳朵根,于是转过头去,可仍是微笑着,跑出这房间。几分钟后她又回来,同着她的妹妹,又是以同样久长的温柔的凝视望着他,叫他坐在她身边……最初她什么也没有说,只是轻轻叹着,脸孔发红,然后怯生生地问他读的是什么科,这句话是从来不曾问过的。当天晚上,她有好几次求他的原谅,为了从前不曾好好地待他,保证他现在是完全不同了,还出乎意料地热烈赞美共和主义,这可使他惊愕(他这时候是绝对的罗伯斯庇尔的崇拜者,却并不敢高声对马拉下评语①)。在一星期之后他知道她爱他。是的,他总记得这第一天……但是他也没有忘记以后的那些日子——那些日子,依然不得不怀疑,不敢相信,可是

---

① 罗伯斯庇尔(1758—1794)和马拉(1743—1793)都是法国资产阶级革命家。——译者注

烟

他狂喜而几乎是惧怕地、清清楚楚地看见了不敢希望的幸福苏醒了，这一切，焕发地、沛然莫御地终于来到他的跟前。于是接着是初恋的光辉灿烂的时刻——在一生中只配有一次也不该有第二次的时刻。伊莲娜一下子变成羔羊般柔驯、丝般柔软和无边体贴，她开始给她的妹妹教课——不是教钢琴，她不是音乐家，而是教法语和英语。她和她们一起念着学校的课本，也照料些家务，一切对她都是好玩的，有趣的，有时候她话说个不停，有时候沉入无言的温柔里。她做了种种的计划，耽于无穷的幻想，悬拟她嫁给利特维诺夫之后将做些什么事（他们一点也不怀疑这婚事终要到来的），他们结合在一起之后将……"工作？"利特维诺夫鼓舞地说。"是的，工作，"伊莲娜回答，"还有读书……但是要紧的是旅行。"她尤其是急于离开莫斯科，愈早愈好，当利特维诺夫提醒她说他大学里的课程还没有完毕的时候，她想了想总是这样回答，说他的课程也很可能在柏林或者到什么别的地方修完的。伊莲娜一向对自己的感情的披露很少隐匿，所以她和利特维诺夫的关系不多久对公爵和公爵夫人便不再是一个秘密了。要他们高兴是不会的。但从各方面情形看起来，他们觉得没有立刻加以反对的必要。利特维诺夫的财产也很可观……

"但是他的门第，他的门第……"公爵夫人抗议道。"是的，他的门第，当然，"公爵回答，"但是至少他也不是一个平民。而且，主要在于，你知道，伊莲娜不听我们的话。她可曾有一次不照她自己所选择的去做吗？你知道她的倔强！况且，事情也一点还没有确定呢。"公爵这样辩论着，可是心里却暗暗想道：利特维诺夫夫人，这样就完了吗？我希望是别的一些什么。伊莲娜完全占有了她将来的未婚夫，真的，他也愿意把自己交在她的手里。他好像坠入急流，很快便被淹没了。他觉得又苦又甜，他什么也不懊悔，什么也不关心。要他想到结婚的意义和责任，或者是，像他这样绝望地被奴役着的，能否做一个好丈夫，还有伊莲娜将会做一个怎样的妻子，以及他们中间能否保持着应有的关系——这一些便非他的思想所能胜任的了。他的血液燃烧着，他什么都不能想，只是——跟着她，和她一起，直到无尽的将来，至于其他——由他去好了！

但是纵然利特维诺夫对于伊莲娜的富有冲动的柔情是千依百顺的，他们的恋爱进程可并不是全然没有误会和争执的。有一天他从学校一直跑到她家来看她，穿一件旧外套，双手沾满墨渍。她照常那样欢喜地迎面跑来接见他，突然间她停住了。

"你没戴手套，"她抑扬顿挫地说，接着又说，"呸！你是这样的一个大学生！"

"你太讲究了，伊莲娜。"利特维诺夫说。

"你是一个平常的大学生，"她重说了一句，"你不高贵。"于是背朝着他，走出房间。固然，在一小时之后她又回来求他的原谅……照例她很容易认错，当着他面责备自己。但是说也奇怪，她老是眼泪汪汪地埋怨着她所没有的坏脾气，而坚决地否认真正的缺点。又有一次他看见她在流泪，头捧在手里，鬓发蓬乱。当他十分激动地问她为什么悲伤的时候，她指着胸口，一句话也不说。利特维诺夫不禁打一个寒战。"肺病啊！"这思想闪过他的脑际，他握住她的手。

"你病了吗，伊莲娜？"他以震颤的声音问（他们在紧要的场合已经开始彼此用教名称呼了），"让我立刻去找医生。"

但是伊莲娜不让他说完，烦恼地跺着脚。

"我一点病也没有……只是这衣服……你懂得吗？"

"什么？……这衣服？"他茫然地问。

"什么？就是我没有第二件，这一件是旧的，讨厌的，而我不得不每天穿上……就是你——格里沙——格里戈里，你来的时候……你终会有一天不爱我了，看到我这样不整洁！"

"天哪，伊莲娜，你说些什么？这衣服很好……这于我很宝贵，因为我第一次看到你的时候便穿着这件，亲爱的。"

伊莲娜脸红了。

"请你不要提醒我好不好，格里戈里·米哈伊洛维奇，就在那时候我也没有第二件。"

"但是我向你保证，这件衣服对你非常合适。"

"不，这是丑怪的，"她坚持着，神经质地扯着她长而柔软的发髻，"呃，这穷酸和低贱……怎样才得脱离这穷酸！跳出这低贱！"

利特维诺夫不晓得怎样说才好，稍稍撇过头去。

忽然伊莲娜从椅子上跳起来，双手搭在他的肩膀上。

"但是你爱我吗，格里沙？你爱我吗？"她喃喃地说，脸贴着他，她的眼睛，依然满眶眼泪的，发出幸福的光辉，"就是穿着这样丑怪的衣服，你仍爱我吗，亲爱的？"

利特维诺夫跪倒在她的面前。

"啊，爱我吧，爱我，我的宝贝，我的救主。"她俯在他的身上轻轻地说。

日子这样过去了，几星期过去了，虽则他们没有正式地宣布，虽则利特维诺夫仍旧迁延地没有向她求婚——当然，这不是他的意思，而是等待着伊莲娜的指示（有一次她说起他们两个年轻得可笑，至少也得在他们的年龄上多添几个星期）———一切仍然向着一个结局移动，他们的将来是愈来愈近，愈来愈明晰，突然间一桩事情发生了，把他们的一切梦想和计划像路边的轻尘似的吹散了。

第八章

　　那年冬天,帝驾游幸莫斯科。庆祝宴会接连不断,后来又在贵族厅举行常例的盛大舞会。这舞会的消息,固然,只在政治公报上登了一条启事,但也传到了狗广场的小屋里。公爵第一个便跃然心动了,他立刻打定主意,说是一定要带伊莲娜同去,说是让这觐见皇上的机会错过是无可原谅的,说是以旧贵族的身份,这是一桩应尽的义务。他以一种特殊的热情辩护着他的意见,这在他是一向少有的。公爵夫人在某种程度上也赞同他的意见,只是唉声叹气担忧这笔费用,但是伊莲娜坚决地表示反对:"这没有必要,我不去。"她这样回答她父母的任何理由。她固执得不可理喻,使得公爵决定请利特维诺夫试着去劝说她,其列举的种种"理由"之一,便是要提醒她,一个少女不宜闪避社交,应该"有这种经验",倘使照这样下去,别人怎能认识她呢?利特维诺夫把这些"理由"铺陈在她的面前,伊莲娜目光坚定地注意地凝视着他,那么坚定那么注意,简直使得利特维诺夫迷乱了。于是,她拈弄着腰带,沉静地说:

　　"你要我去吗,你?"

　　"是的……我这样想,"利特维诺夫犹疑地回答,"我同意你的爸爸……真的,为什么你不……去见见世面,出出风头呢?"他带着短促的微笑添上一句。

烟

"出出风头，"她缓缓地重复着，"那么，很好，我去……只是记得，是你自己要我去的。"

"这是说，我——"利特维诺夫想分辩。

"你自己要我去的，"她打岔道，"这里还有一个条件，你要答应我你不去赴跳舞会。"

"为什么？"

"我要这样。"

利特维诺夫两手一摊。

"我遵命……但是我得剖白我应该很高兴看到你的艳装，见证你无疑地会引起大家的喝彩……我多么骄傲地有了你！"他带着一声叹息说。

伊莲娜笑了。

"我全部的艳装只不过是一件白衫子，至于引起喝彩……是的，不论怎样，我希望……"

"伊莲娜，亲爱的，你好像生气了？"

伊莲娜又笑了。

"哦，不！我不生气。只是，格里沙……（她的眼睛盯住他，他觉得好像从来不曾看到它们有这种表情）也许是，该得这样。"她低声地添上一句。

"但是，伊莲娜，你爱我吗，亲爱的？"

"我爱你。"她用一种近乎严肃的庄重语气回答，像一个男子似的握住他的手。

过后的几天中伊莲娜便忙于衣服和梳妆，跳舞会的前夕她觉得有点不舒适，坐也坐不稳，好几次独自流泪了。当着利特维诺夫的面，则老是挂着没有变更的微笑……她和先前一样温柔地接待他，却是随随便便的，时常对镜顾盼。举行跳舞会的那一天，她静默着，脸色苍白，却是镇定的。夜晚九点钟的时候利特维诺夫来看她。当她跑出来见他的时候，她身上穿着一件白色薄纱的长袍，梳得微微高了一点的发髻上插着一枝小小的蓝色花朵，他赞羡不已地几乎失声叫了出来。在他的眼里，伊莲娜是这般可爱，一副和她的年龄不相称的尊严模样。"是的，今天一个早晨她便长成了！"他想，"真是仪态万方，这便是贵族血统了！"伊莲娜站在他面前，两手悬垂，不笑也不颦，坚决地几乎是勇敢地望着，不是望着利特维诺夫，而是望着一直伸展在她前面的辽远处所。

"你正像故事书里的公主，"终于，利特维诺夫开口了，"哦，不，你像一个可操必胜的临阵战士……你不允许我参加跳舞会，"他继续说，这时候她仍然和刚才一样站着一动也不动，不是因为她没有听到他的话，而是因为她在倾听一种自己内心发出来的声音，"但是你不拒绝接受我这几朵花，把它一起带去吗？"

他献给她一束金盏花。她很快地看了利特维诺夫一眼，突然伸出手来去抓那插在头发里的花朵，说："你愿意吗，格里沙？只要一句话，我立刻可以撕毁这一切，留在家里。"

利特维诺夫的心脏好像要爆炸了。伊莲娜的手已经抓住那花朵……

"不，不，为什么？"他赶忙阻止她，心里涌起了一种宽大的高贵的感情，"我不是一个自私者……我为什么要限制你的自由呢……当我知道你的心——"

"那么，不要凑近我，你把我的衣服弄皱了。"她猝然说。

利特维诺夫不安了。

"但是你愿意接受这束花吗？"他问。

"当然，它很美，我爱它的香气。谢谢——我将把它保存在记忆里面——"

"纪念你第一次踏进社会，"利特维诺夫说，"你的第一次胜利。"

伊莲娜略略俯身,在镜子里望了望自己的肩膀。

"我真的很美吗?你没有偏袒吗?"

于是利特维诺夫滔滔不绝地倾出赞美的话。伊莲娜已经不再听他了,她把花拿到面前,又以她奇异的罩着一层阴影的瞳仁很大的眸子望着远处。微弱的轻风拂起了她细致的飘带端末,飘在肩上好像羽翼。

公爵出现了。他的头发梳鬈得很讲究,白领带,古旧的黑色晚礼服,襟纽上挂着弗拉基米尔绶带的贵族勋章。在他的后面走来的是公爵夫人,穿着古式的中国丝绸衣服,带着一种不安的严峻,这里面隐藏着做母亲的焦灼的心,她跟在她女儿后面,替她抖拂着,就是说,完全不必要地拉扯她的长袍的褶皱。一辆古式的四座位的出租马车,由两匹粗毛马拉着,轮子碾过未扫的冻结了的雪堆,走近阶沿来,一位穿着怪样号衣的衰老的仆人奔进大门,用一种吃力的调子大声报告马车预备好了……公爵和公爵夫人给留在家里的孩子们做过临睡前的祝福之后,各人把自己裹在皮衣里面,走下阶沿。伊莲娜披一件小外套,太单薄也太短——这时她多么恨这件小外套啊——默默地跟在他们后面。利特维诺夫送他们到门边,希望能得到她临别的一次盼睐,但是她坐进车厢,头也不回。

夜半时分他在贵族厅的窗下走过。数不尽的高蜡台上烛炬辉煌,透过红色的帷幕,傲岸的、欢乐的、诱惑的施特劳斯的华尔兹旋律,响彻整个挤满马车的广场。

第二天下午一点钟,利特维诺夫到奥西宁的家里去。除了老公爵之外他没看见别的人,公爵立刻告诉他说伊莲娜头痛,睡在床上,要到天黑起身,说是在第一次跳舞之后,这种微微的不适是一点也不足为奇的。

烟

"这很平常,你知道,在姑娘们。"他用法语添了一句,这使利特维诺夫惊讶,利特维诺夫同时注意到他不似往常穿着寝衣,而是穿着一件外套。"再则,"奥西宁继续说,"经过昨晚的事故之后,怎能不发生一点扰乱!"

"事故?"利特维诺夫喃喃地说。

"是的,是的,大事,真正的大事,你想不到,格里戈里·米哈伊洛维奇,她真是一鸣惊人!皇室全体都注意到她了!亚历山大·菲德洛维奇亲王说她的位置是不该在这儿的,说她使他想起了黛芳茜斯公爵夫人。你知道……这位……著名的……还有老布拉津科拉普在众耳共闻之下宣称伊莲娜是舞会的皇后,愿意把自己介绍给她。他也向我介绍,这就是说,他对我说他记得我好像是一个轻骑校尉,问起我现在在哪个部里服务。顶知趣的是那位伯爵,是这样的一位异性崇拜者!但还不止于此,我的公爵夫人……他们也不给她安静。娜塔莉娅·尼基季什娜亲自和她谈过话……我们还能要些什么呢?伊莲娜和所有的最漂亮的贵公子们跳舞。他们不断地来谒见我……我简直数也数不清了。你相信吗?他们前后左右地拥住我们,在玛祖卡舞的时候他们单是找她。一个外国外交家,听说她是一位莫斯科小姐,便对沙皇说:'陛下,无疑莫斯科是贵帝国的中心!'另一位外交家说:'这真正是一种革命,陛下——神的启示,或是革命①……总之是类似这样的话,是的,是的,是这样说。我告诉你这是不平常的事情。"

"那么,伊莲娜自己呢?"利特维诺夫听到公爵的话,手脚都冰了,"她快乐吗?她觉得高兴吗?"

"当然快乐!为什么不喜欢呢?但是,你知道,她不是一眼

---

① "神的启示"和"革命"两词语音近似,是一句双关语。——译者注

225

烟

看得透的！昨天谁都对我说：'真是惊异！谁都不信令爱是第一次出来跳舞。'莱辛巴赫伯爵也是其中之一……想来你认识他的吧。"

"不，我一点儿也不认识他，从来不曾听说过他。"

"他是我妻子的表兄弟。"

"我不认识他。"

"一个富翁，住在彼得堡，通晓时势的御前大臣，在利沃尼亚，什么人都在他的掌中。直到现在他和我们疏远……但是，当然，我并不会因此对他怀恶意。我脾气顶好，你知道，总之，他是这样的一个人。他坐在伊莲娜旁边，和她谈了一刻钟——不多不少刚好一刻钟——的话，随后对我的公爵夫人说：'我的表妹，令爱是一颗明珠，一个才貌兼备的女孩子，人人都祝贺我有这样的一位外甥女……'这之后我回头望见——他跑到一位很重要的大员面前，和他说话，一面望着伊莲娜……那大员也望着伊莲娜……"

"那么伊莲娜今天一天是不起身了？"利特维诺夫又问。

"对。她头痛得厉害。她告诉我叫我替她接见你，并且谢谢你的花，那是可爱的。她需要休息……公爵夫人外出拜客去了……我，我自己呢……你看……"

公爵咳了一下，两足蹑蹀不安地好像忘了还想说些什么似的。利特维诺夫拿起帽子，说公爵有事请便吧，过一会儿再来问候她的健康，他走了。

离开奥西宁家没几步远，他看到一辆漂亮的双座马车停在警察守望岗前面。一个漂亮的穿制服的仆人从车厢里急慢地探出半截身子来，问那位芬兰巡长，帕维尔·瓦西里耶维奇·奥西宁公爵住在哪里。利特维诺夫瞥一眼这辆马车，里面坐着一位中年男子，面色蜡黄，高傲而多皱纹的面孔，希腊式鼻子，奸刁的嘴，裹在一件黑貂大氅里面，外表上确是一位大人物。

第九章

　　利特维诺夫并没有如约，他想把这会见挨到第二天也许更好些。当他翌日十二点钟左右走进这于他太熟悉的会客室的时候，看见只有维克托琳娜和克列奥帕特拉两位小公爵小姐在家。他先向她们问好，然后问她们伊莲娜病好些了没有，他能不能见她。

　　"伊莲诺契加①和妈妈一道吹（出）去了。"维克托琳娜回答，她的口齿有点不清，但比起她的妹妹来要大胆些。

　　"怎么，她出去了？"利特维诺夫重复着，他的心底起了一阵无声的震颤，"这时候她不……不……不来照顾你们，教你们读书吗？"

　　"伊莲诺契加现在再也不靠（教）我们涂朱（读书）了，"维克托琳娜回答。

　　"现在再也不靠（教）了。"克列奥帕特拉跟着说。

　　"你们的爸爸在家吗？"利特维诺夫问。

　　"爸爸比（不）在家，"维克托琳娜继续说，"伊莲诺契加身子不熟悉（舒齐）；整夜她苦（哭）着，苦（哭）着……"

　　"哭着？"

　　"是的，苦（哭）着……叶戈罗芙娜②告诉我的，而且她

---

① 伊莲娜的爱称。——译者注
② 女仆的名字。——译者注

烟

眼睛是那样红,完全中(肿)了……"

利特维诺夫在会客室里来回踱了两趟。好像着了凉似的发颤,跑回自己的寓所。他体验到如同登上了高塔,从顶端向下俯视的一种晕眩感觉。一切都在他内部寂灭了,他的脑袋发眩地在慢慢旋转。模棱的错愕,像耗子窜过似的思想,朦胧的惊惧,麻木的期待和奇异的几乎是恶意的好奇心,以及挤不出来眼泪的苦楚充满了他重荷的心,在嘴唇上却浮着勉强而空虚的微笑,做着无意义的祈祷——不向谁的祈祷……哦,这一切多苦涩,多可耻的堕落!"伊莲娜不肯见我了。"他脑里不住回转地想,"这很明白。但是为什么呢?在这不吉的舞会上碰到了什么事情?怎么一下子就会变了卦呢?这样突然……(人们常常看到'死'突如其来,但是从来不能习知它的突兀,他们觉得漠无感觉。)她不给我捎个信儿,不想亲自对我解释……"

"格里戈里·米哈伊洛维奇。"一个亢奋的声音在他耳边叫唤。

利特维诺夫一惊,看见前面站着他的家仆,手里拿着一封信。他认出这是伊莲娜的笔迹……在他未拆开这封信之前,他预感一种不幸要降临了,他头沉到胸际,肩胛叉起,好像准备来抵挡这打击似的。

终于他鼓起勇气,一下子扯开信封。在一张便笺上写着以下数行字:

饶恕我吧,格里戈里·米哈伊洛维奇。我们中间的一切都完了,我要去彼得堡。我非常不幸,但是事情已定,无可挽回。这好像是我的命运……不,我不想辩解我自己。我的预感实现了。原谅我吧,忘却我,我是配不上你的。宽宏些,不要来找我。

——伊莲娜

烟

利特维诺夫读了这简短的几行字，慢慢地倒在沙发里，好像谁给他兜胸打了一拳似的。他让这信纸从手中滑落到地上复捡拾起来，重读一遍，轻轻地自言自语："去彼得堡。"复让它掉下，完了。接着又来了平静的感觉。他甚至把手伸过脑后，把垫在头底下的枕头弄得平平整整。

"男子们受伤至死也不示弱的，"他想，"怎样来，便怎样去。一切都自然，我早就料到了……（他对自己说谎了，他是从来不曾料到这一回事。）哭了……她哭了……哭点什么？为什么哭，既然她不爱我！但是这也很容易懂的，这符合她本来的性格。她——她配不上我……对了！（他苦笑了。）她不知道她自己身上潜藏着多少魅力——在跳舞会中所获得的效果使她有了这种自信，那么还肯和我这样无足轻重的穷学生一起吗——这一切都容易明白的。"

但是他记起了她温柔的话，她的微笑。记起了她那双永远也忘不了永远也看不到了的，落在他身上和他的眼光相遇的时候照亮了他、融化了他的眼睛。记起了一个飞速的、虚怯的、火热的吻——于是突然呜咽了，痉挛地、怒不可遏地、涌着复仇之念地呜咽了。他翻脸向下，好像渴望把自己和他的周围撕成一片片似的以疯狂的快意窒闷自己、扼杀自己，把发热的面颊放进沙发的垫子中间，用牙齿咬着它。

哎哎！利特维诺夫前天看到的坐在马车里的那位男子并非别人，正是奥西宁公爵夫人的表兄弟，豪富的御前大臣莱辛巴赫伯爵。他注意到了伊莲娜在若干高级大员身上所引起的垂青，马上想到从这桩事情上，有几分把握地可以得到什么好处，他立刻就定下计划，正如一个处事果断的男子，手腕灵活的廷臣。他决定火速进行，拿破仑式的。"我要把这绝色的女孩子接到我家里，"

烟

他这样默想着,"接到彼得堡家里,我把她立作我的继嗣,想得个好主意啊,天!我甚至于把全部财产都遗留给她,好在我没有孩子。她是我的外甥女,我的伯爵夫人又寂寞又冷清……客厅里有一个俊俏脸蛋总要愉快得多……是的,是的。这样就是:这是一个主意,这是一个主意!"但他可得要劝诱、眩惑、打动她的父母才行。"他们伙食都不够开销,"当伯爵坐在马车里到狗广场去的路上他继续反复地想,"所以,我担保,他们是不会固执的。他们也不是偏重感情的人。我可以给他们一笔钱。她呢?她一定答应的。蜜总是甜的——昨晚她尝过了。这是我单方面的非非之想,该得承认,却让他们占了便宜……便宜了老家伙们。我可以对他们如此这般地说……那么你们必须得决定啦——否则我另找一个承继的——一个孤女——这也许更适合些。肯或不肯——我限定二十四个钟头给你们考虑—这样就算说定。"

唇边带着这一批话,伯爵来求见公爵,后者在前天晚上跳舞会中早就预料到他的拜访了。这拜访的结果好像不值得铺叙,所以这里从略了。伯爵的预料也没有错:事实上公爵和公爵夫人一点也不固执,接受了这笔钱,伊莲娜也在限期届满之前答应了。要她和利特维诺夫断绝关系,这是不容易的,她爱他,在把给他的信送出之后,她一直睡在床上不起身,不住地哭,消瘦了,苍白了。但是不管这些,一个月后公爵夫人把她带到彼得堡,安置在伯爵的家里,把她交给伯爵夫人照管。伯爵夫人是一个心地很好的妇人,但是头脑笨得像母鸡,外表也有点像母鸡。

利特维诺夫离开了大学,跑回乡下父亲的老家。渐渐地,他的创伤平复了。起先他一点也不知道伊莲娜的消息,他真的避开了彼得堡以及和彼得堡上流社会有关的谈话。过后,逐步地,关于她的风传——的确不是恶意地,只是好奇地——流布了,关于她的闲话也多起来了。这位光辉璀璨的捺着特殊烙印的年轻的奥西宁小姐的名字在乡僻社会中也愈来愈频繁地挂在人们的嘴角上了。好像从前有一个时候，男子们提起沃罗滕斯卡娅夫人的名字一样，说起她来总有一番惊奇、一番尊敬和一番妒羡。终于她结婚的消息来了。但是利特维诺夫对这最后的新闻简直不曾注意，那时候他已经和塔吉亚娜订婚了。

现在，读者无疑地可以明了当利特维诺夫喊着"难道是她吗"的时候，他所记起的是什么人了，那么让我们再回到巴登，续起被打断了的故事的线索吧！

第十章

　　利特维诺夫很迟才睡着，睡得也不久，他起床的时候太阳刚刚上来。从窗口远望，灰暗的山尖衬着明净无尘的天穹，在紫雾中浮起。"那树林底下该是多么凉爽！"他想。于是赶快穿好衣服，随便瞥了一眼一夜就开放得更加艳丽的花朵。拿起手杖，动身向著名的"绝壁"上的"古堡"走去。清新的朝氛强有力地、爱抚地围裹了他。他深深地吸了一口气，勇敢地踏开步子。青春的、生气蓬勃的健康的血液在他每一根脉管里跃动，大地好像在他轻捷的步履底下弹回来。每一步都使他更轻松、更幸福，他在朝露粲然的树荫底下一条铺着粗沙的小径上走着，沿着一排枝头茁着春芽、给浓荫镶上一道新绿边缘的杉木。"多愉快！"他不住地自言自语。突然他听到了一阵熟悉的声音，他朝前望去，只见伏罗希洛夫和巴姆巴耶夫迎面走来。这使他着慌了，好像小学生躲避教师一样，他连忙跑去躲在一簇树丛后面……"救世主啊！"他祈求着，"慈悲地遣走我的同胞们吧！"他觉得这时候只要不被他们瞧见，就是花几个钱也在所不惜……幸而他们没有瞧见他，主是慈悲的。他听见伏罗希洛夫以自信的军人口吻，向巴姆巴耶夫大谈哥特式建筑的种种演变，巴姆巴耶夫只唯唯地应诺着，显然伏罗希洛夫把这"演变"已经拉扯得很久，连这位脾气顶好的热情家也开始不耐烦起来了。利特维诺夫咬紧嘴唇，伸长脖颈，细听他们的脚步声渐渐走远，着实过了好些时光。隔了很久，这训话式的谈话声音——一会儿喉音的、一会儿鼻音的——还断续地传入他的耳鼓。终于，一切复归静寂了，利特维诺夫好像心里放下了一块石头，自由自在地呼吸着，从藏匿的地方跑出来，再走。

他在山里逛了三个钟头。有时他离开正路，从一块岩石跳到另一块岩石，苍苔溜滑，他不止一次地跌倒。他拣一片岩岗坐下，在橡树或白杨树的树荫里，谛听着长满了凤尾草的小涧的昼夜不息的潺湲，和令人忘忧的萧萧林叶的声音，与孤寂的山鸟清越的啼啭，做着许多愉快的幻想。一种轻微的、愉快的醉意暗暗地袭来，爱抚地临近，他仿佛就要睡着了……突然他微笑了，回首瞻顾，林木金青交错，移动着的枝叶轻柔地映入他的眼帘——他又微笑地合上了眼睛。他开始想吃一点早餐，于是择路向古堡走去，在那儿，只要花几个钱，便可以得到一杯可口的牛奶和咖啡。但是当他正在古堡前平台上一张白漆小桌子边坐下来的时候，他听见一阵杂沓的马蹄声，三辆无篷马车停下来，车中走下一大群贵妇人和漂亮男子……利特维诺夫立刻认得他们是俄国人，虽则满口说着法国话……也正因他们说着法国话。贵妇人的服装是出人头地的高尚文雅，男子们穿着式样时新的腰身窄小紧贴着身体的外套——现在这种样式是不常见了——顶上等质料的灰色裤和有光泽的都市人爱用的帽子。每人的颈上都打着一条黑色的、窄小的抽得紧紧的领结，他们的浑身态度举止都有点军人气派。实际上，他们的确是军人，利特维诺夫凑巧碰到一班年轻将官——社会地位最高、最有权势、最重要的人物——的野宴了。他们的官腔到处都清楚地表现出来：在他们谨慎潇洒的态度上，和蔼谦卑的微笑上，全然不动声色的表情上，女性化地动一动肩胛、摇一摇身体、弯一弯膝节的动作上……这种官腔也在他们的说话声音中表示出来，这声音，好像是非常客气而又求全责备地在答谢着他们的部下。全体军官们都洗刷得挺干净，脸刮剃得挺光，浑身饱含着真正老牌的贵族和近卫军的香气——上等雪茄烟和最名贵的印度香料的气息。他们全都有着贵族的手——又白又大，指甲致密，光洁如象牙。他们的口髭发亮，牙齿发光，细嫩的皮肤在两颊上呈玫瑰色，下巴则微带青色，是挺标致挺美丽的。年轻将官们中间有几个轻佻些，有几个正经，但是全体都具有教养良好的举止。他们每个人都深知他本人的身价和他在帝国的将来地位上的重要性，所以处事接物严肃而大方，略微带点满不在乎的样子，那种"管他妈"的神气，尤其是在国外旅行的当儿，出落得更自然了。这群人一阵哗然你推我让地坐下，喊着笑脸迎人的侍仆。利特维诺夫赶忙喝完他的牛奶，付了账，戴上帽子，从将官们身边经过……

"格里戈里·米哈伊洛维奇，"他听见一个女人的声音，"你不认识我了吗？"

他不由自主地停下来，这声音……这在往时太多次使得他心悸的声音……他回过头来，看到了伊莲娜。

她坐在一张桌子旁边，两手交叠着靠在一把移得很近的椅背上，头偏在一边，脸上堆笑，亲热地望着他，似乎非常欢喜。

利特维诺夫立即认得是她，虽则别后十年间她形貌改变了，她从一个姑娘成了妇人了。她苗条的腰肢发育得臻于完美，从前狭小的肩胛的线条，现在却令人忆起意大利古宫殿承尘上站着的女神。但是她的眼睛依然没有改变，在利特维诺夫看来，好像和在莫斯科小屋中那时候一样地在望着他。

"伊莲娜·巴甫洛夫娜。"他犹豫地吐出一声来。

"你认得我吗？我多快活！多快活——"

她忽然停止了，脸微微一红，挺一挺身子。

"这是很愉快的会见,"她用法语继续说,"让我给你介绍我的丈夫。瓦列里安,利特维诺夫先生,儿时的朋友,瓦列里安·弗拉基米洛维奇·拉特米罗夫,我的丈夫。"

青年将官们中间的一个,差不多是顶漂亮的一个,从椅子上站起,以十分殷勤的礼貌向利特维诺夫鞠躬,同时其余的友伴们微微地蹙一蹙眉头,或者宁可说是各人摆出一副凛不可犯的神气,好像相机度宜来应付这不速而来的平民似的。参加野宴的贵妇人们则认为眯一眯眼睛笑一笑挺合适,甚至装出为难的脸色。

"你在——在——巴登住得很久了吗?"拉特米罗夫将军带着一种全然非俄罗斯式的贵胄子弟派头问。显然他不知道对他妻子的儿时朋友说些什么才好。

"不,不久!"利特维诺夫回答。

"你想久住吗?"彬彬有礼的将军继续问。

"我还没有打定主意。"

"啊!这是很愉快的……"

将军住口了,利特维诺夫也没话说。大家帽子拿在手里,上身朝前弓,咧开嘴微笑着,各人望着对方的头顶。

"两个警察,在一个美丽的星期天。"一位鼹鼠眼黄蜡面的将军哼唧着——当然唱得不大合拍,我从来不曾听到过一个俄罗斯贵人唱得合拍的——他脸上的表情总是生气的样子,好像他自己不能原谅自己那副尊容似的。在全体的伴友中间,只他没有玫瑰红的肤色。

"但是你为什么不坐下来?格里戈里·米哈伊洛维奇。"伊莲娜终于说。

利特维诺夫依了她的话坐下来。

"喂,瓦列里安,给我火。"另一位将军用英语说,他也很年轻,但是已经很肥硕,一动不动的眼睛老是望着天,留着丝绒般

烟

的八字胡，时常用他雪白的手指摸着。拉特米罗夫递给他一个银火柴盒。

"你有雪茄没有？"一个贵妇人问，语音有点含糊。

"真正老牌纸烟，伯爵夫人。"

"两个警察，在一个美丽的星期天。"鼹鼠眼将军又很吃力地哼了一声。

"你一定要来探望我们，"其间，伊莲娜对利特维诺夫说，"我们住在欧罗巴旅馆。下午四点至六点我总在家。我们很久没有见面了。"

利特维诺夫望着伊莲娜，她也没有低下眼睛避他。

"是的，伊莲娜·巴甫洛夫娜，很久了——自从莫斯科。"

"自从莫斯科，是的，自从莫斯科，"她率然重复着，"来探望我，我们谈一谈，回忆一下过去。你知道吗，格里戈里·米哈伊洛维奇，你没有多大改变。"

"真的？但是你改变了，伊莲娜·巴甫洛夫娜。"

"我老了些。"

"不，我不是这个意思。"

"伊莲娜？"一位黄头发戴着黄帽的贵妇人，在和坐在她身边的军官交头接耳絮絮地说了些什么之后，带着若有所问的腔调喊，"伊莲娜？"

"我老了点，"伊莲娜继续说，没理睬那妇人，"但是我没有改变。不，不，我一点也没有改变。"

"两个警察，在一个美丽的星期天。"又唱了。这位易怒的将军只记得这首歌的头一句。

"还有一点点刺耳，阁下。"八字胡的胖将军说，带着一阵高声的、粗野的朗笑。显然这句话是从一个什么有趣的而为这上流社会所熟知的故事中引来的，接着再是一声短促的、干涩的笑

烟

声，然后又瞪眼望天。这集团中其余的人也都笑了。

"你真是扫兴的东西，鲍里斯。"拉特米罗夫低声地说。他说的是英语，把鲍里斯这名字读得简直像一个英国字。

"伊莲娜？"黄帽贵妇人说过第三遍了。伊莲娜突然回头朝着她。

"嗯？什么？你要什么？"

"停一会儿告诉你。"贵妇装俏地回答。她外表很不动人，可总是装俏，卖俊。有人挖苦她，说她"向空中卖俏"。

伊莲娜不耐烦地皱一皱眉头，耸一耸肩。

"维尔第先生在干些什么啦？为什么他还不来？"一位贵妇拖着俄罗斯民族所特有的长腔喊道，这音调在法国人的耳朵中听来怪不入耳的。

"啊，您，啊，您，摩舍维尔提？摩舍维尔提。"① 另一个贵妇唉声叹气地说，她的诞生地是阿尔扎玛斯。

"请你们放心，太太们，"拉特米罗夫插嘴道，"维尔第先生答应过我来跪倒在你们的脚下的。"

"嘻，嘻，嘻！"贵妇们摇着扇子。

侍者拿上几杯啤酒。

"巴伐利亚啤酒？"八字胡将军问，故意很低声，装作惊讶的样子—"早上好。"

"那么？帕维尔伯爵还在那儿吗？"一个年轻将军冷冷地没精打采地问另一个将军。

"在的，"那个将军同样冷冷地回答，"但这是临时差使，他们说萨尔若要来接他的任。"

---

① 她想说的是一句法国话：Ah, VOUS, ah, vous, monsieur Verdier? monsieur Verdier. 意思是：啊，您，啊，您，维尔第先生？维尔第先生。——译者注

"啊哈!"第一个说话的将军在牙齿缝里透出一声。

"啊,是的。"第二个答话的将军牙缝里透出一声。

"我不懂,"刚才哼着歌的将军开始了,"我不懂波耶为什么要举出种种的理由为自己辩解——当然哪,他把那商人打得正好,打得他吐了起来……那打什么紧?他也许还有他私下的理由。"

"他怕……被报纸揭发开来。"有人喃喃地说。

易怒的将军发火了。

"好,这欺人太甚了!报纸!揭发!假使由我做主的话,我要叫报纸除登载肉价、面包价和卖靴子卖皮料的广告之外什么都不准登载。"

"还有破落户拍卖地产的广告。"拉特米罗夫添了一句。

在目前情况中,也许……但这是何等样的谈话呀,在巴登,在古堡。

"但这不打紧!不打紧!"黄帽子的妇人回答道,"我爱谈政治问题。"

"夫人说得对,"另一位长着一副非常可爱的女人相貌的将军插入一句,"为什么我们要避开这些问题不谈……在巴登又何妨?"说了这句话,他和蔼地望一眼利特维诺夫,谦逊地微微一笑。"一个正直不阿的男子不应该在任何情形之下否认他的信仰。你们认为这可对?"

"当然对,"易怒的将军接腔说,瞟一眼利特维诺夫,好像间接攻难他似的,"但是我觉得没有……这必要。"

"不,不,"谦恭的将军以同样的和婉口气说,"刚才我们的朋友瓦列里安·弗拉基米洛维奇提到富户拍卖地产。那不是一桩事实吗?"

"但是现在地产卖不出去,没有人要!"易怒的将军喊道。

烟

"也许是的……也许是的。为了这理由所以我们应该大声疾呼地宣示这事实……这危机四伏的可悲的事实……我们是破产了……很好;我们穷了……这毋庸争辩;但是,我们,大地主们,我们仍旧代表一种原则……一种原则。保存这原则是我们的义务。对不起,太太,我想你掉了手绢了。当某种——就这样说吧——黑暗的潮流甚至于影响到我们的最卓越的头脑的时候,我们是义不容辞地要用手指(他伸出他的手指)给公民们指出这趋于灭亡的深渊。我们应当郑重坚决地警告他们'回头吧,回头吧',这就是我们所要说的。"

"可是,并不能统统回过来。"拉特米罗夫快快地说。

谦逊的将军只是露齿笑了笑。

"是的,统统,统统,我最亲爱的,回得越后越好。"

这位将军又礼貌地望了利特维诺夫一眼。利特维诺夫觉得受不住了。

"难道我们要叫到'七贵族'① 的时代去吗,阁下?"

"为什么不?我是毫不踌躇地表达我的意见,我们得把……是的……把既成的……一律取消。"

"连2月19日?"②

"连2月19日……能取消尽取消。要么是一个爱国者,要么不是爱国者。'还有自由,要否取消呢?'他们问。你们想自由是民众所宝贵的吗?问问他们看——"

"试一试吧,"利特维诺夫插嘴了,"试去剥夺这自由看看。"

---

① 1610年,波兰与俄国交战,俄军大败。莫斯科贵族起叛为内应,囚俄皇瓦西里·舒伊斯基,由贵族派代表七人代理行政。是为"七贵族"政治时代。——译者注

② 亚历山大二世宣布农奴解放的日子,即新历1861年3月3日。——英译本注

烟

"这位先生叫什么名字？"将军轻轻问拉特米罗夫。

"你们在讨论点什么啊？"胖将军突然开始说。显然他是这团体中的捣乱分子。"尽是谈那新闻报纸吗？谈那一个铜子一行字的文丐吗？让我来告诉你们一个小小的故事，关于我和一个吃笔杆饭的家伙的——这故事很有趣。有人告诉我他造了我的谣。当然，我立刻便把他传到我的面前来了，他们替我把那文丐带上来。怎么啦？我说，我的好家伙，你造了我的谣言？是你的爱国情感过剩吗？是的，多了一点，他说。那么，我问，你爱不爱钱？爱的。他说。于是我把手杖的柄锤给他闻一闻，你喜欢这个吗？我的天使？不，他说，我不欢喜它。但是你得闻一闻，我说，我的手很干净。我不爱它，他说，这样够了。但是我倒非常爱它，我的天使，我说，虽则不预备给我自己的，你懂得这比喻吗，我的宝贝？懂的，他说。那么记住，以后好好做个乖孩子，这一个卢布给你，去吧，要日夜感谢我。于是那吃笔杆饭的家伙跑开了。"

将军轩然大笑，其余的人也跟着大笑——只除了伊莲娜，她，阴沉地望了望说话的人，连一丝笑意都没有。

谦逊的将军拍一拍鲍里斯的肩膀。

"这都是你的捏造，哦，我亲爱的朋友……你用你的手杖吓人……你可是连一根手杖也没有。这是说给太太们笑笑的。只为了一个好笑话。但这不是要讨论的要点。刚才我说过我们一定要完全向后转。请不要误会我的意思。我并不是敌视所谓进步的，只是所有的那些大学、神学院、民众学校，那些大学生们、神父儿女们、平民子弟们和那些小鬼们，所有的袋兜儿底里的宝贝，那些小地主，比无产阶级还要坏。"——他说到这儿，气力不加，几乎是微弱的声音——"这就是吓坏了我的……这就是我们应该制止而必得制止的。"（然后又和蔼地望了利特维诺夫一眼）"是的，应该加以制止。不要忘记了在我们中间谁都没有做过任何请愿，谁都没有要求过什么。比如说——地方自治，谁要求的，你要求过吗？还是你，或你，或是你们，太太们？你不但作法自毙地束缚了自己，也束缚了我们了，你知道。"（将军的漂亮面孔为一种喜悦的微笑而焕发了。）"我亲爱的朋友们，为什么你们要讨好取悦群众。你们喜欢民主，这说来中听，乐了你，熏得你香喷喷的，你也可以借此遂你的私图……但是你知道这是一柄两面刀。还不如老样子来得好，和从前一样……着实靠得住些。不要让群众讲理，信任贵族政治，只有'它'是权力……真的这样一定更好些。至于进步……我当然不反对进步的。只是不要给我那些律师、陪审员、民选官吏等等……只要不侵犯统治权——统治权高于一切——你可以造桥、筑码头、办医院，用煤气灯把大街点得通亮，有何不可呢？"

"彼得堡四面火势燎天了，你去谈你的进步吧！"易怒的将军说。

"是的，你是个怀着恶意的家伙，我看得出来，"胖将军说，懒洋洋地摇摇头，"你可以做一个首席检察官，但是在我看来，在地狱里的俄耳甫斯①，进步是唱到最后的一个字了。"

"你老是说傻话。"阿尔扎玛斯的贵妇人憨笑着说。

胖将军装出极富尊严的样子。

"太太，我说傻话的时候，倒是最正经不过的。"

"这句话维尔第先生说了好几遍了。"伊莲娜低声说。

"要有礼貌，但是莫藏起你的拳头（此句原文为法文）。"胖

---

① 在希腊神话中，俄耳甫斯是阿波罗和卡利俄帕之子，诗人和音乐家。他弹奏七弦琴时，能使木石感动。当他的爱妻死后，他亲入冥府，以琴声感动冥王，冥王允其偕返人间，嘱其不得回顾，他偶一回头，爱妻之影即消失矣。——译者注

烟

将军喊。

"啊,你是个坏蛋,无可挽救的坏蛋!"谦恭的将军插嘴骂,"太太们,不要听他的。会叫的狗不咬人的。他除了和女人调情之外别无所爱。"

"不许这样,鲍里斯,"拉特米罗夫和他的夫人交换了一下眼色之后说,"取笑只管取笑,但是太过分了点儿。我们不该忘记,进步是一种社会现象,这是一种症候。我们应该睁开眼睛观察它。"

"不错,"胖将军皱一皱鼻子说,"我们知道你要做政治家。"

"不见得……一点也不想做政治家!但是一个人不应该拒绝认识真理。"

鲍里斯的手指又摸到八字胡上,瞪眼望天。

"社会生活是很重要的,因为民族的发展,和国家——就这样说吧——的命运——"

"瓦列里安,"鲍里斯以责备的口吻说,"这儿有许多太太,想不到你会说这些话。你想做委员吗?"

"谢天谢地,委员会现在都停止——活动了。"易怒的将军插进一句,他又开始哼"两个警察,在一个美丽的星期天。"。

拉特米罗夫拿一块麻纱手帕掩到鼻子边,漂亮得体地退出了辩论。谦恭的将军还在骂"浑蛋浑蛋"。但是鲍里斯却转身朝着"向空中卖俏"的妇人,没有放低声音,也没有改变他脸上的表情,用许多问话强迫她回答什么时候"回报他的虔诚",好像他是无可挽救地爱上了她,为她受尽苦恼一样。

在这谈话中,每一刻工夫都使利特维诺夫越来越觉得不舒服。他的骄傲,他的率真的平民的骄傲,几乎是反激起来了。

在他,一个小官吏的儿子,和这些彼得堡掌握军权的贵族们有什么共同的地方?他爱他们所恨的一切,他恨一切他们所爱的。这桩事实他认识得太清楚，整个身心都感觉到。在他看来，他们的笑话是乏味的，他们的腔调是难受的，他们的动作姿态是虚伪的。在他们流畅的言辞中他觉得有一种可憎的、可轻蔑的调子——但是他，却在他们的面前低头羞怯，在这些东西、这些敌人面前低头。"呃！多讨厌！我碍了他们，我在他们面前成为可笑的了，"他脑中不住回转地想着，"为什么我留在这里？走吧，立刻走吧。"伊莲娜的在场也留不住他，她也引起了他忧郁的情绪。他从椅子上站起，开始告辞。

"你就要走了吗？"伊莲娜说，但是想了一想之后，也不强留他，只是求他答应说一定来看她。拉特米罗夫将军以同样的极文雅的礼貌同他告别，和他握一握手，送他走到平台的尽头……但是利特维诺夫刚绕过那条路的第一个转弯，他听见他的背后起了一阵全体哗然的大笑。这笑声和他无关，是为了那位等得好久了的维尔第先生忽然骑一匹驴子、穿一条蓝裤、戴一顶蒂罗尔制造的帽子在平台上出现而发的，但是血涌上了利特维诺夫的两颊，他觉得强烈的酸苦，他紧闭的嘴唇好像是胶上了苦艾。"可憎的俗物。"他喃喃道，并没意识到他和他们相处仅几分钟，是没有充分根据下这样苛刻的评语的。而这就是伊莲娜落入的社会，伊莲娜，曾有一个时候是他的伊莲娜！在这社会里，她活动着、生活着、统治着。为了这社会，她牺牲了她个人的尊严，她心里的最高贵的感情……很明显是命该如此，她不配有更好的命运！幸而她不曾问起他现在的志趣，这多高兴！否则他也许会在"他们"的面前打开自己的心来……"绝不！再也不！"利特维诺夫喃喃自语着，深深吸了一口清新的空气，几乎是快跑地下山朝巴登奔去。他想到他的未婚妻，他亲爱的、温良的、圣洁的塔吉亚娜，在他眼中，她是多么纯洁、多么高贵、多么真实。他以极纯真的温柔记起了她的面貌、她的话、她的一举一动的姿态……他多么焦急地盼望她回来。

　　急剧的运动平静了他的脑筋。回寓后他坐在桌边,拿起一本书,突然这本书从他手中溜脱了,简直打了一个寒战……发生什么事啦?什么也没有,只是伊莲娜……伊莲娜……突然他觉得他和她的会见是有点不可思议的、奇异的、不平常的。这可能吗?他碰到了她,和从前那位伊莲娜谈话了……为什么在她身上没有那种判然显在那些人身上的可憎的俗气?为什么他觉得她好像在厌倦、悲哀、嫌恶她的处境?她是在他们的营盘里,但她不是一个敌人。什么理由逼得她这样快乐地接待他,要请他去探望她呢?

　　利特维诺夫暗自惊奇了。"哦,塔妮亚,塔妮亚!"他热情地喊,"你是我的护身天使,只有你,我温良的保命神。我只爱你,永远爱你。我决不去看她。完全忘了她!让她和她的将军们寻开心吧。"利特维诺夫又拿起书来。

第十一章

利特维诺夫又拿起书本,但是读不下去。他走出屋子,散一会儿步,听一下音乐,溜一眼赌场,再回到房里,试想再读——还是不行。时间好像特别暗淡,不紧不慢地挨着过。皮夏尔金,那位善意的、心平气和的农事调停局局员跑进来,坐了三个钟头。他谈着,辩驳着,提出许多质疑,间歇地一下子谈论到高尚的,一下子又谈到实际的问题,他把四周的氛围弄得迷漫着沉郁的气象,这使利特维诺夫窘极,差点儿要叫起来了。说到散布沉郁——困人的、冰冷的、无可告助的绝望的沉郁一的技巧,皮夏尔金是无出其右的,就是长于散布忧郁的最严正的道学家也绝对比不上他。只要看到他剪得整整齐齐梳得光光的脑袋,奄奄无生气的眼睛,端端正正的鼻子,便不由得不令人倒吸一口冷气。他吞吞吐吐的、打瞌睡似的、懒洋洋的说话腔调,好像天生就专为了说些一坚信地,明晰地说——"二二得四,不是三,也不是五",或者"水是湿的",或者"乐善好施是可喜的"那种千古不易的真理;或者是"个人无异于国家,国家无异于个人,为了金融周转,债务往来是绝对不能避免的"那一些话似的。然而尽管有了这一套,他还是一个顶好不过的人!这是俄罗斯的命运,在我们中间,好人便是沉郁乏味的。皮夏尔金终于走了,却来了个平达索夫,他,也不探探主人的口气,便毫无廉耻地开口,向利特维诺夫借一百盾,利特维诺夫照数

烟

给了他,虽则事实上平达索夫并不讨人欢喜,甚至于在他看来是有几分讨嫌的,利特维诺夫虽则的确知道这钱永远不会归还,并且他自己正需要钱,然而还是借给了对方。为什么借给他呢?读者也许要问。天知道为什么!这又是俄罗斯人的一个弱点。让读者把手扪在自己的心头,想一想在自己的生活中有多少次做事是绝对没有理由的吧。平达索夫简直谢都没谢一声,要了一杯巴登的红酒,嘴唇也不抹,大声地可憎地咯噔咯噔地响着鞋跟走了。利特维诺夫望着渐渐走远的这赌鬼发红的颈背,他多讨厌自己!在天黑之前他收到塔吉亚娜寄来的信,信中告诉他姑妈身体不大舒适,她在五六天之内不能来巴登。这消息更使他阴郁,增添了他的烦恼,他便心情不快地很早就上床睡了。第二天,即使不能说比头一天坏,也不见得更好些。一大清早利特维诺夫的房间里便挤满了他的同胞们,巴姆巴耶夫、伏罗希洛夫、皮夏尔金、两位官吏、两位海德堡的学生,都一齐拥进来,直到午饭时节还不走,虽则他们话都讲完了也显然说得厌倦了。他们只是不知道怎样安排自己,偶然跑到利特维诺夫的房里,便——借他们自己的话来说——"黏"在那儿了。开头他们谈着古巴廖夫回海德堡去了,他们要跟他一起去;接着在哲学问题上发挥了一些意见,又略及波兰问题。继之论到赌博、妓女,于是讲来讲去又讲了许多中伤别人的故事。最后这谈话落到各种各样的"好汉"、"大胖子"和"饕餮者"上面。起先,他们把陈旧的故事都搬出来,说到卢金,说到一个教会执事和别人打赌,吃了三十三条鲱鱼,说到著名的大胖子,某个地方的伊兹耶齐诺夫上校,说到一个兵士把自己的胫骨放在自己的额上碰断。这之后接着的便是干干脆脆的撒谎了。皮夏尔金打着哈欠说他认识一个小俄罗斯的农妇,临死的时候曾被证明有二十七普特①挂零重,还有一个

---

① 俄国重量单位,1 普特等于 16.38 公斤。——译者注

地主，一顿点心吃了三只鹅和一条鲟鱼。巴姆巴耶夫突然乐起来，喊着说他可吃掉一只全羊，当然，少不得"油盐酱醋"。伏罗希洛夫不知怎地和一个同伴，一个强壮结实的见习军官吵起来，来得这样奇突，大家都给噤住，鸦雀无声了。他们彼此望了一眼，各人拿起帽子，散了。在他们散后只剩下利特维诺夫一个人的时候，他想做点什么事，但是他觉得好像脑子里装满了冒烟的煤炭，什么事都不能做，这夜晚又虚度了。第二天早晨他正预备吃早点的时候，听见了敲门声。"天啊，"利特维诺夫想，"又是昨天的好朋友。"他心惊胆战地喊："请进来！"

门慢慢开了，波图金走进来。一见是他，利特维诺夫变得非常高兴。

"好极了！"他说，亲热地和这料想不到的客人握手，"你来得正好！我正想来找你，但是你没有告诉我你住在什么地方。请坐，放下帽子。请坐。"

波图金并没有回答利特维诺夫亲热的欢迎，仍旧站在房间的中央，挪动着双脚，微笑着摇摇头。利特维诺夫诚恳的招呼显然感动了他，但是他的表情上有几分拘束似的。

"这其间有一点……小小的误解。"他开口说，略带踌躇，"当然，我总是非常高兴……我……但这番是别人请我来……特地来拜望你的。"

"这就是说，你的意思是，"利特维诺夫带着感情受伤的腔调下注解道，"你不是自己想来的？"

"哦，不……真的！但是我……我，倘使不是别人要我来，我今天也许不会想起闯到你这里来。简言之，我给你捎个信。"

"谁的，容许我问吗？"

"一个你熟识的人，伊莲娜·巴甫洛夫娜·拉特米罗娃。你在三天前答应去看她，可是你没有去。"

烟

"你认识拉特米罗娃夫人吗?"

"是的。"

"你很熟识她吗?"

"在某种程度上我是她的一个朋友。"

利特维诺夫静默了一会儿。

"容我问问,"他终于又说了,"你知道伊莲娜·巴甫洛夫娜为什么要见我吗?"

波图金跑近窗边。

"在某种程度上我知道一点儿。她,据我的判断,很高兴见到你——换一句话说——她要恢复和你从前的关系。"

"恢复?"利特维诺夫跟着说一句,"请原谅我的鲁莽,容许我再问一声,你知道这关系是什么性质的吗?"

"严格地说……不,我不知道。但是我想,"波图金突然回过头来,和蔼地望着他说,"我想这关系相当深。伊莲娜·巴甫洛夫娜极口推崇你,逼得我答应她把你请到。你去吗?"

"什么时候?"

"现在……立刻。"

利特维诺夫摇一摇手。

"伊莲娜·巴甫洛夫娜,"波图金往下说,"认为——我怎样说呢——那批人——姑且这样说吧——三天前你碰到她的时候所见到的那批人也许不怎么特别地引起你的好感,但是她托我转告你——魔鬼实际并不如画得那般丑怪。"

"嗯……这是专指那批人说的吗?"

"是的……也指一般而言。"

"嗯……那么,索宗特·伊凡内奇,你对于魔鬼的意见怎样?"

"我想,格里戈里·米哈伊洛维奇,它无论如何并不如画的那般丑怪。'"

"比较好点吗？"

"较好或较丑，这难说，无疑不是画的那样。喂，我们去吗？"

"先坐一会儿。我得承认我总觉得有点奇怪。"

"奇怪什么？"

"你怎样和伊莲娜·巴甫洛夫娜做起朋友来的？"

波图金浑身上下自己打量了一番。

"以我的外表，以我的社会地位而言，当然不可思议，但是你知道，莎士比亚说过——'天和地之间还有许多你梦想不到的东西，霍雷肖。'类似的话，生命不能貌相。这里有一个比喻，你面前长着一棵树，这时候没有风，低枝丫的树叶怎样能和高枝丫的树叶接触呢？这是不可能的。但是当暴风雨来时，一切都改变了……这两片叶子接触了。"

"啊！那么是有过暴风雨吗？"

"我这样想！我们的一生怎能不经过暴风雨呢？但是哲理谈得够了。是该去的时候了。"

利特维诺夫仍犹豫着。

"哦，天啊！"波图金装出一副滑稽相说，"现在的青年人多古怪！一位顶可爱的贵妇人请他去见她，特地派人来请他，而他推三阻四的。你应该惭愧，我亲爱的先生，你应该惭愧。这里是你的帽子，戴上，开步走！正如我们那些热情的德国朋友所说的。"

利特维诺夫又犹豫了一刻钟，终于戴上帽子，和波图金一同走出房间。

第十二章

　　他们一同走进巴登一家顶漂亮的旅馆，求见拉特米罗娃夫人。管门的仆人先请教了他们的名姓，便立刻回答说："伯爵夫人在家。"亲自引他们上了楼梯，在房门上叩了几下，替他们通报。伯爵夫人立刻接见他们，房中只有她一个人，她的丈夫到卡尔斯鲁厄去拜见一位路过该处的"要人"去了。

　　当波图金和利特维诺夫跨进门槛的时候，伊莲娜正坐在一张小桌子旁边，在一块绣布上绣花。她立刻把刺绣抛在一旁，推开小桌子站起来，一种真诚的、快乐的表情掠过她的脸。她穿着早晨的便服，领头很高，她肩臂的美丽线条在单薄的衣料底下隐隐显出，她未加梳束的发髻松散开来，披在纤柔的颈项上。伊莲娜向波图金迅速地递了个眼色，轻轻说一句"谢谢"，把手伸给利特维诺夫，温和地责备他的健忘。

　　"这样算老朋友吗？"她说了一句。

　　利特维诺夫开始道歉。"好啦，好啦。"她连忙答应着，从他手里接过帽子，以友爱的强制，请他坐下。波图金也坐下来，但是不一会儿又站起，说他还有个推脱不了的应酬，说他晚饭后再来，便告辞了。伊莲娜又迅速地递给他个眼色，亲热地点点头，但没有留他，看他从门边隐去之后，便立刻回过头来以一种躁切的不安望着利特维诺夫。

"格里戈里·米哈伊洛维奇。"她以柔软的、音乐般的声音用俄国话说。

"现在我们面对面只有两个人了,我可以告诉你我是多么高兴我们的会见,因为这……这给我一个机会……(伊莲娜直望他的脸)来要求你的宽恕。"

利特维诺夫不由得一惊。他没料到这样迅疾的突击。他想不到她自己会先开口把谈话转到过去的事情上面去。

"宽恕……宽恕什么?"他喃喃地说。

伊莲娜脸一红。

"宽恕什么?你知道的,"她说,头微微地偏过一边,"我曾经亏待过你,格里戈里·米哈伊洛维奇……虽则,无疑的,这是我的命运(利特维诺夫记起了她的信),然而我不懊悔……无论如何已来不及了。但是,无意中碰到了你,于是我对自己说,我们务必要再做朋友,务必……假使这做不到,我将深深感到痛苦的……为了这,所以我想我们应该有一个解释,不能迟延,一次为止的解释,这样以后便不至于有……烦恼,不自然,一次为止,格里戈里·米哈伊洛维奇。你得告诉我你宽恕我,否则我将认为你对我怀着……怨恨。便是这一点!也许这是我单方面的一片痴想,因为说不定你早就把一切都忘了,早忘了,但是不管这些,告诉我,你宽恕我。"

伊莲娜气都不停地说了这全篇话,利特维诺夫可以看到在她的眼睛里闪耀着眼泪……是的,真的眼泪。

"真的,伊莲娜·巴甫洛夫娜,"他连忙说,"怎好说是你求我的原谅、我的宽恕呢……一切过去的都埋葬了,我只是觉得奇怪,在这些围绕着你的富贵荣华当中,你仍然保留着对你童年伴侣的古暗的记忆。"

"这使你奇怪吗?"伊莲娜轻轻地说。

"这使我感动，"利特维诺夫接着说，"因为我永也想不到——"

"可是，你没有告诉我你宽恕了我。"伊莲娜插了一句。

"我诚心诚意地为你的幸福而快乐，伊莲娜·巴甫洛夫娜。我以我的全心祝世界上一切美好的都归你……"

"你不记我的坏处吗？"

"我只记得从前你所给予我的幸福时刻。"

伊莲娜把双手伸给他，利特维诺夫热情地握住它们，并没立刻放开……有什么东西很久很久地、暗暗地扰动了他的心，在这滑软的接触上。伊莲娜仍直望着他的脸，但是这一回她是微笑着的……他，也是第一次有意地逼视她……于是他又认得了这曾有一时于他是那般宝贵的形姿，那有着奇异的睫毛的深湛的眼，那颊上的小痣，那前额上长得特别的发根和她带几分甜蜜而又打趣地掀一掀眉头动一动嘴唇的习惯……这一切，一切，他都熟识……但是她出落得多美！这年轻的女人的身体是多诱人、多有魅力！没涂口红、没画眉、没擦粉，这妍艳的脸没有一丝修饰……是的，这是美丽的女人。一种鉴赏的心情占据了利特维诺夫……他仍在望着她，但是他的思想却跑得很远很远……伊莲娜看出来了。

"那么，好极了，"她高声地说，"现在我的良心可以安了，我可以满足我的好奇心了。"

"好奇心。"利特维诺夫跟着她说了一句，很迷惑地。

"是的，是的……第一桩事情我是想先要知道你现在做些什么事，你有些什么计划——我统统要知道，如何，何事，何时……统统。可是你要说真话，我警告你，我是暗中跟着你，没有失去你的踪迹的……尽我所能。"

"你暗中跟着我，你……在那儿……在彼得堡?"

"在环绕我的富贵荣华中,一如你刚才所说的。确实,是的,我跟着你。至于那富贵荣华,我们以后再谈。现在你一定要告诉我,一定要告诉我很多,很长,不会有人来打扰我们。啊,这将多么愉快!"伊莲娜接着说,快乐地坐在一把圈椅里,把自己安排得很舒适。"说啊,开始。"

"在我说我的故事之前,我先得谢谢你。"利特维诺夫开始说。

"为什么?"

"为那束花,在我房里发现的花。"

"什么花?我一点也不知情。"

"什么?"

"我告诉你我一点也不知情……但是我等着……我等着你的故事……啊,波图金是多么好的一个人,把你请过来了!"

利特维诺夫尖起耳朵听。

"你认识这位波图金先生很久了吗?"他问。

"是的,很久了……但是告诉我你的故事。"

"你十分熟悉他?"

"哦,是的!"伊莲娜轻叹了一声,"这中间有特殊原因……你,当然,听到过艾莉莎·别利斯卡娅的吧……她,在前年死得多惨……啊,真的,我忘了你是不知道我们中间的丑史的……不知道是幸福的,真正幸福的。哦,多难得!终于,终于,有一个人,一个活在现世的人,他不知道我们的私事!并且还可以和他说说俄国话,当然不是地道俄国话,可仍旧是俄国话,不是那永远装腔的讨厌的彼得堡法兰西官话。"

"那么,你说,波图金是和她有关系——"

"提起这桩事我心里便十分难过,"伊莲娜插话,"艾莉莎是我女塾里顶知己的朋友,离开学校后在彼得堡也继续见面。她把

烟

她一切的秘密都吐露给我,她很不幸,她受了很多苦。波图金在这桩事情上做得非常漂亮,以真正的侠义。他牺牲了自己。就是在那个时候我才认识他尊重他的!但是我们话又岔得远了。我等着你的故事,格里戈里·米哈伊洛维奇。"

"但是我的故事一点也引不起你的兴趣,伊莲娜·巴甫洛夫娜!"

"这不关你事。"

"想一想,伊莲娜·巴甫洛夫娜,我们十年不见了,整整十个年头。其间逝去的时光该有多少!"

"何止时光!何止时光啊!"她带着异常酸苦的表情复述他的话,"正是这个缘故,我要听你……"

"还有,我真的不知道应该从哪里说起。"

"从头说起,从顶早的时候,当你……当我跑到彼得堡去的时候。你离开莫斯科了……你知道自从那时候起我便再也没有回到莫斯科!"

"真的吗?"

"起先是不能去;过后,我结婚了——"

"你结婚很久了吗?"

"四年了。"

"有孩子吗?"

"没有。"她干涩地回答。

利特维诺夫静默了一会儿。

"那么你就一直住在他——他叫什么名字——莱辛巴赫伯爵的家里,直到你结婚吗?"

伊莲娜直望着他,好像她想思索一下他为什么要问这话似的。

"没有……"终于她回答。

"我的意思是,你的父母……啊,我还没有给他们问安,他们——"

"他们都健康。"

"仍旧和从前一样住在莫斯科吗?"

"和从前一样住在莫斯科。"

"你的弟妹们?"

"他们都很好,我都有照顾的。"

"啊!"利特维诺夫斜瞟了伊莲娜一眼,"真的,伊莲娜·巴甫洛夫娜,不该要我说我的故事,倒应该是你,单只为了——"他突然觉得说不出口,停住了。

伊莲娜把手提到面前,将手指上的结婚戒指转来拨去。

"你这样想吗?我不拒绝。"她终于答应了,"有一天……也许……但是你先……因为,你知道,我虽想暗暗跟踪你,但仍然知道得很少。至于我……至于我,你一定听得够了。对吗?我想你听到过一些的,告诉我?"

"伊莲娜·巴甫洛夫娜,你所处的地位太显著了,莫想不成为别人谈话的资料,尤其是在我居住的乡下,在那儿,什么流言都相信的。"

"你也相信这些流言吗?怎样的流言?"

"说老实话,伊莲娜·巴甫洛夫娜,这种流言很少进我的耳朵里。我过着很孤独的生活。"

"怎样过?你不是去克里米亚,在军队里吗?"

"连这你也知道吗?"

"正是,我告诉你,你是被监视着的。"

利特维诺夫又迷惑了。

"为什么还要我告诉你就是我不说你也知道的事情呢?"他低声说。

烟

"为什么……做我所要求的事。我要，格里戈里·米哈伊洛维奇。"

利特维诺夫低下头，于是开始……相当没头绪地把他没趣味的经历给伊莲娜说一个粗略的大概。他时常停住，询问地望一望伊莲娜，好像在问她说得够不够的样子。但是她坚持要他继续说下去，她把头发掠到耳朵后，胳膊肘支在椅子扶手上，好像非常专心致志地听取他的每一字句似的。但是这时候倘使有谁从一旁看，观察她脸上的表情，谁都可以猜想到她并没有在听利特维诺夫的话，只是在深深冥想着……但她冥想的不是利特维诺夫（纵然这时候他在她注视之下面红耳热地慌乱了）。一个整段的生活涌现在她的眼前，一个截然不同的，不是他的生活，而是她自己的。

利特维诺夫没有说完他的故事，但是受了逐渐增加的内心的不安和不愉快的感觉的影响，突然停止了。这番伊莲娜没说什么，也不逼他说下去，只是把摊开的手掌掩住自己的眼睛，好像疲倦了似的，慢慢地靠在椅背上，一动也不动。利特维诺夫等待了一会儿之后，想到他的会晤已经过了两个多钟头了，正伸手去拿帽子，突然隔壁房间里响着一阵急速的软皮鞋吱吱嘎嘎的声音，空气中飘来了一阵珍贵的贵族香气，瓦列里安·弗拉基米洛维奇·拉特米罗夫进来了。

利特维诺夫站起来，和漂亮的将军交换了一个鞠躬礼，这时候，伊莲娜一点也不着忙，把脸上的手移开，冷冷地望了她丈夫一眼，用法国话说："啊！你回来了！几点钟了？"

"快要四点了，亲爱的，你还没有梳妆——公爵夫人等着我们呢！"将军这样回答，同时将他绷得很紧的身子朝利特维诺夫方面弯一弯，用他特有的几乎是女性的开玩笑的口吻说了一句"这很清楚，愉快的贵宾使你忘了时间了"。

烟

在这里，请读者容许我把我所知的关于拉特米罗夫将军的履历略述一下。他的父亲是个私生子……你们怎样想？你们猜得不错——但是我的意思不是这么说……他的父亲是亚历山大一世在位时的一个著名的大官和一个漂亮的法国女演员的私生子。这位著名的大官把他儿子生出来，但是没有遗留给他财产，这位儿子（我们的故事中主人的父亲）自己也没有时间挣得份好家业，他只升到上校警官阶级便死了。在他死的前一年，他和一个受他保护的漂亮青年寡妇结婚。这寡妇的儿子，瓦列里安·弗拉基米洛维奇，靠人帮忙进了贵族士官学校，凭他那副漂亮的仪表、漂亮的举止和端方的品行（虽则他也经历过从前皇家军官学校子弟无可避免地做过的种种行为）受到上司的赏识——倒不是为了他术科成绩优良——毕业后便进入近卫军。他的前程是光明的，这得感谢他那谨慎快乐的气质、跳舞的技巧，和他那在大检阅中做传令官时骑在马背上——大都是别人的马匹——的趄趄的武姿，最后，还有那种对上司的谦恭亲热的特别手段，温柔的，察言观色的，几乎是贴心的殷勤，带着点浮泛的飘如轻烟般的自由主义的气息……这种自由主义可并没有阻止他在派他去镇压什么乱子的白俄罗斯村庄中痛鞭五十个农奴。他的相貌是挺惹人欢喜，看来很年轻。脸庞滑腻，两颊绯红，又柔软又有弹性，他结交女人是惊人的马到功成，到了成熟年龄的上流贵妇人简直为他倾倒了。由于习惯的谨慎，为了利害打算的沉默寡言，拉特米罗夫将军经常在上流社会中走动，好像勤劳的蜜蜂，就是顶不好看的花朵儿也要采点儿蜜——他没有什么品性，没有什么学问，但是有着精明能干的名誉，有知人之明，还有看风转舵晓察大势的本领，而最要紧的是他对自身的利益绝对不放松，不让步，他终于看到在他面前展开的平坦的道路了……

利特维诺夫勉强地堆着笑，伊莲娜只是耸一耸肩膀。

烟

"那么,"她用同样冷冷的声调,"你看到那伯爵了吗?"

"当然看到。他请我替他向你问好。"

"啊!他仍旧是那么蠢吗?你的恩师。"

拉特米罗夫将军没有回答。他只是笑一笑,好像对一个妇人过于粗率的判断很宽大似的。这是微笑,正是一个居心和善的成年人,对待一个不讲理的孩子闹别扭的微笑。

"是哟,"伊莲娜只顾自己说,"你伯爵朋友的蠢是蠢得太令人吃惊了,虽则我见过不少人。"

"你自己要我去看他的。"将军喃喃道,于是回头用俄国话问利特维诺夫,巴登的矿泉对他有什么益处没有?

"我得感谢地说,我的身体非常健康。"利特维诺夫回答。

"这是顶好的福气,"将军满面笑容接着说,"真的,人们也不一定为了矿泉才来巴登的,不过这矿泉功效很好,我是想说,非常见效。倘使谁有病,比如我,神经性咳嗽——"

伊莲娜急速地站起来。"再见,格里戈里·米哈伊洛维奇,我希望不久再见,"她用法语说,轻蔑地打断了她丈夫的话,"但是现在我要梳妆去了。那位老公爵夫人,老是那一套娱乐会真受不了,没有别的,只叫人受累。"

"你今天对谁都很苛刻,"她的丈夫嘟囔道,悄悄地走到隔壁房间去。

利特维诺夫正转身朝门走去,伊莲娜止住他。

"你把什么都告诉了我,"她说,"但是你瞒着一桩主要的事情。"

"什么事情?"

"别人告诉我你要结婚了。"

利特维诺夫脸红到耳朵根……真的,他是故意没提塔妮亚的。但是他觉得非常恼了,第一点,伊莲娜知道了他要结婚;第二点,她相信他是有意瞒着她的。他完全不晓得说什么才好,而伊莲娜的眼睛盯住他不放。

"是的,我要结婚了。"终于他说出来,立刻转身走了。

拉特米罗夫回到这房间。

"嗯?你还没有梳妆?"他问。

"你一个人去好了,我头痛。"

"但是公爵夫人……"

伊莲娜把她的丈夫从头到脚打量了一番,然后转过身,走到梳妆室去。

第十三章

利特维诺夫觉得非常厌恶自己，好像他在赌盘上输了钱，或者是破了自己的诺言一样。一种内在的声音告诉他——他，在结婚的前夕，一个清醒的有理智的男子，不是一个孩子了——不应当受好奇心的驱使，也不应被旧情蛊惑。"去得真有十分必要吗？"他想，"在她的一方面只是轻佻，一时异想，朝三暮四……她无聊起来了，她厌倦了，于是来抓我……正如一个吃厌山珍海味的人忽然想吃黑面包一样……这原属自然……但是我为什么要去呢？我对她岂不是只有轻蔑吗？"这最后的一句话，虽则仅在脑中想着没说出来，可是颇费了很大的力气……"当然了，危险是没有的，绝不会有危险的，"他继续想下去，"我知道我在和谁纠缠。但是火还是玩不得……我的脚再也不踏上她的门了。"利特维诺夫可不敢也不能承认伊莲娜在他眼中是多么美，在他的感情上是多么有魅力。

这白天又恹恹乏味地过去了。午餐时候，他凑巧坐在一个口髭染色的仪表堂堂的美男子旁边，那位男子一句话也不说，只是喘息着，翻着眼睛……但是，忽然打个嗝，就证明他又是一个同胞了，因为他立刻便用俄国话说："啊，我说过不该吃甜瓜的！"天黑了，也没有碰到什么差强人意的事情来抵偿白天损失的光阴。平达索夫，当着利特维诺夫的面，赢了一注比他借给他的多过四倍的钱,但是,非但不偿还他,倒反带着恐吓的神气瞪眼直在他脸上盯了一会儿,好像正是因为利特维诺夫当场见证他赢了钱,预备再来向他借点赌本似的。第二天早晨又是一批同胞光临利特维诺夫家里,他颇费了一些手脚把他们调遣开,然后动身到山上去,出门第一步便碰到伊莲娜——他假装不认识她,急急地跑过去——接着又碰到波图金。他正想和波图金谈话,波图金却好像不大愿意理睬他似的。他手里牵了一个衣服华丽的女孩子,蓬松的、黄得几乎带白的鬈发,大的黑眼睛,苍白的病态的小脸上有着一副娇宠的孩子所特有的喜怒无常的不耐烦表情。利特维诺夫在山里玩了两个钟头,然后沿着李希顿泰勒林荫道走回家去……一位贵妇人,脸上罩着蓝色面纱,坐在一条长椅上,她急速地站起,向他走来……他认得是伊莲娜。

"你为什么避开我,格里戈里·米哈伊洛维奇?"她说,她按捺不住感情的声音,好像内心是在煎沸着似的。

"我避开你,伊莲娜·巴甫洛夫娜?"利特维诺夫窘了。

"是的,你……你——"

伊莲娜好像是兴奋的,几乎是发怒的。

"你误会了,我向你保证。"

"不,我没有误会。你以为今天早晨——我是说,我们碰到的时候——你以为我看不出来你是认得我的吗?你以为你可以说你不认得我吗?告诉我。"

"真的我……伊莲娜·巴甫洛夫娜——"

"格里戈里·米哈伊洛维奇,你是一个爽直的男子,你总是说真话的。告诉我,告诉我,你认得我,认得我吗?你是不是故意避开我?"

利特维诺夫瞥一眼伊莲娜。她的眼睛射着奇异的光,她的两颊和嘴唇在细密的面网底下苍白得像死灰。在她的表情上,在她

烟

按捺不住的幽微的声音中，是有点什么无奈的怨怼和哀求……利特维诺夫不能再装傻了。

"是的……我认得你。"他花了很大力气说。

伊莲娜徐徐地站住了，徐徐地放下手。

"为什么你不跑过来？"她轻轻地说。

"为什么……为什么！"利特维诺夫离开大路走在一旁，伊莲娜默默地跟着他。"为什么？"他又重复了一句，突然他的脸发烧了，他觉得胸口和喉头好像被一种类似憎恨的激情哽住了。"你……你问这句话，在我们中间，经过了这种种之后？不是现在，当然，不是现在的时候了，只是在那……在……莫斯科。"

"但是，你知道，我们说定了。你知道，你答应过的——"伊莲娜开始说。

"我什么都没有答应！原谅我语气的粗暴，但是你要求说真话——那么你自己想一想：假使不是你朝三暮四的变心（我得承认这点我不了解），假使不是想试试你在我身上还有多少魔力的一种欲望，我将拿什么来解释你对我的苦苦——我不知道用什么字眼才好——追求呢？我们的路是离得这样远！我把一切都忘怀了，我在很久之前历尽苦痛，总算活了过来，我变成了另一个完全不同的人了。你嫁人了——幸福的，至少，在表面上——在世界上处于令人妒羡的地位。恢复我们的友谊，有什么目的，什么用呢？我对你有什么好处，你对我有什么好处呢？现在我们中间甚至于了解也不可能。我们没有共同的地方，不论在过去或现在！尤其是……尤其是在过去！"

利特维诺夫急促地唐突地说了这番话，头也不回。伊莲娜动也不动，只是时时几乎觉察不出来地向他伸手，好像恳求他停下来听她说似的。在听到他最后一句话的时候，她微微咬一咬嘴唇，好像要抑制住这尖锐、急骤的伤害一样。

"格里戈里·米哈伊洛维奇,"终于她说了,声音较镇静。她避开这条时常有人来往的大路,退得更深一点。

这番是利特维诺夫跟着她。

"格里戈里·米哈伊洛维奇,请相信我,假使我能够想象我对你还有丝毫的魔力遗留,那么我就会先避开你。我之所以不这样做,我所以打定主意,不管我……从前怎样错待了你,要和你恢复旧交,这是因为……因为——"

"因为什么?"利特维诺夫几乎是粗暴地问。

"因为,"伊莲娜突然用力地说,"在这上流社会中,这令人妒羡的地位中——像你所说的——于我是太难受、太难堪、太窒闷了。因为,在和这些木偶人——你看到过这些典型的,三天前,在古堡——接触太久了之后,碰到你,一个活泼有生气的人,我欢喜得如同在沙漠中遇到一块绿洲,而你,因为我错待过你——真的我错待过你,但是我更错待我自己!——疑心我在挑逗你,看轻我,拒绝我。"

"是你自己选定你的命运的,伊莲娜·巴甫洛夫娜。"利特维诺夫悻悻然接着说,和刚才一样头也不回。

"我自己选定的,是的……我并不埋怨,我没有权利埋怨。"伊莲娜急促地说,好像从利特维诺夫粗暴的口气里得到一点秘密的安慰似的。"我知道你瞧不起我,我不想为自己辩解;我只想把我的感情向你解释,我要你相信我现在并不轻佻……我,对你轻佻!啊,一点儿意思都没有……当我看到你的时候,我身上一切美好的、年轻的……那些我还没有选定我的命运之前的日子,那十个年头背后铺展在熠耀的光明底下的一切……都复活了……"

"算了吧,真的,伊莲娜·巴甫洛夫娜!就我所知,你生命中的光明恰恰是在我们分离之后才开始的。"

伊莲娜把手帕拿到唇边。

烟

"你说得很残酷,格里戈里·米哈伊洛维奇,但是我不能对你生气。哦,不,那不是光明的时间,我离开莫斯科并不是为了幸福。我没有尝到一刻的幸福,一刹那的幸福……相信我吧,不管别人对你怎样说。假如我是幸福的,我还像现在这样和你说话吗?我再告诉你,你不知道那批人是什么模样……啊,他们什么都不懂,什么都不能感受。他们没有一点头脑,没有聪明,没有灵性,除了机智和狡狯以外什么都没有。真的,音乐、诗和绘画同样是和他们格格不入的……你会说,我对这一切也是相当淡漠的,但淡漠的程度不同,格里戈里·米哈伊洛维奇……程度不同!现在在你面前的不是一个高贵的妇人,你只要望一望我——不是交际界的皇后——他们是这样称呼我的——我相信……我只是一个可怜的……可怜的动物,真值得怜悯的。不要奇怪我的话……现在我再也没有什么可骄傲的了!我如同一个乞丐向你伸手,你懂得吗?正如一个乞丐……我求你布施,"她突然以一种不自主的情不自禁的激动添了一句,"我求你布施,而你——"

她的声音嘶哑了。利特维诺夫抬起头来望了望伊莲娜,她的呼吸急促了,她的嘴唇颤抖着。突然,他的心加紧地跳起来,他的憎恨一下子涣然冰释了。

"你说我们的路是离得那么远,"伊莲娜继续往下说,"我知道你是由恋爱快要结婚了,你替你全部的生命筹好了计划,是的,即使这样,我们也不会变成陌生人啊,格里戈里·米哈伊洛维奇,我们彼此仍能了解。你以为我完全变蠢了——完全堕落到泥淖里了吗?啊,不,请你不要这样想!让我打开我的心吧,我求你——就是——就是为了往日——假如你不愿意忘了它——的情面。让我们的会面不要无结果而散,这是太痛苦了。这次会面也不会久长的……我不知道怎样说才合适,但是请理解我,因为我只向你要求小小的一点,这样小小的一点……只是一点点的同情,只要你不拒绝我,只要你让我打开我的心——"

伊莲娜停住不说了,她的声音带有啜泣。她轻轻地叹气,畏怯地用一种偷偷探险的眼光望着利特维诺夫,伸手给他……

利特维诺夫徐徐地握了她的手,轻轻地压着它。

"让我们做个朋友吧。"伊莲娜轻轻地说。

"朋友。"利特维诺夫如梦般复述着。

"是的,朋友……倘使你以为这要求过分了一点,那么至少让我们友好地……好像我们中间什么事情都不曾发生过一样。"

"好像什么事情都不曾发生过一样……"利特维诺夫重复着,"你刚才说过,伊莲娜·巴甫洛夫娜,我是不情愿忘记那些往日的……倘然忘不了便又怎样?"

一个幸福的微笑掠过伊莲娜的脸,但是立刻又消失了,换上了一个苦难的,几乎是害怕的表情。

"也像我这样,格里戈里·米哈伊洛维奇,单记着愉快的事情,但是最要紧的,给我一句话……你的承诺……"

"什么?"

"不要避开我……不要无缘无故伤我的心。你答应吗?告诉我!"

"可以。"

"你可以把你心里对我的恶感都除去吗?"

"可以……但是说了解你——我不敢说。"

"这也没有必要……过一会儿,你会了解的。但是你答应吗?"

"我已经说过了。"

"谢谢你。你看我老是信任你的。请上我家里来,我等你,今天,明天,我不出去。现在我要离开你了。大公爵夫人朝这条大街跑来了……她已看到了我,我不能避开她不和她说话……等

烟

会儿见……给我手,快,快。再见。"

热情地压了压利特维诺夫的手,伊莲娜朝一位模样尊贵的中年贵妇人走去。这位贵妇人正慢慢地沿着石子路过来,身后跟着两位贵妇和一个穿制服的非常漂亮的仆人。

"哎,早上好,亲爱的夫人,"那位贵妇说,同时伊莲娜向她行了一个最敬重的屈膝礼,"你今天好吗?"

"太抬举我了。"这是伊莲娜恭顺婉转地回答的声音。

第十四章

  利特维诺夫等大公爵夫人和她的随从走远得看不见之后，即刻走出大街。他弄不清楚究竟有何种感觉，他觉得又惭愧，又惊恐，同时他的虚荣心却因为受了恭维暗地里沾沾自喜……伊莲娜意料不到的解释乘他不备施以突击，她急速而热烈的语句好像狂风暴雨般疾扫过来。"这些社交界的妇人是多么奇怪的动物，"他想，"表里不一……她们如何被自己的生活环境弄得是非颠倒，而她们知道那是丑恶的……"实际上他并不在那里想，只是机械地重复着这些说了又说的话，好像拿它来抵挡别的更痛苦的思想似的。他觉得他现在不应当想得太认真，否则也许会责备自己的。他拖着沉重的脚步走着，几乎是强逼自己把路上碰到的一切都注意一下……忽然他发现他来到一条长椅跟前，看见长椅前面摆着一双脚，从这双脚倒看上去……这双脚是属于一个男子的，这男子坐在椅上，读着报纸，再看这男子，乃是波图金。利特维诺夫轻轻地吐出一声惊讶。波图金把报纸放在膝盖上，没有笑意地注视着利特维诺夫，利特维诺夫也没有笑意地注视着波图金。

  "我可以在你旁边坐坐吗？"他终于问。

  "当然，我很高兴。只是我先警告你，倘使你要和我谈话，你不要生我的气——现在我正陷入憎恨人类的脾气中，什么事情都用极度嫌恶的眼光看。"

"这没关系，素宗特·伊凡内奇，"利特维诺夫边回答边坐了下来，"真的有时候也特别让人生气的……但是什么把你弄成这种心情？"

"照理我不该生气，"波图金开始说，"我刚才在报上读到一篇改良俄罗斯司法的计划，我带着由衷的欣喜，想到我们终于有点儿道理了，这遭并不像一般挂着独立、民族主义或独创的招牌，想把我们自己的国粹附增在单纯明白的欧洲逻辑上面，而是从外国原封不动地采取他们的长处，只要对农民的环境稍加适应便得了……不用废除土地村有制度……当然，我不应该生气的，但是我不幸碰到了一个俄罗斯的天然金刚石，和他谈了一会儿，这一批天然金刚石，这些只凭自修成功的天才，使我讨厌得要钻进坟墓里面去了。"

"你说的天然金刚石是什么意思？"利特维诺夫问。

"哪，有一位先生在这里东跑西跑，他自以为是音乐天才。我是算不得什么，当然，他会对你说，我是一个零，因为我没有受过训练，但是我肚皮里的旋律和曲调，比梅耶贝尔①要多得多，比都不能比。第一点，我得说，为什么你没有受过训练？第二点，不消说梅耶贝尔，就是最末流的吹笛子的德国佬，规规矩矩地在最末流的德国乐队里吹他的笛子的，比起我们无师自通的天才知道的曲调总也多过二十倍，只是那位吹笛者把他的曲调藏在肚子里，并不大吹大擂地挤到莫扎特②和海顿③的行列里去显本领。而我们的天然金刚石朋友，只会乱弹几支华尔兹或什么曲，你立刻可以看到他两手插在裤袋里，唇边带着轻蔑的讥笑说他是

---

① 梅耶贝尔，德国作曲家。——译者注
② 莫扎特，奥地利极有天才的作曲家。——译者注
③ 海顿·德国作曲家，被誉为"交响乐之父"。——译者注

烟

天才。在绘画方面也是一样，一切都如此。哦，这些天生的才子，我多恨他们！谁不知道，只是在真实科学尚未同化成血与肉的地方，没有真艺术的地方，才有他们这种虚夸作态。真的，现在正是时候，来扫除这种虚夸，这种鄙陋的妄语，连同那些陈腐的老套，比如在俄罗斯没有饿死的人、没有一个地方旅行比俄罗斯更迅速方便的、我们俄罗斯人用帽子便可以压死全体敌人这类的话。我老是听见人说俄罗斯人禀赋丰厚、天资聪颖，以及库利金①之流……但是说到头，这种丰厚，有什么用处呢，先生？这是半醒半睡的呓语或者是半开化的聪明、天资，好一个漂亮的虚夸。试在森林里捉只蚂蚁，把它放在离开蚁冢一俄里远的地方，它会找回家去，人可是做不到。但这有什么呢？你以为人不如蚁吗？天资，无论你多么聪颖，在人是无足重轻的；常识，简单的明白可靠的常识——这是我们真正的遗产，我们的骄傲。常识不会变什么把戏，但是一切都建筑在它的上面。至于那个一点也没有机械常识却造成了一块非常坏的表的库利金，我要让他的表当众出丑，说：看啊，良善的人们，不要学他的样。这并非库利金之过，但是他的作品一文不值。为了爬上了海军司令部的尖顶而赞叹捷卢什金的勇敢和敏捷的，原是很对，为什么不可以称赞他几句呢？但是用不着大声疾呼说德国的建筑师们和他比起来便相形见绌，除了赚钱以外便一无所长了……他们一点也不会相形见绌，他们可以在尖塔的四周搭起棚架来，同平常一样做修理工作。修修功德吧，千万不要鼓励俄罗斯人说凡事可以不用学习便能做得的。不，你可以有一个所罗门②的头脑，但是你还得要学习，从头学起。否则请你闭嘴，安安稳稳地坐着，虚心些！呸

---

① 奥斯特洛夫斯基著名戏剧《大雷雨》中无师自通的钟表匠。——英译本注

② 所罗门，古代以色列国王，大卫之子，以智慧著称。——译者注

烟

呸！我简直是冒火了！"

波图金除下帽子，拿手帕扇着自己。

"俄罗斯的艺术，"他又开始，"俄罗斯的艺术，真的！……俄罗斯人的无耻和自负，我知道；俄罗斯人的孱弱无力，我也知道；但是俄罗斯的艺术，我请你原谅，我却从来没遇见过。二十年来他们拜倒在一个只会吹牛而一无所长的布留洛夫脚前，以为我们自成一家地树立了一派，并且都比别派更好呢……俄罗斯艺术，哈哈！呵呵！"

"原谅我，可是，索宗特·伊凡内奇，"利特维诺夫说，"那么你也否认格林卡①的价值吗？"

波图金搔搔头。

"例外，你知道，只是证明了通则的正确，但是就在这场合我们还是免不了吹嘘一番。比如我们说，格林卡是一个真正的卓越的音乐家，只是限于环境——内的和外的——以致不能成为俄罗斯歌剧的祖师，这话大概不会有人来争辩。但是，不，莫想！他们立刻便把他捧成个乐坛的总司令，大元帅的地位，把其他各国的音乐家贬抑下去。他们是不能和他相比的，他们宣言说。于是给你提出几个本国伟大天才的名字，这些天才们的作品只是一些外国二流作曲家的拙劣模仿，是的，二流作曲家，因为他们比较容易模仿些。和他是不能比的？哦，可怜的愚昧的半开化的人们啊，对他们，艺术的标准是不存在的，艺术家也只是大力士拉波一类的人物。外国有一个奇人，他们说，一只手可以提起六普特，但是我们的大力士可以提起十二普特！什么都不能和我们比，真的！让我来告诉你一个我记得的故事吧，这桩事在我脑袋里挖都挖不去。去年春天我到伦敦附近的水晶宫去参观，在这宫

---

① 格林卡，俄国作曲家。——译者注

里，你知道，陈列着各色各样的都是竭尽心机地设计出来的作品——可以说是一部人类文明的百科全书。却说，我在那些机器、工具和伟人的塑像中间走来走去，忽然我想到，倘使有一个法令颁布说某某民族要从地面上消失，那一个民族所发明的一切东西，都要从水晶宫里消失，那么，我们亲爱的祖国，信奉正教的俄罗斯，将会退落到十八层地狱，而那边就是一根钉子、一枚细针都不会移动。一切留在原地，一点也不会弄乱，就是茶炊、树皮织的拖鞋、马颈圈和鞭子——我们著名的出品——都不是我们自己发明的。这同样的试验可不能行诸夏威夷群岛的居民，因为这些岛上的居民也有他们自己发明的特殊的独木舟和标枪，这两种物品不见于陈列所，参观者们一定会注意到的。这是一种诽谤！这太刻毒了，你也许会说……但是我说，第一点，我不知道怎样唠唠叨叨地指责人；第二点，很明显人们不仅不敢对恶魔正视一眼，就是对他自己也不敢正视，不仅小孩子们喜欢别人哄拍他入睡，大人们也喜欢自己哄骗自己。我们的旧发明是从东方来的，我们新的发明是鸡零狗碎地模仿西方的，而我们却坚持着大谈俄罗斯艺术的独立性！有几个勇敢的灵魂甚至于发现了俄罗斯固有的科学——二乘二等于四，和别处一样，但是好像自己的是格外聪明些似的。"

"但是停一停，索宗特·伊凡内奇，"利特维诺夫喊道，"且慢！你知道我们也送些什么东西到国际展览会里去吗？欧洲不是也从我们这儿输入一些东西去吗？"

"有的，原料，未加制造的原料。请注意，我亲爱的先生，我们的原料之所以佳美，正因别的情形特别坏。比如说，我们的猪鬃，又粗又硬，因为我们的猪瘦；我们的皮革又厚又韧，因为我们的牛老；我们的兽脂丰腴，因为连肉的一半都熬到油里去了……但是我为什么絮絮地告诉你这一些，你是读工科的学生，当

烟

然，你知道的比我要多得多。他们还和我谈起我们的发明能力！俄罗斯人的发明能力！为什么我们可敬爱的地主们在那里连声叫苦，忍受一种损失，因为目前没有一架满意的烘麦机器来代替留里克时代的旧法，把麦捆放在焙灶里。这种焙灶是可怕的浪费——正如我们的树皮鞋和俄罗斯草席一样——时常着火烧起来。地主们叫苦着，但是仍旧不见烘麦机的影子。为什么没有呢？因为德国的农民不需要它，他们可以把麦割下来就打，所以不喜欢麻烦来发明这套机器……而我们……我们却做不来！做不来——一句话说完了！试试看吧！从今天起我要宣称倘使我以后再碰到那些天然金刚石们，那些无师自通的天才们，我要说：'等一等，我敬爱的朋友！烘麦机在哪里？让我们来一架吧！'但这却超乎他们的能力！捡起一只多年前圣西门①或傅立叶②丢了的破皮鞋，顶在额角上把它当作一个神圣的纪念物——这是他们所能做得到的；或者写一篇关于法兰西主要都市中无产阶级的过去与现在的重要性，这也是他们做得到的。而我有一次，试叫一个作家兼政治经济学家——像你的朋友伏罗希洛夫那一流人物——举出二十个法国都市的名称来，你想结果怎样？这位经济学家在绝望中，终于举出蒙菲尔美也算一个法国城市，也许是从保罗·德·科克③的小说中看来的吧。这桩事又使我记起下面的故事。一天，我带了狗携着猎枪走过一个森林——"

"你会打猎吗？"利特维诺夫问。

"会一点。我正觅路到一个大泽去找鹌鹑，是别的猎人告诉我有这样的一个大泽。在田野中间一所茅屋的前面，我看见坐着一个木材商的伙计，好像脱壳胡桃一样的新鲜光泽，他坐在那

---

① 圣西门，法国空想社会主义学家。——译者注
② 傅立叶，法国空想社会主义学家。——译者注
③ 保罗·德·科克，法国作家。——译者注

里,微笑着——笑些什么,我不知道。于是我问他:大泽在什么地方,那儿有很多的鹌鹑吗?当然,当然,他很快地说得像唱一般地好听,脸上的表情好像收了我的卢布似的,我非常荣幸地告诉你,先生,那个沼泽是顶呱呱的,说到各种各样的野禽——天哪,多得无数。我去了,但是非但没有野禽,那沼泽本身早就干涸了。现在,请你告诉我,为什么俄罗斯人爱说谎?为什么那政治经济学家要说谎,为什么连说到野禽也要撒谎?"

利特维诺夫没有回答,只是颇具同感地叹口气。

"但是让我们的谈话回到那位经济学家身上吧,"波图金接着说,"关于最深奥的社会科学的问题,只谈理论,不触及事实……他便兔起鹘落,像一只飞隼,完全是一只鹰。可是有一次给我捉住了这样的一只飞鹰。我用了一个小小的网,虽则瞒不过明眼人的——这你等一会儿就可以看出来。我在和一个现代的新青年谈着种种问题,正如他们所说的。好啦,他激昂起来了,他们老是这个样,在许多问题中他带着认真的、孩子般的固执攻击婚姻制度。我接二连三地提出一个理由又一个理由……我的话好像说给石壁听的!看我再也不能像这样地说服他,于是我想了一个好主意!让我提供给你一个问题,我开始说——对这些新青年们说话总是要很客气的——我真的对你非常惊异,我亲爱的先生,你是研究自然科学的,而你直到现在还不曾注意到这桩事实:所有的肉食动物——猛兽和鸷鸟——都得出去寻觅猎物,费很大的力气替它们自己和它们的幼儿掠取食物……我猜想你把人也归入这类动物里面了吧?当然,我把他归入……这位新青年说人就是食肉动物。掠夺的?我补问一句。掠夺的,他宣称说。那么,我说我很奇怪你为何不曾注意到这类动物都是一雌一雄同居的。这位新青年惊了。怎样?没别的,便是这样。试想狮子,狼,狐狸,秃鹫,鸢,都这样,并且,真的,你肯否指示我,它们不这

烟

样便怎样？雌雄协力合作养活它们的幼儿，已经是够艰苦的工作了。我的新青年若有所思了。不，他说，在这种情形之下是不能拿兽类来比人的。于是我叫他理想主义者。这话好不伤他的心！他差不多要哭了。我不得不安慰他，答应他不把这话告诉他的朋友。理想主义者的头衔，是轻易取笑得了的吗？我们的现代青年所忽略的就在于这一点。他们想，古老的、黑暗的、地层底下的工作是过去了，让他们的旧头脑的父辈们像鼹鼠般在那里开掘刚合适，但是这种工作之于他们，是太辱没他们了，他们要在白天阳光底下行动，他们要行动……可怜的亲爱的啊！就是等到你们的孩子那一代也不会行动，那么你也高兴回头去做地下工作，踏着先人的足迹去开掘吗？"

接着是一个短暂的沉默。

"在我看来，我亲爱的先生，"波图金又开始说，"我们不但要把科学、艺术、法律归功于文化，就是美和诗的情感，也是在文化的潜移默化之下，发扬淬砺的。所谓通俗、简易、无意识的创造天才是妄言，是废话。就是《荷马史诗》里也有雕琢过的润色过的文化的痕迹——爱本身也因文化而更高贵了。斯拉夫主义者将会为了我的异端邪说，很高兴把我绞死，假使他们不是软心肠的人的话，但是我仍然坚持我的意见。无论你们怎样强逼我去读科哈诺夫斯卡娅的《静止的蜂群》，我受不住那种三重蒸馏的俄罗斯贱农的气味，好在我不属于上流社会的一群，觉得有时纠正自己不要太法兰西化了绝对需要，这部蒙着俄罗斯皮的作品是专为他们写的。试把《静止的蜂群》中的最精彩通俗的几段读给一位普通农民——真正的农民——听听看，他以为你对他念些驱疟疾或酒醉的新符咒呢。我再说一遍，没有文化便没有诗。你想知道未开化俄罗斯的非诗的诗意的实例吗？你可以翻一翻我们的史诗，我们的传说。我不想说起那些事实，比如说恋爱总被描写

烟

成是妖法、巫术，或者吃了什么媚药的结果，称之为中邪、中魔。我不想说我们的所谓史诗文学是全欧洲、全亚洲文学作品中唯一的——请你注意唯一这两个字——里面没有一对典型的恋人的。除非你把万卡丹卡也作这样的恋人，还有神圣的俄罗斯武士，第一次碰到他的宿缘注定的新娘，总是毫无怜悯地在她雪白的肌肤上痛打一顿，因为妇女们傲慢起来了。这些我都不说，但是我想请你注意一下我们原始未开化的斯拉夫想象中所描写的少年英雄，青年公子的艺术的形象。只要想一想：这位青年公子进来了，他穿着一件自己缝的黑貂大氅，每条线缝都打倒针的，紧靠他的腋下围着一条七褶的丝腰带，他的手指隐缩在悬垂着的马蹄袖里面，大氅的领子高过他的头，从前面看瞧不见他玫瑰红的脸，从后面也望不见他小小的雪白的脖颈，他的帽子压在一只耳朵上，脚上穿的是摩洛哥皮靴，靴子尖得像皮匠师傅的锥子，后跟高得像宝塔，靴顶上可以滚鸡蛋，高跟底下一只麻雀准飞得过。这位年轻的英雄走起路来是一种特别婀娜的姿势，凭着这种美的姿势，我们的亚西比德①，丘里洛·普连科维奇便会对老妇和少女们发生一种显著的几乎能消灾祛病的效果，这种姿势，流传到现在，我们在不紧不慢的旅馆堂倌身上还可以看到，这种宝贝，这俄罗斯艳冶之花，这种无以复加的俄罗斯风味学都学不会的。我说这些并不是开玩笑，布袋般的风韵，这是艺术家的理想。你对它作何感想？这典型美吗？这里有很多供绘画和雕刻的题材吗？还有使这位少年英雄着迷的美人，她的脸红得像兔子的血一样？……但是我觉得你似乎不在听我的话。"

利特维诺夫一惊。真的，他没有听见波图金在说些什么，他只是想着，固执地想着伊莲娜，想着刚才和她的谈话。

---

① 亚西比德，古雅典杰出的政治家、演说家和将军。——译者注

烟

"我请你原谅,索宗特·伊凡内奇,"他说,"但是我要再来问你我以前问过的老问题,关于……关于拉特米罗娃夫人的。"

波图金把报纸折起,塞进衣袋里。

"你又想要知道我怎样和她认识的吧?"

"不,不是这个。我高兴听听你的意见……关于她在彼得堡扮演什么角色的意见。她究竟是什么角色?"

"我真不知道对你怎样说才好,格里戈里·米哈伊洛维奇,我和拉特米罗娃夫人相当密切地接近过……但完全是偶然的,也不久。我从来不曾对她的社会作进一步的窥探,那里面发生些什么事情,我仍旧不明白。有人告诉我一些闲话,但是你知道,造谣诽谤也不单只在我们民主的社会中间才盛行着的。并且我不喜欢刺探。我看得出,"他静默了一会儿又说,"她引起你的兴趣了。"

"是的,我们曾经有两次坦白地谈过了。可是我仍然问自己,她诚实吗?"

波图金眼睛望着地。"当她激于感情的时候,她是诚实的,像所有的热情女人一样。骄傲,有时也不容她说谎。"

"她骄傲吗?我倒以为她是反复无常的。"

"恶魔般骄傲,但是这没有害处。"

"我觉得她有时夸张了点……"

"这也没关系,她一样还是诚实的。你希望怎样的真实呢?那些社交界妇女中最优良的分子也腐化到骨髓里了。"

"但是,索宗特·伊凡内奇,假使你还记得,你自己说你是她的朋友。岂不是你硬拉我去看她的吗?"

"这有什么呢?她要求我来找你,我想,为什么不?真的,我是她的朋友。她有她的好处,她很仁慈,这就是说,慷慨宽宏,也就是说她肯把自己不需要的东西施给别人。但是当然你至少和我一样熟悉她的。"

"我在十年前曾经认识伊莲娜·巴甫洛夫娜，但是从那之后——"

"啊，格里戈里·米哈伊洛维奇，你为什么说这样的话？你以为人的性格会改变吗？在摇篮里怎样，在坟墓里也是怎样。或者也许（说到这里波图金把头垂得更低一点）也许是你怕落入她的掌中吗？可是……当然一个人总逃不了要落到什么女人的掌里去的。"

利特维诺夫勉强地笑一笑："你这样想吗？"

"这是无可幸免的。男子弱，女人强，是非机缘多作弄，要打定主意过没有欢乐的生活是难的，要全然忘却自己是不可能……那儿是美、同情、温暖和光明——怎能抗拒呢？啊，人趋向它如同婴儿之趋向保姆。当然，这之后，来了寒冷、黑暗和空虚……这是理所当然的。到头来你对万事生疏，对一切失去了解。起先你不知道怎样去爱，随后你不知道怎样生活了。"

利特维诺夫望着波图金，他觉得他从来不曾遇到过一个更寂寞、更孤独……更不幸的人。这回他不畏怯、不拘泥，沮丧而苍白的脸垂到胸前，手放在膝上，坐着一动也不动，只是忧郁地微笑着。利特维诺夫觉得这位穷苦的、历受辛酸的、怪脾气的人很可怜。

"伊莲娜·巴甫洛夫娜在谈话之际对我说起……"他开始低声说，"她的一个最亲密的女朋友，她名叫，假使我还记得，别利斯卡娅夫人或多利斯卡娅……"

波图金抬起他忧郁的眼睛望着利特维诺夫。

"啊！"他含糊地说，"她说起她……唔，这又有什么呢？啊，时候不早了，"他打了一个不自然的哈欠接着说，"我要回家吃晚饭了。失陪。"

烟

他从椅子上跳起来,很快就走开了,利特维诺夫要说一句话都来不及……他的同情变成了讨厌——讨厌他自己,当然。任何失检点的事情在他是不大有的,他想对波图金表示同情,结果话端迂回得非常笨拙。他心里暗暗不满意,回到旅馆里去了。

"腐化到骨髓里了,"过一会儿后他想,"……但是骄傲得像恶魔!她,差不多跪在他面前的女人,骄傲?而不反复无常?"

利特维诺夫试想把伊莲娜的影像从脑海中驱出,但是不成。为了这缘故他不能同时想到他的未婚妻,他觉得今天这作祟的影像再也不肯迁移了。他打定主意不再苦恼自己,等待着这"奇事"的全盘分晓,这分晓不久就要来的,利特维诺夫也毫不怀疑这分晓将是最坦白、最自然的。他如此幻想着,这时候不但伊莲娜的影像在他的脑中时隐时现——她所说的每一字句都在他的思想中反复萦绕着。

侍者送进来一封信,这是伊莲娜的:

假使你今晚有空,请来我这里。我将不单只一个人,我有许多客人,你可以对我们的集群、我们的社会做一个比较深入的观察。我很希望你见见他们,我想他们一定会把他们的全部本领显出来的。你应当知道我是在怎样的氛围中呼吸。来吧,我将高兴地看到你,你不无聊(伊莲娜在这里把俄文拼错了,她想说,你不会无聊)。给我证明我们今天的解释,把我们中间的误会永远消除。

——你的挚诚的伊

利特维诺夫披上外套,打一条白领结,动身到伊莲娜寓所去。"这没关系,"一路上他想,"瞧瞧他们……为什么不去瞧瞧他们呢？这一定很有趣的。"在几天之前，那批人给他引起的是另一种完全不同的感觉，他们引起他的愤怒。

他以急速的脚步走着，帽子扳到眼角，嘴唇上露着勉强的微笑，这时候，坐在韦伯咖啡馆前面的巴姆巴耶夫，老远地用手指着他，对伏罗希洛夫和皮夏尔金兴奋地喊道："你们看到这个人了吗？他是一块石头，一爿岩，一片燧石！"

第十五章

利特维诺夫在伊莲娜的寓所见到了不少客人。靠角落，一张打牌桌子的旁边坐着野宴里见过的三位将军，胖将军、容易生气的将军和谦恭的将军，他们打着"惠斯特"①，夹一个"达梅"②，他们分牌，数点子，打"梅花"③ 打"方块"④ 的时候那种严肃样子是没有言语可以形容的……煞是政治家模样！那种平常打牌时惯用的俚词俗语，留给平民们吧，留给那些有产者吧，这些漂亮的将军们是只说些减无可减的几个字眼儿的，可是胖将军也不免在两次分牌中间流露出这样的一句，并且说得又清楚又响亮："这该死的黑桃 A！"在这些客人中间利特维诺夫认得两位野宴中的贵妇人，但是也有几位以前从未见过面的。有一位是衰老得好像随时都要倒塌下来的样子。她耸扭着赤裸的、丑怪的、暗灰色的肩胛，用扇子掩住嘴巴，用她死人般无光的眼睛没精打采地斜睨着拉特米罗夫，他对她非常殷勤，她是叶卡捷琳娜女皇的最后一位女官，在上流社会中非常受尊敬。靠窗坐着，穿扮得像个牧

---

① 惠斯特是一种纸牌戏的名称。两人合局，四人对打。三个人也可以打的，把空缺位置的纸牌摊在桌上，这样叫作达梅。——译者注
② 惠斯特是一种纸牌戏的名称。两人合局，四人对打。三个人也可以打的，把空缺位置的纸牌摊在桌上，这样叫作达梅。——译者注
③ 都是牌花的名称。——译者注
④ 都是牌花的名称。——译者注

烟

羊女的是绰号"胡蜂皇后"的 S 伯爵夫人,一群青年人围着她。在这批青年人中间,那位著名的百万富翁美男子菲尼珂夫是挺出众。他骄傲的态度,扁平的脑壳,以及他没有灵魂的兽性的残忍,赛过布哈拉①可汗或者罗马的依拉加巴路斯②。另一位贵妇人,也是一位伯爵夫人,昵名叫作丽莎,正和一个长头发的、俊俏脸儿、面色苍白的"招魂师"说话。在她们旁边站着一个男子,也是长发而苍白,不住地会意地笑着。这位男子也相信降神术的,但是对预言尤感兴趣,他根据《启示录》和《塔木德》③,老爱预言各种各样的奇事。这种奇事从没有一桩应验过,可是他决不因此难堪,还是和从前一样地说他的预言。在钢琴旁边,安顿着那位天才音乐家,天然金刚石,曾经使波图金生那么大的气的,他漫不经心地用手指乱敲着键盘,不住地茫然向四周望。伊莲娜坐在一张长椅上,夹在科珂公爵和 H 夫人的中间。这位 H 夫人曾有一时是著名的美人和智囊,兼享着圣人和罪徒的名誉,后来便成为一个让人一望生厌的干瘪多皱的老妪了。伊莲娜一看到利特维诺夫,脸一阵红,站起来,当他跑上前来的时候,她紧紧握他的手。她穿着一件黑色绉纱长袍,衬着几样几乎看不出来的金饰,她的肩胛白得像纸灰,同时她的脸也一样苍白,在一霎间出现的红晕里,洋溢着美的胜利,也不仅是美,一种隐藏着的,近乎讥讽的欢迎在她半垂的明眸中熠耀着,微微地颤掠过她的嘴唇和鼻翼。

拉特米罗夫走近利特维诺夫,和他交换了几句常例的客套

---

① 1500 年至 1920 年间位于中亚河中地区的一个由乌兹别克人建立的封建国家。——译者注

② 以放荡淫逸出名。终年仅十八岁,依附神权,做了四年皇帝。——译者注

③ 《启示录》,基督教《圣经·新约》中的最后一部,里面充满着预言。《塔木德》是注释、讲解犹太教律法的著作。——译者注

烟

——这番可没带着他那种惯常的嬉皮态度——之后，他替他介绍给两三位贵妇人：那位老朽、胡蜂皇后和丽莎伯爵夫人……她们都给他一个相当客气的答礼。利特维诺夫是不属于她们队里的，但是他样子好看，真的，可说是相当漂亮，他年轻的脸庞上富有表情的姿颜，引起了她们的兴趣。只是他不知道如何把这兴趣攫为己有，他不习惯于交际，觉得有点忸怩不安，加之那胖将军的眼睛紧紧盯住他。"啊哈！鄙野的平民！自由思想者！"这固定的重压的眼光好像这样说，"跪倒在我们面前吧！匍匐着吻我们的手吧！"伊莲娜解救了他。她调度得面面俱到，把他弄到一个靠门的角落里，稍稍离开点坐在她的身后。她每一次和他说话，总要回过头来，而当他每一次鉴赏她美丽颈项的高贵曲线时，便酣饮着她头发幽微的芳香。一种深而静的知遇的表情从没离开她的脸，他不能不承认这流露在她眼光中和微笑里的纯是知遇而不是别的，他也突然燃起同样的情绪了，他觉得惭愧、欢欣，而立刻又觉得可怕……同时当这群人中间有谁说了俗不可耐的话或做了粗鄙动作的时候，她好像不住地问："喂？你对他们作何感想？"这句话虽则未曾出口，在利特维诺夫看来却非常明晰，这种情形在当晚不只碰到一次。有一回她简直藏不住她的情感，高声地笑了。

丽莎伯爵夫人，一个迷信的妇人，总爱些不平常的事情，她和那长头发的招魂师谈到赫蒙、不推自翻的桌子、不拉自奏的手风琴等等，谈够之后，话端绕到动物上面，问起动物中有没有能受催眠的。

"至少，有一种动物。"科珂公爵老远在接腔，"你认识梅凡诺夫斯基吗？他们把他催倒在我的面前，他还打鼾呢，嘻嘻！"

"你真刁钻，我的亲王，我是说真的动物，我是说畜生。"

烟

"但我也是，夫人，我是说一个傻瓜①……"

"有这种动物的，"招魂师插嘴道，"比如说——蟹，它们是很神经质的，容易把它弄成昏厥状态。"

伯爵夫人惊异了："什么？蟹！真的吗？哦，这怪有趣的！我倒想见识见识，卢金先生，"她对一个脸孔硬得活像一个新雕的木偶人儿、硬领也是石硬的青年（他很骄傲于这副硬脸和硬领，说是曾被尼亚加拉大瀑布和努比亚尼罗河的雾沫喷湿过，虽则他的游程一点也记不得，他只爱说几句俄罗斯的双关趣语……）说，"卢金先生，劳驾你替我们弄一只蟹来，快。"

卢金先生装着笑。"活的，还是鲜的？"他问。

伯爵夫人不懂他的意思。"哎，一只蟹，"她重复道，"一只蟹。"

"喂，什么？一只蟹？一只蟹？"S伯爵夫人粗声粗气地插进来。今晚维尔第先生没到场使她老大不开心，她猜不透伊莲娜为何不把这位顶有趣的法国佬请来。那位老朽，很久以来便什么事情都不懂了——加之她完全聋了——只是摇摇头。

"是的，是的，等会儿你就会看到。卢金先生，请你……"

这位青年旅行家鞠个躬，走出去，很快又回来了。他后面跟着一个旅馆侍者，嘴巴咧开到耳朵根，捧进一只盘子，盘子里一只黑色大毛蟹。

"蟹在这儿，太太，"卢金说，"现在可以动手做玩蟹的把戏②了，哈哈哈！"（俄罗斯人说了句什么俏皮话，总是自己先笑。）

---

① 一句双关语。法语中的"畜生"，又作"呆子、傻瓜"解。——译者注

② 玩蟹的把戏，也可以作"给毒瘤开刀"解。卢金先生得意的双关语。——译者注

烟

"嘻，嘻，嘻！"科珂公爵是个爱国者，一切国粹的保护人，也谦逊地尽他笑的义务。

（我请读者不要觉得惊奇，也不要生气，谁能够替他自己保证说，坐在亚历山大戏院花厅里，受着四周空气的感染，而不对甚至比这里所说的更无聊的双关戏语失态呢？）

"谢谢，谢谢。"伯爵夫人说，"来，福克斯先生，做给我们看。"

侍者把盘子放到小圆桌上。宾客中间有一阵小小的移动，有几个伸长着脖颈，只有牌桌上的将军们仍旧保持着他们安然如堵的庄严姿态。招魂师乱搔一顿头发，皱一皱眉头，走近桌子，开始用手在空中挥扇，蟹惊得挺起来，倒退两步，竖起一双螯。招魂师继续摇手，加快动作，蟹仍和先前一样地挺着。

"但是它到底该怎样呢？"伯爵夫人问。

"它应该待着不动，依靠尾巴竖立着。"福克斯先生带着生硬的美国腔回答，在盘子上面痉挛地用力挥舞着手指，但是这催眠术不生效力，蟹继续走动。招魂师宣告说他没有办法了，带着不高兴的脸色从桌子旁边走开。伯爵夫人开始安慰他，对他说就是赫蒙先生自己有时也难免失败的……科珂公爵引申并证实了她的话。（《启示录》和《塔木德》的权威者偷偷地跑到桌边，迅速地用手指朝着蟹尽力一指，他也想试试他的运气，但是没有成功，一点也没有昏厥的征候。于是他们把侍者喊了来，吩咐把蟹拿出去，侍者照样做了，和刚才一样，嘴巴咧到耳朵根，门外，可以听见他忍俊不禁的笑声……过后，在厨房里可以听到哗然的大笑（对这批俄罗斯人而发的）。那位无师自通的天才，在蟹的实验中一直在敲着忧郁的短音阶调子，因为无从知道这音乐会有什么效果——于是又弹起他的千篇一律的华尔兹来了，当然，受了极恭维的喝彩。被好胜心驱使，我们天下无双的多才多艺的 x

烟

伯爵（见第一章）也来奏一首他自己作的短歌，可是原原本本抄袭奥芬巴赫①的。这短歌中两个打趣的叠句："什么蛋，什么牛？"几乎使我们全体太太们的头颅都乐得左颠右晃，有一位甚至轻轻地哼起这调儿来。"妙极！妙极！"这按捺不住的无疑的字句从各人的唇边飞出来。伊莲娜和利特维诺夫交换了一个眼色，于是又是那种神秘的讥讽的表情，掠过她的嘴唇……但是，过一会儿，当贵族阶级权益的代表和维护者科珂公爵，想起把他的意见对招魂师阐明一下的时候，这表情来得更明显，甚至于有几分恶意的影子了。当然，科珂公爵说不了几句之后，他的"财产的原则是连根动摇的了"的口头禅便又搬出来，紧接着又对民主攻击了一番。招魂师的美国血液被激动了，他开始争辩。这位亲王，照他往常的习惯，立刻竭力尖起嗓子大声地喊："荒谬绝伦，没有常识！"以此来代替各种辩论的理由。百万富翁菲尼珂夫开始说些侮辱人的话，却都是无的放矢，《塔木德》专家打着口哨，连 S 伯爵夫人也聒噪着……总之一句话，这里的喧闹和古巴廖夫家里那种不协调的叫嚣并无二致，唯一不同的地方就是这里没有啤酒，也没有雪茄的烟雾，以及每个人服装穿得比较漂亮而已。拉特米罗夫试想使他们平静下来（将军们显见得不高兴了，其中可以听见鲍里斯的叫声："又是这一套政治的鬼话！"），但是他的努力终归无效。在这时候，一个"貌柔而内刚"的典型的高级官员，试想说出这问题的寥寥数语的结论来，同样遭受失败。事实上他只断断续续地重复着自己的话，显然他不能听取也不能作答，他无疑看不透这问题究竟是什么，不知道问题根本是得不到什么结论的。伊莲娜也狡猾地挑拨那些辩论者，叫他们彼此互相攻击，时常和先前一样同利特维诺夫交换一个眼色或会心地点点

---

① 奥芬巴赫，法国作曲家，也是著名的轻歌剧女师。——译者注

头……但是他好像着了魔似的坐着，什么也没听见，专待着那双美丽的眼睛再熠耀一回，那苍白的、温柔的、害煞人的标致的脸再照临他的身上……终于太太们吵得不安起来了，要求停止争论……拉特米罗夫请多才多艺的伯爵再唱他的短歌，无师自通的天才又奏起他的华尔兹……

利特维诺夫一直留到夜深，比别人都走得迟。这夜晚的谈话牵涉到很多很多的问题，小心在意地避开了任何稍有趣味的题材。那三位将军，在庄严的牌局完了之后，也庄严地加入了谈话：这批政治家们的影响立刻便非常明显。谈话转到巴黎妓界的名花（她们的名字和才艺，每人好像都十分熟识），萨尔杜①最近的戏剧，阿布②的小说，《茶花女》）歌剧中的帕蒂③。一位将军提议说来一个"秘书"的游戏，但是成绩很坏。一些答语都是没有趣味的，时常不免有文法上的错误。胖将军说起他有一次回答过这样的问题：爱情是什么？他回答说，一种逆心的疝痛，于是立即便起了干涩的狂笑。那位老朽尽气力用扇柄打他的臂膀，因为用力过猛，额角上一块白粉掉下来了。皱瘪的老妪开始说到斯拉夫的王侯领土和在多瑙河流域宣传正教的必要，见没人回答，便嘘了一下不作声了。真的，他们谈论休谟④比什么都谈得多；连那位"胡蜂皇后"也来描述一下曾有一次有几只手怎样摸到她的身边，她又怎样地看见了它们，把自己的戒指套到一只手上。当然啦，伊莲娜是胜利了：因为即使利特维诺夫尽力注意他的周围，他仍然不能从这断断续续、毫不连贯、了无生气的空谈

---

① 萨尔杜，法国剧作家。——译者注
② 阿布，法国作家。——译者注
③ 帕蒂，意大利女高音歌唱家，扮演过多部名歌剧中的女主角。——译者注
④ 休谟，英国哲学家。——译者注

中捡取一句真实的话、一窍聪明的心眼和一桩新鲜的典故。就是在他们的喊叫和惊叹里，也没有真的感情，真的热。只是难得有几次在假装的爱国义愤和假装的轻蔑与冷淡的面具底下，为了惧怕将来的损失，可以听到几声怨怼的愁泣般的声音，有几个后世永远忘不了的人名，是咬牙切齿地被说出来的……在这喧嚣嚷闹当中竟没有一点鲜活的灵泉！在他们的脑海和心中所耽想着的是何等陈腐无用的荒唐和何等卑劣的琐屑，可不是仅仅在今天晚上，在社交场中才这样想，而是在家里，每点钟，每天，在他们全部的生活中都这样想着的！总之一句话，何等愚蠢！何等缺少对于构成人类生命、使生命增添美丽的一切悟性啊！

伊莲娜和利特维诺夫告别的时候，又紧压着他的手轻轻地语意深长地说："嗯？你怎么说？你满意吗？你看得够了吗？你欢喜吗？"他没有回答，只是一声不响地鞠一个躬。

单剩下她和她丈夫两人时，伊莲娜正要到寝室里去，他唤住了她。

"今晚我对你敬佩之至，太太，"他说，抽着一根纸烟，身子斜倚在壁炉架上，"你十二分地把我们大家都取笑了。"

"这一次并不比其余的几次取笑得厉害些。"她漠然不介意地回答。

"你叫我怎样来了解你？"拉特米罗夫问。

"随便你高兴。"

"嗯。这很明白。"拉特米罗夫猫般小心翼翼地问，用他小指的长指甲弹去一段烟灰，"哦，顺便说一句！你的新朋友——他叫什么名字——利特维诺夫先生——无疑是有聪明人之誉吧。"

听到利特维诺夫的名字，伊莲娜急速地回过头来。

"你说的是什么意思？"

将军笑了。

烟

"他一声都不响……可以看得出来是怕自贬身份。"

伊莲娜也笑了,这笑,和她丈夫的笑是全然不同的。

"正如人们所说……不说话倒比说话好些……"

"对了!"拉特米罗夫装作很和顺的样子回答,"不说笑话,他的脸非常有趣。这样……专注的表情……还有他的一副仪表……是的……"将军把领结理一理平直,低下头去望着自己的胡须。"我想,他是一个共和党,和你另外一个朋友波图金是一类人物,那位先生也是一个寡言少语的聪明人。"

伊莲娜的眉毛在她一双睁大的明湛的眼睛上面慢慢地竖起,同时她的嘴唇紧闭着,微微噘着。

"你说这话有什么目的,瓦列里安·弗拉基米洛维奇?"她说,好像同情似的,"你向半空放冷箭了……我们不是在俄罗斯,这里没有人听信你的话。"

拉特米罗夫恍如被刺了一下。

"这不仅是我的意见,伊莲娜·巴甫洛夫娜,"他忽然带着喉音说,"别人也注意到这位先生有点叛党的神气。"

"真的吗?别人是谁?"

"嗯,鲍里斯,比如——"

"什么?他也有表示他意见的必要吗?"

伊莲娜好像受了凉一样耸一耸肩膀,于是慢慢地用指尖抚摩它们。

"他……是的,他。让我再说一句,伊莲娜·巴甫洛夫娜,你好像生气似的,你知道一个人在生气的时候——"

"我生气吗?哦,为什么?"

"我不知道,也许我的话使你不高兴,我是说到——"

拉特米罗夫讷讷地说不出口。

"说到谁?"伊莲娜以疑问的口气接着他的话,"啊,请你不要暗讽,快点说。我疲倦了,想睡了。"

她从桌上拿起烛台,"说到谁?"

"还是说到那位利特维诺夫先生,因为现在我无疑地知道你非常关心他。"

伊莲娜把拿烛台的手举高,直到烛焰和她丈夫的脸齐平,于是注意地,几乎是好奇地,直望着他的脸,忽然高声大笑了。

"笑什么?"拉特米罗夫怫然问。

伊莲娜还是笑。

"喂,笑什么?"他重复了一句,跺着脚。

他觉得受侮辱了,受伤了,同时又悖乎意志地被这位如此轻盈、如此勇敢地站在他面前的女子的美所蛊惑……她在折磨他。他什么都看到,她全部的娇媚——就是那紧握着古暗色沉重的青铜烛台的纤纤手指尖上美丽指甲上的粉红色反光,也没有逃过他的眼睛……同时这侮辱愈来愈深地割进他的心。伊莲娜仍旧笑着。

"什么?你?你吃醋吗?"她终于说出来,转过身来背朝着她丈夫,走出房间。"他吃醋呢!"他在门外听见这句话,接着又是一阵笑。

拉特米罗夫悻悻然目送着他的妻子,就是在这时候仍不能不注意到她身材动作的迷人的美,他猛然一捶,把纸烟在壁炉架的大理石镶片上压碎,丢得老远。他的双颊突然变青了,一种痉挛掠过他的下巴,迟钝的兽性的眼光扫过地板,好像寻找什么似的……一切温文尔雅的形迹都从脸上消失了。在他鞭打着白俄罗斯农民的时候,一定是带着这副表情的。

利特维诺夫回到自己的房间,靠桌边坐下,头埋在手里,很久不动。终于他站起来,打开一只箱子,拿出一个皮包,在皮包里边的袋里抽出一张塔吉亚娜的相片。她的脸好像又老又难看

烟

——相片总是这样的——在哀愁地凝视着他。利特维诺夫的未婚妻是一个大俄罗斯血统的姑娘,金黄头发,相当肥胖,面貌颇有几分拙笨,但是在她聪明湛净的棕色眼睛里有着异常慈祥良善的表情,她清秀白净的额角好像有阳光常照临着似的。利特维诺夫眼盯着这相片很久很久,再轻轻地把它推开,又用双手捧住头。"一切都完了!"他轻轻地说,"伊莲娜!伊莲娜!"

只是现在,只是在这一刻,他方才明白他是无可挽回地、无可理喻地爱上了她,自从在古堡第一次和她碰见的时候便爱上了她,他从来没有停止爱她。可是,倘若在几小时之前拿这话告诉他,他会多么地惊奇、多么地不相信,他一定会发笑的!

"但是塔妮亚,塔妮亚,我的上帝!塔妮亚!塔妮亚!"他痛悔地反复喊着,同时在他跟前伊莲娜的形貌悄然浮现,她穿着一件黑色的丧服似的长袍,大理石般白皙的脸放射着静穆的、胜利的光辉。

第十六章

利特维诺夫整晚没睡,也没有脱衣服。他很可怜。他是一个正直坦白的男子,他知道责任的重大,义务的神圣,应该惭愧于他自己的矛盾、他的软弱、他的过失。最先他漠然无所感觉,隔了好久才挣脱了那种固执的半知半不知的模糊感觉的忧郁重压。于是一种恐怖攫住了他,想到他的将来,他差不多已经把握住的将来,又溜到黑暗里面去了,想到他的家,刚刚建筑起来的稳定的家,突然在他的身边摇摇欲倾了⋯⋯

他开始毫不宽容地责备自己,但是立刻又制止住自己的激动。"何等软弱!"他想,"这不是责备自己的时候,现在我一定要决定取舍。塔妮亚是我的未婚妻,她信赖我的爱,信赖我的真诚,我们是终生结合了的,不能,无论如何也不能分离的。"他逼真地描绘着塔妮亚所有的品质,心里暗暗把它逐项举出来,计数着;他试想引起自己的爱念和柔情。"现在只有一条路可走,"他又想,"逃开,立刻逃开,不等塔妮亚来到,便抢先去迎接她。纵使我痛苦,纵使我拿塔妮亚来折磨自己——这大概不会的——但是无论如何用不着想到这一层,打算到这一层。我一定要履行我的义务,虽死不辞!""但是你没有权利欺骗她,"另外一个声音在他心中轻轻地说,"你没有权利向她隐瞒你感情的变化;也许当她知道了你爱上了另一个女人之后,不愿意做你的妻子了?"

"废话！废话！"他回答，"这些都是诡辩，可耻的矛盾，自欺的意识。我没有权利不守自己的信约，就是这婚约啊。好，就这样的……那么我离开这里，不等和她见面……"

但是想到这里利特维诺夫的心苦楚地僵悸了，他冰了——肉体的冰冷——阵倏忽的寒战掠过他的周身，他牙齿轻轻打战。他伸一伸腰，打个哈欠，好像发疟疾一样。他的思想并没停留在最后的一句话上面，反而压住它避开它，又开始苦恼地惊奇着、诧异着，他怎样能够又……又爱上这腐化的庸俗的女人？她的环境全是可憎可恨的。他试问自己："多无谓，你真的爱她吗？"而只有失望地绞扭着双手。他兀自惊奇着、诧异着，看哪，在他的眼前，好像从轻柔馥郁的薄雾中浮出那诱惑的模样，光辉的眉黛掀起，奇异的眼光温柔地不可抵御地刺入他的心坎，柔和甜蜜的声音好像在他耳朵边唱，那晶莹的肩膀，这青年皇后的肩膀，散发出骀荡的清鲜与暖气……

黎明时分，利特维诺夫心中终于酿熟了个主意。他决定当天动身去迎接塔妮亚，并且最后一次去看伊莲娜，如果没办法，便把全盘真情告诉她——永远地离开她。

他把行李都整理好捆扎好，等到十二点钟去看她。但是一望见她垂帘半掩的窗户，利特维诺夫的心便崩溃了……他提不起勇气走进那旅馆。他在李希顿泰勒林荫道来回走了一趟、两趟。"利特维诺夫先生，天气好！"忽然听到一个讥讽似的声音，从一辆疾驰而过的单马双轮车上招呼他。利特维诺夫抬起眼睛来，望见拉特米罗夫将军，坐在 M 公爵——一位著名的猎手和英国式马车和驹马的爱好者——的旁边。公爵赶着车子，将军靠在一旁，露齿笑着，帽子高高地提在手里。利特维诺夫向他鞠躬，同时，好像听从了一个秘密的嘱咐，急急跑到伊莲娜那里去。

她在家。利特维诺夫通报进去，她立刻便接见他。当他进去的时候,她站在房间的中央。她穿着一件袖口很宽的早晨便服,她的脸和前一天一样苍白,但是没有那时的新鲜,显露着劳倦,她用来欢迎来客的乏力的微笑,更是已清楚地示明这表情。她和蔼地伸手给他,但是好像失魂落魄似的。

"谢谢你来的好意,"她开始用一种幽怨的声音说,沉到一只低椅子里去,"今天早晨我不大舒服,昨晚没睡好。怎样,你对昨晚的事情怎样说?我对吗?"

利特维诺夫坐下来。

"我到你这里来,伊莲娜·巴甫洛夫娜。"他开始说。

她立刻坐起来转过身子,她的眼紧盯着利特维诺夫。

"怎么啦,"她喊道,"你白得像死人一样,你病了?出什么事了?"

利特维诺夫迷乱了。

"我?伊莲娜·巴甫洛夫娜?"

"你得到什么恶消息吗?有什么不幸的事情发生了难道?告诉我,告诉我——"

利特维诺夫反过来望着伊莲娜。

"我没有得到恶消息,"他费力地说,"但无疑是碰着了一桩不幸的事,一桩大不幸……就是这不幸驱使我来你这里的。"

"一桩不幸?什么不幸?"

"啊……就是——"

利特维诺夫想说下去……可是不能。他只是把两只手攥得很紧,弄得骨节格格地响。伊莲娜身子俯向前面,好像变成石块。

"哦!我爱你!"终于从利特维诺夫的胸口吐出一声低低的呻吟,他把头转过去,好像要藏住他的脸似的。

"什么,格里戈里·米哈伊洛维奇,你……"伊莲娜也说不完她的话,把背靠到椅子上去,用双手蒙住眼睛,"你……

爱我。"

"是的……是的……是的。"他痛苦地重复着,头更加转过去。

房间里一切都阒然无声,一只误飞进来的蝴蝶夹在窗帘和玻璃中间,挣扎着,拍着翅翼。

还是利特维诺夫先开口。

"这就是,伊莲娜·巴甫洛夫娜,"他开始说,"这就是降临到我身上的不幸……我应该早就看到事先趋避的,假如我此次没有像在莫斯科时那样也立刻被卷入了旋涡。好像命运要假你的手强迫我再受一次折磨,这照理不该再有的折磨……我挣扎着……我试想挣扎,但是当然一个人是逃不开命运的。我来告诉你这些,是要把这……这悲喜剧立刻加以结束。"他以一种新的羞惭和痛苦的激动说。

利特维诺夫又静默了,蝴蝶仍同刚才一样在挣扎。伊莲娜的手没有从脸上移开。

"你不会弄错吗?"从无血色的洁白的手底下漏出来低微的声音。

"我没有弄错,"利特维诺夫以重浊的声音回答,"我爱你,因为除了你我没爱过谁。我不是来责备你的,这太傻了,我也不是来告诉你说假使你用另一种态度对待我,也许这种事情不会发生……当然,我自己才该埋怨,我的自信毁了我,我该受罚,而你是预料不到的。当然你没有想到假使你不痛切感到你自己对我的过错——假想的过错——想把它加以补偿,这于我也许更少危险些……但是做错了的事收不回的,我只想把我的情景对你说个清楚,像这样已够苦了……但是至少,如你所说,我们中间没有什么误解,我希望我的坦诚,可以略微抚平你的委屈感情,这感情在你无疑是免不了的。"

利特维诺夫眼也不抬地说了这些话，但是即使他望着伊莲娜，他也看不见她脸上起什么变化，因为她和先前一样地拿手遮住。此际，她脸上的表情也许会使他惊异的，这上面交集着又惊又喜，一种幸福的无奈和激动。她的眼，在低垂的眼皮底下，发着幽辉，徐缓的、断续的呼吸吹凉了她好像干渴似的微微翕开的嘴唇。

利特维诺夫静默了，等待着回答，有什么声音吗？没有！

"现在只有一个办法，"他再往下说，"跑开去，我是来和你辞行的。"

伊莲娜慢慢地把手放在膝上。

"但是我记得，格里戈里·米哈伊洛维奇，"她开始说，"那……那位你对我说起过的女人，她不是要来这儿吗？你不是在等她吗？"

"是的，但是我要写信给她……要她在半路上停留……比如在海德堡那种地方。"

"啊？海德堡……—是的，那儿很美……但是这样你的全部计划就打乱了。格里戈里·米哈伊洛维奇，你的确没有想得太夸张吗？这不是虚惊吗？"

伊莲娜柔和地，几乎是冷淡地，略微停歇地说，眼向窗口望去。利特维诺夫没有回答她最后的问话。

"只是，为什么你要提起委屈？"她继续说下去，"我并不觉得委屈……哦，不！假使我们中间有谁该被责备，无论如何也不是你，不是单只你一个人……记着我们上次的谈话，你可以相信应该责备的不是你。"

"我从来不怀疑你的宽宏。"利特维诺夫在牙齿缝里讷讷地说，"但是我很想知道，你赞同我的意见吗？"

"离开？"

"是的。"

伊莲娜仍朝窗外看。

"最初一下子,你的意见在我看来是早熟了一点……但是现在我把你所说的再想了一遍……倘使你真的没有错,那么我以为你应该离开。这样比较好……对你我都比较好。"

伊莲娜的声音愈说愈低,她的话愈来愈慢了。

"拉特米罗夫将军,当然,也许会注意到的。"利特维诺夫正想说下去……

伊莲娜的眼睛又低下去了,有什么奇异的东西在她唇边颤动,颤动而又消失了。

"不,你没有懂得我的意思,"她打断他的话,"我并没有想到我的丈夫。为什么我要想到他?而且也没有给他可疑的地方。但是我再说一句,在我们中间分离是必要的了。"

利特维诺夫捡起帽子,原先就掉在地上的。

"什么都完了,我必须得走。"他想,"那么只剩下和你说句告别的话了,伊莲娜·巴甫洛夫娜。"他高声地说,忽然又觉得一阵剧烈的痛苦,好像是在预备宣读自己的判决词似的。"只希望你不记得我的坏处,如果异日我们再——"

伊莲娜又打断他。

"等一等,格里戈里·米哈伊洛维奇,还不能和我告辞,这样太匆促了。"

利特维诺夫动摇了。但是燃烧般的痛苦又在他的心里以加倍的猛烈爆发了。

"但是我不能再停留!"他喊道,"为什么?为什么把这痛苦延长呢?"

"还不能和我告辞,"伊莲娜再说一遍,"我一定要再见你一次……又是一个莫斯科式的无言的分别——不,我不要。你现在可以回去，但是你一定要答应我。给我一句话，你在未曾再度看见我之前不会离开。"

"你要这样？"

"我一定要，假使你不辞而别，我永远都不会原谅你，你听见吗？永远都不！"

"奇怪呢！"她又好像在对自己说，"我不相信我是在巴登……我仍然感觉我是在莫斯科……现在，走吧。"

利特维诺夫站起来。

"伊莲娜·巴甫洛夫娜，"他说，"给我手。"

伊莲娜摇摇头。

"我告诉过你我不要和你告辞……"

"并不是为告别而要求的。"

伊莲娜正想伸手给他，但是望一眼利特维诺夫——自从他说这番自白之后，她还是第一次望他——又缩回去。

"不，不，"她低声说，"我不给你手。不……不，现在走。"

利特维诺夫一鞠躬离开了。他不知道为什么伊莲娜拒绝他最后友谊的握手……他不知道她害怕的是什么。

他走开了，伊莲娜重又沉到圈椅里，用手蒙住眼睛。

第十七章

　　利特维诺夫并没回家,他跑到山里,走进繁密的树丛中,脸孔朝下扑倒在地上,在那儿躺了一个钟头左右。他没感觉到苦楚,没有哭,他陷入一种重压的难堪的麻痹中。他从来不曾有过这样的经验,这难受的创痛和虫啮般的空虚,他本身的空虚,周围一切的空虚,到处的空虚……他没有想伊莲娜,也没有想塔吉亚娜。他只觉得:一个打击落下来了,生命好像绳子一样松散成两股,他的一切落入了一个冰冷的不熟识的抓握中,被牵着走。有时候仿佛一阵旋风扫到他身边,他感觉到它迅速的旋涡和它的黑色的翅翼不规则的扑打。但是他的决心并没有动摇。留在巴登……这简直不用提。想象中他已经走了,已经坐在轰隆轰隆喷着烟的火车里,驰向静谧的死寂的远处。他终于站起来,头靠在一株树上,待着一动也不动,只有一只手完全无意识地抓住一茎凤尾草的叶尖,韵律地摆摇着。一阵走近的脚步声使他从麻痹中醒过来,两个烧炭人,肩上背着巨袋,走下陡斜的小路。"是时候了!"利特维诺夫轻轻说,跟着烧炭的走回城里,折到火车站,打一个电报给塔吉亚娜的姑妈卡皮托莉娜·马尔科夫娜。在这电报里他告诉她他马上要离开,指定海德堡施拉德尔旅馆作会晤的地方。

　　"要结束,便赶快结束,"他想,"用不着挨到明天。"于是他跑到赌场里去，以索然寡味的好奇心凝视着两三个赌客的脸，老远地望一望平达索夫丑陋的头颅的背影，注意一下皮夏尔金的无可指摘的面相，复在走廊上等了一会儿，他才不慌不忙地动身到伊莲娜家里去。他并不是受了不可自持的偶然冲动的影响去的，当他打定主意要离开，他也打定主意要实践他的诺言，再去看她一次。他在看门人不留心的时候走进旅馆，跑上楼梯，什么人都没碰到，他也不在房门上敲一下，就机械地推开了它，走进房里。

房里，在同样的圈椅上，穿着同样的衣服，和三个钟头之前完全同样的姿势，坐着伊莲娜……显然她坐在那里不曾换过位置，这许久工夫不曾动弹。她慢慢地抬起头来，只见是利特维诺夫，周身打一阵寒战，用手抓住椅圈，轻轻说："你吓了我！"

利特维诺夫以无言的迷惑望着她。她脸上的表情，黯然无光的眼睛，使他惊异了。

伊莲娜装出一个勉强的笑，理一理她蓬乱的鬓发。"没关系……我真的不知道……我想我坐在这里睡着了。"

"我请求你原谅，伊莲娜·巴甫洛夫娜，"利特维诺夫开口说，"我没有通报一声便走进来……我要履行你认为合适的要求……我今天要走了——"

"今天？但是我记得你对我说过你要先写一封信——"

"我已拍去一份电报。"

"啊！你觉得你必须得赶紧才行？你什么时候走呢？我的意思是，几点钟？"

"晚上七点整。"

"啊！七点钟！那么你是来辞行的吗？"

"是的，伊莲娜·巴甫洛夫娜，来说声再会。"

伊莲娜静默了一下。

烟

"我应该感谢你，格里戈里·米哈伊洛维奇，你来这里也许不容易。"

"是的，伊莲娜·巴甫洛夫娜，确实不容易。"

"就一般而言，生活都是不容易的，格里戈里·米哈伊洛维奇，你怎样想？"

"这要看什么人……伊莲娜·巴甫洛夫娜。"

伊莲娜又静默了一会儿，她好像沉入思索中。

"你来了，证明了你对我的爱，"终于她说，"我谢谢你。我也完全赞成你要把一切越早结束越好的决心……因为任何的延缓……因为……因为……我，就是你曾经骂过的一个反复无常者，一个女戏子……是个，我想，你叫我什么啦……"

伊莲娜急速地站起来，坐到另一把椅子里，头伏下来把脸和手靠在桌子的边缘。

"因为我爱你……"她在紧握的手指缝中喃喃地吐出来。

利特维诺夫倒退了几步，好像有人兜胸打了他一拳似的。伊莲娜沮丧地把头转过去，好像这一次是她要躲开他，藏起她的脸来似的，于是又靠在桌上。

"是的，我爱你……我爱你……你知道的。"

"我？我知道的？"利特维诺夫终于说，"我？"

"现在你总可以知道了，"伊莲娜往下说，"你当然一定要离开了，慢一步都不行……对于你我双方，都不能延迟，这是危险的，这是可怕的……再见吧！"她接着说，激动地从椅子上站起，"再见！"

她朝她的梳妆室方向走了几步，把手伸向背后，在空中作了一下急遽的动作，好像在摸索利特维诺夫的手，和他握别似的，但是他如同一段木头站在老远……她又说了一次："再见，忘了我吧！"于是头也不回跑开了。

房中单留下利特维诺夫一个人,但是他仍然回不过神来。终于他清醒了,急速地跑到梳妆室的门边,唤着伊莲娜的名字,一遍、两遍、三遍……他的手已经按在门钮上面了……外面门廊边传来拉特米罗夫洪亮的声音。

利特维诺夫把帽子扳到眼沿,走到楼梯跟前。温文尔雅的将军正站在瑞士看门人的小屋子前面,用拙劣的德语向他解释说他明天要租一辆马车,租一整天。将军望见利特维诺夫,又把他的帽子举得不自然的高,又想和他说一句"天气好",他显然是在取笑他,但是利特维诺夫无心管这些。他勉强向拉特米罗夫回了一个礼,跑回自己的寓所,一动不动地站在捆扎好上了锁的箱囊的前面。他的大脑在转着转着,心好像琴弦在振动。现在该怎么办?他也曾预料到这一层吗?

是的,他曾预料到,虽则粗看不近情理。它好像雷霆般地击了他,可是他曾料到它,虽则不敢承认它。再者,现在他什么都不能确实知道。他心里一切都错杂混乱了,他失去了思想的线索。他记起了莫斯科,他记了起来,那时候"它"也是这样像暴风雨般袭击了他。他呼吸都闭塞住了。喜悦,一种莫能慰藉的绝望的喜悦,折磨并撕毁他的心。地上的一切换不到这在伊莲娜真不该说却又说了出来的话……可是,这话却换不到他所下的决心。和先前一样,这决心没有动摇,好像铁锚般坚定。利特维诺夫又失去他思想的线索了……是的,但是他仍然把握着自己的意志,他摆布自己好像摆布一个由他做主的别人。他按铃喊了旅馆侍者,叫他开账单来,吩咐替他在傍晚的行李马车上订一个位置,他是有计划地把一切后退的路都割断了。"虽死不辞!"他喊,如同上一个不寐的夜晚所说的一样,这句话好像特别合他的口味。"虽死不辞!"他重复着,在房间里慢慢地踱来踱去,只是很难得有几次,他无意识地闭上眼睛,屏住呼吸,于是那些话,伊莲娜的话又潜入他的灵魂,使他燃烧。

烟

"显然一个人不会爱两次的,"他想,"另一个生命来救你,你也接受了它——而你不能彻底清除那些毒素,你永远是藕断丝连!恰是这样,但是这能证明点什么?幸福……这可能吗?你爱她,姑且这样假定……而她……她也爱你……"

但是想到这里他又不得不振作自己。犹如一个黑夜的旅人,看见眼前有一点火光,生怕迷路,眼睛便一刻都不离开它!利特维诺夫正是这般情形,他继续把他全部的注意力都集中在这单独的一点,单独的目标上。跑到他未婚妻的身边,也不一定要到他未婚妻的身边(他试着不去想她),只要跑到海德堡旅馆的一个房间里,这就是站在他面前的固定不移的引路的火光。以后怎样,他不知道,也不想知道……有一桩事是毋庸疑虑的,他不再回来。"虽死不辞!"他说了第十次,于是看一看时钟。

六点一刻!还有多久的等待!他又走来走去。太阳快要西沉了,树林上面的天色一片绛红,黄昏的红辉照在渐渐黑暗的房间的长窗上。突然,利特维诺夫好像听见他身后的门轻轻地急速地开了,复又急速地关上……他回过头来,靠门边,裹在一袭黑色长袍里,站着一个女人。

"伊莲娜!"他喊,惊讶地握着手……她抬起头来,扑倒在他的胸前。

两小时后他坐在房间中的长椅上,他的箱子放在一个角落,打开了,里面空的;桌上,在乱七八糟地堆着的东西中间,放着一封塔吉亚娜寄来的信,他刚收到的。她在信中告诉他说,她决定赶快离开德累斯顿,因为她姑妈的健康完全恢复了,又说假使没有什么事情多耽搁,她们俩在第二天十二点钟便可以到巴登,希望他到火车站来接她们。利特维诺夫已经替她们在自己住的旅馆里定好了房间。

当夜他写了一封信给伊莲娜,第二天早晨他接到她的回信。

"迟早,"她信中写着,"一定得这样,我再把昨晚说过的话向你讲一遍。我的生命在你的手里,你高兴怎样就怎样。我不想阻止你的自由,但是让我说,假使必要的话,我可以抛开一切,跟你到海角天涯。我们明天再见,好吗?你的伊莲娜。"

信中最后这两个字笔迹写得很大,很粗,很坚定。

第十八章

8月18日正午十二时，火车站月台上的人群中，夹杂着利特维诺夫。刚才，他碰见伊莲娜，她同她的丈夫和另一个年纪较大的男子，坐在一辆无篷的马车里。她瞥见了利特维诺夫，利特维诺夫觉得她的眼睛里有一种模糊的东西掠过，但是她立刻用太阳伞遮住了。

自从上一天来他起了一种奇异的变化——在他全部的形貌上、动作上和他的颜面表情上，他真的觉得自己是另一个人了。他的自信消失了，他心头的平静消失了，他那对于自己的尊敬也消失了，他先前的心境，也一丝不留。最近的不可消抹的印象遮掩了其他的一切。一种素不相识的感情到来，强烈的、甜蜜的——而又邪恶的，这神秘的不速之客闯进他最里面的心的神殿，占据了它，一声不响地安顿下来，施威作福的，好像是这新宅的主人。利特维诺夫不再惭愧了，他是怕，同时又生了一种铤而走险的顽强的胆量。凡是被俘虏的、被征服的人们很能知道这种矛盾的感情的混合，小偷在第一次盗窃之后也可以领会到一点这样的心境。利特维诺夫是被征服了，突然被征服了……他的廉耻哪儿去了？

火车迟到几分钟。利特维诺夫的悬待变成了煎熬的痛苦，他不能安安稳稳地站在一个地方，苍白得像死人一样，在人群中挤来挤去。"天哪,"他想,"假如再有二十四个钟头便好。"他看塔妮亚的第一眼,塔妮亚的第一眼看他……使他的心中充满了恐惧……这就是他必得冲过的难关……以后呢?以后……由他吧,怎样都好!……现在他不能多有决定,不能对自己有所保证。昨天那句话又痛苦地闪过他的脑际……利特维诺夫就是在这样的心境之下去迎接塔妮亚的……

终于一阵悠长的汽笛声响了,越来越响的沉重的隆隆声可以听见,火车转了一个弯,便来到眼前了。人们抢着迎上去,利特维诺夫跟着他们,好像判了罪的囚犯,拖着脚步。人们的脸、女人的帽子开始从车厢中出现了,在一个窗口中一块白手帕闪耀着……卡皮托莉娜·马尔科夫娜在摇着手帕和他打招呼……事已如此,无可幸免的了,她看见了利特维诺夫,利特维诺夫也认得是她。火车停了,利特维诺夫跑到门边,打开它,塔吉亚娜站在她姑妈的旁边,欣然欢喜地笑着,伸手给他。

他扶她们下了车,说了几句含含糊糊的没说完的欢迎话,便开始忙起来,拿了她们的票子,接过她们的行囊,替她们拿衣服,跑去找一个脚夫,喊一辆接客马车。别人也在他的身边忙乱着,他很高兴他们的在场、他们的喧叫和高声的谈话。塔吉亚娜稍稍退在一旁,仍然微笑着,安静地等待着他那慌张料理的结束。在另一方面,卡皮托莉娜·马尔科夫娜却站都站不稳,她不相信她终于到巴登了。

她突然叫起来:"啊,伞呢?塔妮亚,我们的伞呢?"全然没想到它们被紧紧挟在臂下,于是她开始和一位在海德堡到巴登的路上结识的妇人高声道别,告别了很久。这位妇人并非别人,便是我们的老朋友苏赫契科娃夫人。她是为了朝拜古巴廖夫到海德堡去的,带了许多"指示"回来。卡皮托莉娜·马尔科夫娜穿一件相当特别的条纹花钟式衣服,戴一顶菌伞式的圆形旅行帽,帽

烟

子底下簇着剪得短短的蓬乱的白头发。她又矮又瘦小，因为旅途的劳顿，脸有点发红，不住地用尖锐刺耳的俄语说话……她立刻便成了别人注意的目标。

利特维诺夫终于请她和塔吉亚娜上了马车，自己坐在她们的对面。马开始跑了。于是，又是一番问讯，一番握手，交换一番微笑和欢迎……利特维诺夫松了一口气，这最初的瞬间过得很满意。显然，他身上，没有什么给塔妮亚怀疑的。她正和从前一样明朗地信赖地望着他，娇羞地红起脸，温良地笑着。他终于打定主意看她一眼——直到这时候，他眼睛还不肯听命——不是偷偷的粗忽的一瞥，而是直接坚定地望着她，他的心被一种不由自主的情绪激动了：这正直坦白的脸庞的宁静表情给他以深知疚戾的痛苦。"啊，你来了，可怜的孩子，"他想，"你，我所渴待的，赶来了，你，我曾期望和你偕老的，你来了，你相信我……而我……而我……"利特维诺夫低下头，但是卡皮托莉娜·马尔科夫娜不容他有默想的时间，她的问题雨点般打过来。

"这座有圆柱的大房子是什么啊？他们在哪儿赌博的？前面来的是谁啊？塔妮亚，塔妮亚，看哪，怎样的硬裙子啊！这又是谁呢？我想他们大半是巴黎来的法国人？天哪，何等的帽子？这里也和巴黎一样什么都买得到吗？但是，我想，一定样样异常贵，是吗？啊？我认识了一位这样有见识的妇人！你认识她的，格里戈里·米哈伊洛维奇，她告诉我她在一个俄罗斯人家里碰见过你，那也是一位了不起的聪明人物。她答应来探望我们。她多么狠地痛骂那批贵族——骂得真好！那位灰白胡子的绅士是谁啦？普鲁士王吗？塔妮亚，塔妮亚，看，这是普鲁士王。不？不是普鲁士王，是荷兰公使吗，你说？我听不见，车轮嘎嘎地太闹了。啊，多美丽的树！"

"是的，美丽的，姑姑，"塔妮亚答应着，"而且这里的一切多么苍翠,多明净、多快乐!是吗,格里戈里·米哈伊洛维奇?"

"哦,明净,快乐……"他从牙齿缝里吐出回答。

马车到了旅馆前面停住,利特维诺夫领两位客人走进预先订好的房间,答应她们在一个钟头之内回来,便跑到自己的房里去。一跨进那儿,他立刻好像又中了刚才已经镇伏了一下的魔咒了。这儿,在这房间,上一天,伊莲娜君临着,一切都好像在替她说话,甚至空气里都保留着她光临过的秘密踪迹……利特维诺夫又觉得变成她的奴隶了。他把藏在胸口的伊莲娜的手帕抽出来,压在嘴唇上,炽热的记忆,那微妙的毒液流过他的脉管。他觉得现在是不能回头了,没有选择了。被塔吉亚娜唤醒的痛苦感情像落入火里的雪片般消融了,良心的谴责也消灭了……消灭得干干净净,连那种不安的感情也平静下来了,虚伪——他心中暗暗存在的——于他也不再引起恶感……爱,伊莲娜的爱,这就是他目前的真理、义务、良心……聪明谨慎的利特维诺夫简直想都不想如何逃出这在他仅微微感到可怕和丑恶的地位,好像和他痛痒无关一样。

一个钟头还没有过去,这两位新来的女客人便喊侍仆来请利特维诺夫了,她们要求利特维诺夫在公共客厅里会见她们。他跟着来人走去,只见她们都已穿好衣服,戴上帽子。她们都表示说要立刻出去见识一下巴登,因为天气是那么好。卡皮托莉娜·马尔科夫娜尤显得焦急不安,当她听到说"寒喧厅"前的流行散步时间还没有到的时候,甚至有几分气恼了。利特维诺夫揽住她的手,于是这观光典礼开始了。塔吉亚娜和她姑妈并肩走着,很感兴味地望着四周,卡皮托莉娜·马尔科夫娜则继续她的询问。轮盘赌的场景,尊贵模样的赌客——倘使她在别的地方碰到他们,准会把他们当作内阁大臣的——迅速移动的铲子,绿台面上的大堆金银,赌迷了的老妇人,涂脂抹粉的妓女们,这些使卡皮托莉

烟

娜·马尔科夫娜呆得说不出话，她简直忘记了她应该感觉到一种道德的义愤，只是眼睛睁得很大，身体不时震颤，呆看着，惊奇于每一次的输赢……象牙球嗖然落入盘底的声音震撼了她的骨髓，直到她回到露天底下，深深地吸了一口气之后，她才神智恢复过来说这种碰运气的赌博是贵族的不道德的发明。利特维诺夫的唇上浮着一种固定的、不愉快的微笑，他说话断断续续地、懒洋洋地，好像他厌倦了，不耐烦了……他转过头来望一望塔吉亚娜，便暗暗地烦恼了。她在注意地望着他，表情中好像在问她自己，她给他的印象怎样。利特维诺夫忙和她点点头，她也同样点头回答他，仍然疑问地、用一种紧张的力量望着他，好像他离得比实际位置更远似的。利特维诺夫领这两位女客人离开"寒暄厅"，经过"俄罗斯树"——那里已经坐着两位俄罗斯贵妇人——走向李希顿泰勒林荫道。他刚折入这条大道，便远远地看见伊莲娜。

她伴着她的丈夫和波图金迎面走来。利特维诺夫脸白得像一张纸，可是他并没有放慢脚步，当他和她相遇的时候，他默默地鞠了一个躬。她也礼貌地、冷峻地向他鞠躬，迅速地瞥了塔吉亚娜一眼，溜过去了……拉特米罗夫高高地举起帽子，波图金喃喃地说了些什么。

"这位贵妇人是谁？"塔吉亚娜突然问。在这之前她简直没开过口。

"这位贵妇人？"利特维诺夫重复着她的话，"这位贵妇人？是拉特米罗娃夫人。"

"她是俄国人吗？"

"是的。"

"你在这里和她认识的吗？"

"不，我早就认识她。"

"她多美丽!"

"你注意到她的服饰了吗?"卡皮托莉娜·马尔科夫娜插话,"只是她那副绣花带的卖价,便足够十个家庭一年吃用。和她一起的是她丈夫吗?"她向利特维诺夫问道。

"是的。"

"他一定非常有钱,我想。"

"真的,我不知道,我不这样想。"

"他是什么官职?"

"将军。"

"她的眼多美!"塔吉亚娜说,"它们的表情多奇异,又深思又犀利……我从来不曾见过这样的眼睛。"

利特维诺夫没有回答。他好像觉得塔吉亚娜疑问的眼光又落在他的睑上,但是他错了,她在望着自己的脚,望着路上的沙。

"天哪!这人妖是谁?"卡皮托莉娜·马尔科夫娜指着一辆低篷的游览马车,突然喊道。车里面,一位红头发狮子鼻的女人,服装非常华丽,穿一双淡紫的袜子,恬不知耻地斜倚着。

"这人妖!什么,这是著名的科拉小姐。"

"谁?"

"科拉小姐……巴黎姑娘……明星。"

"什么?这狮子狗?但是她丑得要命!"

"这可并不妨害其成为明星。"

卡皮托莉娜·马尔科夫娜只能惊愕地摊开双手。

"唉,这样的巴登!"最后她说了这样一句,"可以在这椅子上坐坐吗?我累了。"

"当然可以,卡皮托莉娜·马尔科夫娜……这椅子就是给人家坐的。"

"啊,真的吗,我倒不知道!在巴黎,有人告诉我,沿大街也有椅子，可是不便坐。"

利特维诺夫没有回答她的话，此刻他只想着，离开他脚前两步，便是前天跟伊莲娜解释和她决定一切的地点。于是他记了起来，今天他注意到她的脸上有一抹红晕……

卡皮托莉娜·马尔科夫娜颓然落到椅子上，塔吉亚娜坐在她的旁边。利特维诺夫仍旧站在路上，在塔吉亚娜和他的中间——是否只是他的幻觉呢——好像有什么事情发生了……不知不觉地、逐渐地。

"啊，她是一个坏女人，一个十足的坏女人！"卡皮托莉娜·马尔科夫娜大声说，悲悯地摇摇头，"唉，以她服饰的花费，你可以养活不只十家——一百家人。你看到她的帽子底下、红头发上面戴着钻石了吗？我起誓，白天戴钻石！"

"她的头发原来不红，"利特维诺夫说，"她把它染红的——现在流行这样。"

卡皮托莉娜·马尔科夫娜又只能感慨万分地摊开一双手，她简直惊愕得说不出话来了。

"唉，"她终于说，"在我们住过的德累斯顿，人们还不至于堕落到这样的地步。那里离巴黎稍微远一点，多少远一点，就是这缘故。你不这样想吗，格里戈里·米哈伊洛维奇？"

"我？"利特维诺夫答。同时他想：她究竟在说些什么啊？"我？当然……当然……"

说到这里，他听见一阵缓慢的脚步声，波图金走到椅子前。

"您——好，格里戈里·米哈伊洛维奇。"他微笑着点点头说。

利特维诺夫立刻握住他的手。

"您——好，您——好，索宗特·伊凡内奇。我想我刚才碰到你和……刚才在大街上？"

"是的，是我。"

波图金礼貌地向坐在椅上的两位女客人鞠躬。

"让我给你介绍，索宗特·伊凡内奇。她们是我的老朋友兼亲戚，刚到巴登的。波图金，索宗特·伊凡内奇，我们的同胞，也是暂住在巴登的。"

她们两人都站起来。波图金又是一番鞠躬。

"这里是五方杂处的烟花地。"卡皮托莉娜·马尔科夫娜开始用纤细的声音说。这位好心肠的老妇人是很容易和人亲热的，但是她想先保持她的尊严。"谁都当作一个愉快的义务，来这里盘桓一下。"

"巴登是一个愉快的地方，当然啦，"波图金回答，斜看了塔吉亚娜一眼，"一个很愉快的地方，巴登。"

"是的，但是据我拙见，只是太贵族化了一点。你知道她和我在德累斯顿——一个美丽的城市——住了不少时候，但是这里简直是五方杂处的烟花地。"

"她很喜欢咬文嚼字。"波图金想。"你说得完全不错，"他高声说，"可是在另一方面这里的景物是再美丽不过的，这风光在别处是找不到的。尤其是你的旅伴，她一定能赏识它的好处的，是吗，小姐？"这一回他直接向塔吉亚娜说话。

塔吉亚娜抬起她大而湛净的眼，望一望波图金。她好像是迷乱了。为什么利特维诺夫在她初到的第一天便把她介绍给这位素不相识的男子。虽则瞧他的脸相也还聪明和蔼，态度也诚恳，他亲切地在望着她。

"是的，"她终于说，"这里很美丽。"

"你们应该逛一逛古堡，"波图金继续道，"我特别劝你们坐车去伊堡看一看。"

"到萨克森的瑞士——"卡皮托莉娜·马尔科夫娜正开始说。

烟

管乐的声音从大街上飘送过来,这是拉施塔特①来的普鲁士军乐队,在天幕下开始演奏每周一次的音乐会。卡皮托莉娜·马尔科夫娜站起来。

"音乐!"她说,"音乐,在寒暄厅……我们,去那儿。现在四点钟了……是吗?现在名流人物都到了吗?"

"是的,"波图金回答,"这是名流人物顶多的时候,音乐极好。"

"那么,我们不要耽搁。塔妮亚,来。"

"允许我奉陪吗?"波图金问,这使利特维诺夫相当惊奇,他脑子里简直想不到是伊莲娜叫波图金来的。

卡皮托莉娜·马尔科夫娜露着牙齿笑。

"非常荣幸——默宣……默宣②——"

"波图金。"他喃喃地接口说,就把自己的手递给她。

利特维诺夫挽着塔吉亚娜,四人朝寒暄厅走去。

波图金继续和卡皮托莉娜·马尔科夫娜谈话。利特维诺夫走着,一句也不开口。有两次,并没有什么原因,他微笑着,轻轻把塔吉亚娜的臂压着他自己的。这动作中有着虚伪,塔吉亚娜对它也没有什么反应,利特维诺夫自己也觉得这是虚伪。这动作并不能表示两个彼此相许的交融的灵魂的相互信赖,而是一种暂时的替代品——替代他找不到的话。这不曾言明的芥蒂在他们中间开始增长了,加强了。塔吉亚娜又留意地专注地望着他。

当他们四人在寒暄厅前面的一张小桌子周围坐下来的时候,情形还是一样,所不同的就是在人群的嘈杂喧嚣中,在音乐的呜呜叫吼中,利特维诺夫的沉默似乎比较说得通一点。卡皮托莉娜·马尔科夫娜非常兴奋,波图金几乎来不及回答她的问话、满足

---

① 1862年,拉施塔特仍是德意志联邦的一个城堡。——译者注
② 她想说一个法国词"先生",但是读音不准。——译者注

她的好奇心。在流动的人群中突然出现了身材瘦小、眼睛老是要爆出来的苏赫契科娃夫人。卡皮托莉娜·马尔科夫娜立即认得是她,请她来桌边,要她坐下,于是谈话的狂飙卷起来了。

波图金回头朝着塔吉亚娜,开始用一种温柔的低声下气的声音和她谈话,他带着亲切表情的脸微微侧向她。她呢,自己也奇怪,自由舒畅地回答他。她很高兴和这位陌生人、这位局外人谈话,同时利特维诺夫仍和刚才一样,一动不动地坐着,唇边浮着固定的令人不愉快的微笑。

晚餐时间到了。音乐停止了,人群稀散。卡皮托莉娜·马尔科夫娜和苏赫契科娃夫人殷勤道别。她对她怀着极大的尊敬,虽则后来她对她的侄女说:"这人真太苛刻,但是她通晓百事,认识很多人。真的,我们在结婚喜筵过后,也得立刻买一架缝纫机。"波图金接着也和他们告辞,利特维诺夫陪她们回家。当他们走进旅馆的时候,侍者递给他一封信,他闪开一步,赶忙撕开信封。一张小小的香笺上写着几个字,是铅笔写的:"请于今晚七点钟来我这里,只要一分钟,我恳求你。伊莲娜。"利特维诺夫把这封信塞在衣袋里,回过头来,又装出一副笑脸……对谁笑?为什么笑呢?塔吉亚娜背过脸站着。他们在旅馆的公共餐室里用晚餐。利特维诺夫坐在卡皮托莉娜·马尔科夫娜和塔吉亚娜中间,一下子他高兴起来,带着奇异的、突然的欢乐,谈着,说着故事,替自己和她们斟酒。他的态度是这样潇洒活跃,使得坐在他对面的留着拿破仑三世式胡子的从斯特拉斯堡来的法国步兵队军官也想插几句嘴,甚至喝起干杯酒说祝莫斯科美人们健康。晚餐后,利特维诺夫伴送她们回到卧室,脸上带着几分不快的神色在窗边站了一会儿之后,突然说他有点事情要出去一下,但是当晚一定回来。塔吉亚娜没说话,她脸色苍白,低垂着眼睛。卡皮托莉娜·马尔科夫娜有饭后打瞌睡的习惯,塔吉亚娜相信利特

烟

维诺夫一定知道她姑妈的习惯。她希望他利用这机会,陪她坐一会儿,因为自从她到来之后,他没有和她单独在一起的机会,也没有和她说过一句知心的话。而现在他要出去了!她如何能懂得他的心思?还有,真的,今天他的一切态度……

利特维诺夫不等挽留,赶快地退出去。卡皮托莉娜·马尔科夫娜躺倒在沙发上,叹了两三声,便安静地睡着了。塔吉亚娜走到一个角落里,坐在一把低椅上,双手紧紧地抱在胸前。

第十九章

利特维诺夫急速跑上欧罗巴旅馆的楼梯，一个有一张卡尔梅克人狡猾的小脸的十三岁小姑娘显然在等候他。她拦住他用俄国话说："请往这边走，伊莲娜·巴甫洛夫娜马上就来。"他迷惑地望着她。她微笑了，又说："请这边来，这边来。"领他走进一个小小的房间后，轻轻地带上了门，一下子隐去了。这房间正对伊莲娜的卧室，里面堆放着许多旅行的箱箧和提囊。利特维诺夫还没有工夫把周围细看，门又很快打开了，在他的面前站着伊莲娜，穿一身蔷薇色的跳舞服，头发和颈项上戴着珍珠。她直冲到他身边，抓住他的双手，一下子说不出话。她的眼睛发光，她的胸口吁喘起伏，好像登了一段高山一样。

"我不能在……那边招待你，"她以急促的轻语说，"我们正要动身去赴一个夜宴，但是我非得先要见你一下……今天我碰到的那一位，我想是你的未婚妻吧？"

"是的，她曾经是我的未婚妻。"利特维诺夫说，把"曾经"这两字说得很重。

"我之所以要见你一见，就是要告诉你，你应该把自己看作是绝对自由的，昨天所发生的一切并不影响你的计划……"

"伊莲娜！"利特维诺夫喊着说，"你为什么说这样的话？"他说这话很大声，里面蕴含着奔放的热情。伊莲娜不由自主地把眼

烟

睛闭上一刻。

"哦，我亲爱的！"她用更轻柔的低声继续说，但是显然露着不能制驭的热情，"你不知道我多爱你，但是昨天我只是付还我的债，我赎偿我过去的罪愆……啊！我不能还给你以我的青春，如我所渴望的那样，但是我并不拿什么义务加在你的身上，我并不要求你的任何诺言，我亲爱的！你喜欢怎样便怎样，你和空气一样自由，你没有受任何束缚，请懂得这一点，请懂得这一点！"

"但是我不能没有你而生活，伊莲娜！"利特维诺夫打断她，这遭却是轻轻地说，"自从昨天起我永远是你的……我只能在你的脚边呼吸……"

他低下头来浑身战栗地吻着她的手。伊莲娜望着他低垂的头。

"那么让我说，"她说，"我也是一切都准备好了的，我也不顾谁，不顾一切。你怎样决定，便怎样。我也永远是你的。"

有人在门上轻轻地敲。伊莲娜俯身下去，又轻轻地说一次："是你的……再见！"利特维诺夫在发尖上感觉到她的呼吸，她的唇的接触。当他站直身子来的时候，伊莲娜已经不在这房间里了，只有走廊上衣裾窸窣的声音，远处，拉特米罗夫将军在喊："嘿！你不来吗？"

利特维诺夫坐在一只大衣箱上，手掩住面。一种女性的清新幽洁的芳香黏附在他的身上……伊莲娜曾经握过他的手。小女孩又跑进房里来，对他的激动眼光作微笑回答：

"现在，请你——"

他站起来，走出旅馆。这时候就回家去，是不可想象的，他先要定一定神。他的心沉重地、不规律地怦跳着，地面好像在他脚底颤动。利特维诺夫复折向李希顿泰勒林荫道。他知道最后决定的一刹那到了，不能再拖延、再装假、再逃避了，和塔吉亚娜作一番解释是无可避免的了。他可以想象她怎样地坐在那里,一动也不动,在等着他……他可以预想他要对她说些什么,但是怎么开始,怎样张口呢?他把他的正直端方的计划、缜密的、井井有条的将来委弃在身后置诸不顾了。他知道他是脚朝上头向下地投到一个不能逼视的深渊里面去了……但是这并没有动乱他的心。事情已经做了,只是怎样去面见他的裁判者呢?假使这裁判者——一位握着火焰之剑的天使——来找他,这对于罪孽深重的心倒舒服些……而现在要他自己把短刀插入自己的胸口……多可耻啊!但是若要回头来放弃那一个,利用别人许给他的自由,认作这是他固有的权利……不,倒情愿死!不,他不愿享有这可耻的自由了……只愿卑躬屈膝到尘埃里,让那双情爱的眼睛来垂青他。

"格里戈里·米哈伊洛维奇!"有谁以忧郁的声音在喊,一只手沉重地落在利特维诺夫身上。

他不免一惊地回头望,认得是波图金。

"我请你原谅,格里戈里·米哈伊洛维奇,"波图金用他惯常的谦恭口气开始说,"我也许打扰了你,但是,在老远看到你,我便想……可是,如果你不生气……"

"相反,我很高兴。"利特维诺夫在齿缝中喃喃说。

波图金就傍着他的身边走。

"多可爱的夜晚!"他开始说,"这样温和!你散步得很久了吗?"

"不,不久。"

"可是我为什么要问你这句话,我刚才看到你从欧罗巴旅馆里出来。"

"那么你跟着我吗?"

"是的。"

"你有什么话要和我说的吗?"

"是的。"波图金重复一句,声音低微得几乎听不见。

利特维诺夫停步望一望这不招自来的伴侣。他的脸是苍白的,他的眼睛不安地转动着,他歪曲的身姿好像笼着古旧的长存的忧郁。

"你有什么特别的话要对我说?"利特维诺夫慢吞吞地说,仍向前走。

"啊,如果你允许……马上就说。假如你觉得没关系,让我们在这椅子上坐坐吧。这样比较方便些。"

"唔,这好像有什么神秘似的。"利特维诺夫说,在他的身边坐下。"你好像有点不安,索宗特·伊凡内奇。"

"不,我很好,也没有什么神秘。我特别要告诉你的……是你的未婚妻给予我的印象……她和你订了婚吧,我想?……不管是否订了婚,我是指你今天介绍给我的那位女孩子。我应该说在我的一生中从来不曾碰见过比她更可爱的女子。一副黄金的心肠,天使般的品质。"

波图金说这番话时仍旧是带着那副苦愁相,使得利特维诺夫纵使不注意也看得出他所说的话和脸上的表情不调和。

"你对塔吉亚娜·彼得罗夫娜估量得十分准确,"利特维诺夫说,"虽则我不能不惊奇,第一点,你应该知道我和她的关系;第二点,你怎能这样迅速便了解了她。她真的是有天使般的品质,但是请容许我问,你便是为了告诉我这番话而来的吗?"

"要立刻了解她是不可能的,"波图金连忙回答,好像要规避这最后的问句似的,"只要看一看她的眼睛。她配受世界上一切可能的幸福,谁有造化替她谋幸福的,那人的福气是值得妒羡的!不过希望他能够消受得起这样的福气。"

利特维诺夫微微皱一皱眉头。

"原谅我，索宗特·伊凡内奇，"他说，"我还得承认这话来得奇突……我想知道，你的话中有因，是在指我吗？"

波图金没有立即回答利特维诺夫，显然他内心交战着。

"格里戈里·米哈伊洛维奇，"他终于说出口来，"除非是我误解了你，不然你定能够听懂这话的真意，不管是从谁的口中，以怎样不讨人喜欢的形式说出来。刚才我对你说过，我看到你从那儿出来。"

"是啊，从欧罗巴旅馆出来。这有什么呢？"

"当然，我知道，你在那儿会见了谁。"

"什么？"

"你会见了拉特米罗娃夫人。"

"对啦，我会见了她。下文呢？"

"下文吗？你……和塔吉亚娜·彼得罗夫娜订了婚，却又去赴拉特米罗娃夫人的约会，她是你所爱的……她也爱你。"

利特维诺夫从椅子上跳起来，血涌上他的脸。

"这是什么意思？"他终于说，声音中带着激怒，"是开恶意的玩笑，还是侦察？请你费神为我解释。"

波图金黯然望着他。

"啊，不要对我的话生气。格里戈里·米哈伊洛维奇，你不能和我生气的。我并不是为谈这些而来，我现在也没有开玩笑的心思。"

"也许是的，也许是的。我准备相信你来意十分纯良，但我还是要请你允许我问一句你有什么权利来管别人的，一个和你不相干的人的私事，私生活，你有什么理由把你自己的……凭空捏造的事实以这样自信的态度说出来？"

"我的捏造！倘使我是凭空想象出来，那你便不应该生气。至于权利，我从来不曾听到过谁看到了一个将要溺毙的人而尚待自问他有没有权利向他伸出援助之手的。"

"谨谢你的真诚关怀，"利特维诺夫怒气冲冲地说，"但是我一点也不需要援助，所有一切的老话，比如说血气方刚的青年人会被社交界的妇女引得堕落啦，时髦社会的不道德啦，类似等等，我都把它们当作滥调，真的，在心中我也简直轻蔑它。所以我请求你收回你的援助之手，让我平平安安地淹死吧。"

波图金又抬起眼睛望望利特维诺夫，他呼吸都窒住了，嘴唇扭搐着。

"但是请看一看我，青年人，"他拍一拍自己的胸脯遽然说，"你能够把我当作一般的沾沾自喜的道德家、说教者，和他们同样看待吗？你知不知道倘使不是纯然出于对你的关怀，纵使这感情对我多么强烈，我决不吐露半句话，我决不授你以把柄来责备我不知趣、鲁莽——这是我最厌恶的。你看不看得出来，这是完全不同的另一回事，在你的面前坐着的是一个被热情压碎了的完全毁灭了的老人，从他身受的遭遇可以来救你……而且……也为了同一个女人！"

利特维诺夫倒退了一步。

"这是可能的吗？你说些什么？……你……你……索宗特·伊凡内奇？那么别利斯卡娅夫人……那个孩子？"

"啊，不要盘问我……相信我！这是一个黑暗可怕的故事，我不告诉你。别利斯卡娅夫人我不大认识，这孩子也不是我的，但是我负着这责任……因为……她愿意这样，因为这对她有必要。为什么我在这里，在你的可恨的巴登呢？啊，事实上，你能够费一刻工夫来想一想我来向你致忠告是出于对你的同情吗？我悲悯那位美丽温良的少女，你的未婚妻，但是对你的将来，你们两人的将来……我哪里管得了这许多闲是非？我只是担心她……担心她。"

"你对我真是情深意厚,波图金先生,"利特维诺夫说,"但是,照你说来,我们两人处在同样的情况之下,你为什么不把你的劝告应用到你自己身上去呢,而我可不可以把你的关怀归之于另一种感情……"

"妒忌,你的意思是?啊,青年人,青年人,你用这种话来搪塞,避开正题,你应该惭愧。你不知道现在我唇边所说的话是含着多么良药苦口的悲哀,你应该惭愧!不!我的情况和你是不同的!我,我是老了,绝对无危险的可笑的朽材——但是你!这用不着说!叫你和我易地相处,恐怕一秒钟都不肯,不消说是心甘情愿!妒忌吗?一个没有一滴希望的人是不会有妒忌的,而这也不是我命运中的第一次来忍受这种感情了。我只是担心……替她担心,请懂得这一点。当她叫我来找你的时候,我怎能够猜得到那自觉曾经亏待你的心情——她自承有这心情的——会使她走到这样的一个地步呢?"

"但是原谅我,索宗特·伊凡内奇,你好像知道……"

"我什么都不知道,我什么都知道!我知道,"他转过头去接着说,"我知道她昨天在哪儿。但是现在她是无法遏止的了,好像滚下山来的石块,一直要滚到底。我真是一个大傻瓜,以为凭我的话能够立刻劝阻你……你,当这样的一个女人……但是说得够了。我抑不住我自己的感情,这就是我全部的缺点。而且说到头,谁知道会不会生一点效果,为什么不试试呢?也许你会把我的话重想一番;也许,我的话有几句会渗入你的心,你并不想毁了她连同你自己以及那位无辜的可爱的女子的……啊!不要生气啦,不要跺脚啦!我怕什么呢?我为何不直言?并不是妒忌叫我说话,也不是愤恨……我很可以跪倒在你的脚前,恳求你……可是,再见吧。你不用害怕,这一切都将守着秘密的。我原是为你好。"

烟

　　波图金沿着林荫夹道走去，很快便在渐浓的暮色里消失了，利特维诺夫也没留他。

　　"一个黑暗的可怕的故事……"波图金对利特维诺夫提起一句却又不肯说的……让我们以简略的一言数语来说一遍吧。

　　八年前，有一次他被上司派遣到莱辛巴赫伯爵府邸里做一个临时职员。时间是夏天，波图金时常挟着公文案卷赶车到伯爵的乡间别墅去，有时候在那里耽搁上一整天。伊莲娜这时候住在伯爵的家里。她对地位较低的人是从来不骄傲的，至少她对他们不倨慢无礼，伯爵夫人也曾不只一次地责备过她莫斯科人的好心眼儿。伊莲娜发现这位穿着一排纽扣扣到顶，浆得发硬的公务员袍服的低级职员是一个聪明解意的人。她时常和他谈天，很高兴和他谈……而他，他热烈而深刻地爱上了她，暗暗地……暗暗地！他这样想。夏天过了，伯爵不需要外人帮助了。波图金和伊莲娜断了面缘，但是不能忘记她。三年过后，他完全出乎意料地从第三者的手里接到一个请柬，要他去会见一个稍稍有点相识的贵妇人。这位贵妇人起先吞吞吐吐不肯说真话，但是在得到他的誓言说绝不把他所听到的外泄，绝对严守秘密之后，她劝他和一个女孩子结婚……一个在社交界有很高地位的女孩子，她有结婚的必要。贵妇人对于这主要的角色简直不大提起，只答应给波图金一笔钱……一大笔钱。波图金并没有生气，惊异把他愤怒的感情掩住了，可是，当然，他斩钉截铁地拒绝了。于是贵妇人递给他一封信——伊莲娜的。"你是仁厚的、高贵的人，"信中说，"我知道你肯替我做任何事，我要求你这番牺牲。你能够解救一个我所最爱的人。救了她，也便是救了我……不要问……究竟是怎么回事。我不能对任何人作这样的要求，但是对你，我向你伸手，请为我这样做吧。"波图金考虑了一下说，为了伊莲娜·巴甫洛夫娜，他当然可以多多效劳的，只是他希望她把这个愿望亲口告诉他。这会见在当晚便照办了,谈话并不久,除了那位贵妇人之外也没有别人知道。伊莲娜那时已经不再住在莱辛巴赫伯爵家里了。

"在许多人当中你为什么单想到我?"波图金问她。

于是她盛称他的优美的品格,但是突然停住了……

"不,"她说,"我得说老实话。我知道,我知道你爱我,所以我想起你来……"接着便把全部真实地告诉了他。

艾莉莎·别利斯卡娅是个孤女,她的亲戚都不欢喜她,打算霸占她的财产……眼见她就要面临灭顶之灾。虽说是搭救她,伊莲娜其实却对于负此责任的男子,就是这时和伊莲娜已发生非常密切关系的那个男子尽了极大的力。波图金,没有说话,长望了伊莲娜一眼,答应了。她哭了,眼泪潸潸地抱住他的头颈。他也流泪了……但是他的眼泪和她的是完全不同的。秘密结婚的一切布置都早已准备好了,一只强有力的手把一切障碍都扫除了……但是病来了……接着一个孩子生下来,母亲服毒死了……这孩子怎么办呢?由波图金领去负责抚养,又是从同一个人的手中,从伊莲娜的手中接过来的。

一个黑暗可怕的故事……让我们略过去吧,读者,让我们略过去吧!

当利特维诺夫打主意回旅馆去的时候,已经过了一个多钟头了。快要走到旅馆时,他突然听到身后有脚步声。这脚步好像是紧紧地跟着他,他走得快点,脚步也跟得快点。当他走到路灯底下的时候,回过头来看,只见是拉特米罗夫将军。他打着一条白领结,穿一件时兴的外套,衣襟敞开,长礼服的纽扣上挂着一行黄金链子的宝星十字勋章。将军是赴晚宴回来,孤身一人。他的眼睛,带着侮辱的意味固执地盯住利特维诺夫看,表示着一种轻蔑,一种憎恨,他全身的态度很像是暗示着挑战的气味,使得利

烟

特维诺夫想,这应该是他的义务,应鼓起勇气去迎接他,面受这"侮辱"。但是当将军和利特维诺夫碰面的时候,将军的脸色突然改变了,他惯常的带几分嬉皮的温文尔雅的表情又浮现了,他戴着淡紫色手套的手高高地在空中挥舞他的帽子。利特维诺夫也默默地向他脱帽,两人各自走开了。

"当然他注意到什么了!"利特维诺夫想。

"不见得是他……是另一个人吧!"将军想。

利特维诺夫跑进塔吉亚娜的房间里的时候,她正和她的姑妈玩牌。

"啊,我得说,你真是一个好家伙!"卡皮托莉娜·马尔科夫娜放下纸牌来说,"我们到的第一天,你便整个晚上溜得无影无踪!我们等了又等,骂了又骂……"

"我没有说什么,姑姑。"塔吉亚娜说。

"你真是百般和顺的,我们大家都知道!你羞也不羞,先生!况且你是订了婚的!"

利特维诺夫说了些抱歉的话,在桌边坐下来。

"你们为什么放下牌不打呢?"他静默了一会儿之后问。

"啊,问得真好!我们只是因为无聊才打牌,因为不知干什么……而你又不来。"

"假使你们愿意去听听夜晚的音乐,"利特维诺夫说,"我很高兴陪你们去。"

卡皮托莉娜·马尔科夫娜望着她的侄女。

"好的,姑姑,我立刻准备,"她说,"但是在家里坐坐不是更好吗?"

"正如我的意思一样!让我们照莫斯科的老方法,用一把茶炊,喝茶,谈一回天。我们还不曾好好谈过呢。"

利特维诺夫吩咐把茶端上,但是好好的谈话并不曾到来。他继续不断地觉得良心受苛责，不论他说些什么，他总觉得他是在说谎，而且被塔吉亚娜看穿了。同时在她的身上却看不出什么变化，她的态度正和往常一样毫无拘束……只是她的眼光连一次也不落在利特维诺夫身上，只是含着宽容的羞怯瞟他一瞟，脸色比平时更苍白一点。

卡皮托莉娜·马尔科夫娜问她是否头痛。

塔吉亚娜原要说不痛，但是想了想说："是的，一点点。"

"这是路上太疲劳了。"利特维诺夫说，他羞得脸红了。

"是的，路上太疲劳。"塔吉亚娜跟着说，又瞟了他一眼。

"你应该休息一下，塔妮亚，亲爱的。"

"是的，我要去睡了，姑姑。"

桌上放着一本旅行指南，利特维诺夫拿起来，高声读着关于巴登四周景物的描写。

"说得一点也不错，"卡皮托莉娜·马尔科夫娜打断他说，"但是有一桩事情我们不能忘记，有人告诉我这里的苎麻很便宜，所以我们一定要买一点回去做嫁妆。"

塔吉亚娜低下头。

"我们正有时间，姑姑。你从来不想到你自己，你应该替你自己买几件衣料。你看这里的人个个穿得多时髦。"

"嗳，我亲爱的！这有什么用？我不是一个漂亮的太太！假如我有你的女朋友那般漂亮，那又是另一回事。格里戈里·米哈伊洛维奇，她叫什么名字？"

"哪一个女朋友？"

"就是，我们今天碰见的。"

"哦，她！"利特维诺夫说，装出漫然不介意的样子，他又觉得可耻而厌恶。"不，"他想，"像这样下去是不可能的。"

他坐在他未婚妻的旁边，同时离开她身边几寸远的地方，在

烟

他的衣袋里，藏着伊莲娜的手帕。

卡皮托莉娜·马尔科夫娜到隔壁房间里去转一转。

"塔妮亚……"利特维诺夫费了大劲说。他用这名字叫她，今天还是第一次。

她回过头来朝着他。

"我……我有很要紧的话想对你说。"

"哦，真的吗？什么时候？此刻吗？"

"不，明天。"

"哦，明天，很好。"

利特维诺夫的灵魂忽然充填了无限的慈怜。他握着塔吉亚娜的手，很卑恭地吻着她，好像一个罪人，她的心微微悸动了，她觉得这一吻不是幸福。

晚上，两点钟的时候，卡皮托莉娜·马尔科夫娜（和她的侄女同睡一个房间里的），忽然抬起头来听。

"塔妮亚，"她说，"你在哭吗？"

塔妮亚没有立即回答她的话。

"不，姑姑，"她温柔地说，"我着了凉了。"

第二十章

第二天早晨利特维诺夫在自己房里靠窗口坐着,这样想:"为什么我要对她说呢?"他懊恼地耸耸肩膀,他对塔吉亚娜说了,只是为了截断自己的一切退路。窗台上放着伊莲娜的一张便条,她要他在十二点钟的时候去看她。波图金的话不住地在他的脑海中萦回,这些话好似地底下的雷声,带着不祥的预兆传到他的耳边。他生气了,但又无法排除它们。有人在敲门。

"谁?"利特维诺夫问。

"啊!你在家!开门!"他听到平达索夫粗重的声音。

门铃戛然响了。

利特维诺夫气得脸都发白了。

"我不在家!"他尖声地叫。

"不在家?开什么玩笑!"

"我告诉你——我不在家,去吧。"

"真够意思!我不过是来向你借一点钱的!"平达索夫嘟囔着。

他走了,鞋跟咯噔咯噔地,和平常一样。

利特维诺夫真想追上去,扼死这讨厌的家伙。几天来的事情把他的脑筋扰乱了,再来一下,他便要哭出来了。他喝了一杯凉水,自己也说不出理由,把家具上的抽屉都锁起来,跑到塔吉亚娜的房里。

他发现房里单只她一个人,卡皮托莉娜·马尔科夫娜到外边买东西去了。塔吉亚娜坐在沙发上,双手捧着一本书,她并没有读它,也简直不知道这是一本什么书。她没有动,但是她的胸脯在急速地跳,围在她颈际的白色的硬领明显地有规则地颤动着。

利特维诺夫不知所措了……他在她的身边坐下,和她说声早安,对她笑一笑,她也不说话,对他笑一笑。在他进来的时候,她向他行了一个有礼貌的并不亲密的鞠躬,眼也不看他。他向她伸手,她把冷冰的手指递给他,但是立刻又挣脱开,重新拿起书本。利特维诺夫觉得拿无关紧要的题目作谈话的开头,那简直是侮辱塔吉亚娜,照她平时的习惯,她从不主动要求,不过她全部的表情都好像在说:"我在等着……我在等着……"他一定要履行他的诺言。但是虽则他整个夜晚都没有想旁的事情,可没有预备好第一句开头的话,全然不知道怎样来打破这残酷的沉默。

"塔妮亚,"他终于开口了,"昨天我告诉过你(在德累斯顿,每逢两人面对面而没有旁人的时候,他总是叫她"您",但是现在他不想这样叫),我有点要紧的话要和你说。我准备说,但是我先得请求你不要对我生气,你要信任我对你的感情……"

他停住了,他透不过气来。塔吉亚娜依然不动,也不望他,只是把书握得更紧一点。

利特维诺夫没有说完第一句话便接着说第二句:"在我们中间一向是完全坦白的,我太尊敬你了,不能对你装假,我要证明我知道怎样尊重你品格的高贵和磊落的胸怀……虽则……虽则……当然……"

"格里戈里·米哈伊洛维奇,"塔吉亚娜以不紧不慢的声调说,同时脸上变成死人般的灰白,"我来帮你说,你不再爱我了,而你不知道怎样对我说。"

利特维诺夫不由得一怔。

"为什么?"他说,声音简直低微得听不见,"……为什么你这样想……我真不懂……"

"什么!这不是真的吗?不是真的吗?告诉我,告诉我。"

塔吉亚娜把全身转过来向着利特维诺夫,她的鬓发往后梳掠的脸贴近他的脸,她的眼睛好久以来不曾正视过他的,好像要刺透他的眼睛。

"这不是真的吗?"她再问。

他没说话,一个字都说不出口。在这个时候他不能再说谎了,虽则他知道她会相信他,而一句谎话就会救了他。他简直受不了她那双眼的逼视。利特维诺夫没说话,但是她不需要他的回答,她可以从他的沉默中,从他的凄然若丧的畏罪的眼光中得到回答的——她背过身去,书从她的手中溜脱了……直到此刻,她还是不确实相信,利特维诺夫也知道。他知道她还是不确实相信的——他所做的事多么丑恶,真的多么丑恶啊!

他投身跪倒在她的面前。

"塔妮亚,"他叫道,"假使你知道我见你处在这样的情形中,心里是多么难过,多么可怕地想到我……我!我的心碎成片了,我不知道我自己,我丧失我自己和你以及一切……一切都破碎了,塔妮亚,一切!我能够梦想到我……我会给你这样的一个打击吗?你,是我最亲爱的朋友,我护命的天使……我梦想得到我们竟是如此相见,像昨天那样的过日子吗……"

塔吉亚娜想站起来走开去。他牵着她的衣裾留住她。

"不要走,再听我一会儿。你看我是跪倒在你的跟前,但是我并不要求你的饶恕。你不能够,也不应该饶恕我。我来告诉你说你的朋友是灭亡了,他陷到泥坑里面去了,他不想连你也拖进去……但是救救我吧……不!就是你也救不了我。我要推开你,我是灭亡了,塔妮亚,我是无可挽救地灭亡了。"

塔吉亚娜望着利特维诺夫。

"你是灭亡了?"她说,好像不大懂得他的意思,"你是灭亡了?"

"是哟,塔妮亚,我是灭亡了。一切过去,一切宝贵的,一切直到现在构成我的生活的,都灭亡了。一切都毁坏了,一切都破碎了,我不知道将来有什么在等待着我。你刚才说我不再爱你了……不,塔妮亚,我并没有停止爱你,但是一种不同的、可怕的、无可抵御的感情攫住了我,制伏了我。我挣扎着抵抗着,而我……"

塔吉亚娜站起来,蹙拢眉头,她苍白的脸阴沉了。利特维诺夫也站了起来。

"你爱上了另一个女人,"她说,"我也猜得到她是谁……我们昨天碰到过的,是不是?……算了,我知道我现在应该怎样做。因为既然你自己说这感情是无可挽回的……"塔吉亚娜说到这里停一停,也许她仍旧希望利特维诺夫不把这最后的一句话无抗议地通过,但是他没有说什么,"现在只要我奉还……你的婚约。"

利特维诺夫低下头,好像俯首帖耳地恭受这该受的打击。

"你有权利对我生气,"他说,"你有种种权利责备我的卑怯……责备我的负情。"

塔吉亚娜又望着他。

"我不来责备你,利特维诺夫,我并不埋怨你。我同意你:最辛酸的真实总比昨天那种情形好些。如果照目前的情形下去,我们的生活将会怎样!"

"我的生活将会怎样!"利特维诺夫的灵魂里起着忧郁的回音。

塔吉亚娜跑到她卧室的门边。

"我要求你让我独自静一会儿,格里戈里·米哈伊洛维奇——我们等一会儿再见,再谈一谈。事情来得太突兀,我须得仔细想一想……让我一个人……请容纳我的矜持。我们等一会儿再见。"

塔吉亚娜说了这话,便急速地跑到房里,随手把门锁起来。

利特维诺夫好像迷眩晕厥地奔到街上,在他心的深处隐藏着一种什么黑暗的苦楚的,凡是谋杀人的凶手,该会体味到的这种感觉,同时他又好像卸去了一种可憎的负荷,觉得轻松了许多。塔吉亚娜的仁厚宽宏够诛贬了他,他切肤地觉得他所失去的一切……可是怎样呢?他的悔恨是掺和着恼怒的,他爱慕着伊莲娜,好像这是他唯一的避难所,他开始恨她了。好久以来利特维诺夫的感情一天激烈似一天,一天比一天复杂,这种复杂苦恼了他,激怒了他,他陷入一种混沌的状态中了。他渴求着一桩事,就是不要再在薄暗的、半明半晦的境地中徘徊,只要走上一条路,不论什么路都好。像利特维诺夫那样实事求是的青年是不该被热情带走的,这把他们生活的意义都毁了……但是"自然"并不顾到逻辑,我们人类的逻辑,它有它自己的理论,这理论,要等到我们在它的轮下被碾碎了的时候,方会认识它,理解它。

离开了塔吉亚娜,利特维诺夫心中只有一个念头——去见伊莲娜。他跑到她的寓所去。但是将军在家,至少是管门人这样告诉他,他不想进去,他觉得他装不得假,于是他慢慢地走到"寒暄厅"去了。利特维诺夫的不能装假,在当天碰到伏罗希洛夫和皮夏尔金的时候也明显地表示了出来,他对前者干脆地说他空虚得像一个鼓,对后者说他使任何人都讨厌得要死,侥幸他没有碰到平达索夫,否则无疑是会演出一场大闹剧的。这两位青年都骇异了。伏罗希洛夫甚至于暗暗问自己,为了他士官的名誉起见,

烟

　　要不要和他决斗？但是像果戈里小说中的中尉官庇罗果夫一样，他用面包和牛奶咖啡来镇静自己。利特维诺夫远远地望见穿着条纹花钟式衣服的卡皮托莉娜·马尔科夫娜，她忙碌地从一家店跑到另一家店……他羞于和这位善良可笑却是仁厚的老妇人见面。于是他想起了波图金，他们昨天的谈话……忽然有什么香气吹过来了，一种不可捉摸的却一定不会错的氤氲。假如飘坠的影子也会散出清香，那就没有比这清香更难于捕捉的了，可是他立刻觉得伊莲娜在他的身边，真的，离他没几步远，她出现了，和另一位太太手挽着手，他们的目光碰在一条线上。伊莲娜也许在利特维诺夫脸上的表情中看出了什么异样，她在一家商店门口站住，商店的橱窗里陈列着几件黑林制造的小木钟，她指着其中的一只，点点头叫他过来观赏这上面画着一只杜鹃的美丽瓷器，对他说，不是低声的，而是好像把一句刚开始的话接着说完似的，以平常的声音说——这样比较不引起旁人的注意——"请你隔一点钟过来，我将单独一个人在家。"

　　但是在这时刻那位著名的风流少年郎维尔第先生旋风般扑过来了，开始狂喜地夸赞着伊莲娜长袍的枯叶颜色，以及她歪戴着罩到眼眉边的西班牙帽子……利特维诺夫在人群中溜走了。

第二十一章

"格里戈里,"两小时之后,伊莲娜坐在利特维诺夫的身旁,在一张沙发上,双手搭住他的肩膀说,"你怎么啦,快点告诉我,趁没有人在。"

"我怎么啦?"利特维诺夫说,"我是幸福的,幸福的,就是这么一回事。"

伊莲娜眼望着地板,微笑了一下,轻轻叹口气。

"这不能算是回答我的话,亲爱的。"

利特维诺夫沉吟了。

"唔,既然你硬要我说,那么……让我来告诉你。"(伊莲娜眼睁得很大,周身微微颤抖。)

"今天我把一切情形都告诉我的未婚妻了。"

"什么,一切?你提起我吗?"

利特维诺夫双手一摊。

"伊莲娜,看上帝面上,你怎能这样想!我会——"

"啊,原谅我……原谅我。你怎样说?"

"我告诉她我不再爱她了。"

"她问起缘故了吗?"

"我并没隐瞒真情说我爱上了另外一个女人,说我们必须得分开。"

烟

"啊……她怎样呢？同意吗？"

"哦，伊莲娜，她是一个多么难得的女子！她完全自我牺牲，完全大度宽容！"

"我并不怀疑，我不怀疑……虽则她也没有别的办法。"

"并且对于毁了她一生幸福，骗了她，毫无怜悯地离弃了她的我没一声责备，不说一句难堪的话……"

伊莲娜细细地看着自己的指甲。

"告诉我，格里戈里……她爱你吗？"

"是的，伊莲娜，她爱我。"

伊莲娜静默了一会儿，把自己的衣襟理一理平直。

"我得承认，"她开口说，"我不大了解你怎样会想起来把这事情告诉她。"

"我怎样会想起来，伊莲娜！你愿意我说谎，对她——这纯洁的灵魂——装假吗？还是你以为——"

"什么都不以为，"伊莲娜打断他的话，"我应该承认说我很少想到她。我不能够同时想到两个人。"

"这是说，你的意思是——"

"那么，后来怎样？她要离开吗，这纯洁的灵魂？"伊莲娜第二次打断他的话。

"我不知道，"利特维诺夫回答。"我还要看她一次。但是她不会再住下去了。"

"啊！一路平安！"

"是的，她不会再住下去。但是我现在也无暇想到她，我在想着你对我所说的，你答应过我的。"

伊莲娜斜瞟了他一眼："忘恩的东西！你还不满足吗？"

"不，伊莲娜，我不满足。你使我幸福，但是我不满足，你懂得我的意思的。"

"这就是,我——"

"是的,你懂得我的意思的。请记得你的话,记得你写给我的信。我不能和别人分占你。不,不,我不能做一个秘密恋人的可怜角色。不单只是我的一生,我把另一个人的一生也投在你的脚前,我抛弃了一切,我毫不留情、毫不惋惜地把一切都扑成齑粉。但是在另一方面我信任你,坚决地信赖你,相信你会守你的诺言,把你的命运和我的永远联结在一起。"

"你要我同你逃走吗?我准备着……"利特维诺夫狂喜地俯身吻她的手。"我准备着,我不食言。但是你自己有没有把所有的困难都想透呢——你有没有准备呢?"

"我,我现在还没有时间来想,来准备,可你只要说一声是,允许我来实行,那么在一个月之内……"

"一个月!我们在两星期之内要动身到意大利去。"

"两星期,那么,对我够了。哦,伊莲娜,你好像很冷淡似的接受我的话。也许在你看来这未免近于空想,但我不是一个小孩子,我不惯用梦来安慰我自己,我知道这是多么危险的一步,我知道我所负的责任,但是我也想不出别的办法。请你想一想,我把过去的一切关系都割断了,单就为了叫我在因你牺牲的女孩子的眼中不做一个可轻蔑的撒谎者……"

伊莲娜突然挺一挺腰,眼发着光。

"哦,我求你的原谅,格里戈里·米哈伊洛维奇!假使我决定,我要逃走,至少是要跟着一个为我牺牲的男子,单只为我,而不是为了要在一个血管里流着的不是鲜血而是搀水牛奶的,感觉迟钝的年轻女人的眼里做个不甘堕落的人!再者,我还得告诉你,这是第一次,我承认好像我命里注定要听到我所敬爱的男子是值得怜悯的,扮演着可怜的角色的话!我知道还有更可怜的角色,一个自己也不知道自己的心在起什么变化的男子!"

利特维诺夫也挺起身子来。

"伊莲娜，"他正开口说——

但是突然间伊莲娜把双手捧住自己的额，以痉挛的动作，把身子投在他的怀里，她用远非女子所有的强力紧抱着他。

"原谅我，原谅我吧，"她震颤地说，"原谅我，格里戈里！你看我多扭曲、多可怕、多妒忌而邪恶！你看我是多么需要你的帮助、你的宽容，是的，救救我吧，在我尚未完全毁灭之前，把我从这泥沼中拖出来吧！是的，让我们逃走，让我们逃开这些人、这社会，到远远的、美丽的、自由的地方去！也许你的伊莲娜值得你为她所做的一切牺牲！不要对我生气啦，原谅我，我亲爱的，我可以照你的吩咐做任何事情，跟你到任何地方！"

利特维诺夫的心旋涡般翻腾。伊莲娜以她整个的年轻柔软的身体，愈加用力地抱紧他。他的头俯在她凌乱的芳香的头发上，狂喜地愉快地迷醉了，他简直不敢用手抚摸这头发，只是轻轻用嘴唇接触它。

"伊莲娜，伊莲娜，"他反复地说，"我的天使……"

忽然她抬起头来，听……

"这是我丈夫的脚步声……他到他自己的房间里去了。"她轻轻说，于是，急急地跑开，坐到另一把圈椅上。利特维诺夫站起来……

"你到哪里去？"她以同样的低声说，"你不能走，这样会引起他疑心的。你怕他吗？"她的眼睛不离门扇。"是的，是他，他马上要过这边来了。同我说点什么闲话吧，同我说。"

利特维诺夫一下子清醒不过来，静默着。

"你明天不去看戏吗？"她高声地问。"他们在演着《水瓯记》，是一出古戏……"她又放低声音加上一句，"我们好像发热狂一样。"接着又说，"我们不能像这样啦，我们还得把事情好好想一下。我应当警告你我的钱都在他手里,但是我有一点珠宝首饰。我们可以去西班牙,你喜欢吗?"于是她又提高声音,"为什么女演员都那样胖?比如玛德琳娜·勃罗亨夫人……""说啊,不要闭口坐着。我的头发昏了。但是你,你不要疑心我……我可让你知道我们明天在什么地方会面,只是你把这些都告诉了你的未婚妻是错误的……啊,有趣!"她把丝手绢的边扯下来,突然高声地神经质地笑了。

"我可以进来吗?"拉特米罗夫在邻室问。

"请进……请进。"

门开了,门槛边将军出现了。看到了利特维诺夫,脸上显得不高兴,可是他仍对客人鞠躬行礼,这就是说,他把上半身弯了弯。

"我不知道你有客人,"他说,"我请你原谅我的不小心。怎样,你仍旧觉得巴登很好玩吗,利特维诺夫先生?"

拉特米罗夫每一次说到利特维诺夫的姓,总是顿一下,好像他忘了,一下子想不起来似的……这样说法,正和他拿帽子高高地在空中挥舞的敬礼一样,意思是侮辱他。

"我觉得这里并不讨厌,将军先生。"

"真的吗?可是,我觉得巴登异常讨厌。我们不久就要走了,不是吗?伊莲娜·巴甫洛夫娜,在巴登待够了。顺便说一句,我今天替你赢了五百法郎。"

伊莲娜娇媚地伸出手。

"在哪儿?给我买针线。"

"当然给你,当然给你……你就要走了吗,利特维诺夫先生?"

"是的,我要走了。"

拉特米罗夫又弯一弯身子。

烟

"再见!"

"再见,格里戈里·米哈伊洛维奇,"伊莲娜说,"我会遵守我的约定的。"

"什么约定?我可以问吗?"她的丈夫问。

伊莲娜微微一笑。

"没有什么吗……只是……刚才我们谈起的一点什么事情。说到旅行……你也欢喜的。你知道——斯塔尔的那本书吗?"

"啊!啊!当然知道。插图非常美。"

拉特米罗夫好像和他的妻子非常和睦,他对她说话的时候总是唤着她的小名。

第二十二章

"现在还是别想了。"利特维诺夫沿着大街一边走一边反复地这样想,他觉得内心又骚动起来了。"事情是决定了。她会遵守她的约定,只要我决定一切应取的步骤就是……可是她好像犹疑……"他摇摇头。他自己的计划在他自己的脑中想来都好像很奇怪,有点虚矫的不类真实的气味。人不能在同一思想上停留很久,它们好像是万花筒里面的玻璃片,逐渐移转着……等你凑上眼睛去,花样已经完全不同了。一种强烈的疲乏感觉压倒了利特维诺夫……但得有短短的一个钟头的休息啊!……但是塔妮亚呢?他一怔,于是想也不想,服服帖帖地往家走,一刹那间他只想到,今天他好像一个彩球,从这个女子手里抛到另一个女子的手里……可是不管,他一定要有个结束。他跑回旅馆,带着同样的驯顺、无感觉、麻木、不犹疑也不逡巡,去见塔吉亚娜。

迎着他的是卡皮托莉娜·马尔科夫娜。利特维诺夫第一眼望见她,便知道她是全盘底细都晓得了。这可怜的老处女眼睛哭得发肿,她四缘白发蓬松的涨红了的脸,表示着失望、极度的愤懑、悲哀和无限的惊愕。她正想冲到利特维诺夫面前来,但是她停住了,咬着颤抖的嘴唇,好像恳求似的又好像要杀了他似的望着他,想给她自己证实这是一场噩梦,无稽的不可能的荒唐梦,是不是梦呢?

烟

"你……你来了。"她开口说……邻室的房门即刻打开了,塔吉亚娜以轻捷的步伐走进来,她苍白得透明,但是很镇静。

她轻轻地用一只手臂揽住她的姑姑,在她的身边坐下。

"你也坐下来,格里戈里·米哈伊洛维奇,"她对利特维诺夫说,这时他像一个精神病患者站在门边。"我很高兴再见你一次。我把你的决心、我们两人的决心都告诉了姑姑,她完全接受和同意了……没有相互的爱不会幸福,单凭相互的尊敬是不够的(听到尊敬这两个字,利特维诺夫低下头来)。与其来日懊悔,不如现在分离,不是吗,姑姑?"

"是的,当然是的,"卡皮托莉娜·马尔科夫娜说,"当然,塔妮亚,亲爱的,一个不知道怎样来看重你的男子……已经打定主意……"

"姑姑,姑姑,"塔吉亚娜打断她的话,"记得你所应许我的。你以前老是告诉我:真实,塔吉亚娜,真实高于一切——还有,坦白磊落。看哪,真实并不常常是甜蜜的,坦白磊落也不见得甜蜜,不然它们算什么美德呢?"

她吻了卡皮托莉娜·马尔科夫娜的白发,于是转身向利特维诺夫,继续说:"姑姑和我——我们想离开巴登……我想这样对我们大家都舒服些。"

"你们想什么时候走?"利特维诺夫口音重浊地问。他记得在不久之前伊莲娜也说过同样的话。

卡皮托莉娜·马尔科夫娜正想脱口说出来,塔吉亚娜在她的肩头轻轻一触拦住她。

"也许不久,不久。"

"你允许我问你们打算到哪里去吗?"利特维诺夫以同样的声音问。

"先到德累斯顿,以后也许回俄罗斯。"

"但是你现在要知道这些做什么,格里戈里·米哈伊洛维奇?"卡皮托莉娜·马尔科夫娜喊道。

"姑姑,姑姑!"塔吉亚娜打断她,接着是短时间的沉默。

"塔吉亚娜·彼得罗夫娜,"利特维诺夫开口说,"你知道在此刻我有多痛苦多酸楚。"

塔吉亚娜站起来。

"格里戈里·米哈伊洛维奇,"她说,"我们不要谈这些吧……即使不是为你,为了我,也请你不要谈起。我认识你也不是从昨天起,我很能想得到你的苦处。但是说了有什么用,何必来刺触这创伤呢?(她停了停,显然要把激起来的感情压制住,把涌上来的眼泪咽下去,她做到了。)为什么来撩拨这不能治愈的创伤呢?让时间去医治吧。现在我要拜托你一件事,格里戈里·米哈伊洛维奇,假如你好意帮忙,我等一会儿就交给你一封信,这是很重要的一封信,请你亲自送到邮局里去,因为我和姑姑都没工夫……我一定很感激你。等一等……我立刻拿来……"

塔吉亚娜站在门边不安地望一眼卡皮托莉娜·马尔科夫娜。但她是这般尊严地端庄地坐着,蹙拢的眉毛和紧闭的嘴唇表示着这种严肃,塔吉亚娜只是会心地点点头,便走出去了。

但是一等到塔吉亚娜身后的门关上了之后,卡皮托莉娜·马尔科夫娜脸上的尊严和庄肃便立刻消失得无影无踪了,她站起来,踮着脚尖跑到利特维诺夫身边,驼下背来望着利特维诺夫的脸,她开始用颤抖的声泪俱下的低声说:

"天哪!格里戈里·米哈伊洛维奇,这是什么意思?是梦呢还是什么?你弃离了塔妮亚了,你厌了她了,你违背了自己的话!你这样做,格里戈里·米哈伊洛维奇,你,我们倚你如石筑的长城啊!你?你?你?格里沙?"卡皮托莉娜·马尔科夫娜停了停。"啊,你杀了她了,格里戈里·米哈伊洛维奇,"她不等到他的回答继续说,眼泪在她的颊上流成一条细线,"你不能够凭她目前的态度来判断她,你知道她的性格!她从不诉苦的,她不为自己着想,所以别人须得想到她!她老是对我说,姑姑,我们要保持我们的身份!但是什么身份,当我看到了死亡,死亡在我们的面前?……(邻室中塔吉亚娜的椅子在轧响着。)是的,我预见到死亡,"老妇人更温柔地继续说,"这事情怎样发生的?是妖术吗,还是什么?在不久之前你还在给她写顶温柔的信。真的,一个正直诚实的男子会这样做吗?你知道的,我是一个没有任何偏见的女子,坚强的灵魂,我给塔吉亚娜的也是同样的教育,她也是一个有自由思想……"

"姑姑。"邻室塔吉亚娜的声音。

"但是一句约定便是义务,格里戈里·米哈伊洛维奇,尤其是像你这样的人,和我的思想主义相同的人!假使不认清义务,那还有什么遗留给我们呢?这义务是不能这样背弃的,只凭你一时的糊涂,不去想别人将受到如何的遭遇!这是不忠实……是的,这是罪恶,这叫什么自由!"

"姑姑,请到这边来。"又是塔吉亚娜的声音。

"我就来,亲爱的,就来……"卡皮托莉娜·马尔科夫娜握住利特维诺夫的手,"我看你是生气了,格里戈里·米哈伊洛维奇。("我!生气吗?"他想喊出来,但是他的舌头结住了。)我并不想叫你生气——哦,真的,恰恰相反!我甚至于来恳求你,请你再想一想,还来得及,不要毁了她,不要毁了你自己的幸福,她仍旧信任你,格里沙,她依然信赖你,什么都不曾失去。啊,她爱你像别人从来不曾有过的那般爱!离开这可憎的巴登吧,让我们一块儿走,只要丢开那妖迷,抛开那种蛊惑,还有一句话,最要紧,怜悯怜悯吧,怜悯怜悯吧!"

"姑姑!"塔吉亚娜喊,声音里有点不耐烦。

但是卡皮托莉娜·马尔科夫娜没有听她的。

"只要你说一个是，"她对利特维诺夫说，"我可以把事情弄得很圆转……只要你向我点一点头，只要像这样轻轻点头。"

这时候利特维诺夫真情愿死，但是那个"是"字始终没说出口，也没有点头。

塔吉亚娜又出现了，手里拿了一封信。卡皮托莉娜·马尔科夫娜立刻离开利特维诺夫，背过脸，俯在桌面上，好像在看着桌上的报纸和账单。

塔吉亚娜跑到利特维诺夫面前。

"这儿，"她说，"是我刚才说起过的那封信……请你立刻替我送到邮局去，你愿意吗？"

利特维诺夫抬起他的眼睛……在他的面前，俨然站着他的裁判者。在他看来，塔吉亚娜似乎更高了一点，更清瘦了一点。她的脸，迸发着不常见的美丽的光辉，有着雕像般凛不可犯的庄严；她的胸口并没有发出唏嘘，她的纯一色的长袍，平直得像希腊式的袈裟，长长的挺直的皱褶有如大理石的衣裾，垂到脚面，掩盖了它们。塔吉亚娜眼睛直望着前面，望着利特维诺夫。她冷峻而镇定的眼光，也正像雕像的眼光。他在她的眼中读到他的判决词，他鞠躬，从她伸着不动的手中接了信，默然退出去了。

卡皮托莉娜·马尔科夫娜趋向塔吉亚娜，但是塔吉亚娜挣开她的怀抱，低垂了眼睛，脸上发一阵热说："现在，愈快愈好。"跑进卧室去了。卡皮托莉娜·马尔科夫娜垂着头跟她进去。

塔吉亚娜交给利特维诺夫寄的一封信，是写给德累斯顿的女朋友的，一个出租几间有家具的小房间的德国太太。利特维诺夫把信投进邮筒，他好像觉得，连同这小小的纸片，他把他整个的过去、全部的生命都投到坟墓里面去了。他走出市区，在葡萄园中间的狭径上走了好些时候，他怎么也抖除不脱这如同夏日之蝇

烟

的执拗的嗡嘤似的那种蔑视自己的顽固的念头。真的，在这最后的晤面中，他做了并不怎样令人羡慕的角色……回到旅馆略为憩息之后，问起这两位女客人，人们告诉他在他出去之后，她们便立刻吩咐赶车到火车站去，乘邮车走了——到什么地方，不知道。她们的行李早就理好，账单在早上便付清了。塔吉亚娜请利特维诺夫替她到邮局里寄信，明明是调遣开他。他再伺管门的这两位女客人有否什么信留给他，管门的回答说没有，并且表示他好生奇怪，原来这房间预定住一星期，现在突然离开，当然要觉得疑惑不解了。利特维诺夫转过身来没理睬他，跑回自己的房间，把门锁起来。

他一直到第二天才离开房间。这一夜的大半工夫他坐在案前写着，又扯碎他所写的……等他写完的时候，天已发白了——这是写给伊莲娜的一封信。

第二十三章

这就是给伊莲娜的信中所写的：

我的未婚妻昨天走了；我们将永远不会见面……我甚至于不知道她去什么地方居住。随同着她，她带走了我直到此时所视为宝贵的所愿望的一切，我从前的理想，我的计划，我的企图，都随着她消失了。我的工作是白费了，我几年来的努力化为泡影，我的长期研究失去意义，失去应用的可能性，一切都死灭了。我的我，我的旧我，自从昨天便死灭和埋葬了。我觉得，我看到，我知道得很清楚……我并不懊悔，一点儿也不懊悔。我把这话告诉你，不是来向你诉苦……我能向你诉苦吗？既然你爱我，伊莲娜！我只想告诉你，一切我的死灭了的过去，一切的希望和努力，如今都化成烟、化成尘，只有一样还活着，不能泯灭的，就是我对你的爱。除了这爱，我什么都没有了，说它是我唯一宝贵的东西，这是不够的，我完全生活在这爱中，这爱是我整个的身心，我的将来，我的前程，我的事业，我的祖国，都在它里面！你知道我的，伊莲娜。你知道这一套动听的言辞在我是不会的，是我所深恶而痛绝的，所以

烟

纵使我用如何强烈的字眼来表达我的感情，你也毋庸疑心它们的真实，你不会当作它们是夸张的。我不是一个小孩子，受了一时热情的冲动，来向你絮絮地吐出未加思索的信誓，我是一个到了成熟年龄的男子——爽直地，坦白地，几乎是带着恐惧来告诉你他自认绝无错误的真实。是哟，你的爱情代替了我的一切，一切！你自己判断一下吧，我能够把我的一切交到别人的手里，我能够让他来摆布你吗？你——你是属于他的，我的整个身心，我的心头血是属于"他"的——而我自己……我处在什么地位？我是谁？一个局外人，一个旁观者……对自己的生命做旁观者！不，这是不可能的，不可能的！偷偷摸摸地和别人分担生命中所不可缺少的没有了便不能生活的爱……这是自欺，是死亡。我知道我所要求于你的是何等重大的牺牲，我没有任何权利作此要求。真的，谁赋予我要求这牺牲的权利呢？但是我这样做，并非由于我的自私，一个自私者会觉得更舒适些更平安些，根本不会发生这问题。是的，我的要求是苛重的，我并不骇异你对它的震惊。你憎恶你生活于其间的人们，你讨厌你的社会，但是你是否能够坚强地抛弃这社会？并把人们加诸你头上的桂冠胜利地予以践踏？不辞撩拨起对你不利的众议——这些可憎的人们的訾议？问一问你自己吧，伊莲娜，不要负起你所不能胜任的重荷。我并不来责备你，但是记得，你已经有过一次敌不过诱惑了。对你将受的一切损失，我所能偿还的是那么微小。听我最后的一句话吧！假使你觉得不能够在明天，甚至于今天，离开一切来跟我——你看我说得多大胆，对自己多么不留情——假使你害怕将来的不安定，害怕和社会隔绝、孤独、害怕人们的訾议,假如你不能信任你自己,那么请你坦白地不用踌躇地告诉我,我就离开。我将带着破碎的心离开,但是我将祝福你的真实。倘使你,我美丽辉煌的皇后啊,真的爱了像我这样渺小的庸庸碌碌的男子,真的甘愿分沾他的命运——那么,请把你的手给我,让我们动身一道走上这艰险的途程!只要懂得,我的决心是不变更的,不完全,毋宁无。这没有理由可说……但是我没有第二条路——没有第二个办法,伊莲娜!我太爱你了。

——你的格里戈里

利特维诺夫自己不大欢喜这封信,它并没有正确忠实地表达出他想说的话。这里面充满着拙劣的措辞,非常夸张,有点书呆子气,无疑地这封信并不见得比许多扯了的来得好,但这是最后一封,无论如何,主要点已经说得很透彻,并且他乏力了,疲倦了,脑筋里再也抽不出什么东西来。其次呢,他没有把思想写成文学形式的能力,像许多不惯于写作的人,他在体裁上便碰到不少困难。也许他的第一封信写得顶好,因为这从心头倾出来,更温热些。不管怎样,利特维诺夫把这封信送给伊莲娜了。

她回他一个短简:

请你今天来我这里,他出去了,要一整天。你的信使我大大不安。我想着,想着……我的头打转了。我真烦恼,但是你爱我,我是幸福的。来吧。

——你的伊

当利特维诺夫进去的时候——又是前天在楼梯口上候他的那

烟

位十三岁小姑娘领他进去的——伊莲娜坐在梳妆室里。桌上,在她的面前放着一只打开的半圆形的硬纸丝带盒子。她心不在焉地一只手翻着丝带,另一只手拿着利特维诺夫的信。她刚哭过,睫毛还是湿的,眼皮发肿,在她的颊上还可以看得出来没有擦去的未干的泪痕。利特维诺夫悄悄地站在门口,她没有注意到他进来。

"你哭了吗?"他奇怪地问。

她一惊,把手掠过头发,微笑着。

"你为什么哭?"利特维诺夫再问一句。她一声不响指着那封信。

"原来你是为了……这……"他想说又住口。

"过来,请坐下,"她说,"给我手。啊,是的,我哭过……有什么可使你惊异的?这是好受的吗?"她指着这封信。

利特维诺夫坐下来。

"我知道这并不好受,伊莲娜,真的,我在信中告诉你……我知道你的处境。但是倘使你相信你对我的爱的价值,信任我的话,你也应该懂得我看到你的眼泪有何感觉。我来这里,正像一个受审判的人,我等待我的判决词。死还是活呢?你的回答将决定一切。只是不要拿这双眼睛来看我……它们叫我想起旧时我在莫斯科见到过的那双眼睛。"

伊莲娜的脸立刻红起来,转过头去,好像她自己也觉得这眼光里有几分邪恶似的。

"为什么你这样说,格里戈里?惭愧啊!你要知道我的回答……难道你意下对它怀疑吗?你为了我的眼泪不安……但是你不了解眼泪的意义。你的信,最亲爱的,使我深深思索了。那里面你写着我的爱情代替了你的一切,写着你从前的研究都失去意义失去应用的可能了,于是我自己问自己,一个男子能够单凭爱情过活吗?到后来他会不会厌倦,会不会想找点活动的事情做做而向诱引他离开活动生涯的人投下嗟怨呢?这思想使我惊恐,我所害怕的便是这个,不是如你所想象的那一种。"

利特维诺夫凝注地望着伊莲娜,伊莲娜也凝注地望着他。好像各人都在向对方的灵魂做更加深入的透视,做言语所不及、言语所不能吐露的更加深入的透视。

"你害怕这一点,你是错了,"利特维诺夫说,"一定是我的信写得不高明。受了你给我的爱的新鼓舞,我会厌倦不活动吗?哦,伊莲娜,在你的爱情里我有了整个的世界,我还预料不到在这世界里将有如何的发展。"

伊莲娜沉吟了。

"我们到哪里去呢?"她轻轻说。

"到哪里去?我们过一会儿再谈。但是,当然,那么……那么你同意了,你同意了吗,伊莲娜?"

她望着他:"你会幸福吗?"

"哦,伊莲娜!"

"一点都不会懊悔吗?永远?"

她把头低在纸盒子上面,于是又将盒里的丝带用眼光挑拣了一遍。

"不要和我生气,亲爱的,在这样的时候还要照顾这种废物……今天我还有应酬,赴一位太太的舞会,这几件装饰品是送来给我,要我在今天选定的,啊!我真烦恼!"她忽然哭了,把脸靠在纸盒的边上,眼泪从眼眶中流下来……她旋即扭开了头,眼泪会把丝带弄坏的。

"伊莲娜,你又哭了,"利特维诺夫不安地说。

"哦,是的,我又哭了,"伊莲娜连忙打断他的话,"哦,格里戈里,不要折磨我,不要磨折你自己!……让我们做个自由人吧！我哭了又有什么关系！我自己真的能够知道眼泪是为什么而流的吗？你知道，你已经听见了我的决心，你相信它是不会改变的。我同意……你，怎么说啊……不完全，毋宁无……你还要怎样呢？让我们自由吧！为什么互相牵绊？现在只有我们两人，你爱我，我爱你，难道我们便没有旁的事情可做，只顾来绞榨刺取各人的思想吗？请看我，我不愿谈到我自己，我从来没有一言半语的暗示说把我做别人妻子的义务推翻也许是不容易……当然，我并不欺骗我自己，我知道我是一个罪人，我知道他有权利杀死我。那有什么要紧？让我们自由吧，我说。今天是我们的，天长地久是我们的。"

她从圈椅上站起来，仰脸望着利特维诺夫，微微笑着，眨动一下眼眉，同时拿一只裸露到肘部的手把挂在脸上的闪烁着几颗泪珠的发束掠到脑后。一根华丽的丝带从桌上溜到地上了，落在她的脚边。她轻蔑地踩着它。"还是你今天不喜欢我了？是不是我昨天起就变丑了？告诉我，你看到过比这更美丽的手吗，和这头发？告诉我，你爱我吗？"

她用双手紧抱住他，把他的头搂在胸前，她的发栉锵然下坠了，她披散的头发挟着温柔的香息裹住了他。

第二十四章

利特维诺夫在旅馆的房间中走来走去，低头沉思。他现在要从理论过渡到实践了，要计划逃走的手段和方法，逃到一个无人知道的地方去……说也奇怪，他并不怎样思考逃走的手段和方法，只是想着他是否真的、毫无疑义地得到了他所坚执要求的决定。那最后一句、不反悔的话说过了没有？但是伊莲娜在和他分手的当儿明明告诉他："行动吧，行动吧，等到你一切都准备好了的时候，只要通知我便好。"这是最后的决定！去吧，无端的怀疑……他一定要着手进行。于是利特维诺夫——在这时候——开始打算了。第一件是钱。利特维诺夫手头只有一千三百二十八个盾，换成法国钱，合得两千八百五十五法郎。这数目很少，但是目前够张罗了。他必须立刻写信给他的父亲，尽可能地寄钱来，他可以把地产的森林部分售出。但是以什么作借口呢？不要紧，一个借口总找得到的。固然，伊莲娜也说过，她有她的首饰，但是这不好算进他的账里的，谁知道会不会有什么差池，天有不测风云呢。此外他还有一只漂亮的日内瓦表，这可以……折算它——换得四百法郎。利特维诺夫跑去找银行家，婉转曲折地说出了这项询问，说在需要的时候可否借一点钱。但是巴登的银行家都是刁猾小心的老狐狸，立刻装出一副没精打采的枯憔的神气，正像被镰刀刈断了的一茎野花似的，来回答他迂回的询问。

烟

有几个当着他的面嗤笑他，好像很能够领会他无伤大雅的说笑似的。利特维诺夫，说也惭愧，甚至于到赌盘上碰碰运气看，哦，丑死了！放一个泰勒①在第三十号——符合他的年龄——上，他想把本钱翻滚得大一点，但结果是反而输去了零头二十八个盾。还有第二个也很重要的问题，就是护照。当然女人的护照并不是一定非有不可的，有几个国家简直不要，比如说，比利时、英国。再者，他也许能够弄到一张别国的，不是俄罗斯的护照。利特维诺夫在这些事情上面都认真地考虑了一番。他的决心是坚定的，绝对不动摇的，但是偏和他的意志相反，和他的意志作对，有一些不认真的几乎是滑稽的念头渗入他的思想，好像这个计划是一桩开玩笑的事情，除非在戏剧里、小说里，或者是在什么偏僻的乡间，如同丘赫洛马和塞兹兰那边远地区（照旅行家的说法，那里的人们都病于厌倦了）才会实现，实际上从来不曾有人带女人逃走过。想到这里利特维诺夫记起了他的一个熟人，一个退职的骑兵少尉巴佐夫，他同一个商人的女儿，坐了驾着三匹马装响铃的雪橇逃出，事先把女人的父母和新娘灌醉。可是后来被发觉了，差不多被打个半死。想到这不凑趣的故事，利特维诺夫非常不高兴，于是他想到塔吉亚娜和她的突然离开，他想到这一切的苦痛、悲伤和羞辱，觉得现在这样的做法是非常正当的，他告诉伊莲娜说为了尊重自己，再也没有第二条路可走了，这话是多么合理……于是，一想到这名字，又有什么火焰似的夹杂着甜蜜的苦痛烧灼着他的心，然后渐渐消灭。

一阵马蹄声起自他的背后……他闪在一旁……伊莲娜骑在马背上从他身边经过，她的旁边是胖将军骑马同行。她认得是利特维诺夫，向他点点头，忽然在马腹上加了一鞭，马便奔跃起来，

---

① 泰勒是德国古币。——译者注

风驰电掣般冲过去了。她的黑色面纱在风中飘舞……

"别跑得这样快,妈的!不要这样快!"将军喊着,也疾驰着紧追上去。

第二十五章

第二天早晨利特维诺夫跑去看一个银行职员，和他谈谈本国汇兑离奇变幻的涨落和寄钱到外国去的最便利的方法，等等。当他刚从那里回来的时候，旅馆侍者递给他一封信。他认得这是伊莲娜的笔迹，还没有拆开封口，便有一种不吉的预感，天知道是什么缘故，他的心中扰动了，他跑进自己的卧室。这就是他所读到的（信用法文写）：

我亲爱的，我整夜想着你的计划……我不想来欺蒙你。你对我坦白，我也将以坦白报你，我不能同你逃走，我没有力量这样做。我觉得我害得你够苦，我第二次的罪孽比第一次的更重，我鄙夷我自己，鄙夷我的怯懦，我责备我自己，但是我不能改变我自己。我徒然对我自己说我毁坏了你的幸福，说你现在有权利把我看作是一个轻狂的女子了，说是我先来勾引你，说我曾经许你以郑重的诺言……我充满了恐惧，我憎恨我自己，但是我不能那样做，我不能，我不能。我不想为自己辩解，我不想告诉你我心情是如何激越……这些都无关紧要。但是我要告诉你，再三再四地告诉你，我是你的，永久是你的，你愿意把我怎样便怎样，没有任何义务，不用负任何责任！我是你的。但是要逃走，抛弃这一切……不！不！不！我曾恳求你援救我，我曾希望把从前的一切抹消，把过去投在火中焚毁……但是我看我是不能得救了，我看到我的毒已经中得太深，我在那种氛围里呼吸了如许年头，不能不受感染。我犹疑了很有些时候，要不要写这信给你，想到你将采取何种决定我便害怕，我只信赖你对我的爱。但是我觉得把真情瞒住你，在我的一方面是不诚实的——尤其也许你已经开始进行我们计划的最初步骤了。啊！这计划是美丽的，但是不能实行。哦，我亲爱的，请把我当作一个软弱的、无价值的女人，你可以看轻我，但不要离弃我，不要离弃你的伊莲娜……要离开这种生活，我没有勇气，但是没有你我也不能生活。我们不久就要回彼得堡去，到那边来吧，住在那儿，我们可以替你找一个位置，你过去的努力不至于抛荒，你的所学将得其所用……只要和我住得相近，只要爱我，我虽则有那么多的缺点和坏处，请相信我，没有一个心会像你的伊莲娜对你这般虔诚这般情深的。立刻来吧，在未见到你之前我是一刻也不能安宁的。

——你的，你的伊

血液在利特维诺夫的头脑里好似铁锤般地敲打着，然后慢慢地痛苦地流入心里，在那里冰冻得如同石块。他读完了伊莲娜的信，正如从前在莫斯科的那一天，昏倒在睡椅上，一动也不动。他的四面好像突然张开了暗黑的深渊，他心惊胆战地望着这一片黑暗。又是，又是欺骗，不，更甚于欺骗，是无耻、下贱……生命破碎了，一切都连根拔起来了，他所依附的最后的唯一的支柱

烟

也碎成片片了！"到彼得堡来吧，"他带着酸苦的暗笑反复说，"我们可以替你找个位置……"替我找一个科长的位置吧，嗯！我们是谁？这里，可以说明她的过去。这里就是她的秘密，她想要抹消的投在火中焚毁的为我所不知的秘密。这就是私情，秘密关系，别利斯卡娅和多利斯卡娅的丑史的世界……将来是什么，多可爱的角色在等我去做！和她住得靠近，探望她，替她分受一种厌倦于社交、病于社交却又不能在这社交圈子外生活的时髦贵妇人的病态的忧郁，做他们的家庭——"他"大人阁下——的朋友……直到有一天这反复的喜爱改变了，这"平民恋人"失却他的刺激性了，于是又换上了胖将军或者菲尼珂夫先生——这是可能的，有趣味的，我也敢说有好处的……她说我的才能将有用处……而那个计划却是不能实行的，不能实行的……在利特维诺夫的心里，好像暴风雨前的狂飙，涌起了愤怒的突兀的激动……伊莲娜信中的每一个字句都激起他的愤恨，她的说了又说的无可改变的感情惹怒了他。"不能够让她这样，"他终于喊出来，"我不容许她这样无悲悯地拿我的生命开玩笑。"

利特维诺夫跳了起来，抓起帽子。但是他怎样办？跑去见她吗？回答她的信吗？他突然站住了，手垂下来。

"是的，怎么办？"

岂不是他自己把这致命的选择交给她的吗？这选择没有照他所愿望的实现……任何选择都有这种危险睚的。她变了主意了，这是真的。她当初亲口宣称说她可以抛开一切跟他跑，这也是真的。但是她并没有否认她的过错，她自称是一个软弱的女人，她不想骗他，她是骗了她自己……这有什么话说？不管怎样，她不虚伪，她没有骗他……她是坦白的，无可指摘的坦白。并没有谁逼她说出实情，也没有什么阻止她专用甜言蜜语哄他，把事情悬起来，延着不决定，直等到她离开……等到她同她的丈夫到意大利去？但是她毁了他的生活，毁了两个人的生活……这还不够吗？

但是关于塔吉亚娜，这不该怪她，这罪孽是他的，他的，利特维诺夫个人的，他没有权利摆脱这责任，他自己的罪孽把枷锁加在自己的颈上……既然如此，便只好如此吧，但是现在他怎么办？

于是他又倒在睡椅里，阴沉地，暗淡地，忧郁地。飞矢般的时间不留痕迹地驰过去了……

"为什么不依她呢？"这思想闪过他的脑筋，"她爱我，她是我的，在我们彼此的思慕中，在这经过了如许年头之后以如此的强力突破出来的热情中，是不是有什么不可避免的不可抵御的类似自然法则那样的东西？住在彼得堡……处在这种地位的我岂不是第一人？况且我们到何处去找安全的藏身之所呢……"

他又细细地想着，在他最近的记忆中永远铭刻不忘的、伊莲娜的面貌轻柔地在他的眼前浮起……但是不久……他镇定了自己，又以重新突发的恼怒，驱散了这片记忆，这诱惑的影子。

"你给我呷一口黄金杯，"他喊道，"但是美酒里有毒药，你洁白的羽翼已被污泥涂脏了……离开吧！再留在这里和你一起……在赶跑了我的未婚妻之后……这是无耻之尤，无耻之尤！"他悲痛地捏着拳头，于是另一个人的脸，在她凝定的容貌中有着痛苦的烙印的，在她告别的眼光中含着无言的谴责的，复从深处浮起……

很久的工夫利特维诺夫陷在这苦恼中，很久的工夫这折磨着他的思想，好像缠人的病魔，使他辗转呻吟……终于他镇静下来了，终于他有了决定。起先仅有一些决定的预感……在他内心冲突的黑暗和旋风中，仿佛是辽远的模糊难辨的一点，后来这一点渐渐跑拢了，最终像一柄霜刃刺进他的心。

烟

利特维诺夫又把他的箱子从角落里拖出来,从容不迫地,简直是笨手笨脚地仔仔细细收拾他的行李,按铃喊了侍役来付了账,给伊莲娜送个俄文的短简去,信中大意如下:

> 我不知道你是否对我做了一番比前次更大的过失,但是我知道这目前的打击无限沉重……这是最后一次了。你告诉我"我不能",我也对你说同样的话"我不能"……做到你所要求的,我不能也不肯。用不着复信,你不能够给我以我所能接受的唯一的回答的。明天一早我要乘第一班火车走了。再见,愿你幸福!大概我们不会再见了。

直到天黑利特维诺夫没有离开房间,上帝知道他在期待着什么。夜晚七点钟左右,一位披大黑氅面戴罩纱的贵妇人,两次走近旅馆的台阶,又稍稍移开一步,朝远处深深凝望一番,忽然做一个坚决的手势,第三次跑近台阶……

"你到哪里去,伊莲娜·巴甫洛夫娜?"她听到身后一个用力的声音在喊。

她神经质地敏捷地回过头来……波图金跑上前来。

她突然站住了,想了一下,几乎是飞扑到他的身边,握住他的手,拉他到一旁。

"带我走吧,带我走吧!"她上气不接下气地说。

"什么事,伊莲娜·巴甫洛夫娜?"他迷惑地喃喃道。

"带我走吧,"她以加倍的力气重复说,"假使你不想我永久留在这里。"

波图金服帖地点头,他们一道急急忙忙地走开。

第二天一大清早利特维诺夫便把行装完全整理好了——波图

金走进他的房间。

他默默地走近利特维诺夫，默默地和他握手。利特维诺夫也什么话都没说。两个人都愁眉苦脸，两人都想装笑，但又笑不出来。

"我来祝你一路平安。"终于波图金说。

"你怎么知道我今天要走了呢？"利特维诺夫问。

波图金望一望地板："我知道……你看，我们上次的谈话结局弄得非常僵……我不愿意在没有对你表示我真诚的好感之前和你分离。"

"现在你对我表示好感了……当我要走了的时候？"

波图金忧郁地望着利特维诺夫，短短地吁了一声说："啊，格里戈里·米哈伊洛维奇，格里戈里·米哈伊洛维奇，现在我们没有时间来做精微的议论和斗嘴了。你大概，据我所知，不大留心我们的民族文学，所以你也许，对于瓦西卡·布斯拉耶夫没有明晰的概念。"

"你说谁？"

"瓦西卡·布斯拉耶夫，诺夫哥罗德城的英雄好汉……基尔沙·丹尼洛夫丛书里面的。"

"什么布斯拉耶夫？"利特维诺夫说，对于这突然转变的话题显见得有点惊讶，"我不知道。"

"那没有关系。我只想请你注意，瓦西卡·布斯拉耶夫带了诺夫哥罗德人到耶路撒冷圣地去巡礼，在那儿，让他们惊骇的是，他衣服脱得精光在圣河约旦河中洗澡，因为他不相信预兆，不相信梦，也不相信飞鸟之影，这位瓦西卡·布斯拉耶夫攀登上塔博尔山，山顶上有一块大石头，各色各样的人曾经试想跳过这块石头，都失败了，瓦西卡也想试一试他的运气。在路上，他碰到了一个死人头，一个骷髅，他把它一脚踢开。于是死人头对他

烟

说：你为什么要踢我？我曾知道怎样生活，我曾知道怎样在尘沙里滚——你也是一样。事实上，瓦西卡跳过了那块石头，跳得毛手毛脚，脚被绊住了，摔破了头颅。说到这里，我要顺便说一句，我们的朋友们，喜欢踢死人头和腐朽民族的斯拉夫主义者，请他们想一想这故事，倒未尝没有几分裨益的。"

"但是这说的是什么意思？"利特维诺夫终于不耐烦地问，"失礼失礼，时间到了，我要……"

"这就是，"波图金回答，他的眼睛射着利特维诺夫所意想不到的亲热温和的光辉，"这就是，你不要去踢死人头，因为你的好心肠，你也许跳得过这块丧命的石头。我不再打扰你，只是让我在分别的时候拥抱你一下。"

"我并不想跳过那块石头。"利特维诺夫说，吻了波图金三次，充填着他心中的苦痛的感觉暂时被对这位可怜孤寂老人的怜悯替代了。

"但是我一定要走了，我一定要走了……"他在房中踱来踱去。

"我可以替你拿点东西吗？"波图金自荐帮忙。

"不，谢谢你，用不着费神，我管得了……"

他戴上帽子，提了行囊。"啊，你说，"他又停在门边问，"你见到她了？"

"是的，我见到她了。"

"那么……告诉我，她怎样。"

波图金静默了一下。"昨天她等你……今天她也等你……"

"啊！请你告诉她……不，用不着，什么都用不着。再见！……再见！"

"再见，格里戈里·米哈伊洛维奇……让我对你再说一句话。你还有时间听我说，还有半个多钟头火车才开。你是回到俄罗斯去了……在那儿……以后……可以做点事……容许我这老饶舌——因为，唉，我只是一个老饶舌——来给你一个临别赠言。每一次你决定要做什么事的时候，要问问你自己你是不是在为文明——照字面上的真实严格的意义来说——服务，你是不是在促进着文明的某一种理想，你的工作是不是启蒙的，是不是带着今日只有它才有益于民族国家的欧化性质的？倘使是这样，请你勇往直前，你是走上正路了，你的工作是该祝福的！为了它，感谢上帝吧！你不会孤单。你将不会在沙漠中播种，还有很多工作者……拓荒者……就在我们中间……但是我看你无心听这些了。再见，不要忘了我！"

利特维诺夫跑下楼梯，钻进马车，赶到火车站去，对于抛下他个人生活的城市一次也不回头看。他好像把自己投入潮流中，这潮流攫住他，将他挟卷而去，他也打定主意决定对它不再挣扎……一切自己做主的意志显然是放弃了。

他刚踏进火车的车厢。

"格里戈里·米哈伊洛维奇……格里戈里……"他听见身后哀求的低弱的声音。

他一惊……难道是伊莲娜吗？是的，是她。裹在女佣人的肩巾里，蓬松凌乱的头发上戴着一顶旅行帽，她站在月台上，以黯然的眼光望着他。

"回来吧，回来吧，我是来找你的。"这双眼睛好像在这样说。这眼睛里，有什么不能允许的呢？她没有动，她没有能力再添一句话，她身上的一切，她凌乱的衣服，一切都好像在恳求他的宽恕……

利特维诺夫几乎要晕倒了，差点儿他就要奔到她的身边去……但是他所委身的潮流又让他镇定了……他跳进车厢，回过头来，向伊莲娜指一指他身边的空位，她懂得他的意思。还来得及的，只要一步，一个动作，这两个灵魂便永远结合在一起，驰向不确定的远处去了……而她仍在游移，一阵尖锐的汽笛响了，火车开动了。

利特维诺夫后仰倒在椅背上，同时伊莲娜踉跄地移步到一把椅子前面，倒了下去，刚巧一个和她有点相熟的非常崇拜她的候补外交官在车站月台上闲逛，看到她昏过去了，大吃一惊，他想这是神经性昏厥，于是认为这是他的义务，一个漂亮骑士的义务，去救护她。但是当他向她问了第一句话的时候，他更吃惊不小，她突然站起来，拒绝为她效劳的手，急急地跑到街上，不一刻工夫，便在黑林早秋天气特有的乳白浓雾中消失了。

第二十六章

我们曾经有一次走进一个农妇的草屋,她刚失去了她千般钟爱的独养子,深使我们惊奇的,就是她非常安静,简直是快活的样子。"由她去吧,"她的丈夫说,大概是看出了我们的惊奇,"她是麻木了。"利特维诺夫也同样"麻木"了。在他旅程的最初几个钟头之内他也有着同样的平静。完全顿挫了,无望地可怜极了的他,竟是这般安然泰然,最近几个星期来挨尽了百般的折磨和痛苦,他的头脑中连番地受了如许的打击而竟能安然。他的本质生来是经不起疾风劲雨的,这种种的痛苦于他是太激烈了。现在他真的什么也不希望,什么也不想记忆,尤其是不愿意记忆。他去俄罗斯……因为他总得去什么地方,但是他没有做和他切己有关的任何计划。他不认识自己,他不了解自己的行动,他完全失去了他真的"本身",事实上,他对于他自己的"本身"极少关切。有时候他觉得好像是把他自己的躯壳搬回家去,只有在难愈的精神创伤的痛苦痉挛不时地掠过的时候,他才恢复意识,觉得自己仍旧活着。有时候他真不解,一个男子——一个七尺须眉——会让一个女人,让爱,在他的身上发挥威力……"可耻的软弱啊!"他喃喃地自言自语道,于是整一整外套,坐得更方正些,好像是说,已往的过去了,让我们重新开始……过了一会儿,仅有惨然一笑,自觉诧异而已。他朝窗外望。天色灰暗,空气是潮

烟

湿的；没有雨，但是雾仍旧挂着；低云掠过天空。风紧对火车正面吹来，白茫茫的蒸汽，有的纯一色，有的混合着黑色的煤烟，翻卷成无尽的行列，滚过利特维诺夫坐着的窗前。他开始望着这蒸汽，这烟。它们不住地腾涌，上升复低落，卷着滚着挂在草叶上，挂在树枝上，好像在游戏，伸长着，消隐去，一团又一团地飞过去……它们老是变化着，但是仍旧做着同样单调的、匆忙的乏味的游戏！有时候，山回路转，风势转向，忽然间全体消失了，于是立刻复在对面的车窗上出现，长大的尾巴又拖起来了，遮住了利特维诺夫的视线，使他看不见那一片莱茵河流域的广漠的平畴。他凝望着、凝望着，起了奇异的幻想……车厢中只有他一个人，没有谁来打扰他。"烟，烟！"他重复了好几遍。忽然间他好像觉得一切都是烟，他自己的生活，俄罗斯人的生活，人类的一切，尤其是俄罗斯的一切。一切都是蒸汽，都是烟，他想。一切都好像老是在变化，在各方面推陈出新，换了新的形象，现象逐着现象，而实际上还是一样，始终和原来一样。一切都驰骤着飞向一个什么地方，但是一切都不留痕迹地消失了，什么目的也没有达到。换了一阵风，一切又奔上相反的方向来了，于是又是那同样不知疲倦的、无休止的然而无用的游戏！他记起了许多他耳闻目睹的最近几年来闹得甚嚣尘上的事情……"烟，"他轻轻地说，"烟。"他记起了在古巴廖夫的家里，在其他上流人士和低等人、进步思想者和保守主义者、青年人和老年人的集团中间的热烈争辩，反驳，喧哗……"烟，"他又反复说着，"烟和汽。"他也记起了那批上流人物的野宴，他记起了其余的政治人物各色各样的意见和谈话，甚至于记起了波图金的全部说教……"烟，什么都是烟。"那么他自己的奋斗、热情、苦痛、梦想是些什么呢？他只能以绝望的手势回答了。

此际火车向前飞驰着飞驰着，过了拉施塔特、卡尔斯鲁厄，布鲁赫扎尔早已落在后面,路线右边的山峦移到一边去了,退到远远的地方,于是又迎上来,不过不似先前的高峻,树林也比较稀疏些……火车转了一个急弯……便是海德堡。列车滚进车站的屋顶底下,一片卖报的声音嚷起来,他们卖着各种报,也有俄国报,旅客们开始在座位上忙起来了,出到月台上走一走,但是利特维诺夫并没有离开他的角落,仍旧垂头坐着。突然间有人直叫他的名字,他抬起眼睛,平达索夫丑陋的脸伸进车窗来,在他的后面——他是在做梦吗?不,确实是真的——全是巴登熟识的嘴脸,其中有苏赫契科娃夫人,有伏罗希洛夫,还有巴姆巴耶夫,他们都朝他奔来,同时平达索夫吼道:

"皮夏尔金在哪里啊?我们在等他,但是没关系,跳下来吧,我们立刻动身到古巴廖夫家里去。"

"是哟,我的孩子,是哟,古巴廖夫在等着我们,"巴姆巴耶夫挤上前来证实一句,"跳下来。"

利特维诺夫真的会生气,但是死沉沉的重荷横在他的心里。他瞥了平达索夫一眼,一言不发地转过头去。

"我告诉你古巴廖夫在这里!"苏赫契科娃夫人尖起嗓子叫,她的眼睛几乎要跳出来。

利特维诺夫一动也不动。

"听着,利特维诺夫,"巴姆巴耶夫又说,"不单只古巴廖夫,这里还有一大堆的最卓越最聪明的青年人,俄罗斯青年——他们都是研究自然科学的,都怀着高尚的信仰!真的就是为了他们,你也应该在这里停留一下。这里,比如说,其中有一位……啊,我忘了他的姓,但是他是一个天才!简直是一个天才!"

"哦,由他去吧,由他去吧,罗斯季斯拉夫·阿尔达留诺维奇,"苏赫契科娃夫人插嘴道,"由他去吧!你看他是哪一种人,他的一家都一样。他有一个姑妈,开头我觉得她是一个有见识的

烟

妇人，但是前天我去看她——她刚去了巴登，但是，你头也来不及转过来时，她又回来了——唔，我去看她，开始问她许多话……你相信吗，从这傲慢的人嘴里我得不到一句话，可憎的贵族！"

可怜的卡皮托莉娜·马尔科夫娜是一个贵族！她能够料想得到受这样侮辱的称呼吗？

但是利特维诺夫依然沉默着，把帽子攀到眼眉边，转过头去。火车又开动了。

"喂，至少在分别时总得说一两句话，你这个铁石心肠的人！"巴姆巴耶夫喊道，"这真的太难堪了！"

"流氓，懦夫！"平达索夫吼叫。火车渐渐加快了，他可以毫无危险地发泄他的臭骂，"卑鄙的滚在烂泥堆里的无赖！"

这最后的称呼是平达索夫当场发明的还是从别人那里转借过来的，不得而知，总之显然当时站在一旁的两位研究自然科学的贵公子听了，认为非常满意，因为只隔了不多天，这称呼在一张俄文定期刊物中出现了，这刊物是在海德堡发行的，名称是"吾必唾其面"①，又名"上帝不弃你，猪猡不吃你"②。

利特维诺夫不住地重复着："烟，烟，烟！"他想，在这里，目前在海德堡差不多有一百多个俄罗斯学生，他们都是研究化学、物理、生理学的——他们别的话听都不要听……但是五六年之后，在这些名教授的讲座之中剩不了十五个人。风转变了，烟就朝……另一方向……吹……烟……烟！……③

夜色将坠的时候他过了卡塞尔。暗黑的难堪的悲痛像一只鹰

---

① 一桩历史事实。——原注
② 意思是"天助者，人不能伤之"。——译者注
③ 利特维诺夫的预料不错。1866年暑假有十三个俄国学生在海德堡，到寒假就只有十二个了。——原注

烟

隼攫住了他，他躲藏在火车的一个角落里哭了。他流着眼泪，许久不能心宽，痛苦只是虫啮般地折磨他。同时，在卡塞尔的一家旅馆中，塔吉亚娜躺在床上，发热得厉害。卡皮托莉娜·马尔科夫娜坐在她的旁边。

"塔妮亚，"她说，"看在上帝面上，让我打个电报给格里戈里·米哈伊洛维奇吧，让我去打吧，塔妮亚！"

"不，姑姑，"她回答说，"千万不要打电报，不要害怕，给我喝一口水，不久就会好的。"

一星期过后，她真的复原了，这两位同伴又继续她们的行程。

第二十七章

利特维诺夫在彼得堡和莫斯科都没停留，径直回到自己的田庄。一见到他的父亲，他吃了一惊：他父亲是这样衰迈病弱了。这位老人见他的儿子归来，非常欢喜，一如生命将终的人所能欢喜的，他立刻便把乱七八糟的种种家务交给他，又挨过了几个星期，便和这尘世长辞了。利特维诺夫孤零零地住在古旧的小田庄里，带着一颗沉重的心，没有希望，没有热情，也没有钱。他开始耕地。耕地是一种没有趣味的工作，大家都太熟知了，我不必再来铺叙这在利特维诺夫是如何的辛苦。至于改良和革新，当然啦，谈都不用谈，他从外国学回来的实际应用的知识遥遥无期地搁置起来。贫困逼得他天天想法为家用张罗，对各方面妥协——物质上的和精神上的——让步。新的计划"不行"，旧的完全失去力量了，愚昧和欺诈相激撞，整个农村组织好像泥淖般浮动、不安定，仅余一个伟大字眼"自由"，像上帝的气息掠过水面。凡事第一需要忍耐，不是消极的忍耐，而是积极的、百折不挠的忍耐，有时也少不了用一点手段和狡诈……这对于利特维诺夫，以他目前的心境，更见得加倍困难。他连生活的意志都剩得不多……叫他到哪里去找努力工作吃苦耐劳的意志呢？

但是一年过去，接着又是一年，第三年开始，农民解放的伟大的理想逐步实现了，变成血和肉了，播下的种子发出嫩芽，它们的敌人，无论是公开的或秘密的，现在都蹂躏不了它们。利特维诺夫自己呢，虽则他终于把大部分的地产用轮种法发给农民耕种——这就是说他回复到可怜的原始方法上去了——可是他也做了一点事，他把那个工厂恢复了，办了一个小小的农场，由五个雇用的工人管理——最多时曾雇到四十个——把主要的私人债务还清……他的精神也渐渐恢复，他又开始像原来的利特维诺夫了，固然，一种深深埋葬着的忧郁永也离不了他，以他这样的年龄他是太寡默了，他把自己囿在狭小的圈子里面，断绝一切旧日的往来……但是死寂的冷淡终于过去，他在活人中间奔走着活动着，又像一个生机活泼的人了。就是迷住他的妖障也连最后的痕迹都消失了，一切在巴登的经历在他看来好像梦似的朦胧……伊莲娜呢？就是她的印象也渐渐褪淡消失，利特维诺夫只微微感觉到在那逐渐裹住她的倩影的薄雾当中隐藏着一点什么危险的东西。关于塔吉亚娜，时时有消息传到他的耳朵里，他知道她和她的姑妈一起住在离他一百六十英里远的田庄里，过着平静的生活，很少外出，也难得接待客人——可是是快乐而健康的。有一次，一个美丽的五月天，他坐在书斋里，没精打采地翻着最近一期的彼得堡杂志，一位仆人进来通报说一位老舅父来看他。这位舅父是卡皮托莉娜·马尔科夫娜的表兄弟，最近和她一起住过一些时候。他在利特维诺夫的田庄附近买了一块地产，现在正要去那里。他在他外甥的家待了二十四个钟头，告诉了他许多塔吉亚娜的生活情形。在他走后的第二天，利特维诺夫寄给她一封信——自从分别后的第一封信。他求她允许重新恢复她的友谊，至少在通信上，并且表示愿意知道他是否必须永远放弃想在某天跑去看她的希望。他感情激越地等待着回音……回音终于来了。塔吉亚娜亲切地回答他的请求。"倘使你想来探望我们，"信中最后说，"我们希望你来，你知道这句俗语：就是病人，在一起总比离开的好。"卡皮托莉娜·马尔科夫娜也附笔问候。利特维诺夫快活得如同一个孩子,很久以来他的心没有像这样快活地跳过了。他觉得突然轻快了,眼前一片光明……正如初升的太阳驱散了夜的黑暗,伴着这阳光,一阵轻柔的微风拂过那万象回春的地面。一整天,利特维诺夫只是微笑着,就是当他到农场上去吩咐工作的时候也微笑着。他立刻开始做旅行的准备,两星期过后,他动身到塔吉亚娜家里去了。

第二十八章

马车沿着乡村道路慢慢地走，没有碰到什么特别的事故，只有一次后车轮的铁箍爆断了。一个铁匠跑来锤了又锤，焊了又焊，对铁箍咒骂了一番，对自己咒骂了一番，索性丢下不管了。幸而在我国，就是轮箍破了也还能够好好儿走路的，尤其是在所谓"软路"上，就是说在烂泥路上。另一方面，利特维诺夫碰到了两三桩非常凑巧的遇合。在一处他发现仲裁委员会正在开会，皮夏尔金做主席，他的言谈中所特具的高超智慧以及地主们和农民们双方对他表示出的无限景仰和尊敬，使利特维诺夫想起了梭伦①和所罗门……在外表上，他也正像一个古代的贤人，额顶的头发脱了，丰满的脸蛋上凝固着一种原封不动的未曾拆毁的德行的庄严。他看见利特维诺夫到来，表示欢喜说："啊，在我的区域里——倘如我敢于大胆说这样一句夸张的话！"接着便是一大串十分好意的没头没脑的问候和唠叨。可是终于也给他递了一个消息，就是关于伏罗希洛夫的。这位金榜题名的英雄又重新入伍服了，他已经有机会对他部队里的将校们演讲"佛教"或"物力论"或诸如此类的题目——皮夏尔金记不清楚了。在第二个驿站上利特维诺夫等候马匹等了好久。正是破晓时分，他坐在马车

---

① 梭伦，古希腊贤人。——译者注

烟

里打盹。一个好像熟悉的声音把他惊醒，他睁开眼睛……天哪！穿着一件灰色厚外套和宽大的随风飘动着的睡衣，站在驿舍的阶沿上咒骂着的男子，难道是古巴廖夫吗？……不，不是古巴廖夫先生……但是多么出奇的相似啊……只是这位奇人嘴巴更阔一点，牙齿更粗一点，他迟钝的眼睛中的表情更来得野蛮，鼻子更大，胡子更浓，全身的风貌更笨重更可憎些。

"浑——蛋，浑——蛋！"他凶悍地慢慢地吼着，狼般的血口张得很大，"贱胎！……吹得天花乱坠的自由……马都弄不到……浑——蛋！"

"浑——蛋，浑——蛋！"屋子里另一个声音在接腔，同时阶沿上出现了——也是穿着灰色外套和睡衣的——真实无二的、绝无错误的真正老牌古巴廖夫本人，斯捷潘·尼古拉伊奇·古巴廖夫。"贱胎！"他模仿着他兄长（原来刚才那位男子是他的哥哥，替他管理田产的以拳头著称的旧派人物）的口吻骂着。"应该抽他们一顿，这就是他们所需要的自由……自治啦……我可以叫他们认识认识……但是罗斯顿先生哪里去了？……他管点什么事啊？……这是他的事情啦。懒胚……真叫人不耐烦。"

"对啦，我对你说过不只一遍了，弟弟，"大古巴廖夫说，"他是一个懒胚，一点也没有用！只有你，为了从前的交情……罗斯顿先生，罗斯顿先生！……躲在哪儿啊？"

"罗斯顿！罗斯顿！"那伟大的小古巴廖夫吼叫着，"好好儿喊他一喊，多里梅东特·尼古拉伊奇哥哥！"

"是啊，我在喊他啊，斯捷潘·尼古拉伊奇！罗斯顿先生！"

"我在这儿，在这儿，在这儿！"一个仓皇的声音答应着，从驿台的一个转角上，巴姆巴耶夫跳出来。

利特维诺夫几乎要喊出来了。这位不幸的热情家身上穿了一件破烂的轻骑兵式的旧外套，臂肘上满是破洞，可怜地悬摆着。

他的容貌并没有完全改变，但是瘦了枯槁了。他过分不安的细眼睛表示着一种畏缩的怯懦和饥饿的卑顺，但是他染色的胡髭仍旧和从前一样在肥厚的嘴唇上面挺出来。古巴廖夫两兄弟立刻异口同声地在阶沿上居高临下地开口骂他。他面朝着他们在阶下的烂泥里站住，卑逊地弓着腰，他想用一个小小的神经质的笑向他们赔不是，把鸭舌帽放在红赤的手指里搓揉着，两只脚交互地移动着蹭着，嘴里喃喃地说马匹立刻就有了……但是两兄弟还是骂不绝口，直等到小古巴廖夫一眼瞥见了利特维诺夫，不知道是他认得利特维诺夫呢，还是他觉得在陌生人面前感到不好意思，总之他立刻翻过脚跟去，像一只熊一样，咬咬胡子，走到驿舍里面去了。他的哥哥也立刻住口，也像一只熊一样，跟他进去。显然，伟大的古巴廖夫在他自己的村庄里还没有失去势力。

巴姆巴耶夫正在慢慢地跟着他们两兄弟进去……利特维诺夫喊他的名字。他向四周望了望，抬起头来，认得是利特维诺夫，立刻便张开双臂向他奔过来了。但是当他跑到马车的前面，手抓住了车门时，便靠在门上呜呜地强烈地哭起来了。

"不要哭，不要哭，巴姆巴耶夫！"利特维诺夫劝慰他说，身子俯出来拍他的肩膀。

但是他仍旧呜咽着。"你看……你看……到这般地步……"他断断续续地喃喃说。

"巴姆巴耶夫！"两兄弟在屋里雷响般吼。

巴姆巴耶夫抬起头来，连忙擦去眼泪。

"欢迎，亲爱的，"他低声说，"欢迎，愿你一路平安！……你听得到，他们在喊我了。"

"但是你怎样来这里的？"利特维诺夫问，"这一切是什么意思？我以为他们是在喊一个法国佬……"

"我是他们的管家，"巴姆巴耶夫指着驿舍回答说，"我是被

烟

开玩笑才变成了法国人的。我有什么办法，兄弟，你看，我没有东西吃，我最后一文钱也花去了，所以不得不把头颈套进这轭圈里。现在是不能骄傲了。"

"但是，他在俄罗斯住得很久了吗？他怎么离开他的同志们了？"

"啊，兄弟，现在统统离开了……风向转变了，你看……苏赫契科娃夫人，马特廖娜·谢苗诺夫娜，他一脚便把她踢出去。她悲伤地到葡萄牙去了。"

"到葡萄牙去？多荒谬！"

"是的，兄弟，到葡萄牙去，同着两个马特廖娜分子。"

"同谁？"

"马特廖娜分子，她集团中的团员是这样称呼的。"

"马特廖娜·谢苗诺夫娜有她自己的集团吗？团员很多吗？"

"恰好只有这两个人。再说，他是六个月之前回到这里来的。别人都没有办法了，但他还是好好的。他同他的哥哥住在一起，刚才你已经看到了……"

"巴姆巴耶夫！"

"来了，斯捷潘·尼古拉伊奇，来了！你啊，亲爱的老朋友，你发福了，出来玩玩吗！谢谢上帝！你现在到哪儿去！……啊，我再也想不到，我永也猜不到……你记得巴登吗？啊，那才是一个人住的地方！顺便说一句，你还记得平达素夫吗？想想看，他死了。他做了收税员，在公共机关里办事，一次在一家酒店里和别人打了起来，被弹子棒敲碎了头。是的，是的，现在时势艰难起来了！但我还是要说，俄罗斯……啊，我们的俄罗斯！只要看一看这对鹅，整个欧洲都找不到同样的！这是真正的阿尔扎马斯种！"

说了这抑不住热情的最后一句赞美的话，巴姆巴耶夫跑到驿舍里面去了。在那里，配上了极端侮辱的形容词，在喊着他的名字。

当天薄暮时分，利特维诺夫行近了塔吉亚娜的村庄。他从前的未婚妻居住的小屋坐落在一个山坡上，一个新栽植的蔬菜果园的中间，山下流过一条小溪。房子是新的，最近建的，隔着小河对岸的一片旷野远远便可望见了。利特维诺夫在一英里半的远处便望见了它的尖顶和一排小窗，在夕阳里闪烁着红辉。从最后的驿站出发之后，利特维诺夫便觉得有一种暗暗的激动。现在他简直是战栗了———一种幸福的战栗，多少带点惶虑的。"她们将怎样接待我呢？"他想，"我怎样见她们呢？……"为了遣散他的思想，他开始和马车夫谈话，这位马车夫是一个灰白胡子的结实农民，可是他索取了二十五英里的车钱，而实际距离还不到二十英里。利特维诺夫问他认得舍斯托娃太太们吗？

"舍斯托娃太太？当然认得！好心肠的太太，无疑的！她们也替我们医病。我告诉你的都是真的。她们是医生！周围的人都跑来找她们。是的，真的。人们简直是匍匐在她们的面前。譬如说，倘使有谁病了，或者受伤了或者有别的什么，只要直接地跑到她们那里去，她们立刻就给他涂上药水或药粉或药膏，马上就没事了，好了。但是人们不能给她们送礼，她们说：'这我们是不答应的，我们不是为了钱。'她们也办了一个学校……可这倒是一桩再傻不过的事情！"

马车夫说着的时候，利特维诺夫眼不离这座小屋望着……一个穿白衣的妇人跑到露台上来，站了一会儿又不见了……"是她吗？"他的心猛跳起来。"快！快！"他对车夫喊道。马夫催一阵马，不多会儿工夫，车轮滚进打开着的大门。卡皮托莉娜·马尔科夫娜已经站在台阶上等候他，喜不自禁地，拍着手喊道："我听到他，我先看到他！是他！是他！……我认得他！"

烟

利特维诺夫从车里跳出来,等不及仆人跑上去替他开门,连忙拥抱住卡皮托莉娜·马尔科夫娜,冲进院子,穿过客厅,一直跑到餐室里……在他的前面,怪不好意思的,站着塔吉亚娜。她以和善温柔的眼光望着他,(她瘦了一点,但这对她刚合适)伸手给他。他并不去握她的手,却跪倒在她的面前。她料不到他会这样,不知道怎么说才好,不知怎么办……眼泪涌自她的眼睛,她受了一惊,但是她整个的脸焕发着快乐的光辉……"格里戈里·米哈伊洛维奇,这算什么意思,格里戈里·米哈伊洛维奇。"她说。同时他仍旧吻着她的衣裾……带着一种温柔的感动他记起来,在巴登,也曾有一次同样地跪倒在她的面前……但是彼一时——此又一时啊!

"塔妮亚!"他说,"塔妮亚!你饶恕我吗?塔妮亚!"

这时候卡皮托莉娜·马尔科夫娜跑进来,塔吉亚娜朝着她喊道:"姑姑,姑姑,这算什么意思?"

"不要拦阻他,由他吧,塔妮亚。"善良的老妇人回答说,"你看他忏悔了。"

但是故事应该结束了,真的也没有什么可以添叙的。下文如何,读者自己可以猜得到……但是伊莲娜怎样呢?

她依然妩媚动人,虽然上了三十岁。无数的青年人爱上了她,还会有更多的青年们爱上她呢,假使……假使……

读者,你高兴不高兴和我们一起到彼得堡一所最阔气的屋子里去浏览一下?看哪,在你的面前是一间深而且广的大厅,我们不能说是华丽——这形容词还嫌太粗陋——而是庄严伟大地、辉煌瑰奇地、叹为观止地装饰着。你觉得有点自惭形秽吗?要知道你是走进了一座神殿,供奉着至高的礼仪至高的慈爱的德行的神殿,一句话,一切非人间的……一种神秘,真正的神秘的肃穆笼罩住你。门上天鹅绒的垂帘、窗口天鹅绒的帷幕和地板上绵软而

烟

有弹性的毡毯,一切都好像事先安排,事先配置来消灭、软化各种粗犷的噪音和激烈的感情似的。光影配合非常得宜的挂灯触发起你举止有度的情绪,一阵幽微的香气浮散在无风的宅子里;就是桌上的茶炊,也不敢出声地温和地嘶嘶沸着。这屋子的女主人,是彼得堡社交界的重要人物,说话几乎听不见声音,她说话老是这样,好像这房里有一个病得垂死的人似的。别的贵妇人们,也效着她的榜样,轻轻地低语着。这时候,她的妹妹,倒了一杯茶,嘴唇动了动,却绝对没有声音,使得坐在她对面的以偶然的机缘进入这威仪的神宇中的青年人简直莫名其妙,不知道她要叫他干什么,而她已经对他说了六遍"你要喝一杯茶吗"。在每个角落你都可以看到几个年轻的眉清目秀的男子。他们的目光明洁而温柔,具有善于奉承的神色,他们的脸显露着泰然自若的凑趣的和悦,他们的胸前粲然闪烁着许多有身份的宝星和十字勋章。客厅中的对话总是柔和的,谈到宗教和爱国问题,格林卡的《神秘的水滴》,派遣到东洋去的传教团,白俄罗斯寺院的宗教团体,等等。有时候,一阵不敢重踏的脚步经过柔软的地毯,穿号衣的仆人进来,他们的紧紧绷在丝袜里的粗大的腿胫,走起路来一步一颤,这壮健结实的肌肉的毕恭毕敬的动作,益发增强那普遍威仪、庄严、肃穆的总印象。

这是一座神殿,一座神殿!

"你今天看到拉特米罗娃夫人了吗?"一个贵族命妇轻轻地问。

"我今天在丽莎家里碰到她,"女主人以风弦琴般的声音回答,"我替她悲哀……她有冷傲的心……她没有信仰。"

"是的,是的,"命妇重复说,"我记得,彼得·伊凡内奇说过她,说得很对,她有……她有冷傲的心。"

"她没有信仰,"女主人的声音像香熏的烟般嘘吐出来——

烟

"这是一个迷途的灵魂，她有冷傲的心。"

就为了这个缘故，所以青年们除了几个之外，没有统统爱上伊莲娜……他们怕她……怕她的"冷傲"。这是一句对她的流行评语，在这句话里面，正如在别的话里面一样，也含有一点点真理。不只是青年人怕她，就是成年人，地位很高的成年人，甚至一些大人物简直也怕她。没有一个人能够像她那样正确地、巧妙地把某人性格中可笑的地方或弱点察觉出来，没有一个人有她这一副本领，把这些可笑的地方和弱点以几个叫人永远忘不了的字眼毫不假借地加以嘲讽……尤其是，这种字眼的刻毒，从这样可爱的香甜的芬芳的唇边说出来，更显得尖，显得锐……她的灵魂里掠过什么想头，真也难说。在她的崇拜者群体中，即使流言也认不出谁是受她青睐的求爱者。

伊莲娜的丈夫，沿着法国人所谓"青云之路"，很快地飞黄腾达起来。胖子将军越过了他，卑逊的将军落在他的后面。还有，在伊莲娜居住着的同一个城市，也居住着我们的朋友索宗特·波图金。他很少去看她，她也没有特殊的需要和他往来……托他照顾的小女孩，在不久以前死了。

后 记

这重译本所根据的是 Constance Garnett 的英译，伦敦 William Heinemann 出版。同样的版本又见于 Modern Library 中，卷首有 John Reed 的序。翻译时我还参考了 Isabel F. Hapgood 的英译（纽约 Charles Scribner's Sons 出版）和 Nelson Collection 中的法译本。法译本未注撰人，有丛书编者 Charles Sarolea 的序。内容章节与英译本略有出入。

本译文脱稿于 1937 年夏季，现在已经是 1940 年的暮春了。人事倥偬，诚或未能无感。

书中内容文字，因中西文字的结构不同，而对作品的领悟复因人而异，译者不敢期望能传达原作的神貌于十一，但曾规谨地尽力使错误减少。其中许多处所，曾就正于许天虹君。

巴金先生借给我几种本子，在许多地方得到他的帮忙，是很感激的。

译者
1940 年 4 月 10 日